BASTEI
LÜBBE
TASCHENBUCH

Weitere Titel der Autorin:

Perfect Passion – Stürmisch
Perfect Passion – Verführerisch
Perfect Passion – Sündig
Perfect Passion – Feurig
Perfect Passion – Fesselnd
Perfect Passion – Berauschend

Perfect Touch – Ungestüm
Perfect Touch – Intensiv
Perfect Touch – Ergeben
Perfect Touch – Untrennbar
Perfect Touch – Vereinigt

Perfect – Für immer verführt (enthält die Kurzromane Perfect Passion – Verführt und Perfect Touch – Für immer)

Wild Games – In einer heißen Nacht
Wild Games – Mit einem einzigen Kuss
Wild Games – In deinen starken Armen
Wild Games – Ein verführerisches Spiel

Über die Autorin:

Jessica Clare lebt mit ihrem Mann in Texas. Ihre freie Zeit verbringt sie mit Schreiben, Lesen, Schreiben, Videospielen und noch mehr Schreiben. Ihre Serie *Perfect Passion* erschien auf den Bestseller-Listen der *New York Times*, der *USA Today* und des *Spiegel*.
Mehr Information unter: www.jillmyles.com

JESSICA CLARE

schreibt als JESSICA SIMS

MIDNIGHT LIAISONS

Zur Gefährtin erwählt

Aus dem amerikanischen Englisch von
Melike Karamustafa

BASTEI LÜBBE
TASCHENBUCH

BASTEI LÜBBE TASCHENBUCH
Band 17840

MIX
Papier aus verantwortungsvollen Quellen
FSC® C083411

Dieser Titel ist auch als E-Book erschienen

Vollständige Taschenbuchausgabe

Titel der Originalausgabe: »Beauty Dates the Beast«
Originalverlag: Pocket Books, a Division of Simon & Schuster, Inc., New York
vermittelt durch Mohrbooks AG Literary Agency

Titelredaktion: Julia Feldmann
Titelillustration: © Plus69/Thinkstock; Guter Punkt; kapitanyphotos/Thinkstock; © LiukasArt/Shutterstock
Umschlaggestaltung: Guter Punkt, München | www.guter-punkt.de
Satz: hanseatenSatz-bremen, Bremen
Gesetzt aus der Adobe Garamond Pro
Druck und Verarbeitung: CPI books GmbH, Leck – Germany
ISBN 978-3- 404-17840-7

2 4 5 3 1

Sie finden uns im Internet unter
www.luebbe.de
Bitte beachten Sie auch: www.lesejury.de

Für Holly Root

Ich habe es schon einmal gesagt, aber ich werde es an dieser Stelle wieder tun. Ich danke dir dafür, dass du mir gezeigt hast, wie großartig eine Autoren-Agenten-Beziehung sein kann.

Kapitel eins

»Midnight Liaisons«, meldete ich mich, während ich den Hörer ans Ohr presste. »Mein Name ist Bathsheba. Wie kann ich Ihnen behilflich sein?«

»Hi.« Der Mann am anderen Ende der Leitung holte hektisch Luft, als sei er nervös. »Ich bin auf der Suche nach einer ... Begleitung. Für heute Abend. Eine Rothaarige wäre nett.«

Ich verdrehte die Augen. Es war klar, worauf er aus war. Das unterdrückte Stöhnen, mit dem er »Rothaarige« gesagt hatte, ließ wenig Spielraum für Fantasie. Anrufer wie diesen hatten wir mindestens einmal pro Tag, und ich hatte mich im Laufe der Zeit selbst zu einer Art Expertin darin ausgebildet, den anzüglichen Unterton zu ignorieren.

»Midnight Liaisons ist eine Datingagentur, Sir, kein Escortservice.« *Und jetzt legen Sie bitte auf, und rufen Sie nie wieder an.*

Der Mann schwieg für einen Moment. »Oh«, sagte er schließlich. »Das ist kein Problem. Wie kann ich mir die Profile auf Ihrer Website ansehen? Ich habe versucht, mich anzumelden, erhalte aber kein Passwort.«

»Das Passwort entspricht der Identifikationsnummer, die Sie bei der Allianz haben«, sagte ich. Nach Jahren in meinem Job war ich mehr als geübt darin, fragwürdige Anrufer wie diesen freundlich, aber bestimmt in die Schranken zu weisen. »Alternativ überprüfe ich auch gern Ihre Referenzen, um Ihnen temporäre Log-in-Daten geben zu können. Wenn Sie mir den Namen Ihres Rudelführers nennen würden, lasse ich schnell einen Background-Check laufen ...«

»Meines *was?*«

Definitiv ein Zivilist. Einer von der »natürlichen« Sorte, wie meine Chefin gern witzelte. Ich entschied mich trotzdem dafür, die Dumme zu spielen. »Wenn Sie keinen Rudelführer haben, dann kann vielleicht Ihr Meister weiterhelfen?« Wenn dieser Typ auch nur den geringsten Bezug zur Gesellschaft der Untoten hatte, würde er den Hinweis verstehen.

»Hä?«

»Oder vielleicht der Anführer Ihres Zirkels oder Ihr Feenkönig?« Ich konnte nicht widerstehen und setzte noch einen drauf. »Oder Ihr Höchster Lord?«

»Was reden Sie da für einen Schwachsinn?« Der Mann verlor eindeutig die Geduld. Sein schmierig-charmanter Tonfall war dem eines typischen verärgerten Kunden gewichen. Nur dass er keiner *unserer* Kunden war.

»Es tut mir sehr leid«, sagte ich so zuckersüß wie möglich, »aber unsere Agentur betreut eine äußerst exklusive Klientel. Unser Service beschränkt sich auf den bestehenden Kundenstamm sowie auf Personen, die mit der Empfehlung eines bereits registrierten Klienten an uns herantreten. Ich wünsche Ihnen einen schönen Tag, Sir.«

»Warten Sie eine Sekunde!«

Ich legte auf. Die Wahrscheinlichkeit, dass er jemals einer unserer Kunden werden würde, tendierte gegen null – sofern er nicht irgendwann einem Vampir begegnete, der nach einem neuen Freund Ausschau hielt.

Sara, die am anderen Ende des Büros an ihrem Schreibtisch saß und auf die Tasten ihres Laptops einhackte, kicherte. »Du bekommst immer die Verrückten ab.«

»Natürlich, wer auch sonst«, sagte ich und sah auf. Sara hatte den Blick starr geradeaus auf ihren Bildschirm gerichtet. »Die Leute halten uns wegen des Agenturnamens für eine Art besseres Bordell, und die Anrufe bekomme alle ich, weil du nie ans Telefon gehst.«

»Ich bin beschäftigt«, sagte sie mit einem Grinsen.

»Anrufe entgegenzunehmen gehört zu deinem Job«, sagte ich scharf. Inzwischen war ich fast schon ein wenig verärgert. »*Ich* bin die Büroleiterin. Wenn hier irgendjemand *nicht* ans Telefon gehen muss, dann bin ich das.«

»Aber du bist so wahnsinnig gut darin«, sagte Sara mit einem entschuldigenden Lächeln in meine Richtung. »Ich bin nicht halb so geduldig mit diesen Freaks wie du.«

Ich schnaubte verächtlich. Sara lachte. Als meine kleine Schwester war sie es seit ihrer Geburt gewohnt, mit allem davonzukommen. Sie blätterte durch den dünnen Stapel mit Klientenporträts auf ihrem Schreibtisch.

»Midnight Liaisons ist wirklich ein bescheuerter Name, aber wie willst du sonst eine Agentur nennen, die ausschließlich Angehörige paranormaler Spezies bedient?«

»Hier wird's heißer für Beißer? Willige Subs mit Flohhalsband?«, schlug ich grinsend vor und wandte mich wieder meinem Bildschirm zu, um das nervige Pop-up-Fenster wegzuklicken, das mich daran erinnerte, den letzten Anruf in die Datenbank einzutragen. »Oder ›Frischfleisch für gelangweilte Untote‹?«

Sara schnaubte. »Du bist fies. Nicht jeder mit einem Tierschwanz ist ein Idiot.«

Ich zuckte zusammen. Das war gedankenlos von mir gewesen. »Sorry.« Ich bemühte mich, möglichst unbeschwert zu klingen. »Du weißt, dass ich es nicht so gemeint habe. Die Arbeitszeiten sind seltsam und die Klienten noch seltsamer, aber mir gefällt es.« Und das stimmte. Der Job war gut bezahlt, ich war mehr oder weniger meine eigene Chefin. Und außerdem hatte ich so die Möglichkeit, auf meine kleine Schwester aufzupassen – vierundzwanzig Stunden am Tag, wenn nötig – und ihre Sicherheit zu garantieren. Ein super Leben, wenn auch ein wenig merkwürdig. Neben der Leitung der Agentur war es meine Aufgabe, neue

Profile zu erstellen und passende Partner für unsere Kunden zu finden. Sara blieb mit den Klienten in Kontakt, erkundigte sich, ob Dates gut gelaufen waren, und setzte, wenn nötig, Profile auf »exklusiv«. Damit hatte sie definitiv den einfacheren Job, den sie normalerweise auch in ein paar Stunden erledigt hatte. Den Rest des Tages spielte sie Warcraft auf ihrem Laptop.

Sara stieß ein Stöhnen aus, gefolgt von einem »Oh Scheiße!«.

Ich sah auf. »Was ist passiert?«

»Profil Nummer 2674 – *das* ist passiert.«

Verdammt! Ich musste den Account nicht einmal aufrufen, um zu wissen, um wen es ging. »Was hat Rosie diesmal angestellt?«

Rosie war bekannt dafür, dass sie immer wieder Verabredungen kurzfristig absagte, außerdem war sie sehr leicht reizbar und hatte schon mehr als einen Typen in Schwierigkeiten gebracht. Manche Kerle fuhren darauf ab. In ihren Augen musste eine Werwölfin nicht nur aggressiv sein, sondern auch möglichst viel Feuer unterm Hintern haben. Jeder in der Agentur hasste sie.

»Was hat sie diesmal angestellt?«, fragte ich noch einmal. Wahrscheinlich würde jede Sekunde das Telefon klingeln, und ich durfte mich mit ihrem wütenden versetzten Date rumschlagen.

»Sie hat die Verabredung mit einer Raubkatze abgesagt – über die Website.« Sara fuhr mit den Fingern durch ihren braunhaarigen Bob, wodurch die feinen Strähnen über ihre Wangen fielen. »Keine Sorge, ich kümmere mich darum.«

Alarmiert registrierte ich, wie Sara sich versteifte. Ich suchte ihre Arme nach den ersten verräterischen Anzeichen einer feinen Fellbehaarung ab. Wenn Sara in Panik geriet, dann richtig, und es war meine Aufgabe, sie zu beruhigen und die Situation in den Griff zu bekommen. Ihr Leben hing davon ab.

»Warum ist das ein ›Oh-Scheiße-Problem‹?«, fragte ich sanft. »Rosie sagt die Verabredungen mit den Katzen doch immer ab.«

Die Beschwerdeliste über sie war ungefähr eine Meile lang. Für jedes verpasste Date wurde eigentlich eine Strafgebühr fällig, aber unsere Chefin, Giselle, verzichtete in den meisten Fällen darauf, und Rosie nutzte das aus. Ich war mir ziemlich sicher, dass Giselle und Rosie eine spezielle »Vereinbarung« getroffen hatten, die über den Standardvertrag hinausreichte, aber das ging mich nichts an. Der einzige Grund, aus dem Rosie nach wie vor mit einem Profil in der Agentur gelistet wurde, war, dass die Anzahl unserer männlichen Mitglieder die der weiblichen deutlich überstieg. Vor allem derjenigen weiblichen Mitglieder, die so überaus attraktiv waren wie Rosie. Wir konnten es uns schlicht nicht leisten, sie loszuwerden. Sie belebte trotz der vielen Beschwerden das Geschäft. In der Hoffnung, die falschen Kandidaten damit bereits im Vorhinein abzuschrecken, hatten wir auf ihrem Profil den dezenten Hinweis hinterlegt, dass sie Dates mit Wölfen oder Hunden bevorzugte. Doch das hielt leider nur die wenigsten davon ab, es trotzdem bei ihr zu versuchen.

»Leider geht es diesmal nicht einfach nur um *irgendeine* Katze«, sagte Sara, als ich zu ihrem Schreibtisch hinüberging. Ihre Pupillen zuckten hin und her, während sie den Blick über den Bildschirm fliegen ließ. »Er ist neu bei uns. Einer von den Russells. Und sein Account ist markiert.«

Eine Markierung bedeutete, dass es sich bei dem Mitglied um einen besonders mächtigen oder gefährlichen Klienten handelte, der auf keinen Fall verärgert werden durfte, da unsere Chefin sonst schreckliche Dinge mit uns anstellen würde. Außerdem wies sie darauf hin, dass Giselle den üblichen Registrierungsprozess umgangen und das Profil selbst online gestellt hatte. Was wiederum hieß, dass sie ein starkes persönliches Interesse daran hatte, dass der Kunde erfolgreich vermittelt und zufriedengestellt wurde. Eine der ersten Lektionen, die man uns in der Agentur erteilt hatte, war die, uns niemals mit einem markierten Account anzulegen – zumindest dann nicht, wenn uns unser Job lieb war.

»Verdammt!« Ich stieß einen tiefen Seufzer aus. »Soll ich Giselle anrufen?«

Giselle, die Midnight Liaisons gegründet hatte, konnte ziemlich jähzornig werden, wenn ihr etwas gegen den Strich ging. Sie würde alles andere als begeistert sein, wenn sie herausfand, dass Rosie jemanden mit einem markierten Account versetzt hatte.

»Auf keinen Fall!« Sara sah mich so schockiert an, als sei mir gerade ein zweiter Kopf gewachsen. Dann beugte sie sich über die Tastatur und begann, wie wild darauf herumzuhacken. »Ich kläre das. Gib mir eine Minute.«

»Sara«, sagte ich mit einem warnenden Unterton in der Stimme. Ihre Reaktion machte mir Sorgen. »Hier geht es um einen markierten Account. Lass mich Giselle anrufen und mit ihr besprechen, wie wir mit der Situation umgehen sollen.«

»Nein. Ich kläre das«, sagte Sara aufgebracht, den Blick fest auf den Bildschirm gerichtet. »Gib mir fünf Minuten. In der Zeit kann ich einen Datenbankfehler generieren, der alle Aktionen der letzten vierundzwanzig Stunden …«

»Gott, Sara, nein! Das wirst du nicht tun.« Ich griff nach ihren Handgelenken, aber sie war schneller als ich. »Wehe, du bringst die Datenbank durcheinander. Damit löschst du garantiert jeden Eintrag seit dem letzten Back-up. Finger weg von den Accounts! Ich rufe jetzt Giselle an.«

Ich ging zurück an meinen Schreibtisch und suchte in unseren internen Kontakten nach Giselles Handynummer. Sie war gerade im Urlaub. Beim Gedanken daran, sie zu stören, fühlte ich mich alles andere als wohl, aber noch viel unwohler würde ich mich fühlen, wenn sie mich feuerte, weil ich sie nicht informiert hatte.

Ich wählte.

»Hier spricht Giselle«, meldete sich eine rauchige Stimme.

»Gis! Hi! Ich …«

»Ich bin in Vegas und du nicht. Ich kann gerade nicht rangehen, da ich anderweitig *beschäftigt* bin.« Ein sinnliches Lachen war zu hören. »Wenn es um etwas Geschäftliches geht, kann es warten, bis ich zurück bin, jeder andere darf gern eine Nachricht hinterlassen.«

Nach der Ansage folgte ein Piepton.

Ich legte auf. Ich hatte schon einmal den Fehler begangen, ihr eine Nachricht auf der Mailbox zu hinterlassen, woraufhin sie mir beinahe den Kopf abgerissen und mit der Kündigung gedroht hatte. Das Risiko würde ich nicht noch einmal eingehen. Wenn Giselle von einem ihrer reichen Freunde zu einem Wochenendtrip eingeladen wurde, wollte sie nicht gestört werden, das hatte sie mir damals mehr als deutlich gemacht.

Also noch mal von vorn.

»Wenn wir den Account verlieren, sitzen wir richtig in der Scheiße, Bath.« Sara sah mich panisch an. »Sie wird mich rausschmeißen.«

Ich hatte Angst, dass sie recht behalten könnte. Giselle pflegte nicht nur ein sehr sensibles (sprich unterwürfiges) Verhältnis zum Russell-Clan, sie hatte zudem auch eine ziemlich niedrige Toleranzschwelle bei menschlichen Wesen. »Normale« Frauen wie Sara und mich beschäftigte sie nur, weil wir problemlos auch tagsüber arbeiten konnten und es uns verboten war, mit Klienten auszugehen. Giselles sonstiger Bekanntenkreis war durch Tageslicht und Vollmonde in seinem Aktionsradius ein wenig eingeschränkt.

Sara sah mich immer noch mit weit aufgerissenen Augen an. »Was machen wir jetzt?«, fragte sie besorgt.

Ich ging wieder zu ihr hinüber. »Okay, lass uns mal überlegen.« Ich stützte mich mit den Händen auf ihren Schreibtisch und lehnte mich vor, um auf ihren Bildschirm zu gucken. »Ruf mal Rosies Profil auf. Ich will wissen, ob sie eingetragen hat, wo sie sich mit ihrem Date treffen wollte.«

Midnight Liaisons verfolgte die Aktivitäten seiner Mitglieder bis ins kleinste Detail. Datum, Zeit und Ort jeder Verabredung wurden sowohl zur Sicherheit der Mitglieder als auch zu unserer eigenen genau protokolliert. Man konnte nie wissen, wann der nächste Krieg zwischen zwei Spezies ausbrechen würde, nur weil einer im falschen Territorium auf die Jagd gegangen war – und das im wahrsten Sinne des Wortes.

Sara gab einige Tastenkombinationen ein, dann pfiff sie leise durch die Zähne. »Sie hat den Ort tatsächlich eingetragen. Dinner im Un Peu de Goût, und danach ein paar Nächte im Worthington.«

»Dinner und gleich im Anschluss eine Privatparty im Hotel …« Rosie kam schneller zur Sache als die meisten Frauen – egal ob menschlicher oder »anderer« Natur. Trotzdem, sie hatte einen guten Geschmack, und das Restaurant, das sie ausgesucht hatte, rangierte eindeutig in einer der höheren Preisklassen. Wenigstens ließ sie sich von dem Typ ordentlich verwöhnen.

Als mein Telefon klingelte, ging ich zu meinem Schreibtisch und nahm den Anruf routiniert entgegen. »Midnight Liaisons, wie kann ich Ihnen helfen?«

»Hey«, sagte ein Mann mit verstellter Stimme. »Ich hätte gern für heute Abend ein Date. Eine Rothaarige.«

Der schon wieder. Für so was hatte ich jetzt keine Zeit. Ich verdrehte die Augen und legte auf.

Zurück an Saras Schreibtisch bat ich sie, noch einmal den Russell-Account aufzurufen.

Wieder klingelte mein Telefon.

Langsam war ich genervt. Normalerweise erhielten wir kaum Anrufe, bevor die Dämmerung hereinbrach, was daran lag, dass Vampire naturgemäß nachtaktiv waren. Da es gerade einmal früher Nachmittag war, konnte das eigentlich nur bedeuten, dass es der Verrückte war, der es noch einmal wissen wollte. Höchste Zeit, die Sache ein für alle Mal zu regeln.

Energisch ging ich zu meinem Schreibtisch zurück. »Gib mir nur eine Minute, Sara, dann klären wir das.«

Das Telefon klingelte ein drittes und viertes Mal, bevor ich abnahm und mit meiner rauchigsten Stimme sagte: »Midnight Liaisons. Wenn Sie uns weiter anrufen, Sie verdammter Perverser, werde ich die Cops einschalten und denen sagen, dass Sie versucht haben, bei uns käuflichen Sex zu bekommen.«

Ein tiefes Lachen dröhnte durch den Hörer. Das war definitiv nicht derselbe Anrufer. Der Klang löste ein warmes Gefühl in meinem Bauch aus, das augenblicklich durch meinen ganzen Körper strömte.

»Beschimpfen Sie alle Ihre Klienten als Perverse, oder habe ich nur besonders viel Glück?«, fragte der Mann amüsiert.

Ich spürte, wie sich meine Wangen verfärbten, und biss mir auf die Lippe. »Das tut mir sehr leid. Ich dachte, Sie wären … Egal. Wie kann ich Ihnen behilflich sein, Sir?«

»Ich habe da ein kleines Problem.« Seine Stimme war angenehm und klang seidenweich. Und schon wieder stieg mir die Röte ins Gesicht. »Ich hatte für heute Abend ein sehr wichtiges Date vereinbart, aber die Dame hat mir abgesagt.«

Mir rutschte das Herz in die Hose. »Wie lautet Ihre Profilnummer, Sir?«

Ich gab die Zahlenfolge ins System ein, auch wenn ich schon wusste, welchen Namen die Datenbank gleich ausspucken würde – den von Rosies Date.

Sein Profil erschien auf dem Bildschirm. Verdammt! Er war der Anführer des Russell-Clans und damit einer unserer wichtigsten VIP-Mitglieder. Es waren keine Fotos in der Datenbank hinterlegt, außerdem gab es bisher kaum Aktivitäten auf seinem Profil, und seine Mitgliedsnummer war brandneu. Das Date mit Rosie war die erste Verabredung, die er über unsere Agentur arrangiert hatte.

Der Name meines superverführerischen Anrufers lautete

Beau Russell, und ich hätte meine Hand dafür ins Feuer gelegt, dass er absolut umwerfend aussah. Groß, blond, attraktiv – passend zu seinen Puma-Genen und der sündig-samtigen Stimme –, sinnliche Gesichtszüge und jede Menge Muskeln.

»Sie sind ziemlich still, Süße, ist das ein schlechtes Zeichen?« Er hielt kurz inne, bevor er fortfuhr: »Sehen Sie, wo mein Problem liegt?«

Seine Frage katapultierte mich zurück in die Realität. Mit glühenden Wangen versuchte ich, die Vorstellung von den heißen Bauchmuskeln meines Klienten aus meinem Kopf zu vertreiben, und klickte hektisch auf meiner Maus herum. »Ich sehe hier nur, dass Rosie das Date mit Ihnen abgesagt hat«, murmelte ich. »Und außerdem möchte ich Sie darauf hinweisen, dass ich nicht Ihre *Süße* bin.«

»Rosie hatte zugesagt, die ganze Woche mit mir zu verbringen.« Er klang gelassen und aufgeräumt, als läge es vollkommen außerhalb seiner Vorstellungskraft, dass es irgendein Problem geben könnte. »Es ist unerlässlich, dass ich bis inklusive Sonntag eine Begleiterin habe.«

Ich spürte Verärgerung in mir aufsteigen. Die herablassende Art, mit der Gestaltwandler für gewöhnlich auf alle menschlichen Wesen hinuntersahen, stieß mir jedes Mal aufs Neue bitter auf. »Nun, Sir, dann würde ich vorschlagen, dass Sie vor der nächsten Verabredung ein wenig mehr Zeit darauf verschwenden, sich das Profil Ihres gewünschten Dates anzusehen. Wenn Sie dies getan hätten, dann wäre Ihnen anhand von Rosies Historie sicherlich aufgefallen, dass sie ein paar schlechte Angewohnheiten pflegt – wie zum Beispiel die, Verabredungen mit Katzen zu treffen, die sie dann in letzter Minute absagt. Hätten Sie nur ein paar Minuten in die Recherche investiert, wäre Ihnen diese unangenehme Situation erspart geblieben.« Und da ich mir durchaus im Klaren darüber war, dass das gerade nicht besonders höflich geklungen hatte, schob ich schnell noch ein »Sir« hinterher.

Er stieß ein leises Lachen aus, das tief aus seiner Brust aufzusteigen schien. »Sie müssen entschuldigen, dass ich nicht sonderlich vertraut mit Ihrer Website und dem Konzept dahinter bin.« Seine klangvolle Stimme vibrierte in meinem Ohr. »Ich bin es nicht gewohnt, online nach Frauen zu suchen.«

Darauf hätte ich gewettet. Wenn er in Wirklichkeit auch nur halb so sexy war, wie er am Telefon klang, fielen die Damen sicherlich in Scharen über ihn her.

»Wie dem auch sei«, fuhr er fort, »wir müssen eine Lösung finden. Ist Giselle da? Vielleicht wäre es besser, wenn ich mit ihr direkt spreche?«

Ich ignorierte seine Fragen. Es war ganz offensichtlich, dass er gut mit meiner Chefin konnte, und ebenso offensichtlich war es, dass dies keine guten Nachrichten für mich waren. »Ich kann Rosie nicht dazu zwingen, mit Ihnen auszugehen, Sir.«

»Nennen Sie mich Beau.« Er hatte seinen Tonfall geändert. Jetzt klang er beinahe charmant. Meine Schenkel begannen, verräterisch zu zittern. »Und wenn Rosie nicht mit mir ausgehen will, dann müssen Sie eben eine andere Dame finden, die dazu bereit ist.«

Augenblicklich hob sich meine Stimmung. »Sehr gern.« Das würde einfach werden. Ich klemmte mir den Hörer zwischen Kinn und Ohr und tippte seine Profilnummer sowie das heutige Datum in die Suchmaske ein. »Geben Sie mir nur einen Moment. Ich bin mir sicher, dass wir auch kurzfristig jemanden für Sie finden.«

»Keine Vampire«, stellte er klar, »oder irgendwelche anderen Untoten.« Er hielt einen Moment inne. »Wie heißen Sie eigentlich?«

Ich gab seine Wünsche als Filterkriterien ein. Die Keine-Untoten-Sache schränkte die Möglichkeiten erheblich ein. Weibliche Gestaltwandler waren selten, und wenn man sowohl die Männer als auch alle Vampire außen vor ließ, würde es schwierig werden, jemanden für den heutigen Abend zu finden – geschweige denn für die ganze Woche.

»Ich heiße Bathsheba Ward«, sagte ich abwesend und drückte gedanklich die Daumen, während die Datenbank die Suchergebnisse abrief.

In diesem Moment wurde die Tür zum Büro geöffnet, und ein umwerfend aussehender Mann kam herein. Eine dunkle Sonnenbrille verbarg seine Augen. Sein Anzug musste ein halbes Vermögen gekostet haben. Ich war so fasziniert von seinem Anblick, dass mir vor Erstaunen der Mund offen stehen blieb. Er war unfassbar attraktiv – groß, gebräunt –, und als er mich angrinste, entblößte er zwei Reihen perfekter, strahlend weißer Zähne. Der ausgeprägte Moschusduft seines Rasierwassers wehte bis zu meinem Schreibtisch herüber. Ein wenig zu stark für meinen Geschmack, aber typisch für diese bestimmte Sorte selbstbewusster Männer, der er zweifelsfrei angehörte.

Sara sprang augenblicklich auf und ging hastig in den Archivraum hinüber, wie sie es immer tat, wenn ein Gestaltwandler das Gebäude betrat. Ich konnte den pudrigen Geruch ihres Parfüms, das sie sich augenblicklich auf die Handgelenke und hinter die Ohren gesprüht hatte, bis in unser Büro riechen. Zusammen mit dem Rasierwasser unseres Besuchers entstand ein übermäßig süßlicher Gestank, der in dicken Schwaden durch den Raum zu wabern schien.

Der Mann war vermutlich gekommen, um sich ein Profil erstellen zu lassen. Giselle war es am liebsten, wenn ich die Aufnahme neuer Mitglieder persönlich übernahm. Ich hob einen Finger, um dem Kunden zu signalisieren, dass ich gleich für ihn da sein würde.

Er nickte und ließ sich auf den Besuchersessel direkt gegenüber meinem Schreibtisch fallen, von wo aus er mich interessiert musterte.

Ich spürte, wie mir abermals die Hitze in die Wangen stieg,

und drückte hastig ein paarmal hintereinander die Entertaste, um mich abzulenken. *Na los, tu möglichst beschäftigt!*

»Bathsheba?« Der Mann am Telefon klang amüsiert.

Ich riss mich zusammen und konzentrierte mich wieder auf meinen Anrufer.

»Ein ganz schöner Zungenbrecher für eine junge Frau heutzutage. Sind Sie ein Vamp?«

Um der unangenehmen Überprüfung meines Gegenübers aus dem Weg zu gehen, blätterte ich nervös durch einige Akten, die auf meinem Schreibtisch lagen. »Wenn ich ein Vampir wäre, würde ich inzwischen einem verbrannten Toast ähneln. Es ist mitten am Tag.« Die gesamte Front des Büros, das an einer Einkaufsstraße lag, bestand aus Fenstern. »Ich bin ein Mensch. Tut mir leid, dass ich Sie enttäuschen muss.«

»Oh, ich bin nicht enttäuscht«, sagte er mit dieser unverschämt samtweichen Stimme, bei der es zwischen meinen Schenkeln schon wieder zu prickeln begann. Die Blicke des Mannes mir gegenüber – der eindeutig ein wenig zu interessiert an meinem Telefonat schien – und mein sexy Anrufer waren eindeutig zu viel für mich. Wenn nicht bald etwas passierte, würde ich vor Scham sterben.

Endlich signalisierte mir die Datenbank mit einem Piepsen, dass der Suchlauf beendet war. Gott sei Dank! Doch nur ein einziges lausiges Profil öffnete sich.

»Sieht aus, als hätten wir eine passende Begleitung für Sie gefunden, Beau«, sagte ich mit möglichst viel Enthusiasmus in der Stimme und überflog das Kurzporträt. »Lorraina Murphy hat heute Abend noch nichts vor, und ihrem Profil nach zu urteilen, hat sie keine Präferenzen, was die Art der Spezies angeht, mit der sie ausgeht.«

Er brummte zustimmend. »Und was ist sie?«

»Eine Gestaltwandlerin«, antwortete ich ausweichend.

»Was für eine?«, hakte er nach.

»Vogel.«

Eine unangenehme Pause entstand.

»Geht das etwas genauer?«

Ich unterdrückte ein Seufzen. Mir war klar, wie das hier enden würde. »Harpyie.«

Der Mann mir gegenüber grinste.

Eine weitere unangenehme Pause folgte – wie immer, wenn das Profil der Harpyie ins Gespräch kam. Schließlich sagte Beau mit sehr sanfter Stimme: »Ich werde nicht mit einer Harpyie ausgehen, Bathsheba.«

Ich konnte dem Mann deswegen keinen Vorwurf machen. Harpyien eilte ein gewisser Ruf voraus. Um genau zu sein, verliehen sie dem Ausdruck »Psycho-Freundin« eine ganz neue Dimension. Sie tendierten dazu, beim kleinsten Anlass durchzudrehen, und dann konnte es ziemlich ungemütlich werden.

»Es gäbe da noch einen Doppelgänger«, schlug ich vor, langsam ein wenig verzweifelt. »Jean kann sich sowohl als Frau als auch als Mann ausgeben – je nachdem, was gewünscht wird.«

Stille.

»Sind Sie verheiratet, Bathsheba?«

Oh mein Gott, seine Stimme klang noch verführerischer als vorhin, sofern das überhaupt möglich war. *Sag Ja! Lüg ihn an! Erzähl ihm, dass du verheiratet bist!* »Nein.« Ich atmete hörbar aus. »Das bin ich nicht.« Ich hatte den Blick fest auf den Laptopbildschirm geheftet, um dem Blick des Mannes mir gegenüber auszuweichen. Zu schade, dass ich mich nicht einfach unter meinem Schreibtisch verstecken konnte.

»Sind Sie fest mit jemandem zusammen?«

»Nein.« Mein Privatleben war viel zu kompliziert, um auch nur darüber nachzudenken, eine Beziehung zu führen. Ich warf einen besorgten Blick in Richtung des Archivs, in dem Sara verschwunden war, aber sie hatte die Tür geschlossen. Ich konnte nur hoffen, dass sie okay war.

»Es hört sich ganz danach an, als wären *Sie* mein Date für heute Abend.«

»Wie bitte?«, stammelte ich, bekam mich aber immerhin schnell genug wieder in den Griff, um ihm die Standardabfuhr zu erteilen. »Nach den Regeln der Übernatürlichen Allianz sind Verabredungen zwischen Menschen und Übernatürlichen verboten, außer es liegt eine Sondergenehmigung vor.«

»Ich beschäftige eine ganze Heerschar von Anwälten. Überlassen Sie die Klärung der Details mir.«

»Mr Russell«, sagte ich, inzwischen einigermaßen verzweifelt, »ich gehe nicht mit Klienten aus.«

Der Mann mir gegenüber lehnte sich interessiert auf seinem Besuchersessel vor und murmelte etwas, das verdächtig nach »Wirklich sehr schade!« klang.

Es war vermutlich unmöglich, dass ein Gesicht noch mehr errötete als meines in diesem Augenblick.

»Machen Sie eine Ausnahme. Oder lassen Sie mich mit Giselle reden.«

Beau klang nicht so, als würde er ein Nein als Antwort akzeptieren, und ich konzentrierte mich wieder ganz auf ihn. Seine überheblichen Forderungen begannen, mir langsam auf die Nerven zu gehen. »Giselle ist derzeit nicht zu sprechen.«

»Dann bleibt uns wohl nur eine Möglichkeit.«

Verdammt. Giselle würde mich bei lebendigem Leib häuten, wenn sie erfuhr, dass ich mit einem Klienten ausgegangen war. Es war verboten. Ich würde meinen Job verlieren. Andererseits … Ich starrte auf die Markierung an seinem Profil. Ich riskierte, so oder so rauszufliegen. Aber wenn ich mit Mr Russell ausging, konnte ich ihn vielleicht überzeugen, die Sache für sich zu behalten. Giselle würde nie erfahren, dass etwas schiefgelaufen war. Und alles, was ich dafür tun musste, war, ein paar Drinks mit dem Mann zu nehmen und ihn danach freundlich abzuservieren.

Ich stieß einen leisen Seufzer aus. »Ich denke, Sie machen einen Fehler, Mr Russell.«

»Beau.«

»Trotzdem ein Fehler.«

»Warum? Sie haben einen wunderbaren Namen, eine sexy Stimme und heute Abend noch nichts vor«, schmeichelte er mir. »Und immerhin stehen Sie durch Ihren Job bei Giselle im Dienste der Allianz, was wiederum bedeutet, dass ich nichts erklären muss, wenn mir plötzlich ein Puma-Schwanz wächst. Sie halten mich ja ohnehin schon für einen Perversen, wie Sie mir eingangs so freundlich deutlich gemacht haben. Es wird also keine unangenehmen Überraschungen geben.«

Mir entwich ein zynisches Schnauben. Sollte das ein Witz sein? Die ganze Sache war eine wirklich schlechte Idee.

»Ich muss sagen, dass ich mich sehr auf unser Date heute Abend freue«, bekräftigte Beau. »Ich bin äußerst gespannt auf das Gesicht, das zu dieser verführerischen Stimme gehört.«

Ich wurde schon wieder rot. Verdammt. Während ich hektisch nachdachte, sah ich zum Archiv hinüber. Sara hatte die Tür einen Spaltbreit geöffnet – wahrscheinlich, um nachzusehen, ob unser Besucher noch da war. Sie lief nervös auf und ab und rieb sich dabei ihre Arme, als wäre ihr kalt. Kein gutes Zeichen. Das abgesagte Date, Giselles drohender Zorn und der Gestaltwandler im Büro waren zu viel für sie. Panik stieg in mir auf, als Sara die Tür zum Archiv von innen zuknallte. Das war sogar ein ziemlich schlechtes Zeichen. Es war mein Job, dafür zu sorgen, dass Sara sich nicht aufregte, und das hieß, dass ich den Mann mir gegenüber möglichst schnell loswerden musste. Was wiederum bedeutete, dass ich den *anderen* Kerl am Telefon möglichst schnell abfertigen musste.

Ich drehte mich auf meinem Bürostuhl herum, um wenigstens den Anschein von ein wenig Privatsphäre zu erwecken. »Nur ein Abendessen, keine ganze Woche«, kapitulierte ich trotz meiner Bedenken. Jede Faser meines Körpers schien »großer Fehler« zu schreien, aber ich musste etwas tun. Nur noch wenige Sekunden, und Sara würde durchdrehen. »Und ich werde Sie auch nicht ins Hotel begleiten.«

»Außer Sie wollen es«, fügte er hinzu.

Ich verdrehte die Augen. Dieser Mann hatte eindeutig zu viel Selbstbewusstsein. »Ich werde es nicht wollen. Glauben Sie mir.«

»Wir werden sehen«, sagte er, nicht im Mindesten beeindruckt von meiner Abfuhr. »Wir treffen uns um halb acht im Restaurant. Ich freue mich, süße Bathsheba.« Dann legte er auf.

Erleichtert ließ ich das Telefon sinken. Damit war ich ein Problem los – das zweite saß vor mir.

Der Mann grinste. »Hi, ich bin Jason«, sagte er und streckte die Hand aus.

»War *er* das?« Saras Stimme drang gedämpft durch die geschlossene Tür. »Bin ich gefeuert?«

Ich räusperte mich und schenkte Jason ein entschuldigendes Lächeln. »Würden Sie mich noch einen Moment entschuldigen?«

»Natürlich«, sagte er mit einem Nicken.

Ich hastete ins Archiv. Kaum dass ich die Tür hinter mir geschlossen hatte, presste ich mir eine Hand auf Mund und Nase. Der schwere, süßliche Geruch von Saras Parfüm rief augenblicklich einen Brechreiz hervor. Meine Augen begannen zu tränen. »Gott, Sara, wenn du noch mehr von dem Zeug versprühst, wird er denken, dass wir hier hinten Rosen züchten.«

»Er ist ein Gestaltwandler«, fauchte sie und nebelte uns in eine weitere Wolke Parfüm ein. »Ich will einfach kein Risiko eingehen, okay? Und jetzt sag endlich, bin ich gefeuert?«

»Nein«, beruhigte ich sie und fächerte mir mit der Hand Luft zu. Das merkwürdige nervöse Gefühl, das mich seit dem Anruf verfolgte, ließ nicht nach, egal, wie sehr ich mich bemühte runterzukommen. »Ich habe die Sache geregelt.«

Sara starrte mich verwirrt an. »Was meinst du mit ›geregelt‹?«

»Ich werde heute Abend anstelle von Rosie mit Beau Russell ausgehen.«

Sara fiel die Kinnlade runter. »*Wie bitte?* Wir dürfen nicht mit Klienten ausgehen. Falls du dich erinnerst, du bist normal und nicht übernatürlich. Und du hast keine Sondergenehmigung.« Sie schüttelte entsetzt den Kopf und spähte dabei in Richtung Tür, vermutlich, um sicherzugehen, dass unser Kunde nicht plötzlich auf die Idee kam, dem Archiv einen Besuch abzustatten. »Es ist wirklich süß von dir, dass du mich damit retten willst, Sis, aber wenn Giselle was mitkriegt, rastet sie aus.«

»Ich werde ihr nichts erzählen und du auch nicht«, sagte ich beschwichtigend. »Und wenn sie aus dem Urlaub zurückkommt, ist die ganze Sache schon gelaufen.«

Sara schüttelte immer noch heftig den Kopf, sodass ihr das feine braune Haar ins Gesicht fiel. »Mach das nicht, Bath. Mir wird schon was einfallen …«

Ich griff nach ihrem Arm und kniff hinein, wie ich es getan hatte, als wir noch Kinder gewesen waren. »Ich schwöre dir, wenn du auch nur ein Profil aus der Datenbank löschst, werde ich einen ganzen Eimer Wasser über deinem Laptop zu Hause auskippen. Haben wir uns verstanden?« Ich sah ihr in die Augen. »*Ich* bin hier die Büroleiterin, also lass mich das regeln, okay?«

Als sie mir, statt zu antworten, die Zunge herausstreckte, wusste ich, dass ich gewonnen hatte.

»Kommst du klar?«, wechselte ich abrupt das Thema. »Willst du lieber gehen?«

»Alles okay«, versicherte sie mir, während sie sich wieder über die Arme rieb. »Ich habe alles unter Kontrolle.«

»Blödsinn.« Am liebsten hätte ich sie beschützend an mich gedrückt, doch ich ließ es sein. Aus Erfahrung wusste ich, dass es die Situation nur verschlimmern würde. »Du bleibst hier drin, während ich mich um den Typ da draußen kümmere, okay? Nimm dir so viel Zeit, wie du brauchst.« Sie nickte, die Lippen fest aufeinandergepresst. »Schmeiß irgendwas um, damit du einen Grund hast, länger im Archiv zu bleiben, um aufzuräumen. Aber bitte nicht die Parfümflasche. Wenn du noch einen einzigen Spritzer davon versprühst, kommt mir das Mittagessen wieder hoch.«

Sara nickte noch einmal angespannt.

Ich reckte, optimistischer, als ich mich fühlte, beide Daumen in die Höhe, dann schlüpfte ich zurück ins Büro.

Jason lächelte mich an, als ich an meinen Schreibtisch zurückkehrte. »Alles in Ordnung?«

»Ja, alles bestens«, sagte ich, um ein aufgeräumtes Lächeln bemüht. »Wenn Sie mir Ihre Identifikationsnummer nennen, können wir jetzt endlich Ihr Profil anlegen.«

Ich brauchte eine Dreiviertelstunde, um Jasons Account fertigzustellen. Normalerweise dauerte der Prozess nicht so lange, aber Jason redete gern und flirtete noch lieber. Ich versuchte, mich zu konzentrieren, warf zwischendurch jedoch immer wieder nervös einen Blick in Richtung Archiv. Es war kein Mucks zu hören, was mich ein wenig beunruhigte, aber ich durfte mir dem Kunden gegenüber nichts anmerken lassen.

Jason war wild entschlossen, mich rumzukriegen, doch ich wies seine Avancen freundlich, aber bestimmt zurück. Dann schickte ich sein Profil an eine hübsche Werfüchsin, die meiner Ansicht nach gut zu ihm passen würde. Nachdem ich sein Anmeldeformular ausgedruckt und ihn ein weiteres Mal hatte abblitzen lassen, gab es für Jason nichts weiter zu tun, als zu gehen.

Für den Fall, dass er doch noch einmal zurückkam, arbeitete ich noch ein paar Minuten weiter, bevor ich zum Archiv stürzte und die Tür aufriss.

Ein Wolf mit geschmeidigem grauem Fell lag auf dem Boden vor den Regalen, den Kopf auf die Pfoten gebettet. Saras Kleidung lag zwischen einigen Akten, die sie herausgerissen hatte, um sie herum verstreut.

»Ach, Sara«, sagte ich liebevoll.

Der Wolf stieß ein leises Jaulen aus.

Ich hob ihr zerrissenes T-Shirt auf, um zu sehen, ob es noch zu retten war. Das war es nicht. Mit einem Seufzen ging ich zurück zu meinem Schreibtisch und öffnete die unterste Schublade. Ich zog einen Stapel in Packpapier eingeschlagene Shirts heraus und wählte ein pinkfarbenes aus, bevor ich die Schublade wieder schloss.

Wenn man mit einem Werwolf zusammenlebte, war zerrissene Kleidung an der Tagesordnung. In den sechs Jahren, seit Sara sich das erste Mal verwandelt hatte, hatte ich mich an ihre Bedürfnisse gewöhnt. Was allerdings nicht bedeutete, dass ich sie einfach damit davonkommen ließ.

Ich marschierte zurück ins Archiv und ließ das T-Shirt vor ihrer Schnauze baumeln. »Das ist das Letzte in einer annehmbaren Farbe«, ärgerte ich sie. »Wenn du dich in nächster Zeit noch mal verwandelst, musst du mit einem der Sponge-Bob-Shirts vorliebnehmen, die wir im Ausverkauf gefunden haben.« Sie knurrte leise und fletschte die Zähne.

Ich grinste und warf das T-Shirt vor ihr auf den Boden. »Das sollte nur ein kleiner Ansporn sein.«

Den ganzen Tag überlegte ich, was ich zu meinem Date anziehen sollte. Ein Teil von mir hätte am liebsten etwas ausgesucht, das ungefähr so sexy wie eine Mönchskutte war. Da Mr Beau Russell es ganz offensichtlich darauf abgesehen hatte, mich heute Abend flachzulegen, sollte ihn mein Outfit gleich von Beginn an darauf hinweisen, dass er sich das abschminken konnte. Ich brauchte etwas, das »tabu« schrie, etwas, das puritanisch, wenn möglich sogar amisch wirkte. Aber meine feminine Seite rebellierte dagegen. Ich *wollte* gut aussehen. Beau war höchstwahrscheinlich wahnsinnig attraktiv und noch dazu unglaublich selbstbewusst, ich dagegen war seit sechs Jahren mit niemandem mehr ausgegangen.

Das war eine der ersten Veränderungen gewesen, die sich nach Saras Verwandlung in mein Leben geschlichen hatten, und ich hatte sie freiwillig akzeptiert. Es war zu meiner Lebensaufgabe geworden, meine kleine Schwester zu beschützen. Und bei allem, was ich tat, stellte ich mir zuallererst die Frage, welche Auswirkungen es auf sie haben würde. Trotzdem hatte ich heute Abend ein Date. Nur ich und irgendein Typ, der sich darauf freute, eine attraktive junge Frau kennenlernen und hoffentlich bei ihr landen zu können. Ich schluckte. Und als ob die ganze Sache nicht schon kompliziert genug gewesen wäre, würden wir auch noch in irgendeinen schicken Laden gehen. Mir würde also nichts anderes übrig bleiben, als so auszusehen, als gehörte ich dorthin – glamourös und selbstbewusst.

Was Mr Russell anging, musste ich vorsichtig sein. Ich würde die souveräne, kühle und starke Ich-werde-niemals-an-Ihnen-interessiert-sein-Bathsheba herauskehren, die vollkommen normal und menschlich war und keine kleine Werwölfin zur Schwester hatte.

Nach der Arbeit verbrachte ich eine Stunde damit, meinen Kleiderschrank zu durchwühlen. Die meisten Outfits waren eher praktisch, nichts davon schien besonders gut für ein Date geeignet zu sein. Schließlich entschied ich mich für ein ärmelloses, schwingendes schwarzes A-Linien-Kleid mit Satinsaum. Hübsch und feminin. Allerdings war das Kleid kürzer, als ich es in Erinnerung gehabt hatte, und der Ausschnitt überließ nichts der Fantasie, was vermutlich auch der Grund dafür war, dass es so lange ungetragen in meinem Schrank gehangen hatte. Jemandem, der ständig auf irgendwelche Dates ging, wäre es vermutlich nicht mal besonders verführerisch erschienen, aber für mich hatte es nie die richtige Gelegenheit gegeben, es anzuziehen. Im Nacken war sogar noch das Preisschild befestigt.

Ich komplettierte das Outfit mit goldenen Armreifen und einem Paar Kreolen. Da ich keine Zeit hatte, meine langen, superfeinen blonden Haare aufwendig zu föhnen, band ich sie zu einem strengen Pferdeschwanz zurück, den ich zu einem hohen Dutt drehte und mit einigen Haarnadeln feststeckte. Ich war nun wirklich nicht darauf aus, Mr Russell zu beeindrucken. Und genau aus diesem Grund trug ich noch eine Extraschicht Lipgloss auf. Dann warf ich die Sachen, die ich tagsüber getragen hatte, mit einem parfümierten Tuch in den Trockner – nur für den Fall, dass etwas von Saras deutlichem Werwolf-Geruch daran haften geblieben war. Da ich ein Mensch war, konnte ich ihn nicht wahrnehmen, aber jeder Gestaltwandler hatte einen zehnmal so scharfen Geruchssinn wie ich, und wir hatten deswegen schon das ein oder andere Mal unerwünschten Besuch gehabt. Aus demselben Grund hatte ich auch meine schwarzen Sandalen zum Auslüften auf die Veranda gehängt.

Ich hatte mir ein Taxi bestellt, und während wir durch die Stadt fuhren, starrte ich nervös aus dem Fenster und versuchte, mir nicht zu viele Sorgen zu machen. Das letzte Mal, als ich auswärts gegessen hatte, war ich in einem Burger King gewesen. Sara würde heute Abend zu Hause bleiben, um sich von ihrer letzten Verwandlung auszuruhen, und unser Wagen stand, für den Fall, dass sie ihn brauchte, in der Garage.

Das Un Peu de Goût lag mitten auf dem Sundance Square in der Innenstadt von Fort Worth. Zu den Gästen gehörten vor allem Geschäftsleute und Touristen, die gern viel Geld für ihr Essen ausgaben. Als ich das Restaurant betrat, klackerten meine Absätze so laut auf dem Marmorboden, dass ich die Aufmerksamkeit des Maître d'hôtel auf mich zog.

Das hier war ein Fehler. Ich hätte ein Kleid anziehen sollen, das bis übers Knie reichte oder zumindest weniger von meinem Ausschnitt offenbarte. Und vor allem hätte ich mich niemals auf dieses Date einlassen dürfen. Wenn Giselle herausfand, dass ich mit einem unserer Klienten ausgegangen war, wäre ich meinen Job los – egal, ob es nun sein Wunsch gewesen war oder sein Account was auch immer für die Agentur bedeutete. Gewöhnliche Menschen gab es wie Sand am Meer, selbst solche, die angesichts der fragwürdigen Neigungen ihrer Chefin und den oft mehr als seltsamen Wünschen ihrer Klienten nicht sofort die Flucht ergriffen. Die Allianz war eine äußerst exklusive Vereinigung, und alle ihre Mitglieder waren reich und mächtig. Entweder weil sie schon besonders lange auf dieser Erde wandelten, oder weil sie mit einem so charmanten Charakter ausgestattet waren, dass ihnen jedes menschliche Wesen auf der Stelle verfiel. Sie alle stellten bemitleidenswerte Geschöpfe wie Sara und mich – na ja, vielleicht auch nur mich – bei Weitem in den Schatten. Wenn Giselle jemals in die Verlegenheit geraten sollte, zwischen einer loyalen Mitarbeiterin und einem Klienten zu wählen, würde sie sich immer für Letzteren entscheiden.

»Kann ich Ihnen helfen, Mademoiselle?«

In der Hoffnung, dass er meine Nervosität nicht bemerken würde, lächelte ich den Oberkellner tapfer an. »Ich bin mit Mr Beau Russell verabredet«, sagte ich ein wenig atemlos. »Wir haben eine Reservierung.«

Der Oberkellner warf nicht einmal einen Blick auf das Gästebuch, sondern schenkte mir stattdessen nur ein kleines, wissendes Lächeln. »Mr Russell wird jeden Augenblick eintreffen, Mademoiselle. Warum warten Sie nicht an der Bar auf ihn?«

»Oh«, sagte ich, ein wenig überrascht, dass mein Date noch nicht hier war. »Ja, natürlich, warum nicht.«

Als ich mich auf einen der hohen Hocker sinken ließ, spürte ich mit einem Mal Ärger in mir aufsteigen. Was fiel ihm ein, zu spät zu kommen? Wenn er damit beabsichtigte, das niedere

Menschenwesen von Anfang an in seine Schranken zu weisen, war ich alles andere als amüsiert darüber. Nur blieb mir leider nichts anderes übrig, als zu warten.

Ich wandte mich dem Barkeeper zu und bestellte einen Mojito. Der Drink war absurd teuer, aber lecker, und er stellte sich als hervorragendes Mittel heraus, um meine flatterigen Nerven zu beruhigen. Ich stürzte die Hälfte in einem Zug herunter, bevor ich mich ermahnte, es langsam angehen zu lassen. Mir wäre nicht geholfen, wenn ich sturzbetrunken war, wenn der Mann sich endlich bequemte aufzutauchen.

Zehn Minuten vergingen. Ich spielte mit der Limettenscheibe am Rand meines Cocktailglases. Wo blieb er? Vielleicht würde er gar nicht kommen. Vielleicht hatte er in der Agentur angerufen und mitgeteilt, dass er die Verabredung absagen musste. Mir war nur allzu bewusst, wonach die Mitglieder der Allianz suchten, vor allem die Gestaltwandler. Alle ihre Datingprofile klangen ähnlich – muskulös, schlank, aggressiv. Umwerfend. Enthusiastisch. Moralisch zweifelhafter Charakter. Die meisten weiblichen Gestaltwandler bevorzugten Männer, die genauso heiß waren wie sie selbst, und sogar die Vampir-Frauen waren elegante, zarte Wesen, mit denen kein Mensch mithalten konnte. Für unsere glamouröse Klientel war ich nicht mehr als eine schlichte Tippse. Eine nichtssagende Blondine, die sich in figurformende Unterwäsche quetschte, die ihren Blutkreislauf zu unterbrechen drohte. Nach einem Blick auf mich würde er laut lachen und um ein Date mit der Harpyie bitten.

Beim Gedanken daran wurde ich wieder nervös und biss ungeduldig in die Limettenscheibe. Wenn er in zehn Minuten nicht auftauchte, konnte er mich mal. Auf keinen Fall würde ich den ganzen Abend wie ein jämmerlicher Loser an der Bar hängen und auf ihn warten. Ich legte den Rand der Limettenscheibe auf die kleine Cocktailserviette und stürzte den Rest meines Drinks hinunter.

Nach sieben weiteren Minuten hatte ich genug. Offensichtlich hatte es sich Mr Russell anders überlegt. Ein Teil von mir seufzte vor Erleichterung auf. Immerhin hätte Giselle damit keinen Grund, wegen irgendetwas auszurasten, und ich wäre trotzdem allen meinen Verpflichtungen nachgekommen. Ich legte einen Schein auf den Tresen, klemmte mir meine Handtasche unter den Arm und rutschte vom Barhocker.

Und dann sah ich ihn.

Er lehnte ein paar Meter entfernt an der Bar – so selbstbewusst, als würde ihm der Laden gehören. Er war mir zugewandt, ein halb volles Glas Bier stand neben ihm auf dem Tresen. Es war offensichtlich, dass er schon eine ganze Weile lang hier war, und ebenso offensichtlich war, dass er mich die ganze Zeit beobachtet hatte, ohne sich die Mühe zu machen, sich vorzustellen. Der Arsch.

Er verzog den Mund zu einem kleinen Lächeln, und mein Herz blieb stehen. Ich hatte schon viele attraktive, sexy Typen gesehen, aber noch nie in meinem Leben war ich einem Mann begegnet, der so unglaublich mächtig und männlich wirkte wie dieser. Ich hatte Probleme, Luft zu bekommen. Es lag nicht an den langen Wimpern und den stechend grauen Augen. Auch nicht an seinem Schlafzimmerblick, mit dem er mich musterte, als sei ich nackt. Es lag nicht an seinen beeindruckend breiten Schultern, der schmalen Taille oder dem dichten braunen Haar, das ihm leicht zerzaust in die gebräunte Stirn fiel. Nichts davon ließ mir den Atem so sehr stocken wie das unerschütterliche Selbstbewusstsein, das er ausstrahlte – von seiner lockeren Haltung bis hin zu dem schiefen Grinsen, das seine Lippen umspielte und seine unglaublichen Wangenknochen betonte. Ich stöhnte innerlich auf. Dieser Mann bedeutete ganz eindeutig Ärger.

Als er auf mich zukam, verschwamm mein Sichtfeld an den Rändern, und kleine schwarze Sterne begannen, vor meinen Augen zu tanzen. Er schien sich nahezu ohne jede Anstrengung fortzubewegen, jeder Schritt eine anmutige Bewegung – wie ein Raubtier, das sich lautlos seiner Beute nähert. Als er sich zu mir hinabbeugte, kitzelte mich sein reiner Moschusduft in der Nase.

»Sie müssen atmen, Bathsheba.«

Atmen. Richtig. Ich holte tief Luft, und meine Sicht wurde langsam wieder klarer.

Da war es wieder, dieses warme, träge Lächeln. »So ist's gut.«

Ich kämpfte den Drang nieder, ihn anzufahren, warum er mich so lange hatte warten lassen, obwohl er die ganze Zeit hier gewesen war.

Er machte eine Handbewegung in Richtung der mit weißen Leinentüchern eingedeckten Tische. »Wollen wir uns setzen?«

Das würde ganz von seiner Antwort auf meine Frage abhängen. »Wie lange haben Sie schon da drüben gestanden und mich beobachtet?«

Sein Lächeln verwandelte sich in ein Grinsen. »Sie haben mich erwischt«, gab er zu. »Ich wollte Sie ein paar Minuten einfach nur ansehen. Ist das so falsch?«

»Es war sehr unangenehm für mich«, antwortete ich kühl. »Ich dachte, Sie hätten mich versetzt.«

Er nahm meine Hand in seine und führte sie an seine Lippen, um einen Kuss daraufzuhauchen. »Ich entschuldige mich in aller Form«, sagte er und sah mich ernst an. »Das war gedankenlos von mir.«

Ich versuchte, meine Hand zurückzuziehen, doch er ließ sie nicht los. Ich hob eine Augenbraue. »Mr Russell, wie Sie wissen, ist es Menschen nicht erlaubt, sich mit einem Mitglied der Allianz zu verabreden. Um den Standards unserer Agentur gerecht zu werden, wollte ich Sie heute Abend nicht allein hier sitzen lassen, aber ich riskiere damit meinen Job. Wenn ich mich also entscheide, hierzubleiben, darf Giselle unter keinen Umständen etwas davon erfahren.«

Er strich mit dem Daumen über meinen Handrücken. »Natürlich. Ich möchte auf keinen Fall, dass Sie wegen mir Schwierigkeiten bekommen. Bitte bleiben Sie.« Er sah mir in die Augen, bevor er hinzufügte: »Ich habe das Verkostungsmenü für uns bestellt.«

Ich hatte noch nie ein Verkostungsmenü probiert, und wenn ich ehrlich war, war ich neugierig auf die vielen kleinen Leckerbissen, die der Chefkoch zaubern würde, um seine Gäste zu beeindrucken. Vielleicht würde es sogar ein bisschen Spaß machen, und Beaus Entschuldigung hatte aufrichtig gewirkt.

»Okay, überzeugt.«

»Danke.«

Am Tisch rückte er mir den Stuhl zurecht und nahm dann gegenüber von mir Platz, wo er schwungvoll die Serviette entfaltete und über seinen Schoß breitete. Der Kellner öffnete eine Flasche teuer aussehenden Wein, und nachdem wir beide einen Schluck getrunken hatten, sagte ich: »Ich sollte Sie über meine erste Datingregel aufklären, Mr Russell. Nur weil Sie mich zum Essen einladen und mir überteuerten Wein einschenken, heißt das nicht, dass ich Sex mit Ihnen haben werde. Ich werde Sie also auf keinen Fall ins Worthington begleiten.«

Er lächelte. Offenbar war er kein bisschen gekränkt. »Ich würde nicht einmal davon zu träumen wagen, Miss Bathsheba. Das einzige Vergnügen, das ich mir durch ein Essen mit Ihnen erhoffe, ist Ihre Gesellschaft.«

Ich starrte die gut zwei Meter pure Männlichkeit mir gegenüber an. Er sah amüsiert aus, als würde er es genießen, eine Herausforderung gefunden zu haben. Dieses Date konnte mir auf eine Art gefährlich werden, die ich nicht erwartet hatte.

Um mich abzulenken, wechselte ich das Thema. »Warum haben Sie mich an der Bar beobachtet, Mr Russell? Damit Sie zur Not die Flucht hätten ergreifen können, falls sich herausgestellt hätte, dass ich eine Warze auf der Nase und einen Buckel habe?«

»Ich wollte sehen, ob Stimme und Name zu Ihrem Körper passen.«

»Und, sehe ich Ihrer Meinung nach aus wie eine Bathsheba?«

»Das tun Sie«, antwortete er ernst. »Sanft. Verführerisch. Warm. Kurvig.« Seine Augen funkelten, als er sich vorbeugte. »Und ich wette, Sie schmecken auch so.«

Oh. Mein. Gott. Ich spürte, wie ich rot wurde. »Sie sind der Erste, der das so sieht«, sagte ich hastig, um meine Fassung wiederzugewinnen. »Normalerweise erinnert mein Name die Leute an eine alte Dame mit Strickzeug.«

»Wie unrecht die Leute doch haben.«

Alarm! Alarm! Meine Hormone spielen verrückt! »Mr Russell …«

»Bitte, nenn mich doch Beau«, unterbrach er mich. »Eine Abkürzung für Beauregard. Nachdem du dieses intime Detail von mir kennst, bleibt dir nichts anderes übrig, als mich zu duzen. Alles andere wäre lächerlich.« Er sah tatsächlich ein wenig verlegen aus. »Alte Südstaatenfamilie. Daher der gewöhnungsbedürftige Name.«

Jetzt musste ich doch lachen. »In Ordnung. Und ich werde dich garantiert nicht wegen deines Namens aufziehen. Immerhin unterhältst du dich gerade mit einer Frau, die nach einer der größten Ehebrecherinnen der Bibel benannt wurde. Meine Schwester kann froh sein, dass sie nicht ›Hure von Babylon‹ heißt.«

Er lachte. Der Ausdruck in seinen grauen Augen war warm, und in seinen Augenwinkeln zeigten sich kleine Lachfältchen. Er hob sein Weinglas. »Zwei äußerst ungewöhnliche Namen für zwei sehr normale Menschen. Wir scheinen wie füreinander gemacht zu sein, Bathsheba Ward.«

Ich war mir nicht sicher, wie normal er tatsächlich war, aber das spielte in diesem Moment keine Rolle. Ich stieß mit ihm an. »Meine Freunde nennen mich Bath«, sagte ich, nachdem wir die Gläser wieder abgestellt hatten.

Er umschloss meine Hand mit der seinen. »Aber ich möchte nicht dein Freund sein.«

Das Gefühl seiner warmen Haut auf meiner brachte mich vollkommen durcheinander. Ich spürte die Schwielen an seiner Handinnenfläche, den festen und doch zärtlichen Druck seiner Finger, seine Nägel, mit denen er abwesend über meinen Handrücken fuhr. Verdammt, das hier gefiel mir – und zwar mehr, als gut für mich war. Ich leckte mir nervös über die Lippen und sah ihn an. »Und, was wird heute Abend serviert?«

Er grinste. »Ich habe keine Ahnung. Ehrlich gesagt habe ich den Oberkellner einfach um eine Empfehlung gebeten, und er hat mir das Verkostungsmenü vorgeschlagen.«

Als der Kellner an unseren Tisch trat, lehnten wir uns beide zurück, doch das warme Gefühl von Beaus Fingern schien an meiner Haut haften geblieben zu sein.

»Ein Amuse-Bouche für Monsieur und Mademoiselle«, sagte der Kellner, dessen Französisch vom typisch schleppenden Tonfall eines Texaners gefärbt war, und stellte zwei winzige Tellerchen auf den Tisch. »Blätterteigtörtchen mit Kaviar und Crème fraîche«, erklärte er und ließ uns wieder allein.

Beau steckte sich seinen Happen in den Mund. Eine Sekunde später war sein begeisterter Gesichtsausdruck Irritation gewichen, und er kaute langsamer.

Ich starrte auf die exklusive Kreation vor mir. »Wie schmeckt es?«

Er kaute noch ein paarmal, dann schluckte er hart. »Interessant.«

Nicht gerade eine enthusiastische Empfehlung. Ich starrte weiter auf das Tellerchen, bis der Kellner kam und sich mit einem Nicken erkundigte, ob er abräumen dürfe.

Einen Moment später erschien er wieder, diesmal mit zwei kleinen Schüsseln mit einer leuchtend orangegelben Suppe. Als ich etwas Braunes darin schwimmen sah, riss ich die Augen auf.

»Süppchen vom Butternusskürbis mit Wachtelei im Nest.«

Oh mein Gott. Nachdem der Kellner sich wieder zurückgezogen hatte, warf ich einen weiteren skeptischen Blick auf die Schüssel vor mir, bevor ich Beau ansah.

Er starrte mit seltsamem Gesichtsausdruck in seine Suppe.

»Ist das ein echtes Vogelnest?«, fragte ich ihn. »Sollen wir das etwa essen?«

»Ich habe keine Ahnung«, gab er zu und klopfte dann vorsichtig mit seinem Löffel gegen das Ei. »Ich weiß, ich bin eine Werkatze, aber das hier ist *wirklich* lächerlich.«

Ich kicherte und trank einen Schluck Wein, kein bisschen motivierter als Beau, mein Essen anzurühren. »Ich gebe zu, dass ich in Sachen Ernährung wohl ein bisschen weniger abenteuerlustig bin, als ich sein sollte. Was kommt als Nächstes?«

»Käse«, las er von der kleinen weißen Karte ab, die der Kellner zusammen mit den Amuse-Bouches auf den Tisch gestellt hatte und auf der die verschiedenen Gänge aufgelistet waren.

»Warum machst du dann so ein komisches Gesicht? Käse klingt doch gar nicht so schlecht.«

»Eine pikante Mischung aus Ziegen- und Yakmilch«, sagte er und überflog weiter die Menükarte.

»Äh, okay …« Ich trank noch einen Schluck. »Immerhin ist der Wein gut.«

Beau sah mich enttäuscht an. »Es tut mir sehr leid, dass dir das Essen nicht liegt.«

»Wir haben ja noch nicht mal wirklich damit angefangen«, versuchte ich die Sache mit Humor zu nehmen. »Das Hauptgericht besteht vermutlich aus irgendeinem bedauerlichen exotischen Tier, das auf einem Bett aus Seegras serviert wird. *Französischem* Seegras, selbstverständlich.«

Er lachte. »Nebenan gibt es eine Sportsbar. Hast du Lust auf einen Burger?«

»Und dafür soll ich mein Vogelnest zurücklassen?« Beschützend legte ich die Hände um meine Suppenschüssel und bemühte mich, nicht laut loszuprusten. Als er mich verschmitzt angrinste, stand ich auf. »Lass uns gehen.«

Beau warf ein Bündel Scheine auf den Tisch und folgte mir.

In der Kneipe nebenan suchten wir uns einen ruhigen Platz. Während wir auf unsere Burger warteten, entstand ein unangenehmes Schweigen zwischen uns. Beau in einer dunklen, gemütlichen Bar gegenüberzusitzen fühlte sich um einiges intimer an als an einem Tisch in einem edlen französischen Restaurant. Ich zermarterte mir das Gehirn auf der Suche nach einem geeigneten Thema, aber mir fiel nichts ein. Verdammt. Mein letztes Date war so lange her, dass ich nicht mal mehr wusste, worüber man sich bei so einer Gelegenheit unterhielt. Football? Ich hatte keine Ahnung, ob er überhaupt an Sport interessiert war. Das Wetter? Nein, das wäre einfach nur langweilig.

»Fühlst du dich in meiner Gegenwart nicht wohl?«

Ganz offensichtlich hatte er meine Unsicherheit gespürt, sie aber falsch interpretiert.

»Ich bin einfach nicht besonders gut in Small Talk. Oder in Dating. Ich date normalerweise nicht«, fügte ich überflüssigerweise hinzu.

Er sah mich fasziniert an. »Ich kann mir keinen einzigen Grund dafür vorstellen. Erzähl mir was von dir.«

Ich erstarrte. Etwas über mich zu erzählen bedeutete auch, etwas über Sara zu erzählen, und ich durfte auf keinen Fall über meine kleine Schwester reden. »Da gibt es nicht viel zu erzählen«, sagte ich steif. Versuchte er, mich auszufragen, um an Informationen heranzukommen? »Alles in allem bin ich ein sehr langweiliges Mädchen.«

Er schüttelte den Kopf, während wieder dieses wunderschöne Lächeln seine Lippen umspielte. »Ich zweifle ernsthaft daran, dass jemand mit einem außergewöhnlichen Namen wie deinem langweilig sein könnte.«

Ich schwieg.

»Du bist wirklich nicht besonders gut in Small Talk«, zog er mich auf.

Verdammt. Ich musste ihm etwas möglichst Belangloses erzählen, damit er nicht auf unser Geheimnis stieß. »Ich ... lese gern.«

Er grinste mich über den Teller mit Pommes hinweg an, den der Kellner gerade vor uns abgestellt hatte. »Wer tut das nicht?«

Der Mann hatte wirklich ein Talent dafür, sich beliebt zu machen. »Okay, das war's von mir. Jetzt bist du dran. Erzähl mir doch mal, was du so magst.«

Für einen Moment sah ich seine perfekten weißen Zähne aufblitzen. »Ich mag Frauen. Weiche, kurvige Frauen.«

Ich verdrehte die Augen. »Das zählt nicht.«

»Warum nicht?«

»Weil es selbstverständlich ist. Genauso selbstverständlich wie die Tatsache, dass ich gut gebaute Männer mag.« Ich nahm mir ein paar Pommes. »Da könnte ich dir genauso gut erzählen, dass ich besonders gern atme und esse.«

»Wir scheinen wirklich füreinander gemacht zu sein. Essen und Atmen praktiziere ich für mein Leben gern.« Er beugte sich zu mir herüber. »Und ich bin sogar *sehr* gut gebaut.«

Beinahe hätte ich mich an den Pommes verschluckt. »Das war nicht nett«, sagte ich hustend, während ich versuchte, wieder Luft zu bekommen. »Du spielst mit unfairen Mitteln.«

Er nahm sich noch ein paar der knusprigen Kartoffelstäbchen und gestikulierte damit in meine Richtung. »Du bist dran.«

»Es gibt wirklich nichts besonders Interessantes über mich zu berichten.«

Er hob vielsagend eine Augenbraue. »Niemand hat so ein

langweiliges Leben. Langsam bekomme ich das Gefühl, dass du etwas zu verbergen hast, Miss Bathsheba.«

Und ob ich das habe, Beau. Als ich neunzehn war, begann meine jüngere Schwester, mit einem Werwolf auszugehen. Er hat sie gebissen und damit zu einer Gestaltwandlerin gemacht, und ich musste das College abbrechen, um ihr zu helfen, sich daran zu gewöhnen, dass ihr gelegentlich Fell und ein Schwanz wachsen. Und da das Wolfsrudel immer noch nach ihr sucht, um sie zu sich zu holen, versuchen wir, uns möglichst unauffällig zu verhalten, um nicht schon wieder die Stadt verlassen zu müssen. Ach ja, und außerdem mag ich Highschool-Komödien. Und du?

Ich schluckte den letzten Bissen meiner Pommes hinunter und tat so, als würde ich nachdenken. Ich brauchte ein möglichst langweiliges und unverfängliches Thema, etwas, das die Unterhaltung wieder in sichere Fahrwasser lenken würde. »Ich mag Bilanzierung.« Ein Satz, der garantiert jeden Mann in die Flucht schlug. Die meisten Frauen hätten an meiner Stelle gesagt, dass sie gern ausgingen oder tanzten oder es sich am liebsten zu Hause mit einem Film gemütlich machten.

Er legte seinen Kopf in einer katzengleichen Pose ein wenig schief. Eine Bewegung, die mich erschaudern ließ, da sie mich daran erinnerte, dass er nur deswegen so unglaublich sexy wirkte, weil er mehr war als nur ein gewöhnlicher Mensch. »Bilanzierung? Buchhaltung also?«

Ich wartete darauf, dass ihm vor Langeweile die Augen zufielen. »Ich finde es äußerst befriedigend.«

»Dann magst du also auch Mathematik und die Herausforderung daran?«

Keine Spur von dem gelangweilten Gesichtsausdruck oder, schlimmer noch, dem spöttischen Grinsen, das ich gewohnt war. Ich war so überrascht, dass ich ihm ein ehrliches Lächeln schenkte. »Mir gefällt das Gefühl der Kontrolle, das ich dabei habe. Zuerst habe ich es gehasst, aber irgendwann fing ich an, es als eine Art Rätsel, als ein Spiel anzusehen, herauszufinden, wie die Bücher richtig zu führen sind, damit am Ende alles zusammenpasst.« Meine Aufgaben als Giselles Agenturleiterin gefielen mir tatsächlich. Die Arbeit gab mir das Gefühl, irgendwann vielleicht mein eigenes Geschäft aufbauen und leiten zu können. Ich sah es als eine Art Training an.

»Hast du nie daran gedacht, dich selbstständig zu machen?«

»Irgendwann vielleicht«, sagte ich ausweichend, plötzlich wieder unsicher. Ich wollte mit ihm nicht über meine persönlichsten Hoffnungen und Träume reden.

»Du könntest deine eigene Buchhaltungsfirma gründen. Ich würde dich auf der Stelle für mein Unternehmen engagieren.«

»Vielen Dank, aber ich verzichte.«

Als er mir ein schiefes Grinsen schenkte, machte mein Herz einen Satz. »Das Angebot steht. Du darfst jederzeit mit Vergnügen deine Hände an meine Bücher legen.« Es war wirklich unglaublich, wie er ein harmloses Thema wie die Buchführung allein durch die Wahl seines Tonfalls derart anzüglich klingen lassen konnte.

Ich nahm hastig einen großen Schluck von meinem Mojito. Plötzlich hatte ich das dringende Bedürfnis, mir Mut anzutrinken.

Er lehnte sich mit einem Lächeln zurück und musterte mich von oben bis unten wie einen köstlichen Braten, den er im nächsten Augenblick zu verschlingen gedachte. Doch von einer Sekunde auf die andere verschwand sein Lächeln, und er versteifte sich.

Jemand glitt auf die Sitzbank neben mir.

»Hallo zusammen«, sagte der Mann mit tiefer Stimme, hinter der ein Knurren zu lauern schien.

Ich sah überrascht auf und rutschte reflexartig ein Stück beiseite.

Beau hatte die Kiefer fest aufeinandergepresst.

»Was haben wir denn hier?« Der Mann grinste mich verschlagen an und entblößte dabei zwei Reihen großer, schief stehender Zähne. Sein wildes, dichtes Haar stand in Büscheln vom Kopf ab, und über seinem gewaltigen Oberkörper spannte sich ein zerknittertes Poloshirt.

Ich konnte nicht genau sagen, woran es lag, aber er hatte etwas Wildes an sich. Und als ich sah, wie seine Nasenflügel bebten, um meinen Geruch aufzunehmen, wusste ich, woran es lag. Ein Gestaltwandler. Das Blut rauschte in meinen Ohren, und ich versteifte mich automatisch, als ich an Sara dachte. Fuck. Fuck. Fuck. Wenn dieser Mann ein Wolf war, könnte er uns äußerst gefährlich werden.

Der Typ neigte den Kopf, sodass er nun Beau mit seinem verrückten Grinsen ansah. »Wer ist deine kleine Freundin? Nicht von hier, was?«

Steif vor Angst wartete ich darauf, dass er Saras Duft an mir wahrnehmen und mein Geheimnis aufdecken würde.

Beau hatte die Augen zu schmalen Schlitzen zusammengekniffen, auch wenn seine Lippen immer noch das freundliche Lächeln zeigten, mit dem er mich zuvor angesehen hatte. »Hau ab, Tony! Das hier ist eine persönliche Sache. Die geht das Rudel nichts an.«

Tony kam mir noch näher.

Ich stieß ihn zurück, ohne mich darum zu kümmern, wie unhöflich die Geste wirken musste. »Kommen Sie mir nicht zu nahe!«

Vollkommen unbeeindruckt von meinem Protest griff Tony nach meiner Hand. Er hob sie unter seine Nase und schnupperte daran. Seine Augen wurden groß. Dann sah er Beau mit einem wissenden Grinsen an. »Sie ist keine von uns, hab ich recht?«

Ich trank einen großen Schluck von meinem Mojito – halb

erleichtert, halb ängstlich. Sara war in Sicherheit, aber jetzt hatte ich ein ganz anderes Problem an der Backe. Beau hätte mit einer übernatürlichen Frau ausgehen sollen, und ich war vollkommen normal. Ich würde auffliegen. Giselle würde von der Geschichte erfahren. Verdammt!

Während ich verzweifelt an meinem Drink nippte, streckte Tony wieder die Hand nach mir aus, diesmal, um mein Ohr zu berühren. Vor Schreck zuckte ich so heftig zusammen, dass ich den letzten Schluck Mojito quer über den Tisch spuckte.

Beau schlug Tonys Hand beiseite. »Wenn du sie noch einmal anfasst«, sagte er mit beinahe gelangweilter Stimme – doch seine Augen sprühten vor Wut –, »dann breche ich dir jeden Finger einzeln. Verstanden?«

»Na, na.« Tonys Tonfall war leicht, scherzhaft. »Wer wird denn wegen ein bisschen menschlichen Abfalls gleich so wütend werden, Beauregard?«

Beau starrte ihn an. Ich konnte den Zorn spüren, der ihm aus jeder Pore zu dringen schien. Eine falsche Bewegung, und die beiden würden sich prügeln. Beau schien kein Problem damit zu haben, seinen Gegner ungespitzt in den Boden zu rammen, und Tony mangelte es ganz offensichtlich an ausreichend gesundem Menschenverstand, um ihn nicht dazu zu provozieren.

Mit einem abfälligen Grinsen ließ Tony den Blick über meinen Hals wandern, als ob er mich erneut anfassen wollte. »Für eine Normale ist sie ganz süß, Beau. Allerdings nicht gerade das, was ich als deinen Typ bezeichnet hätte.« Er musterte mich noch einmal interessiert von oben bis unten, bevor er sich wieder Beau zuwandte. »Wo ist Arabella?«

Mir wurde schlecht. War Beau etwa mit jemandem zusammen? Vielleicht sogar verheiratet?

»Ich habe keine Ahnung«, antwortete Beau gedehnt. »Ich bin nicht ihr Aufpasser.«

Ich warf einen unauffälligen Blick auf seine Finger. Kein Ringabdruck. Gut. Auch wenn es mir natürlich eigentlich vollkommen egal war.

»Anscheinend ist meine Anwesenheit hier unerwünscht«, sagte Tony mit einem Grinsen und stand auf. »Aber du solltest eigentlich wissen, dass du gegen die Regeln verstößt, wenn du mit einem Menschen ausgehst. Wenn ich mich recht erinnere, war es sogar deine eigene kleine Allianz, die diese Regel aufgestellt hat. Was für eine Ironie, dass ausgerechnet du sie jetzt brichst.«

Als Beau antwortete, sah er dabei die ganze Zeit über mich an. »Es geht dich absolut nichts an, mit wem ich ausgehe. Wenn ich dafür die Erlaubnis von jemandem brauche, werde ich denjenigen darum bitten.«

»Wie du meinst.« Der Gestaltwandler grinste mich an. »Ich bin mir allerdings ziemlich sicher, dass die anderen dein kleines Tête-à-Tête hier ziemlich interessant finden werden.« Tony zwinkerte mir zu. »Bis dann, Hühnchen.«

Nachdem er gegangen war, breitete sich ein unangenehmes Schweigen aus. Beau hatte die Hände um die Tischkante geklammert, als wollte er sich so davon abhalten, aufzuspringen und Tony die Kehle rauszureißen. Doch der drehte sich nicht noch einmal zu uns um, während er quer durch die Bar davonschlenderte, bis er aus unserem Blickfeld verschwunden war.

Der Kellner kam an unseren Tisch, um mir einen frischen Drink zu bringen.

Beau sagte noch immer nichts.

Hunderte unbeantwortete Fragen schossen mir durch den Kopf. Und so war ich die Erste, die das Schweigen brach. *»Hühnchen?«*

»Das ist Tonys charmante Bezeichnung für alle ›Normalen‹«, erklärte er widerwillig. »Er meint, alle Menschen schmecken nach Hühnchen.«

»Ziemlich beunruhigend.«

»Er versucht, sich besonders tough zu geben. Sein Rudel ist voller Arschlöcher, denen es gefällt, andere herumzukommandieren. Sie weigern sich, der Allianz beizutreten.«

Das erklärte zumindest, warum die beiden von Anfang an aufeinander losgegangen waren. Allein beim Gedanken daran, dass dieser Typ neben mir gesessen und mich angefasst hatte, dass er jeden Augenblick Saras Duft an mir hätte riechen können, wurde mir wieder schlecht. Mit zitternden Händen griff ich nach meinem Mojito, trank hastig und verschluckte mich. Hustend stellte ich das Glas zurück auf den Tisch.

»Geht es dir gut?«, fragte Beau. Seine Stimme hatte wieder einen sanfteren Tonfall angenommen. »Es tut mir leid, wenn ich dir Angst gemacht habe.«

Ich schüttelte den Kopf. »Nein, alles okay. Der Mojito ist einfach nur in die falsche Röhre geraten.« Ich versuchte es mit einem Lächeln. »Also, wer ist Arabella?«

Er seufzte. »Meine Ex. Es ist Monate her, dass ich sie das letzte Mal gesehen habe.«

»Scheint sich noch nicht herumgesprochen zu haben.«

»Jep. Unser Austausch mit dem Wolfsrudel hält sich in Grenzen.« Er schien nicht mehr zu dem Thema sagen zu wollen. Gott sei Dank.

»Und was für eine Art von übernatürlicher Spezies ist Arabella?«, fragte ich in unschuldigem Ton. »Ein Werstinktier?«

Er grinste amüsiert. »Nein, nur ein einfaches Werpuma-Weibchen, das eindeutig zu anhänglich war. Warst du jemals mit so jemandem zusammen?«

Ich warf ihm einen belustigten Blick zu. »Ich kann nicht gerade behaupten, dass mein Adressbuch voll mit Telefonnummern von Werpumas wäre.«

Er lachte. »Dann freut es mich sehr, der erste sein zu dürfen.«

Augenblicklich versteifte ich mich, auch wenn es albern war. Beau konnte unmöglich wissen, dass ich noch Jungfrau war.

»Bevor ich es vergesse«, sagte Beau und nahm sein Portemonnaie aus der hinteren Hosentasche. Er warf einen Blick hinein und zog schließlich eine lachsfarbene Karte heraus, die er mir reichte. »Unterschreib die.«

Ich nahm die Karte entgegen und drehte sie um. Sie war auf beiden Seiten eng bedruckt. »Was ist das?«

»Dein Visum.«

Als ich ihn verwirrt ansah, grinste er.

»Damit wird dir ganz offiziell erlaubt, jemanden innerhalb der Übernatürlichen Allianz zu daten.«

Den Gerüchten nach zu urteilen, dauerte es normalerweise ewig, eine solche Erlaubnis ausgestellt zu bekommen. »Und warum hast du Tony nichts davon gesagt?«

Er nahm sein Glas und trank einen Schluck, dann sah er mir in die Augen. »Vielleicht, weil ich dich ganz für mich haben will.«

Kapitel zwei

Einige Drinks und ein köstliches und ganz normales Abendessen später verließen wir gut gelaunt die Sportsbar. Er hielt meine Hand in seiner Armbeuge fest, und ich hatte genug Mojitos intus, um mich nicht dagegen zu wehren.

Ich musste feststellen, dass ich Beau mehr mochte, als ich eigentlich sollte. Es war ein Fehler, daran gab es nichts zu rütteln, aber wenn er auf mich hinunterlächelte, konnte ich nicht verhindern, dass meine Knie weich wurden und meine Entschlossenheit dahinschmolz. Er ist kein Mensch, sagte ich mir immer wieder. Und das verhieß nichts Gutes – weder für mich noch für Sara. Er stand für all das, dem ich eigentlich aus dem Weg gehen sollte. Mit Beau auszugehen brachte Probleme mit der Allianz, die ich noch nicht einmal im Ansatz einschätzen konnte, neue Todfeinde (jeder Übernatürliche hatte eine ganze Reihe davon) und jede Menge anderer Schwierigkeiten. Da ich durch die Agentur in gewisser Weise auch für die Übernatürliche Allianz arbeitete, hatte ich bereits mehr über die geheimen Prozesse dieser Organisation erfahren, als mir lieb war, doch mir war klar, dass es Bereiche gab, in die ich niemals Einblick erhalten würde. Soviel ich wusste, verwandelte sich dieser Mann bei Vollmond in einen hungrigen, menschenfressenden Werpuma – und dieses Wissen allein hätte eigentlich ausreichen sollen, um mich möglichst weit von ihm weg zu wünschen.

Vorsichtig warf ich einen Blick in Richtung Nachthimmel. Kein Vollmond. Gott sei Dank. Und trotzdem, alles an unserem Date schrie danach, die Beine in die Hand zu nehmen und wegzulaufen. Weit, weit weg. Wenn er nicht so verdammt charmant, witzig und unglaublich sexy gewesen wäre. Den ganzen Abend lang hatte er mir mit einem aufmerksamen und interessierten Gesichtsausdruck zugehört. Es war geradezu verführerisch befreiend gewesen, von den merkwürdigen Situationen zu erzählen, in die ich durch meinen Job bei Giselle immer wieder geriet, ohne mir Sorgen darüber machen zu müssen, ob er verstand, wovon ich redete.

Im Laufe des Abends hatte ich auch einige Dinge über ihn erfahren. Beau war der Älteste von vier Brüdern. Als er gerade achtzehn gewesen war, war sein Vater gestorben. Seine Mutter lebte inzwischen mit ihrem zweiten Mann – einem Werlöwen – in Kalifornien. Beau liebte seinen Clan. Er war der Anführer der Übernatürlichen Allianz, und ihm gehörte eine große Security-Firma, für die ausschließlich Gestaltwandler arbeiteten. Er war … nett. Ich mochte ihn. Aber ich durfte ihn nicht mögen. Wenn ich meinen Gefühlen für jemanden – speziell für einen Übernatürlichen – freien Lauf lassen würde, brachte ich Sara in große Gefahr. Ich war der Schutzschild zwischen ihr und dieser Welt.

Ich schwieg, während wir auf den Taxistand vor der Sportsbar zugingen und ich meinen Gedanken nachhing. Beau hatte ebenfalls kein Wort mehr verloren, seitdem wir die Bar verlassen hatten, aber er hielt nach wie vor besitzergreifend meine Hand fest. Als er mich jedoch von der Taxischlange weg in Richtung Parkplatz dirigierte, löste sich meine gute Laune augenblicklich in Luft auf.

Ich blieb stehen. »Ich denke, es wird langsam Zeit, dass ich nach Hause komme.«

»Lust auf einen Schlummertrunk?« Er strich mit den Fingern über meine Schulter.

Freundlich, aber bestimmt schob ich seine Hand weg. Ich hatte das Gefühl seiner warmen Handfläche auf meiner nackten Schulter genossen, aber ich durfte mich nicht davon beeinflussen lassen. »Ich werde dich nicht ins Hotel begleiten.«

Er verzog die Lippen zu einem angedeuteten Grinsen. »Ich würde lügen, wenn ich behauptete, dass ich dich nicht gern in mein Bett bekommen würde. Aber ich hatte eigentlich nur an einen letzten Drink gedacht. Oder einen Kaffee, wenn dir das lieber wäre.«

Na klar, und Hunde, die bellen, beißen nie … Ich fragte mich, wie oft er Frauen begegnete, die naiv genug waren, auf seine vermeintlich unschuldige Tour reinzufallen. »Ich fürchte, ich muss passen. Sorry.« Ich löste mich von ihm und wandte mich in Richtung Taxistand.

Als ein Wagen anhielt, öffnete Beau die Tür für mich, doch bevor ich einsteigen konnte, schlug er sie mir wieder vor der Nase zu.

Verärgert sah ich ihn an. »Was soll …«

»Sch«, zischte er und warf mir einen warnenden Blick zu. Seine Pupillen waren so schmal wie die einer Katze und leuchteten in einem intensiven Grün-Gelb, das das Licht der Straßenlaternen reflektierte.

Ich starrte ihn mit offenem Mund an, während Beau mit bebenden Nasenflügeln schnupperte, als hätte er eine Fährte aufgenommen. Ich wollte ihn fragen, was los war, aber als ich mich an seinen warnenden Blick erinnerte, gehorchte ich und verhielt mich still.

Er blinzelte, und das unnatürliche Leuchten verschwand aus seinen Augen, während seine Pupillen wieder ihre normale Form annahmen. Dann sah er auf mich hinunter. »Steig nicht in das Taxi.«

»Warum?« Ungeduldig warf ich einen Blick in Richtung des wartenden Wagens.

Er zog mich beschützend an sich und führte mich ein Stück den Bürgersteig entlang. »Der Taxifahrer hat nach … Alkohol gerochen.«

Irgendetwas an seinen Worten klang falsch. Ich musste daran denken, wie seine Augen geglüht hatten, als wäre er auf Beutejagd gewesen.

»Aha …«

»Ich bringe dich nach Hause. Wie weit ist es von hier?«

»Ungefähr zwanzig Minuten.«

»Hast du Mitbewohner?«

»Meine Schwester«, sagte ich, plötzlich wieder vorsichtig geworden. »Warum?«

»Gut.« Er reichte mir sein Handy. »Ruf sie an und sag ihr, dass du in fünfundzwanzig Minuten zu Hause bist. Wenn nicht, soll sie die Polizei rufen.«

Ich nahm das Telefon und wählte unseren Festnetzanschluss.

Sara ging nach dem zweiten Klingeln dran. Im Hintergrund konnte ich eines ihrer Computerspiele laufen hören.

»Hallo?«

»Ich bin's«, sagte ich, den Blick auf Beau gerichtet. Er beobachtete mich vollkommen ruhig, die Hände in den Hosentaschen vergraben. Immerhin sah es nicht so aus, als würde er mich einfach hier stehen lassen. »Ich bin noch mit Mr Russell unterwegs. Er fährt mich jetzt nach Hause. Ich bin in ungefähr fünfundzwanzig Minuten da.«

»Alles klar«, sagte sie langsam.

Ich war mir nicht ganz sicher, ob sie meine Nervosität spürte. Sobald ich zu Hause war, musste ich ihr von dem Wolf erzählen, dem ich heute Abend begegnet war – und von den subtilen Andeutungen, die Beau gemacht hatte. Vielleicht würden wir wieder umziehen müssen.

»Sag ihr, dass sie die Polizei einschalten soll, wenn du dich verspätest.«

Ich gehorchte Beau, auch wenn ich mir dabei ein bisschen wie ein paranoider Freak vorkam.

»Ich gehe also mal davon aus, dass ich dich nicht noch mal anrufen soll, um dir zu sagen, dass Giselle dich heute Abend in der Agentur braucht?«, fragte Sara. Wir hatten die Entschuldigung im Vorhinein abgesprochen, falls mein Date schlecht lief und ich einen Grund brauchen sollte, es abzubrechen. Im Flüsterton fügte sie hinzu: »Er muss ja ganz schön süß sein.«

Oh Mann, hoffentlich hatte mein Werpuma-Date das nicht mitbekommen.

Als ich Beau einen kurzen Blick zuwarf, sah ich, dass ein leises Lächeln seine Lippen umspielte. »Sehr süß sogar«, bestätigte er.

Vor Verlegenheit wäre ich am liebsten im Erdboden versunken. »Fünfundzwanzig Minuten, dann bin ich zu Hause. Schaust du auf die Uhr?«

»Na klar«, sagte Sara mit einem Gähnen. »Ich stelle mir die Eieruhr, wenn's dir so wichtig ist. Viel Spaß euch beiden!«

Na wunderbar! Verärgert legte ich auf und reichte Beau das Handy. Sara hatte die Situation kein bisschen ernst genommen, und Beau hatte die ganze Unterhaltung dank seines übernatürlich empfindlichen Gehörs mitbekommen.

»Wir haben fünfundzwanzig Minuten«, verkündete ich schroff.

»Ich weiß«, sagte er. »Wir sind in fünfzehn da.«

»Du bist ziemlich von dir überzeugt.«

»Stimmt. Ich weiß, was ich will, und für gewöhnlich bekomme ich es auch.« Er hob vielsagend eine Augenbraue.

Ich ignorierte seine Anspielung. »Okay, wenn du meinst. Aber ich werde erst in dein Auto steigen, wenn du mir sagst, was du da vorhin gerochen hast.«

Er zögerte. »Einen Gestaltwandler. Ich weiß, dass du möglichst nicht mit mir gesehen werden willst, deswegen dachte ich, es ist besser, wenn wir mein Auto nehmen, anstatt mit dem Taxi zu fahren.«

Das machte Sinn, und ich war erleichtert, dass er so schnell geschaltet hatte. »Danke.«

Er grinste mich triumphierend an.

Beim Anblick von Beaus Viper schmolz ich vor Begeisterung beinahe dahin. Und dem jungen Typ, der den Wagen vorfuhr, schien es nicht anders zu gehen. Widerwillig reichte er Beau den Schlüssel.

Während Beau mir die Tür öffnete, fuhr ich mit der Handfläche ehrfurchtsvoll über das Wagendach. Der Platz im Innenraum war beschränkt, die Ausstattung dafür aber umso luxuriöser und exklusiver – genau, wie ich mir so ein Auto immer vorgestellt hatte. Es war erstaunlich, dass ein großer Mann wie Beau überhaupt hier hineinpasste. Ich musterte die Ledersitze. Keine Frage, der Wagen war eine übergrifffreie Zone. Für Handgreiflichkeiten jeglicher Art war der Innenraum einfach nicht ausgelegt.

Nachdem er die Beifahrertür zugeschlagen hatte, ging Beau um den Wagen herum und glitt geschmeidig auf den Fahrersitz. Er hielt einen Moment inne, und seine Augen leuchteten wieder in dieser speziellen Farbe auf.

»Was ist los?«, fragte ich.

Er schüttelte den Kopf. »Nichts. Ich bin vermutlich nur paranoid.«

Die Fahrt dauerte nicht lang. Kurz hatte ich darüber nachgedacht, ihm eine falsche Adresse zu nennen, aber Sara wusste, dass er mich nach Hause brachte, und seine Daten waren jederzeit in der Kundenkartei unserer Agentur abrufbar. Und wenn es etwas gab, das die Allianz nicht duldete, dann waren das Mord und andere Gesetzesbrüche. Man war dort sehr bedacht darauf, den Schein nach außen zu wahren, und jemand, der die grundlegenden Regeln missachtete, wurde ganz einfach und unbürokratisch »beseitigt«. Wie bei der Mafia, nur ein bisschen haariger und mit weniger Knoblauch.

Keine fünfzehn Minuten später bogen wir in die Auffahrt zu dem kleinen Vorstadthäuschen ein, das Sara und ich gemietet hatten. Ich sah, wie sie den Vorhang beiseitezog, um einen Blick aus dem Fenster zu werfen, und hob eine Hand, um ihr zu signalisieren, dass ich es war. Sie nickte und ließ den Vorhang wieder zurückgleiten.

Ein Teil von mir wäre gern noch ein paar Minuten mit Beau im Auto sitzen geblieben, wenn da nicht der andere Teil gewesen wäre, der mich nervös an die Begegnung mit Tony, an Wölfe und an Saras Sicherheit denken ließ. Und trotzdem konnte ich genauso wenig aufhören, mich an Beaus Lächeln zu erinnern und an das Gefühl, dass er in mir ausgelöst hatte, als er mit den Fingerspitzen über meinen Handrücken gefahren war.

Ich schüttelte leicht den Kopf, um Ordnung in meine Gedanken zu bringen. Schon vor langer Zeit hatte ich die Rolle als Beschützerin meiner Schwester akzeptiert, und sie ließ keinen Raum für einen Mann in meinem Leben. Schon gar nicht für einen mit einem Katzenschwanz.

Als Beau einen Arm um meine Schultern legte, versteifte ich mich automatisch, aber er spielte nur mit einer Haarsträhne, die sich aus meinem Dutt gelöst hatte. Schauer liefen mein Rückgrat hinab, als er mit den Fingerspitzen meinen Nacken berührte.

»Ich habe den Abend sehr genossen«, sagte er leise.

Oh mein Gott, er war einfach umwerfend. Im schummrigen Licht wirkten seine Haare pechschwarz und seine Augen seltsam hell.

»Hör zu, Beau …«

Er legte einen Finger auf meine Lippen, um mich zum Schweigen zu bringen. »Sch«, murmelte er, als würde ihn meine abwehrende Haltung kein bisschen stören. »Die Woche hat gerade erst angefangen, Bathsheba. Bis Samstag ist noch viel Zeit.«

»Ich kann dir nicht ganz folgen.«

Er legte den Kopf schief und musterte mich aus glühenden Augen. »Warum nicht?«

»Du hast die Agentur angerufen und ein Date für heute Abend verlangt. Und nachdem du es abgelehnt hast, mit einem Vampir, einem Doppelgänger, einer Harpyie oder sonst einem übernatürlichen Wesen auszugehen, hast du beschlossen, dass ich deine Verabredung für heute Abend sein soll.« Ich warf genervt die Hände in die Luft. »Und jetzt faselst du irgendetwas davon, dass es okay sei, weil wir bis Samstag Zeit hätten. Was bitte ist an einem Samstag so wichtig, dass es überhaupt etwas mit dieser Sache hier zu tun haben sollte?«

Er starrte mich einen Moment lang entgeistert an, bevor er laut lachte.

Verärgert verschränkte ich die Arme vor der Brust. »Und was ist bitte so verdammt witzig an dem, was ich gerade gesagt habe?«

»Ich dachte, du weißt Bescheid. Ich war mir sicher, dass jemand in der Agentur darauf gekommen sein muss …« Er lächelte. »Das lässt die Sache natürlich noch einmal in einem ganz neuen Licht erscheinen.«

»Wovon redest du?«

»Ich werde läufig.«

Kapitel drei

Ich starrte ihn aus weit aufgerissenen Augen an. »Du wirst *was?*«

Er griff wieder nach der Haarsträhne und wickelte sie sich um den Finger. »Läufig. Zumindest nennen wir es so.«

»Ich … ich …« Ich blinzelte und versuchte, meine Gedanken zu sortieren. »Ich dachte, das ist nur bei weiblichen Katzen so.« Hatten die Männer dafür nicht das falsche Equipment? Unauffällig warf ich einen Blick auf seine *Ausstattung*. Okay, also entweder er war wirklich läufig oder tatsächlich so gut gebaut, wie er behauptet hatte.

»Du hast recht, aber wir benutzen alle denselben Ausdruck dafür.« Er verzog den Mund. »Eine der weiblichen Werpumas aus meinem Clan wird in ein paar Tagen läufig, und ihr Zustand hat großen Einfluss auf alle Männer. Alle männlichen Werpumas ohne feste Partnerin erheben Ansprüche auf sie, weswegen es in unserem Clan zurzeit ziemlich wild zugeht. Normalerweise würde sie die Stadt verlassen, aber dieses Mal … ist das keine Option.« Seine Miene wirkte plötzlich verschlossen.

»Oh«, murmelte ich, während ich einen verstohlenen Blick auf den sinnlichen Schwung seiner Lippen warf, zwischen denen ich die Spitze seiner Zunge erahnen konnte. Oh mein Gott! »Und warum tust du dich nicht einfach mit ihr zusammen?«

»Die Sache ist kompliziert«, sagte er und rückte ein Stück näher an mich heran. »Und außerdem will ich dich.«

»Oh«, wiederholte ich und versuchte, ein wenig mehr Abstand zwischen uns zu bekommen, sodass ich mit dem Hinterkopf gegen die beschlagene Scheibe stieß. Vielleicht gab es irgendein Tabu, das beinhaltete, dass die beiden nicht miteinander ausgehen durften. Mein Wissen über die politischen Regeln innerhalb der Allianz war begrenzt – genauso wie das bezüglich Werpumas –, aber ich wusste, dass sie ihre eigenen Hierarchien pflegte. »Ist das der Grund, weshalb Rosie …«

Er nickte und löste mit einer blitzschnellen Bewegung die Spange, die meine Haare zu dem strengen Dutt zusammenhielt, sodass mir die blonden Strähnen über die Schultern fielen. »Das wollte ich schon den ganzen Abend tun«, raunte er, während er mit den Fingern durch meine Haare fuhr. Als er die nächsten Worte aussprach, hatte er die Stimme zu einem tiefen Knurren gesenkt. »Deine Haare sind unfassbar sexy. Wie lang sind sie?«

»Sie reichen mir bis zur Taille«, antwortete ich atemlos, während ich den Blick nicht von seinem Gesicht wenden konnte. »Dann hast du also versucht, jemanden über die Datingagentur zu finden, weil du wusstest, dass du läufig werden würdest?«

Er hob die Hand und ließ die goldgelben seidenen Strähnen durch seine Finger gleiten. Ein leises Schnurren schien tief aus seiner Kehle aufzusteigen. »Rosie ist mir egal. Die Datingagentur war meine einzige Option, in letzter Minute ein Date zu finden. Also habe ich die lächerliche Gebühr bezahlt und mir ein Profil anlegen lassen.«

Ich wandte abrupt den Kopf, sodass er meine Haare loslassen musste. »Unsere Agentur ist nicht lächerlich. Wir bedienen sehr spezielle und sensible Bedürfnisse.«

»Euer Geschäft ist vor allem gefährlich, und Giselle weiß das. Nur interessiert es sie nicht.« Er suchte meinen Blick. »Es ist unverantwortlich von ihr, Menschen für einen Job wie diesen einzustellen. Früher oder später wirst du eine Grenze überschreiten, von der du noch nicht einmal wusstest, dass sie existiert, und dann fangen deine Probleme erst richtig an.«

»Ach ja?« Ich warf die Haare über die Schulter. Als er der Bewegung mit dem Blick folgte, versteifte ich mich automatisch.

»Dieselbe Grenze, die du damit überschritten hast, indem du mit einem Menschen ausgegangen bist?«

»So ähnlich, ja«, raunte er und beugte sich weiter vor.

Ich legte die Handflächen auf seine Brust, um ihn zurückzudrängen. »Du hast dir die Falsche für deine Situation ausgesucht.«

Er grinste breit. »Und warum glaubst du das?«

»Ich bin noch Jungfrau.« Fünfundzwanzig Jahre lang hatte es niemand in mein Bett geschafft, und dieser arrogante Typ würde garantiert nicht der Erste sein.

»Das dachte ich mir.«

Ich öffnete den Mund, um ihn zu fragen, wie er darauf kam, als ich aus dem Augenwinkel eine Bewegung wahrnahm. Ein Schatten vor einem der Fenster im ersten Stock.

»Jemand ist in meinem Schlafzimmer.« Ich beugte mich vor, um durch die Windschutzscheibe zu sehen.

Sara ging nie in mein Zimmer. Sie hatte viel zu viel Angst davor, ihren Duft an meinen Sachen zu hinterlassen.

Beau starrte mich unverwandt an. »Versuchst du, mich abzulenken?«

In diesem Moment sah ich Sara, die im Wohnzimmer den Vorhang ein Stück beiseitezog, um einen Blick hinauszuwerfen, während der Schatten im ersten Stock ein zweites Mal am Fenster vorbeihuschte. Mein Herz begann zu rasen, und ich spürte, wie sich Beaus Körper neben mir anspannte.

»Nimm das«, sagte Beau. Er drückte mir den Autoschlüssel und sein Handy in die Hand. Dann öffnete er die Fahrertür und glitt aus dem Wagen.

»Warte«, rief ich ihm hinterher. »Was hast du vor?«

»Ich hole sie da raus«, sagte er. »Bleib im Wagen.« Im nächsten Augenblick war er im Schatten der Büsche vor dem Haus verschwunden.

Ich starrte gebannt auf mein Schlafzimmerfenster. Halb

hoffte ich, den Schatten noch einmal zu sehen, damit ich mir sicher sein konnte, dass ich nicht langsam verrückt wurde. Andererseits fürchtete ich mich davor, ihn tatsächlich gesehen zu haben.

Im Auto sitzen zu bleiben war sinnlos, dafür war ich viel zu unruhig. Ich riss die Beifahrertür auf und wählte mit zitternden Fingern unseren Festnetzanschluss. Ich musste ein zweites Mal wählen, bevor der Anruf endlich durchging.

»Hey«, meldetet sich Sara unsicher.

»Sara, ist Beau bei dir? Ist er bei dir im Wohnzimmer?« Ich hörte selbst, wie wirr ich klang.

»Beau? Ich dachte, ihr wärt zu zweit da draußen. Warum rufst du mich an?«

»Vergiss es. Sieh einfach nur zu, dass du aus dem Haus rauskommst. Sofort! Ich warte im Vorgarten auf dich.«

»Ich bin nicht angezo…«

»Tu es einfach, Sara. Sofort!« Ich beendete den Anruf und ließ hektisch den Blick über die Fenster im ersten Stock gleiten. Wo war der Eindringling? Und wo war Beau? Ich konnte ihn nirgendwo entdecken. Genauso wenig wie meine Schwester. Verdammt, wenn sie in der nächsten Sekunde nicht hier erschien, würde ich ins Haus gehen.

Ich warf Beaus Schlüssel auf die Motorhaube und stürzte in Richtung Haustür – nur um im nächsten Augenblick über einen Schuh zu stolpern. Verwirrt starrte ich darauf. Ein paar Meter weiter lag der zweite neben einer Hose und einem teuer aussehenden Hemd, das dem von Beau verdammt ähnlich sah.

Als ich bei dem Geräusch von zerberstendem Glas den Kopf hochriss, sah ich einen riesigen goldbraunen Schatten durch eines der Fenster im Erdgeschoss verschwinden. Hatte sich Beau verwandelt, um Sara zu holen? Von drinnen hörte ich das Knurren einer Katze, gefolgt von einem spitzen Schrei.

Verdammt!

Ohne nachzudenken, rannte ich los. Das Bedürfnis, Sara zu beschützen, war so überwältigend, dass ich für einen Augenblick jegliche Angst vergaß. Meine kleine Schwester brauchte mich. Als ich meine Hand um den Türknauf legte, ließ mich ein Geräusch, das aus den Büschen an der Hauswand zu kommen schien, herumfahren. Meine Handtasche war nicht besonders schwer, aber wenn ich sie kräftig genug schwang, könnte ich sie als Waffe einsetzen.

Vorsichtig machte ich einen Schritt auf das Gebüsch zu. »Beau? Bist du das?«

Ein tiefes, übernatürliches Knurren erklang.

Konnte das Beau sein? Ich trat einen weiteren Schritt vor, blieb dann jedoch abrupt stehen. Was, wenn ich hier gerade den größten Fehler meines Lebens beging? Würde er mich als Werpuma überhaupt erkennen?

Ich beschloss, es mit einer anderen Taktik zu versuchen, und trat einen Schritt zurück. »Sara«, brüllte ich, so laut ich konnte. »Beau!«

»Hier drüben«, rief meine Schwester. Sie klang seltsam.

Ich drehte mich nach ihrer Stimme um und wurde mit einem wunderschönen Anblick belohnt – Saras zierliche Gestalt in Beaus Armen. Die beiden standen neben Beaus Wagen.

Ich stürzte auf sie zu. »Sara! Gott sei Dank!«

Meine Schwester trug nur einen Pyjama. Vor Angst schien jeder Muskel in ihrem Körper angespannt zu sein. Ich kannte diese Haltung – die hochgezogenen Schultern –, als wollte sie sich so klein wie möglich machen, um ihren Duft zu verbergen.

Während ich auf sie zurannte, registrierte ich, dass Beau splitterfasernackt war. Seine Schultern waren so unglaublich breit. Ein dünner Flaum heller Haare bedeckte seine Brust – sehr viel heller, als ich es bei einem Werpuma erwartet hätte. Und erst seine schmalen Hüften und … *Oh mein Gott!*

»Hi«, rief ich, viel zu laut, aber meine Angst um Sara war zu groß, als dass ich mir noch länger Gedanken um Beaus Nacktheit hätte machen können. »Was ist passiert? Ist sie okay?«

»Es geht ihr gut«, beruhigte mich Beau, der Sara immer noch in den Armen hielt. »Als ich als Puma durch die Hintertür ins Haus gekommen bin, hat sie vor Schreck das Bewusstsein verloren.«

Es fiel mir nicht schwer, Saras Angst nachzuvollziehen. Ich fühlte mich in diesem Moment selbst ein wenig schwach auf den Beinen. Sara musste sich zu Tode gefürchtet haben. Wahrscheinlich hatte sie an einen Überfall gedacht.

Sie schenkte mir ein schwaches Lächeln und rieb sich über die Arme, als hätte sie Angst, sich jeden Moment ungewollt verwandeln zu müssen.

»Wer war das in unserem Haus?«, fragte ich.

Beaus Miene verfinsterte sich. »Ich konnte niemanden finden. Der erste Stock war leer, als ich hochkam. Keine Spuren, bis auf diesen Geruch …« Er runzelte die Stirn.

»Was für ein Geruch?«

»Nach verfaultem Fleisch«, mischte sich Sara ein. »Ich hatte keine Ahnung, woher der Gestank kam. Als du angerufen hast, wollte ich gerade den Müll rausbringen.«

Ich deutete in Richtung des Gebüschs an der Hauswand. »Als ich vor der Haustür stand, dachte ich, dass ich ein Geräusch gehört hätte, aber ich habe nichts gerochen.«

»Ich sehe mich mal um«, sagte Beau, setzte Sara vorsichtig ab und überquerte den Rasen in Richtung Haus.

Ich konnte den Blick kaum von seinem Hintern abwenden, der im fahlen Mondlicht aufleuchtete, als er auf das Gebüsch zuging, doch meine Sorge um Sara war stärker. Ich drehte mich zu ihr um, berührte ihren Arm und musterte sie aufmerksam. »Alles okay mit dir?«

»Es geht schon wieder«, sagte sie mit zittriger Stimme. »Er

hat mich überrascht. Ich … ich hoffe nur, dass er meinen Duft nicht wahrgenommen hat.«

»Ganz bestimmt nicht«, murmelte ich, um sie zu beruhigen. Dabei war ich mir da selbst alles andere als sicher. Um ihren Geruch, der vielleicht an mir haften geblieben war, zu vertreiben, rieb ich meine Handfläche hinten an meinem Rock ab.

Sara sah über meine Schulter und schluckte schwer. »Er kommt zurück.«

Ich wandte mich um. Das Blut begann, in meinen Ohren zu rauschen, als ich dem Mann entgegensah, der mit großen Schritten über den Rasen auf uns zugelaufen kam. Er schien nur aus goldener Haut und harten Muskeln zu bestehen, und vor allem war er immer noch komplett nackt. Seinem lockeren Gang und der würdevollen Haltung nach zu urteilen, schien es ihm nicht das Geringste auszumachen.

»Verdammt, ich stecke wirklich in Schwierigkeiten«, murmelte ich.

Schnell bückte ich mich, um Beaus Hose aufzuheben, die ich ihm mit geschlossenen Augen entgegenstreckte, um nicht noch länger auf das zu sehen, was mich in Versuchung führen könnte.

»Mir geht es gut. Wirklich«, protestierte Sara neben mir auf dem Beifahrersitz. Draußen wehte inzwischen ein eisig kalter Wind, weswegen wir im Auto auf Beau warteten. »Hör auf, dir so viele Sorgen zu machen.«

»Ich mache mir *immer* Sorgen um dich. Und falls du es schon vergessen haben solltest: *Du* bist in Ohnmacht gefallen.« Ich fuhr mit der Hand über ihren nackten Arm, auf der Suche nach verräterischen Fellspuren. »Sag ehrlich, wie geht es dir? Bist du okay?«

»Wie oft soll ich es dir noch sagen: Es. Geht. Mir. Gut.« Ungeduldig schob Sara meine Hand beiseite. »Er hat mich nur überrascht, das ist alles. Jetzt erzähl mir lieber, wie euer Date war.« Ein Schatten huschte über ihr Gesicht. »Er hat dich doch nicht nach mir ausgefragt, oder?«

»Das Essen war gut. Eine sehr nette Bar. Es hätte dir auch gefallen.« Abgesehen von der Sache mit dem Auto, unserer kleinen Unterhaltung mit einem Werwolf und Beaus Bemerkung, dass er bald läufig würde.

»Du wirst rot«, stellte Sara fest. »Du magst ihn, gib's zu!«

Um ihrem forschenden Blick auszuweichen, starrte ich stur geradeaus in den Vorgarten. »Sei nicht albern. Das Date war eine einmalige Geschichte. Du weißt am besten, dass nicht mehr zwischen uns laufen kann.«

»Du magst ihn«, wiederholte Sara langsam. »Und das, obwohl du normalerweise niemanden magst. Interessant …«

Ich ignorierte ihren Kommentar und hielt stattdessen weiter nach Beau Ausschau. Er hatte darauf bestanden, sich noch einmal zu verwandeln und unser Zuhause nach verräterischen Spuren abzusuchen, während Sara und ich im Auto warteten. Sämtliche Vorschläge, gemeinsam ins Haus zurückzugehen, hatte er mit einem tiefen Knurren abgetan.

Als ich die Polizei hatte rufen wollen, hatte er nur den Kopf geschüttelt. »Ich glaube nicht, dass das, was auch immer sich in eurem Haus befand, menschlicher Natur war. Wenn wir die Polizei einschalten, schwächen wir den Einflussbereich der Allianz.«

Es interessierte mich nicht im Geringsten, welche Probleme die Allianz hatte oder bekommen sollte. Alles, was ich wollte, war, ins Haus zu gehen, um nachzusehen, ob etwas geklaut, angefasst oder zerstört worden war.

In diesem Moment sah ich Beau aus dem Haus und auf uns zukommen. Im Gehen zog er sich die Hose hoch und schloss seinen Gürtel.

Ich ließ das Fenster herunter, als er neben dem Wagen stehen blieb.

»Da waren verschiedene Duftnoten. Werwolf und noch etwas anderes.«

Als ich spürte, wie sich Sara neben mir versteifte, verkrampfte sich mein Magen vor Angst. »Wir haben nichts gerochen«, sagte ich selbstbewusster, als ich mich fühlte. »Du bist derjenige mit der Katzennase.«

Er grinste mich an. »Stimmt, wie konnte ich das vergessen.«

»Glaubst du nicht, dass wir langsam wieder reingehen können? Du hast inzwischen dreimal das Haus und den Garten abgesucht und nichts gefunden.«

Er schüttelte den Kopf und zog sich sein Hemd über den Kopf. »Einer der Tiger aus dem Merino-Clan kennt sich mit Forensik aus. Ich hab ihn angerufen. Er kommt her, um noch mal alles nach Spuren abzusuchen.« Er streckte die Hand aus. »Den Hausschlüssel, bitte.«

Ich umklammerte meine Handtasche. »Wofür?«

»Damit sich Mike umsehen kann, während ich euch in ein Hotel bringe.«

Auf keinen Fall. Nicht mit Saras Duft, der an jedem Gegenstand in unserem Zuhause haftete.

»Mike hat darauf bestanden, dass wir nichts anrühren, bis er hier ist. Und wir werden uns an seine Anweisungen halten. Sobald er sein Okay gegeben hat, kann ich zurückkommen, um euch Sachen zum Anziehen zu holen – und alles, was ihr sonst noch braucht.«

Sara umklammerte ängstlich meine Hand. Ich wusste, was sie dachte. Wenn Beau ihren Kleiderschrank öffnete, würde ihm der Wolfsgeruch nicht verborgen bleiben. Oder, noch schlimmer, er würde das zerrissene T-Shirt und die kaputte Shorts von ihrer letzten Verwandlung finden.

»Nicht nötig«, murmelte ich hastig. »Wir brauchen nichts zum Wechseln. Lass uns einfach fahren.«

Beau hob die Augenbrauen und warf einen fragenden Blick

auf Sara in ihrem Schlafanzug. »Okay«, sagte er dann langsam. »Dann besorgen wir euch eben ein paar neue Sachen. Klingt das besser?«

Der Gedanke, dass ein Fremder, speziell einer mit dem feinen Geruchssinn eines Gestaltwandlers, seine Nase in unser Haus steckte, gefiel mir immer noch nicht. »Wir sitten manchmal den Hund unserer Nachbarin«, log ich. Vielleicht würde ihnen das als Erklärung für den Wolfsgeruch ausreichen. »Sag Mike, dass er sich melden kann, falls morgen früh eine Frau mit ihrem Spaniel vor der Tür stehen sollte.«

Beau lächelte. »Ich werde es ihm ausrichten.«

Da mir keine weitere Ausrede einfiel, um die Sache noch länger hinauszuzögern, reichte ich ihm den Schlüssel, und Beau wandte sich dem Auto zu, das in diesem Moment hinter uns am Bordstein hielt.

Mike stellte sich als regelrechter Riese heraus, mit kurz geschnittenen schwarzen Locken und einem fröhlichen Grinsen im Gesicht, das umso erstaunlicher angesichts der Tatsache erschien, dass es beinahe Mitternacht und eisig kalt war. Er und Beau unterhielten sich ein paar Minuten, bevor sie zusammen zum Haus gingen und kurz darauf im Innern verschwanden.

Nervös grub ich die Finger in das Leder des Fahrersitzes, um mich zu zwingen, nicht hinter ihnen her zu stürmen und sämtliche Räume mit Duftspray auszuräuchern. Oder besser noch, die beiden ganz einfach hinauszuwerfen.

»Ich bin mir sicher, dass es gut gehen wird«, versuchte Sara, mich zu beruhigen. »Du weißt, wie vorsichtig ich bin. Und wenn Beau eben schon nichts bemerkt hat …«

In diesem Moment kam er aus dem Haus, und ich stieg aus dem Wagen, um ihm entgegenzugehen.

Er blieb neben mir stehen und legte mir beschützend einen Arm um die Schulter, als würde er genau hierher- und nirgendwo anders hingehören. »Mike wird ein paar Stunden brauchen. Er bringt den Schlüssel morgen früh zurück.«

»Okay. Sara und ich übernachten in der Agentur.«

»Ihr könnt auf keinen Fall im Büro schlafen«, sagte Beau und zog mich enger an sich. Mit der anderen Hand deutete er auf Sara, die noch immer zusammengekauert im Wagen saß, die Knie Schutz suchend an die Brust gezogen. »Sie sieht ziemlich verängstigt aus. Wollt ihr nicht lieber in einem netten, bequemen Hotelzimmer übernachten?«

Ich warf einen Blick auf die zierliche Gestalt meiner Schwester, die das genaue Gegenteil zu meiner hochgewachsenen, kräftigen Statur bildete. Heute Abend wirkte sie sogar noch zerbrechlicher, während sie mit ängstlichem Blick das Haus musterte, voller Sorge, dass Mike jede Sekunde ihr Geheimnis aufdecken und damit ihr Leben zerstören würde.

Als ich sah, wie sie zu zittern begann, stieß ich ein ergebenes Seufzen aus. »Du hast recht. Sie hat sich eine ruhige Nacht verdient. Wir schlafen im Hotel.« Ich sah zu Beau auf. »Danke.«

Er nickte nur und zog mich an seine Brust, das Kinn auf meinem Kopf abgestützt. Kurz versteifte ich mich, doch er tat nichts weiter, als mir über den Rücken zu streicheln. Eine beruhigende Geste, unter der ich mich endlich ein wenig entspannte. Das Problem war nur: Mit einem Mann zu kuscheln war für gewöhnlich nicht der beste Weg, um ihn loszuwerden.

Im Hotel quartierte uns Beau in dem Zimmer ein, das direkt neben seinem lag. Die Bettdecken waren bereits einladend zurückgeschlagen, und im Badezimmer warteten zwei flauschige Bademäntel nur darauf, dass wir hineinschlüpften. Beim Anblick des großen, weichen Betts fielen mir die Augen beinahe schon im Stehen zu.

»Ich bin direkt nebenan, wenn ihr mich braucht«, sagte Beau, der im Rahmen der Verbindungstür zwischen den zwei

Zimmern stand. »Schlaft gut, Ladys.« Und mit einem Augenzwinkern in meine Richtung schloss er die Tür hinter sich.

Sobald wir allein waren, ließ ich mich auf die weiche Matratze fallen und stieß ein frustriertes Seufzen aus. »Gott, ich wünschte, er wäre nicht so unglaublich heiß. Das würde es sehr viel einfacher machen.«

Sara tippte sich ans Ohr – ein Zeichen, dass er mit seinem feinen Katzengehör vermutlich kein Problem hatte, uns auch durch die geschlossene Tür zu hören. Doch ich war mir ziemlich sicher, dass er ohnehin Bescheid wusste. Es war ja nicht gerade so, als ob ich mir bisher große Mühe gegeben hätte, meine Zuneigung zu verbergen.

Sara ging zum Kleiderschrank hinüber und inspizierte den Inhalt. Dann wandte sie sich wieder zu mir um und flüsterte: »Hast du irgendwo zusätzliche Decken gesehen?«

»Warum?«, flüsterte ich zurück.

Sie stach sich den Zeigefinger in die Brust. »Weil ich nach dem rieche, was im Haus war.« Sie sprach so leise, dass ich sie kaum verstand. »Ich muss duschen, um diesen Gestank loszuwerden. Aber wenn ich das tue …«

Dann würde sie wieder nach sich selbst riechen. Und wenn ich die ganze Nacht neben ihr schlief, würde ihr Duft morgen früh auch an mir haften, da ich keine frischen Sachen zum Anziehen dabeihatte. Ich überlegte, an der Rezeption nach einem weiteren Zimmer zu fragen. Aber wenn ich das tat, würde Beau vermutlich misstrauisch werden. Was wäre, wenn er ohnehin schon herausgefunden hatte, dass Sara ein Werwolf war? Ich verwarf den Gedanken schnell wieder. In diesem Fall hätte er mich vermutlich sofort ausgefragt oder darauf bestanden, mit Sara zu reden. Ich war mir ziemlich sicher, dass unser Geheimnis bisher unentdeckt geblieben war.

Ich beobachtete Sara, die beim Anblick des Betts zu zittern begann. Wohl wissend, dass sie sich nicht darin entspannen können würde. Uns beiden war klar, dass diese Nacht hier nur eine kurze Gnadenfrist bedeutete. Nebenan befand sich ein Mann, der innerhalb eines Wimpernschlags alles zerstören konnte, für das wir so lange und hart gekämpft hatten. Nervös rieb sie sich über die nackten Arme, die von einer Gänsehaut überzogen waren. Ein deutliches Anzeichen, dass sie kurz vor einer Verwandlung stand – ausgelöst durch den Stress, der sie in die Zangen nahm, seit ich mit Beau bei uns zu Hause aufgekreuzt war.

Ich hob eine Hand, um ihre Aufmerksamkeit auf mich zu lenken, und deutete dann in Richtung der Verbindungstür. »Ich werde bei Beau schlafen«, flüsterte ich. »Dann hast du das Bett für dich.«

Sara riss die Augen auf und vergaß vor Schreck sogar, die Stimme zu senken. »Bath, was …«

Mit einer hektischen Geste brachte ich sie zum Schweigen. »So habe ich das nicht gemeint.« Ich stand auf, um ihr meinen Plan ins Ohr zu flüstern. »Ich werde ihm einfach erzählen, dass du schnarchst und ich neben dir keine Sekunde die Augen zubekomme. Das ist perfekt. Wenn ich bei ihm schlafe, rieche ich nach ihm, und er wird niemals Verdacht schöpfen.«

Es war tatsächlich ein perfekter Plan, allerdings nicht der wirkliche Grund, weswegen ich neben ihm schlafen wollte. Allein beim Gedanken daran, zu ihm unter die Decke zu schlüpfen, begann ich vor freudiger Erregung zu zittern.

»Nein, Bath!«, flüsterte Sara protestierend. »Was, wenn er sich nicht benehmen kann?«

Ich schüttelte den Kopf. »Er wird mich nicht anfassen, da bin ich mir sicher. Er ist in Ordnung.« Die Sache mit der Läufigkeit behielt ich lieber für mich.

Sara wirkte nicht gerade überzeugt, aber ich sah, wie sie einen weiteren besorgten Blick auf das Bett warf. »Ich könnte auf dem Boden schlafen«, schlug sie vor. Doch als ich die Augen verdrehte, seufzte sie ergeben und hob müde den Daumen.

Nachdem sie geduscht und sich in einen der flauschigen Bademäntel gewickelt hatte, löschte ich das Licht und trat auf den Flur hinaus. Als ein lautes Schnarchen aus unserem Zimmer drang, holte ich tief Luft und klopfte an Beaus Tür.

Einen Augenblick später öffnete er. Seine Haare waren zerzaust, und sein Oberkörper war nackt. Er trug eine tief sitzende karierte Pyjamahose. Mein Blick folgte automatisch dem Streifen dunkler Haare, der von seinem Bauchnabel hinabführte und im Bund seiner Hose verschwand.

»Hey«, sagte er.

Erschrocken hob ich den Kopf. Es war ihm sicherlich nicht entgangen, wo ich gerade hingestarrt hatte. »Oh … ähm … Hi.«

»Ist alles okay?«

Du hast ja keine Ahnung, wie okay, dachte ich, während sich ein warmes Gefühl in meinem Bauch ausbreitete.

Ich deutete in Richtung unseres Zimmers. »Es tut mir leid, dass ich einfach so reinplatze, aber meine Schwester schnarcht, und ich dachte, ich könnte vielleicht bei dir schlafen.« Er hob fragend eine Augenbraue. »*Neben* dir schlafen«, fügte ich schnell hinzu. »Wir können ja ein paar Kissen zwischen uns legen oder so. Und wir könnten uns noch ein bisschen … unterhalten.«

»Ich könnte dir auch einfach ein eigenes Zimmer besorgen.«

»Ich würde, ehrlich gesagt, lieber bei dir übernachten, um mich sicherer zu fühlen. Wenn das für dich okay ist.«

Er trat einen Schritt zur Seite, um mich reinzulassen. »Natürlich.«

Ganz Gentleman bot mir Beau einen Schlafanzug von sich an, und ich duschte schnell und putzte mir die Zähne mit der Zahnbürste, die das Hotel bereitgestellt hatte, bevor ich hineinschlüpfte. Als ich aus dem Badezimmer kam, war Beau nicht da, doch er hatte eine Notiz hinterlassen, dass er zur Rezeption gegangen war, um einige Extrakissen zu besorgen.

Das Klicken des Schlosses war das einzige Geräusch, das mir

signalisierte, dass er zurück war. Abgesehen davon bewegte er sich so leise wie eine Katze. *Haha.*

Während er weg gewesen war, hatte ich die vorhandenen Kissen bereits in der Mitte des Betts gestapelt und mich selbst in eine der zusätzlichen Decken gewickelt. Er grinste bei meinem Anblick, sagte aber kein Wort, sondern platzierte nur die zusätzlichen Kissen zwischen uns und schaltete das Licht aus.

»Ich dachte, wir würden uns noch unterhalten«, sagte ich.

Die Matratze vibrierte, als Beau leise lachte. »Mein Mund funktioniert im Dunkeln genauso gut, Bathsheba. Und ich gehe mal davon aus, dass das bei dir auch so ist.«

Angesichts der Doppeldeutigkeit seiner Worte begann mein Herz, wie wild zu klopfen. Ohne etwas daran ändern zu können, fragte ich mich atemlos, was er als Nächstes tun würde. Die Kissen beiseiteschieben, um mich in seine Arme zu ziehen? Mich bis zur Besinnungslosigkeit küssen? Beim Gedanken daran kroch unwillkürlich ein wohliger Schauer mein Rückgrat hinauf, und ich ermahnte mich stumm, an etwas anderes zu denken. Ich hatte ihm gesagt, dass das hier eine vollkommen unschuldige Nacht werden würde, und er hatte mir nicht widersprochen. Warum konnte ich also nicht aufhören, mir vorzustellen, wie er über mich herfiel?

Frustriert drehte ich mich auf die andere Seite, weg von Beau, und versuchte, mich zu entspannen – ein nahezu unmögliches Unterfangen. Mein Körper war sich des attraktiven Mannes, der nur wenige Zentimeter entfernt von mir lag, viel zu bewusst. Ich überlegte fieberhaft, was ich sagen könnte. Immerhin war das der Grund, den ich ihm genannt hatte, um bei ihm schlafen zu können. Irgendetwas musste ich mir einfallen lassen.

Doch bevor ich einen weiteren Gedanken fassen konnte, spürte ich, wie sich eine Hand um meinen Arm schloss, und eine Sekunde später hatte mich Beau auf seine Seite gezogen.

Den Berg aus Kissen musste er unbemerkt beiseitegeschafft haben.

»Sch«, flüsterte er.

Als sein warmer Atem sanft über mein Ohr strich, spürte ich heißes Verlangen in mir aufsteigen.

»Erzähl mir«, murmelte er leise, während er mit dem Daumen über meinen Arm fuhr und einen wohligen Schauer nach dem anderen bei mir auslöste, »wer Sara töten will.«

Ich erstarrte in seinen Armen. Erst nach einem Moment wurde mir bewusst, was genau er da gerade gefragt hatte. Soviel ich wusste, gab es jede Menge Leute, die Sara töten wollten, aber davon konnte ich ihm auf keinen Fall erzählen. Ich holte tief Luft, bevor ich mit vorgetäuschtem Unwissen fragte: »Was meinst du?«

»Ich frage mich, wer das in eurem Haus war.« Er zog mich enger an sich, bis ich mit dem Rücken an seinen Oberkörper geschmiegt dalag.

Ich hielt die Luft an, als Wärme meinen Körper durchflutete. In seinen Armen fühlte ich mich trotz meiner über ein Meter fünfundsiebzig klein und zart. Ohne Frage ein ziemlich verführerisches Gefühl.

»Der Einbrecher?«, fragte ich. »Niemand, der Sara kennt, würde sie umbringen wollen.« Das Problem waren vielmehr all die Wölfe, die sie *nicht* kannten.

Beaus warmer Atem strich über mein Ohr und meinen Nacken. »Irgendwelche Exfreunde oder eifersüchtigen Liebhaber?«

Ich schwieg. Ihr einziger Exfreund war tot. Ich hatte ihn erschossen.

»Keine eifersüchtigen Liebhaber«, sagte ich leise. »Sara ist mit niemandem zusammen. Glaubst du wirklich, dass es bei dem Einbruch um sie ging?«

Ich spürte, wie sich seine Brust bei jedem Atemzug hob und senkte. Langsam ließ er seine Hand über meinen Arm hinunter zu meiner Taille gleiten, bevor er sie in einer intimen Umarmung auf meiner Hüfte ruhen ließ. »Könnte es stattdessen jemand gewesen sein, der hinter dir her ist?«

Er machte es mir verdammt schwer, mich zu konzentrieren. Ich versuchte, meine Gedanken zu ordnen, und schüttelte dann energisch den Kopf. »Solange ich nicht die Buchhaltungs-Mafia gegen mich aufgebracht habe, nein. Wir sind ein ziemlich gefährlicher Haufen, musst du wissen.«

»Sch. Du musst leiser sprechen«, murmelte er, bevor er mich sanft ins Ohrläppchen biss.

Mein Körper ging augenblicklich in Flammen auf. Instinktiv bog ich den Rücken durch und presste meinen Po in seinen Schoß. Ein leises Wimmern durchfuhr meine Kehle.

Ich hörte das Knurren, das ihm über die Lippen kam, während er reflexartig die Finger auf meinem Bauch spreizte. »Hat dir das gefallen?«, murmelte er und knabberte noch einmal sanft an meinem Ohr, wobei er mit der Zungenspitze gegen meinen Ohrring stieß. »Habe ich dir schon gesagt, wie sexy du in meinem Pyjama aussiehst?«

Ein weiterer Zungenschlag.

Oh mein Gott, das hier war das Beste, was ich in meinem ganzen bisherigen Leben gefühlt hatte. Warum, um alles in der Welt, war ich immer noch Jungfrau? Vorsichtig legte ich meine Hand auf seine und folgte der rhythmischen Bewegung, mit der er sanft meinen Bauch knetete. Als ich seine Erektion spürte, die hart und einladend gegen meinen Po drückte, ging meine Fantasie mit mir durch.

Aber das hier war nicht richtig. Energisch schob ich seine Hand von meinem Bauch. »Ich werde nicht mit dir schlafen, Beau.«

Er lachte, als ich versuchte, meinen Kopf zu drehen. Er lag auf meinen noch immer feuchten Haaren. »Wer sagt denn, dass wir schlafen müssen?«

Ich zog ruckartig an meinen Haaren, und endlich rückte er ein Stück zur Seite. Wieder spürte ich seinen warmen Atem in meinem Nacken, und obwohl er mich nicht mehr festhielt, blieb ich dicht neben ihm liegen, zitternd vor Erwartung. Was würde er als Nächstes tun?

Ich stieß einen überraschten Laut aus, als er sich über mich beugte, um sanft in mein Schlüsselbein zu beißen. Nicht tief genug für einen Vampirbiss, aber dennoch spürte ich das Kratzen seiner scharfen Zähne an meinem Hals, bevor er mit seiner Zunge über die empfindliche Haut fuhr. Es fühlte sich so gut an, dass ich das leidenschaftliche Stöhnen, das in meiner Kehle aufstieg, nicht unterdrücken konnte. Und als er erneut mit der Zungenspitze über die empfindliche Stelle glitt, krallte ich die Finger in sein Haar, um ihn daran zu hindern, sich zurückzuziehen. Mit jedem seiner Zungenschläge kam ein leises Seufzen über meine Lippen.

»Leise«, flüsterte er noch einmal an meinem Ohr, bevor er wieder daran knabberte. »Sonst weckst du noch die Nachbarn.«

Saras falsches Schnarchen war laut und deutlich durch die Verbindungstür zu hören.

Ich erstarrte. Was tat ich hier? Am liebsten hätte ich Sara für die Erinnerung gedankt und ihr gleichzeitig eins dafür übergezogen, dass sie uns unterbrochen hatte. Egal, wie heiß Beau auch war, er war ein Gestaltwandler und in mehr als einer Hinsicht absolut tabu für mich. Ganz abgesehen davon, dass er einfach nur jemanden brauchte, um Dampf abzulassen, weil er zufällig gerade läufig wurde. Während ich hier mit ihm rummachte, fürchtete meine Schwester um ihr Leben.

Als ich meine Hand hob, um Beau zurückzustoßen, spürte ich seinen Atem heiß an meiner Handfläche, als er amüsiert schnaubte. Aber er verstand den Wink und zog sich zurück. Dann griff er nach meiner Hand und drückte einen Kuss auf die Innenfläche.

»Wir unterhalten uns morgen früh, Bathsheba. Jetzt solltest du ein wenig schlafen und dich ausruhen.«

»Gute Nacht«, flüsterte ich. Doch an Schlaf war vorerst nicht zu denken. Minutenlang lag ich regungslos da und versuchte, meine Atmung wieder unter Kontrolle zu bringen. Mein Körper schien vor Erregung zu vibrieren, ausgelöst durch ein sanftes Knabbern an meinem Ohrläppchen und meinem Hals.

Als ich schließlich doch in den Schlaf glitt, tat ich es mit einem ziemlich unanständigen Bild von mir und Beau vor Augen und in der Hoffnung, seinen Namen im Traum nicht aus Versehen laut vor mich hin zu stöhnen.

Kapitel vier

Blinzelnd schlug ich die Augen auf. Helles Sonnenlicht fiel durch die großen Fenster herein. Beaus Seite war leer und kalt. Auf dem Stuhl neben dem Bett lag ein Stapel Kleidung und darauf mein Schlüssel und eine Notiz.

Ich setzte mich auf und nahm den Zettel in die Hand. Nicht, dass ich auf eine Nachricht von ihm gehofft hatte, auf keinen Fall. Ich versuchte, meine Enttäuschung darüber, dass ich ihn am Morgen verpasst hatte, beiseitezuschieben. Als wenn es mich interessieren würde, wie er nach dem Aufwachen aussah. Ob er Bartstoppeln hatte oder seine Haare in süßen Büscheln vom Kopf abstanden. Oder ob er mich mit einem verschlafenen Blick ansehen und sich meine Beine dabei wie Pudding anfühlen würden. Nichts davon interessierte mich im Geringsten.

Seine Handschrift war krakelig. Es wirkte, als hätte er die Notiz eilig hingekritzelt, und doch fühlte es sich seltsam intim an, dass er mir eine Nachricht hinterlassen hatte. Allein beim Anblick des kleinen Zettels durchströmte ein warmes Gefühl meinen Körper.

Bathsheba,
Mike hat bei der Durchsuchung eures Hauses nichts Ungewöhnliches finden können. Ich fahre trotzdem noch mal hin, um sicherzugehen, dass was – oder wer – auch immer gestern Nacht dort war, nicht zurückkommt. Wenn es dir nichts ausmacht, haltet euch am besten noch ein paar Stunden vom Haus fern, bis ich euch Bescheid gebe, dass alles okay ist.

Ich habe im Hotelshop ein paar Sachen zum Anziehen für euch gekauft. Hoffentlich in der richtigen Größe. In einer Hosentasche findest du Geld für ein Taxi, und falls ihr sie brauchen solltet, könnt ihr jederzeit meine Kreditkarte benutzen.
Du hast meine Handynummer. Ruf mich später an, dann können wir weitere Pläne machen. So einfach kommst du mir nicht davon.

Ich seufzte.

Wie von einem Mann nicht anders zu erwarten, hatte Beau unsere Größen natürlich vollkommen falsch eingeschätzt. Die Dallas-Cowboys-Jogginghose und das T-Shirt, das er für Sara besorgt hatte, waren mindestens zwei Nummern zu groß. Sie schwamm geradezu in dem sportlichen Outfit, hörte aber trotzdem nicht auf zu schwärmen, wie aufmerksam es von Beau gewesen sei, uns Klamotten zu kaufen.

Die Sachen, die er für mich besorgt hatte, waren dagegen viel zu klein. Das T-Shirt war absolut untragbar und die Trainingshose so kurz, dass sie bei mir als Caprihose durchgegangen wäre. Ich schlüpfte trotzdem hinein und trug mein Kleid als eine Art Longshirt darüber.

»Gott sei Dank kommt Giselle so gut wie nie in die Agentur«, sagte Sara, während sie die Ärmel ihres Shirts hochrollte. »Sie würde einen Herzinfarkt bekommen, wenn sie uns in diesem Aufzug sehen würde.«

Doch leider stand auch an diesem Tag das Glück nicht unbedingt auf unserer Seite. Wir waren gerade im Büro angekommen und hatten Ryder und Marie – den Mädels von der Nachtschicht – erzählt, dass bei uns eingebrochen worden war, als Giselle in einem roten Minikleid hereingeschneit kam. Ihre langen dunklen Haare fielen ihr in Wellen über die Schultern.

Ich schluckte schwer, als ich unsere Chefin hereinkommen

sah. »Giselle«, sagte ich schwach. »Du bist früher zurück.« Verdammt, das würde alles noch viel komplizierter machen, als es ohnehin schon war.

»Bathsheba!« Sie würdigte uns noch nicht mal eines Blickes, während sie durch die Agentur rauschte. »Ich will dich in meinem Büro sehen. Sofort.«

Alarmiert richtete ich mich auf und strich mein Kleid glatt. Giselle musste irgendwie herausgefunden haben, dass ich gestern mit Beau unterwegs gewesen war, und war früher von ihrem Trip zurückgekommen, um mich deswegen zur Rede zu stellen.

Sara starrte mich mit weit aufgerissenen Augen an, aber immerhin machte sie keine Anstalten, sich im Archiv zu verstecken. Die beiden anderen Mädchen waren keine Gestaltwandlerinnen, und Giselle war eine Sirene. Eine Art, die über viele Talente verfügte – ein besonders feiner Geruchssinn gehört jedoch, Gott sei Dank, nicht dazu. Was einer der Gründe dafür war, dass wir beide bisher weitgehend unbehelligt für die Agentur arbeiten konnten. Nur leider war Giselle alles andere als verständnisvoll. Sie erwartete, dass man ihr zu jeder Tages- und Nachtzeit zur Verfügung stand, und sie stellte weit höhere Ansprüche an ihre Mitarbeiter als an sich selbst. Außerdem pflegte sie mehr als eine merkwürdige Marotte, die ich allesamt ihrer übernatürlichen Art zuschrieb, aber sie war nicht dumm. Selbst wenn es ihr nicht passte, wie wir heute angezogen waren, wusste sie, dass unser Outfit keinen Einfluss auf unsere Arbeit haben würde. Ihre Wut musste einen anderen Grund haben, und der konnte nur mein Date mit Beau sein.

Ich hatte mich von seinem attraktiven Gesicht und meinen durchgedrehten Hormonen leiten lassen, anstatt auf meine Vernunft zu hören, und das hatte ich jetzt davon. Verdammt, verdammt, verdammt!

Sobald ich Giselles großzügiges Eckbüro betreten hatte, schloss sie die Tür hinter mir, und ich ließ mich auf einen der

Besucherstühle fallen. Ihr Büro war sehr viel edler eingerichtet als der Rest der Agentur. Die schicken Designersessel waren schwer und plüschig, und die Wände zierten mehrere teure Gemälde. In unserem Großraumbüro hingen lediglich ein paar lausige Poster mit Motivationssprüchen.

Giselle ließ sich Zeit, den Raum zu durchqueren, um schließlich mit einem geheimnistuerischen Blick hinter ihrem Schreibtisch Platz zu nehmen. »Warum erzählst du mir nicht, was hier los ist, Bathsheba?«, fragte sie in einem übertrieben melodiösen Singsang.

Das war kein gutes Zeichen. Ich zupfte nervös am Saum meines Kleides und hoffte, dass Giselle nicht aufgefallen war, dass die Hose darunter ein Sportlogo am Bund hatte. »Ich habe mich nur mit Mr Russell getroffen, um ihm persönlich zu sagen, dass ich nicht mit ihm ausgehen werde. Ich habe versucht, dich vorher anzurufen, aber du warst nicht zu erreichen.«

Giselle zog ihr Handy aus der Tasche und fuhr mit dem Daumen einige Mal über den Bildschirm, bevor sie es mir reichte.

Ich warf einen Blick auf das Display. Ein Foto von Beau und mir, wie wir zusammen im Restaurant saßen. Ich hatte die Augen geschlossen, während ich mit hingerissenem Lächeln den Mund öffnete, damit Beau mich füttern konnte. Ups.

Giselle lehnte sich vor und riss mir das Handy aus der Hand. »Wenn ich mich recht erinnere, lautet die erste Regel, die ich aufgestellt habe: keine Dates mit Klienten. Ich glaube, ich habe dir mehr als deutlich gemacht, dass sich Menschen und Mitglieder der Allianz nicht mischen.«

Ich schluckte schwer. »Ich weiß.« Oh Gott, ich würde meinen Job verlieren.

»Und trotzdem hast du dich entschieden, meine Regel zu ignorieren.« Sie stach den Zeigefinger in meine Richtung. »Seine Male sind überall an deinem Hals zu sehen. Willst du wissen, wie ich davon erfahren habe?«

»Nein.« Ich berührte die Stelle an meinem Schlüsselbein und wurde rot. Beau hatte keine sichtbaren Bissspuren hinterlassen, auch wenn ich mich noch sehr gut an das Gefühl erinnern konnte, das seine scharfen Zähne auf meiner Haut hinterlassen hatten. Verfügten Sirenen über eine Art Röntgenblick, von dem ich noch nichts wusste?

Giselle verschränkte die Arme vor der Brust. »Ich habe gestern Nacht *vier* Anrufe bekommen. Die Werwolf-Community ist ziemlich aufgebracht. Sie drohen damit, die Agentur zu boykottieren, wenn ich weiter Menschen vermittle. Außerdem haben sie sich mit einigen anderen wichtigen Clan-Anführern in Verbindung gesetzt. Ein VIP hat sein Profil schon gelöscht. Die Mitglieder der Allianz sind nicht nur ein bisschen verärgert, sie *toben!* Angeblich habe ich«, sie stach sich den Zeigefinger in die Brust, »einem Menschen ein Autorisierungsvisum ausgestellt. Ein Service, den ich anderen Klienten verweigert habe und den ich jetzt angeblich exklusiv dem Anführer des Russell-Clans gewährt habe.«

Ich ließ den Kopf in die Hände sinken und versuchte zu verarbeiten, was Giselle da sagte. »Ich bin mir nicht ganz sicher, ob ich dich richtig verstanden …«

»Wenn sich Mitglieder *eines* Clans mit menschlichen Wesen verabreden dürfen, dann muss dies *allen* unseren Klienten erlaubt sein. Zumindest lautet so die Argumentation. Und wie du daraus vielleicht ableiten kannst, habe ich jetzt ein Problem.« Giselle starrte mich wütend an. »Ein *Riesenproblem*, für das *du* verantwortlich bist. Einige meiner besten Kunden fordern eine Erklärung von mir, warum Werpumas neuerdings eine Sonderbehandlung bekommen – exklusiven Zugang zu einer reinrassigen menschlichen Jungfrau …«

»Moment mal«, unterbrach ich sie. Ich war schließlich kein Hund. *»Reinrassige menschliche Jungfrau?«*

Sie warf mir einen weiteren vernichtenden Blick zu, der jede

Widerrede im Keim erstickte, und fuhr dann fort: »Zugang zu einer menschlichen Frau, die als Mitarbeiterin von der Allianz zugelassen worden ist. Was soll ich diesen wichtigen Männern deiner Meinung nach sagen?« Sie hatte die Augen zu schmalen Schlitzen zusammengekniffen, aus denen sie mich wütend anfunkelte.

Ich knetete unruhig meine Hände im Schoß und hoffte, dass sie mir meine Nervosität nicht anmerkte. »Ich habe mich nur mit ihm getroffen, weil …«

»Weil?«

Konnte ich ihr die Wahrheit sagen? Dass Sara die Nerven verloren hatte und ich von einem anderen Kunden abgelenkt gewesen war – und dass ich Beau antworten musste, bevor ich auch nur den Hauch einer Chance gehabt hatte, richtig darüber nachzudenken?

»Ich habe versucht, dich anzurufen, aber ich habe nur die Mailbox erwischt, und weil ich weiß, dass du am Wochenende und im Urlaub nicht gern gestört wirst, musste ich selbst eine Entscheidung treffen. Er hat mich gebeten, mit ihm auszugehen, und ich dachte, dass ein einziges kleines Date keinen großen Schaden verursachen würde.«

Giselle hatte den Mund zu einem dünnen Strich zusammengekniffen. »Du hast falsch gedacht. Für die Sache sollte ich dich und deine Schwester auf die Straße setzen.«

Mir rutschte das Herz in die Hose. Giselle bezahlte gut. Wenn wir gefeuert wurden, würde es schwierig werden, einen Job zu finden, bei dem wir genauso viel verdienten wie in der Agentur. Außerdem würden wir ein ganzes Stück Sicherheit verlieren. Durch die Arbeit für die Allianz wussten wir immer, wo sich die Wolfsrudel in der Region aufhielten und was sie trieben. Wir wussten, dass die Werpumas in Little Paradise am Rande von Fort Worth lebten und die Wolfsrudel gegenüber vom Metroplex. Wir kannten jeden einzelnen Gestaltwandler, der den Service der Agentur nutzte. Wir wussten, wen Sara meiden musste und wo sie Gefahr lief, den Falschen über den Weg zu laufen. Unser Job bei der Agentur schenkte ihr ein wenig Sicherheit, die sie verlieren würde, wenn wir gefeuert wurden. Wir würden die Stadt verlassen und irgendwo neu anfangen müssen. Wir hatten etwas Geld gespart, aber nicht genug, um einmal quer durchs Land zu ziehen, ohne zu wissen, wo wir bleiben konnten. Was, wenn wir nach Portland oder San Diego gingen, nur um festzustellen, dass es dort mehr Werwölfe gab als hier?

»Bitte schmeiß uns nicht raus«, flehte ich Giselle an. »Wir beide brauchen diesen Job.«

Der Ausdruck in ihren Augen war hart. »Bist du mir und der Agentur gegenüber loyal?«

»Ja.« Ich hätte allem zugestimmt, wenn wir dafür nur hierbleiben konnten.

»Bist du bereit, alles dafür zu tun, um mein Vertrauen zurückzugewinnen?«

Ein paar unbezahlte Extraschichten waren es allemal wert. »Was immer du willst. Mein Terminkalender steht dir offen.«

Giselle lehnte sich auf ihrem Stuhl zurück. »Gut. Vermutlich sollte ich dem Werpuma fast dankbar dafür sein, dass er dich markiert hat«, sagte sie abwesend, während sie auf meinen Hals starrte. Meine Haut begann unter ihrem Blick zu kribbeln. »Nachdem er dich mit seinem Mal als seinen Besitz gekennzeichnet hat, bist du für andere noch um einiges begehrenswerter.«

Ich riss die Augen auf. »Wie bitte?«

Sie verzog die perfekt geschminkten Lippen zu einem süßen Lächeln. »Du, meine kleine, saftige menschliche Jungfrau, wirst auf ein weiteres Date gehen. Mehrere, um genau zu sein.«

Beau musste sie angerufen haben. Ich spürte ein erwartungsvolles Kribbeln im Bauch, gab mir aber größte Mühe, mir meine Freude vor Giselle nicht anmerken zu lassen. Hier ging es um Sara, nicht um meine Hormone. »Mr Russell ist sehr charmant, aber …«

»Du wirst nicht mit Mr Russell ausgehen«, unterbrach sie mich. »Mit dem Russell-Clan bist du durch, solange sie die Agentur umgehen und keine Servicegebühren zahlen.«

Ich runzelte irritiert die Stirn. »Ich verstehe nicht ganz …«

»Du arbeitest für eine *Datingagentur*. Und du weißt genauso gut wie ich, dass Bedarf an begehrenswerten Frauen besteht.« Giselle stand von ihrem Bürostuhl auf, sodass sie bedrohlich über mir aufragte. »Wie ich eben schon erwähnt habe, habe ich Anrufe von vier sehr wichtigen Klienten erhalten. Ihnen ist nicht klar gewesen, dass wir Dates mit menschlichen Frauen vermitteln, noch dazu mit solchen, die noch Jungfrau sind.« Sie verzog die Lippen zu einem falschen Lächeln. »Ich habe ihnen natürlich erklärt, dass es sich dabei um ein ganz neues Angebot handelt. Und nachdem du den Segen von einem Clan-Anführer erhalten hast, bist du nicht nur offiziell anerkannt und autorisiert, mit unseren Kunden auszugehen, sondern vor allem sehr begehrenswert.« Sie ging um den Schreibtisch herum und auf den Sessel zu, auf dem ich versuchte, mich möglichst klein zu machen. »Du, meine Süße, wirst mit diesen Männern ausgehen. Egal, ob es sich um Wassergeister, Werwölfe oder Naga handelt – oder wen auch immer ich sonst als gut genug für dich befinde. All diese Männer werden eine hohe Extragebühr zahlen, um mit der süßen menschlichen Jungfrau mit den hübschen blonden Haaren auszugehen.« Sie grinste mich mitleidlos an. »Und du wirst dafür sorgen, dass sie weiter an unserem Service interessiert sind, sonst setze ich deinen kleinen Jungfrauen-Hintern auf die Straße. Haben wir uns verstanden?«

Jede dieser Verabredungen würde Sara in Gefahr bringen, aber genauso wenig konnte ich riskieren, meinen Job zu verlieren.

»Was genau werden die Dates beinhalten?«

»Keinen Sex«, antwortete Giselle unverblümt. »Deine Anziehung beruht vor allem auf deiner Jungfräulichkeit. Heutzutage eine ziemliche Seltenheit bei erwachsenen Menschen. Du wirst dich brav und schüchtern geben und bei jeder Gelegenheit rot werden und die Männer damit bei Laune halten. Solange keiner von ihnen abspringt, behalten du und deine kleine räudige Hündin von einer Schwester ihren Job.«

Ich stand ebenfalls auf und stellte zufrieden fest, dass ich sie um einen halben Kopf überragte. »Wage es nicht, meine Schwester zu beleidigen, Giselle.«

»Aber ist sie nicht genau das, Bathsheba? Eine kleine räudige Hündin?«

Ich starrte Giselle an. Mein Mund fühlte sich auf einmal wie ausgetrocknet an. Spielte sie damit auf das an, was ich glaubte?

»Ihr beiden haltet euch für wahnsinnig clever. Kaum zu glauben, dass ihr tatsächlich naiv genug seid, um zu denken, dass ihr ein Geheimnis wie das deiner Schwester vor eurer übernatürlichen Chefin geheim halten könnt.« Der Ausdruck in ihren Augen war eiskalt. »In dieser Agentur passiert nichts ohne mein Wissen. Ein Anruf beim Wolfsrudel, und sie ist erledigt. Hast du das verstanden?«

Sie wusste Bescheid. Ich hatte keine Ahnung, woher, aber sie kannte Saras Geheimnis. Auf einmal hatte ich Angst, dass meine Beine unter mir nachgeben würden. Die ganze Zeit, die wir so hart dafür gearbeitet hatten, dass niemand etwas merkte, hatte Giselle genau gewusst, was Sara war.

»Verstanden«, murmelte ich benommen.

»Gut. Dann kannst du deiner Schwester jetzt die neuen Spielregeln erklären, wenn du willst.« Mit einer ungeduldigen Geste scheuchte Giselle mich in Richtung Tür. »Mal sehen, ob sie eher dafür ist, dass du brav auf die vereinbarten Dates gehst, oder ob sie lieber ihre wilde Seite entdecken will, die sie schon so lange unterdrückt.« Wieder setzte sie ihr falsches Lächeln auf. »Ich habe gehört, dass das Wolfsrudel ganz besonders höflich mit seinen Weibchen umgeht.«

Sie musste nicht ins Detail gehen. Ich hatte mit eigenen Augen gesehen, wie diese »Höflichkeit« aussah. Die meisten Frauen, die mit einem Werwolf ausgingen, taten es kein zweites Mal. Werwölfe waren leicht reizbar, besitzergreifend und ließen sich gern zu einem Kampf provozieren. Kurz gesagt verhielten sie sich wie die Tiere, die sie waren.

Giselle schnipste mit den Fingern vor meinem Gesicht herum. »Wir sind hier fertig. Sag mir Bescheid, wenn du es dir überlegt hast.«

»Wenn ich es mir überlegt habe?« Ich lachte freudlos auf. »Wir wissen beide, wie meine Antwort lauten wird, Giselle. Ich werde nicht zulassen, dass irgendjemand meine Schwester anfasst – du inklusive.«

In ihren Augen lag ein gieriges Glitzern. »Also …«

»Wenn ich das hier tue, musst du mir versprechen, dass niemand von Saras … *Problem* erfährt. Wenn doch, ist unser Deal geplatzt.«

Giselle schenkte mir ein breites Lächeln. »Schätzchen, es ist sehr viel lukrativer für mich, ihr Geheimnis für mich zu behalten. Es ist sicher bei mir, solange du dich an die Spielregeln hältst.«

»Eine zusätzliche Regel«, sagte ich, so selbstbewusst ich konnte. »Werwölfe sind ein Dealbreaker.« Sie würden sofort Saras Duftmarke an mir riechen und wissen, dass sich irgendwo in meiner Nähe ein weiblicher Werwolf aufhielt, den sie noch nicht kannten. Es würde nicht lange dauern, bis sie herausfanden, dass es Sara war.

Giselle zuckte mit den Schultern. »Ich wüsste nicht, warum ich mit dir verhandeln sollte, aber meinetwegen. Wir haben sowieso nicht viele Werwölfe in der Kartei.«

Mir war schlecht, als ich die Tür zu Giselles Büro hinter

mir schloss. Giselle wusste Bescheid. Jemand musste es ihr erzählt haben. Es war unmöglich, dass sie das alles selbst herausgefunden hatte. Und das wiederum bedeutete, dass es noch jemand anderen geben musste, der Saras Geheimnis kannte. Wer würde als Nächstes auftauchen und versuchen, uns zu erpressen? Beim Gedanken daran krampfte sich mein Magen schmerzhaft zusammen.

Sara wartete an meinem Schreibtisch auf mich. Beim Anblick ihrer blassen, ängstlichen Miene kehrte meine Entschlossenheit stärker denn je zurück. Ich würde jeden Vogel, jede Katze und jede Ratte daten, die Giselle aus der Kiste zauberte, und ich würde es mit einem Lächeln auf den Lippen tun. Und sobald ich genug Geld zusammenhatte, würden wir abhauen und uns irgendwo anders ein neues Leben aufbauen. Ich durfte Sara nur auf keinen Fall erzählen, was Giselle wusste. Sie wäre sonst vor lauter Angst nicht mehr in der Lage zu arbeiten.

Ich schenkte meiner Schwester ein aufmunterndes Lächeln, von dem ich hoffte, dass es meinen Drang, in Tränen auszubrechen, verbarg. »Giselle war sauer wegen der Sache mit Beau. Aber da wir damit eine Art Präzedenzfall geschaffen haben, will sie, dass ich auf ein paar weitere Dates gehe. Nichts Schlimmes also.«

»Wirklich? Bist du dir sicher?« Sara sah überrascht aus. Dann breitete sich langsam ein Lächeln auf ihrem Gesicht aus. »Es ist wegen Beau, oder? Ich wusste, dass du ihn magst. Wirst du wieder mit ihm ausgehen?«

Ich winkte scheinbar ungerührt ab. »Vielleicht, vielleicht auch nicht. Du weißt genauso gut wie ich, dass die Sache mit ihm und mir nirgendwohin führen kann.«

Sara stutzte, sichtlich irritiert von meiner Antwort, bevor sie schluckte und fragte: »Was ist mit … du weißt schon?« Sie sog schnuppernd die Luft ein.

»Wir müssen vorsichtig sein«, sagte ich entschieden. »So wie immer.«

Das Klingeln meines Telefons unterbrach uns.

»Ich wette, das ist Beau«, sagte Sara. »Er hat schon zweimal angerufen, als du in Giselles Büro warst.«

Natürlich hatte er das. Wahrscheinlich wollte er sichergehen, dass wir den Rest der Woche miteinander verbrachten. Wenn er läufig wurde, wollte er garantiert nichts dem Zufall überlassen. Für einen kurzen Moment musste ich daran denken, wie schön es gewesen war, in seine Arme gekuschelt neben ihm im Bett zu liegen. Doch dann schob sich das Bild von Giselles kaltem Gesichtsausdruck und Saras ängstlicher Miene darüber. Es würde niemals funktionieren.

Ich nahm das Telefon ab und meldete mich mit meiner neutralen Geschäftsstimme. »Midnight Liaisons. Wie kann ich Ihnen helfen?«

»Ich habe den ganzen Morgen an dich gedacht«, sagte er. Dann fügte er mit gesenkter Stimme hinzu: »An den hübschen Schwung deines Ohrläppchens und wie gern ich heute Abend daran knabbern würde.«

Ein warmes Gefühl breitete sich in meinem Magen aus. Dieser Mann wusste genau, was er sagen musste, um jede Faser in meinem Körper in Schwingung zu versetzen.

»Ich kann nicht. Arbeit.«

»Du arbeitest seit heute Morgen um sieben. Erzähl mir nicht, dass du, sagen wir heute Abend um acht, immer noch in der Agentur sein wirst.«

»Ich habe eine Doppelschicht angenommen«, log ich.

»Um wie viel Uhr endet die?«

Im Augenwinkel sah ich Giselles rotes Kleid auf der anderen Seite des Büros aufblitzen. Ich erstarrte. »Wenn Sie mich wiedersehen wollen«, platzte ich heraus, »müssen Sie ein Date über die Agentur vereinbaren.«

»Was …«

Ich legte auf, bevor er seinen Satz beenden konnte, und

vergrub das Gesicht in den Händen. Saras Sicherheit stand an erster Stelle. Und wenn das bedeutete, dass ich mich von Beau fernhalten musste, würde ich es tun.

Und das sagte ich mir immer und immer wieder, in der Hoffnung, dass der Schmerz in meiner Brust irgendwann nachlassen würde.

Beau gehörte nicht zu dem Typ Mann, der schnell aufgab. Nur ein paar Stunden später tauchte er mit einem riesigen Blumenstrauß im Arm in der Agentur auf.

Als ich ihn durch die Tür kommen sah, sprang ich auf und verschränkte schnell die Hände hinter dem Rücken, bevor ich etwas Dummes tun konnte, wie etwa, nervös mit meinen Haaren zu spielen.

»Du hättest nicht herkommen sollen. Wir dürfen uns nur sehen, wenn du für die Verabredung den Service der Agentur nutzt.«

»Der *Service*«, sagte Beau gedehnt, »ist der Grund, weshalb ich hier bin. Wo ist Giselle?«

Ich runzelte die Stirn und deutete in Richtung ihres Büros. »Da drin.«

Beau nickte, ging auf die Tür zu und klopfte. Eine Sekunde später war er in Giselles Büro verschwunden.

Ich sah mich nach Sara um. In diesem Moment wäre ihr übernatürliches Gehör nützlich gewesen, um die Unterhaltung der beiden zu belauschen. Aber, wie es nicht anders zu erwarten gewesen war, hatte sich Sara beim Anblick von Beau sofort versteckt.

Beau blieb über anderthalb Stunden in Giselles Büro. Nicht, dass ich die Zeit gestoppt oder an der Tür gehorcht hätte. Alles, was zu hören war, war unaufgeregtes Gemurmel, nur hin und wieder unterbrochen von Giselles heiserem Lachen und Beaus tiefem Bass, der meine Knie weich werden ließ. Wie schön, dass die beiden anscheinend eine so gute Zeit miteinander hatten.

Als Beau – ohne die Blumen – aus Giselles Büro kam, schenkte er mir sein typisches träges, selbstbewusstes Lächeln, an das ich mich inzwischen schon fast gewöhnt hatte.

»Hey.« Er kam auf mich zugeschlendert, während ich versuchte, möglichst beschäftigt zu wirken.

Als er direkt vor meinem Schreibtisch stehen blieb, stand ich mit einem Stapel Akten in der Hand auf. »Ich habe viel zu tun, Beau.«

»Bist du überhaupt kein bisschen neugierig, worüber Giselle und ich gesprochen haben?«

Ich öffnete einen der Aktenschränke und sortierte die Q-Mappen unter J ein. Wen interessierte das schon? Ich würde sie später richtig einordnen. »Na gut, worüber habt ihr geredet?«

»Darüber, dass wir beide uns sehen wollen. Giselle hat kein Problem damit – du bekommst also keinen Ärger. Alles ist in bester Ordnung. Und wo wir schon dabei sind: Wir sind heute Abend verabredet.«

Ich stopfte einen weiteren Stapel Akten in den Schrank, ohne darauf zu achten, ob sie richtig einsortiert waren. Der einzige Grund, weshalb ich keinen Ärger bekam, war der, dass ich von Giselle erpresst wurde.

»Super«, sagte ich, bemüht, so viel Enthusiasmus wie möglich in meine Stimme zu legen. »Ich kann es kaum erwarten.« Wenn ich ehrlich zu mir war, dann gab es da einen kleinen, egoistischen Teil von mir, der sich darauf freute, mit Beau auszugehen. Auch wenn da der andere Teil existierte, der sich um die Sicherheit meiner Schwester sorgte. Und beide Teile waren definitiv alarmiert, was Giselle im Schilde führte. »Was ist mit dem Rest der Woche, bis du läufig wirst?«

»Alles geregelt. Sofern du gewillt bist, mich bis dahin zu ertragen«, antwortete er lächelnd.

Wie es aussah, hatte ich keine Wahl. »Ich denke, damit komme ich klar«, sagte ich in einem Tonfall, von dem ich hoffte, dass er unbekümmert und scherzhaft klang. »Du bist zwar nicht gerade das, was man eine Augenweide nennen würde, aber für einen guten Zweck nehme ich die Bürde gern auf mich.«

Er verzog den Mund zu einem verführerischen Grinsen.

Beim Gedanken, Beau schon so bald wiederzusehen, breitete sich ein warmes Gefühl in meinem Magen aus, das noch stärker wurde, als er näher trat und eine Hand auf meinen Arm legte. Er roch wahnsinnig gut. Am liebsten hätte ich ihn am ganzen Körper abgeleckt, um seinen Duft auf der Zunge zu schmecken. Ich spürte, wie meine Wangen bei dem Gedanken ganz heiß wurden.

»Heute Abend um acht«, sagte er und streckte die Finger aus, um mit meinem Pferdeschwanz zu spielen. »Abendessen. Und trag deine Haare offen. Für mich. Bitte.«

In diesem Moment trat Giselle aus ihrem Büro und runzelte die Stirn, als sie uns so nahe zusammenstehen sah. Ich trat hastig einen Schritt zurück und stieß mit der Hüfte gegen den Aktenschrank. *Au!*

Beau warf meiner Chefin einen schnellen Blick aus dem Augenwinkel zu, bevor er meine Hand in seine nahm und einen federleichten Kuss darauf hauchte. »Ich hole dich hier ab.« Dann drehte er sich um, nickte Giselle unverbindlich zu und ging zur Tür.

Verdammt. Was würde Giselle dazu sagen? Ich stand wie erstarrt gegen den Aktenschrank gelehnt da, vollkommen unfähig, mich zu bewegen, bis Beau außer Sichtweite und die Tür mit einem Klingeln hinter ihm zugefallen war.

Wie eine Schlange, die ihre Beute fest im Blick hat, kam Giselle mit einem eisigen Lächeln auf mich zu. »Du bist heute Abend um acht mit ihm verabredet.«

Die Anspannung meiner Schultern ließ ein wenig nach. »Ich

weiß.« Misstrauisch nahm ich den Ausdruck entgegen, den sie mir hinhielt.

»Um pünktlich zu sein, musst du um zwei Uhr umgezogen und ausgehfertig sein.«

Ich war mir nicht sicher, ob ich sie richtig verstanden hatte. Zwei Uhr? Wo würden wir essen gehen? In Timbuktu? »Um zwei?«

Sie strahlte mich an. »Du hast dein erstes Date um halb drei, das nächste um fünf. Beau triffst du um acht, damit er sich nicht vernachlässigt fühlt. Steht alles auf dem Ausdruck hier.«

Das war also ihr Plan. Sie würde mir ein Date nach dem anderen aufs Auge drücken, um möglichst viel aus ihrem neuen Spielzeug – meiner Wenigkeit – herauszuholen. Sofort fühlte ich mich seltsam schmutzig, aber ich schob den Gedanken energisch von mir. Ich hatte mich auf den Deal mit Giselle eingelassen, und ich würde mich an die Regeln halten. Auch wenn sie mir das Gefühl gaben, nicht mehr als ein Stück Fleisch zu sein.

»Okay«, sagte ich und holte tief Luft. »Dresscode?«

Sie hielt mir eine pinkfarbene Visitenkarte hin, die sie auf magische Weise aus ihrem Kleid hervorgezaubert hatte. (Ich hatte keine Ahnung, wo sich in dem Ding Taschen befinden sollten.) »Du wirst dich mit meiner Freundin Francesca drüben bei Saks treffen. Sie wird dich mit ein paar passenden Outfits ausstatten.« Giselle musterte mich von oben bis unten. »Und frage sie, ob sie auch was mit deinen Haaren und deinem Make-up machen kann. Wir hätten es gern unschuldig, aber verführerisch.«

»Verstanden«, sagte ich knapp und nahm die Visitenkarte. Aus dem Augenwinkel sah ich, wie Sara aus dem Archiv kam, beim Anblick von Giselle aber sofort wieder darin verschwand.

»Also, mit wem werde ich ausgehen?«, fragte ich und bemühte mich um ein möglichst breites Lächeln.

»Erinnerst du dich an Mr Jason Cartland? Er war gestern hier.«

Für einen Moment hatte ich keine Ahnung, von wem sie sprach, doch dann fiel es mir wieder ein, und mir entwich ein überraschtes Keuchen. »Der heiße Typ? Werpuma?« Neuerdings schienen uns die notgeilen Raubkatzen geradezu die Tür einzurennen.

»Wie es scheint«, antwortete Giselle selbstgefällig. »Er ist dein Vierzehn-Uhr-dreißig-Date.«

Vielleicht würde diese Geschichte doch nicht so schrecklich werden, wie ich befürchtet hatte. Jason war attraktiv. Und er hatte nett gewirkt. Wie jemand, in dessen Gegenwart man sich wohlfühlen konnte – einmal abgesehen von dem übertrieben strahlend-weißen Lächeln. »Und um fünf?«

»Er heißt Garth«, sagte sie mit einem Glitzern in den Augen, als habe ihr gerade jemand mit einem Bündel Dollarscheine vor der Nase herumgewedelt. »Er ist reich. Mittleres Alter. War nie verheiratet. Schreibt Countrysongs. Er mag Baseball und Trucks. Eine ziemlich gute Partie.«

Aha. »Klingt toll«, sagte ich. »Und er ist …« Groß? Klein? Fett? Verzweifelt? Taub? Stumm? Gott, hoffentlich war er stumm.

»Naga.«

Das Blut gefror mir in den Adern. »Eine Schlange?« Ich hasste Schlangen.

»Eine Schlange«, bestätigte Giselle. »Und du wirst ihm erzählen, dass du Schlangen liebst. Verstanden?«

»Ich liebe Schlangen«, wiederholte ich überschwänglich. »Schlangen, Baseball und Countrymusik sind meine absoluten Favoriten.«

»Braves Mädchen«, sagte Giselle und tätschelte meine Wange, als wäre ich ein Hund, der auf Kommando Männchen gemacht hatte.

Kapitel fünf

Ein paar Stunden später sah ich unglaublich verführerisch aus und fühlte mich komplett elend. Keines der Outfits, die Francesca für mich ausgesucht hatte, konnte man in irgendeiner Hinsicht als praktisch bezeichnen. In diesem Moment steckte ich in einem Cocktailkleid aus schwarzer Spitze und unglaublich hübschen, aber vollkommen untragbaren High Heels. Nach nur fünf Minuten fühlten sich meine Zehen bereits wie abgestorben an, aber ich musste zugeben, dass der Effekt der Fünfzehn-Zentimeter-Absätze beeindruckend war. Genau wie die Rechnung.

Nachdem Francesca damit fertig gewesen war, mich einzukleiden, hatte sie mich in ein Kosmetikstudio geschleppt. Meine langen, glatten Haare waren aufgeplustert, toupiert und geföhnt worden, bis sich jeder Zentimeter der weißblonden Mähne kunstvoll zerzaust und starr vor Haarspray auf meinem Kopf auftürmte. Es sah gut aus – solange man nichts anfasste. Der Visagist hatte meine Augen mit einem grauen Eyeliner umrandet, sodass sie größer wirkten, und meine Wangenknochen kunstvoll mit einem zarten roséfarbenen Rouge betont. Ich sah aus wie Lolita – naiv, aber sexy.

Jason schien das ähnlich zu empfinden, und bei jedem bewundernden Blick, den er mir zuwarf, wurde das Rosa meiner Wangen ein wenig dunkler. Er sah genauso umwerfend aus, wie ich ihn in Erinnerung gehabt hatte. Sein Körper war breiter als Beaus und schien allein aus Muskeln und fester gebräunter Haut zu bestehen. Über einem blassblauen Seidenhemd trug er ein Sakko aus dunkelbraunem, fast schwarzem Wollstoff. Er war der perfekte reiche Playboy – abgesehen von einer Sache. Er stand auf billiges Rasierwasser. *Sehr* billiges Rasierwasser. Von der Sorte BRUT oder Old Spice. Aber der Charakter eines Mannes sollte weder an der Qualität noch an der Quantität seines Aftershaves gemessen werden, und ich beschloss, großzügig darüber hinwegzusehen.

Ich warf Jason ein schüchternes Lächeln zu.

»Und du möchtest wirklich nichts mehr essen?«, fragte er und deutete auf den kleinen Beilagensalat. »Du kannst dir alles bestellen, worauf du Lust hast.«

Ich zuckte leicht mit den Schultern. »Ich habe keinen großen Appetit.«

Dabei starb ich fast vor Hunger, aber da meine beiden anderen Dates heute ebenfalls in einem Restaurant stattfinden würden, hielt ich mich zurück. Abgesehen davon schien alles, was ich in Jasons Gegenwart in den Mund steckte, plötzlich nach Old Spice zu schmecken. Also nippte ich nur an meinem Wasser und gab vor, mich dafür zu interessieren, was er erzählte. Und versuchte gleichzeitig, nicht an Beau zu denken. Er hatte im Gegensatz zu Jason wahnsinnig gut gerochen. Als ich mich gestern Nacht an ihn gekuschelt hatte, war mir ein feiner, aber würziger Duft in die Nase gestiegen, den ich nicht richtig hatte zuordnen können. Vielleicht von einem Deo oder einem Duschgel. Unaufdringlich und frisch.

Meine Nase begann zu jucken. Ich beschloss, dass ich definitiv mehr der Typ für unaufdringlich und frisch war.

»… befreundet mit Beau Russell?«

Ich versuchte, mich wieder auf mein Date zu konzentrieren, das mich gerade mal wieder mit seinem Tausend-Watt-Lächeln anstrahlte. »Wie bitte?«

»Ich habe nach Beau Russell gefragt. Ihr seid befreundet?«

Ich starrte mein Gegenüber mit ausdrucksloser Miene an. Wie konnte er ernsthaft annehmen, dass Beau und ich befreundet waren, wo er doch selbst danebengesessen hatte, als ich zum ersten Mal mit Beau im Gespräch gewesen war? »Ja, ich nehme an, so könnte man es ausdrücken.« Ich fragte mich, ob Giselle den Ausdruck verwendet hatte. Wenn ja, war es wahrscheinlich am besten, einfach mitzuspielen.

»Wie ich höre, nimmt er eine ziemlich wichtige Position in seinem Clan ein.«

»Darüber weiß ich leider nichts«, sagte ich leise. Beim Gedanken an Beau beschlich mich ein trauriges Gefühl, und ich wünschte mir, Jason würde sich über etwas anderes unterhalten wollen.

Zu meiner Erleichterung schien er die Signale tatsächlich richtig zu interpretieren und schnitt ein anderes Thema an. Jason gab ein wundervolles Date ab – er war geistreich, charmant, lachte über jeden noch so hilflosen Versuch meinerseits, lustig rüberzukommen, und er vermittelte mir das Gefühl, hübsch zu sein. Jede Frau, die an unserem Tisch vorbeikam, warf ihm einen sehnsuchtsvollen Blick zu. Er berührte mehrmals meine Hand, sah mich bewundernd an und machte auch sonst in jeder Hinsicht deutlich, dass er mich am liebsten auf der Stelle verschlingen würde wie eine verführerische Zuckerstange. Warum also war ich mit den Gedanken trotzdem in jeder Sekunde bei dem Mann, mit dem ich den vergangenen Abend verbracht hatte? Beide Kerle waren Werpumas. Beide waren äußerst gut aussehend. Jason war der Inbegriff von Freundlichkeit, während Beau meinen Körper mit seinem verschmitzten Lächeln vor Sehnsucht in Flammen aufgehen ließ.

Ich war zwischen zwei Pumas hin- und hergerissen. Dass ich je in eine solche Situation hätte geraten können, wäre mir nicht im Traum eingefallen.

Mein nächstes Date lief nicht viel besser. Wir befanden uns in einem anderen Restaurant (auch wenn das Programm natürlich dasselbe war), und eigentlich war es gar nicht so schlecht – zumindest für die ersten fünf Minuten. Danach begaben wir uns auf ein eher unbehagliches Territorium.

»Also«, sagte Garth der Naga. »Was machst du so?« Sein Blick war viel zu durchdringend, immer wieder starrte er ungeniert auf meinen Ausschnitt. Jason hatte immerhin so viel Anstand besessen, mir in die Augen zu sehen.

Ich schob ein Stück Hühnchen mit Parmesankruste auf meinem Teller hin und her, unsicher, ob ich ihm erzählen konnte, dass ich für die Agentur arbeitete, oder ob ich mir besser eine Lüge einfallen lassen sollte. Während ich fieberhaft überlegte, sah ich, wie sich Garth mit der Zungenspitze über die Lippen fuhr. Oh mein Gott, war das Ding in seinem Mund etwa gespalten? Die kleine Bewegung hatte mich so abgelenkt, dass ich antwortete, ohne weiter darüber nachzudenken. »Ich bin Buchhalterin.« Beim Gedanken an seine gespaltene Zunge stellten sich mir die Nackenhaare auf.

»Faszinierend«, sagte er in einem Tonfall, der ungefähr so interessiert klang, als hätten wir uns gerade über die Beschaffenheit von Styropor unterhalten. »Und wie bist du in Giselles Agentur gelandet? Immerhin handelt es sich um eine ziemlich exklusive Klientel.« Was er in Wirklichkeit sagen wollte: Wie, bitte schön, hat es ein niederes menschliches Wesen wie du geschafft, überhaupt beachtet zu werden, geschweige denn an einen Job wie diesen zu kommen?

»Oh, auf dem üblichen Weg.« Ich hatte keine Ahnung, wie der aussehen sollte, doch ich war mir ziemlich sicher, dass er es genauso wenig wusste. Als ich eine schlängelnde Bewegung an meinem Fuß spürte, zuckte ich reflexartig zurück. Ach du Scheiße, war das etwa sein Schwanz gewesen?

Er sah mich mit einem Blick an, der vermutlich verführerisch wirken sollte. »Sanktionierte Menschen sind selten«, sagte er und starrte dabei so unverwandt auf meinen Hals, als würde ich eine blinkende Lichterkette anstelle einer Kette tragen.

Konnte er Beaus Kennzeichnung ebenfalls sehen? »Besonders solche, die noch Jungfrau sind.«

»Giselle hat dir gesagt, dass ich noch Jungfrau bin?« Ich versuchte, möglichst gelassen zu klingen, auch wenn ich innerlich laut aufschrie. Als würden wir gerade darüber sprechen, ob wir eher Demokraten oder Republikaner waren. Oder Naga.

Garth schien von meiner Frage überrascht. Bevor er antwortete, trank er einen weiteren Schluck von seinem Wein, wobei er die Zunge am Rande des Glases entlanggleiten ließ.

Jep, definitiv gespalten. Ich unterdrückte ein Schaudern.

»Natürlich hat sie das. Jungfrauen sind äußerst begehrt«, sagte er schließlich. »Du wurdest als beachtenswert eingestuft, du hast keine Krankheiten, und du wirst als angemessener Paarungspartner für jedes Mitglied der Allianz betrachtet.«

Ich war froh, dass ich so wenig gegessen hatte, sonst hätte ich mich in diesem Moment vermutlich übergeben. »Paarungspartner?«, fragte ich. »Wie nett.« Was für ein Glückspilz ich doch war. Ich nahm mein Glas in die Hand und schwenkte es, in der Hoffnung, dass ich zumindest den Anschein erweckte zu wissen, was ich da tat. In Wirklichkeit hatte ich keine Ahnung, warum die Leute ihren Wein auf diese Weise malträtierten.

Garth lehnte sich vor. »Gehört dein Herz einem anderen?«

Sein Was-auch-immer-es-war schlängelte sich wieder um meinen Fuß.

Igitt. Wenn Giselle glaubte, ich würde irgendwann einen ihrer Klienten heiraten, nachdem sie allen anderen auch noch den letzten Dollar aus den Rippen geleiert hatte, täuschte sie sich gewaltig. Ganz bestimmt würde ich mich nicht mit diesem Typ *paaren*. Langsam bekam ich es beim Gedanken an die anderen Dates, die sie noch für mich ausgraben würde, mit der Angst zu tun. Verabredungen mit Beau bildeten da natürlich eine Ausnahme.

Garth starrte schon wieder auf meinen Hals. Ich war mir

sicher, dass er Beaus Kennzeichnung liebend gern mit seiner eigenen überdeckt hätte.

Schnell legte ich eine Hand auf die Stelle an meinem Schlüsselbein.

»Oh, ich habe gar nicht gemerkt, dass es schon so spät ist«, rief ich und versuchte, möglichst überrascht auszusehen, als hätte ich angesichts unseres wunderbaren Dates völlig die Zeit vergessen. Ich faltete meine Serviette und legte sie auf den Tisch. »Ich sollte mich langsam auf den Weg machen.«

Mit einem leidenschaftlichen Ausdruck in den Augen griff er nach meiner Hand. »Ich habe noch nie jemanden wie dich getroffen«, erklärte er, während er meine Finger zwischen seinen feuchten Handflächen festhielt. »Du bist wunderschön und gebildet und so … jungfräulich.«

Wenn Garth mich für gebildet hielt, kam er sonst offensichtlich nicht häufig vor die Tür. Außerdem fand ich es ziemlich beunruhigend, dass er immer wieder die Jungfrauen-Geschichte erwähnen musste.

Ich versuchte, meine Hand zurückzuziehen. »Wie nett von dir.«

»Wir müssen unbedingt wieder miteinander ausgehen«, sagte er, vollkommen unbeeindruckt von meinem Versuch, mich aus seiner Umklammerung zu befreien. »Ich könnte mich verlieben.« Sein Blick zuckte wieder zu der wundersamen Stelle an meinem Hals, die jeder außer mir zu sehen schien.

Ob er auch nur halb so hingerissen von mir wäre, wenn mich nicht schon ein anderer als seinen Privatbesitz gekennzeichnet hätte? Ich bezweifelte es. »Entschuldige mich, ich muss mir kurz die Nase pudern gehen.«

Er hob meine gefangene Hand an seinen Mund, um einen Kuss daraufzudrücken, wobei er mit der Zunge leicht über meine Haut strich.

Ich hatte Schwierigkeiten, den Schauder zu unterdrücken,

der bei der Berührung durch mich hindurchfuhr. »Toilette«, jaulte ich und zog meine Hand zurück, dann schnappte ich mir meine Handtasche und stürzte in Richtung der Waschräume davon.

Eine junge Frau war gerade damit beschäftigt, die Waschbecken abzuwischen, als ich hereinkam. Hastig drückte ich ihr einen Zwanziger in die Hand. »Können Sie mir sagen, ob es hier irgendwo eine Hintertür gibt?«

Sie schenkte mir einen verständnisvollen Blick. »Sind Sie mit dem Kerl mit der Cowboykrawatte und der gelben Weste hier?«

»Genau mit dem. Sie müssen mir helfen«, sagte ich beschwörend und beugte mich zu ihr vor, um ihr zuzuraunen: »Ich glaube, er trägt sogar Sporen.«

Sie schauderte. »Im hinteren Teil der Küche gibt es eine Tür nach draußen. Ich bringe Sie hin.«

Kapitel sechs

Ich kritzelte eine Nachricht auf eine Serviette und gab sie der Angestellten, der ich auf der Toilette begegnet war, damit sie sie meinem Date zukommen ließ. Es war eine kurze Erklärung, von der ich hoffte, dass sie unschuldig und schüchtern genug klang, um sowohl Garth' als auch Giselles Verständnis hervorzurufen. Ich führte »Frauenprobleme« an und entschuldigte mich mehrfach dafür, so abrupt aufgebrochen zu sein. Allerdings hatte ich so eine Ahnung, dass sich Garth von derartigen Mädchenangelegenheiten nicht abschrecken lassen würde. Immerhin gab es normalerweise einen Grund dafür, warum Männer wie er noch Single waren: Sie hatten keine Ahnung.

Als ich die Agentur betrat und Beau vor mir stehen sah, konnte ich von jetzt auf gleich keinen klaren Gedanken mehr fassen. Er trug ein legeres graues Jackett und hatte die Hände lässig in die Hosentaschen geschoben. Er drehte sich zu mir um und schenkte mir das sinnliche Lächeln, bei dem mein Gehirn augenblicklich den Geist aufgab.

Umwerfend. Ich würde mich niemals an diesem Mann sattsehen.

Sein Lächeln verblasste, als ich auf ihn zutrat. Er blähte die Nasenflügel, als würde er Witterung aufnehmen. »Parfüm?« Dann musterte er meine Frisur. »Du siehst … nett aus.« Nicht gerade die Art Kompliment, um die man sich als Frau riss.

Hier stand ich mit all meinem zurechtgeföhnten Haar und meinem professionellen Make-up, und er sah mich an, als hätte ich mich in einen Alien verwandelt. Ich lächelte tapfer und verlagerte das Gewicht auf meinen wunderschönen High Heels, in denen meine Füße bereits höllisch schmerzten. »Es ist schön, dich wiederzusehen«, sagte ich und fühlte mich augenblicklich wie die letzte Idiotin. Es war gerade einmal ein paar Stunden her, seit er hier gewesen war.

»Wollen wir los?« Er schenkte mir ein weiteres Lächeln, doch diesmal war es höflich, und ich vermisste die sexy Art, auf die er sonst dabei die Lippen verzog.

Was war plötzlich mit ihm los? Er behandelte mich wie eine Fremde. Nach einem ganzen Tag, an dem ich von nichts anderem geträumt hatte, als mich wieder an ihn zu schmiegen (atemlose, heiße Fantasien, bei denen meine Knie weich wurden), verletzte mich die Art, wie er mich jetzt ansah.

Er sah mir in die Augen. »Hast du Hunger? Ansonsten können wir auch nur etwas trinken gehen, wenn du möchtest.«

Mein Appetit hielt sich in Grenzen, aber da er sich die Mühe gemacht hatte, einen Tisch in einem Restaurant zu reservieren, wollte ich ihm keinen weiteren Grund geben, enttäuscht zu sein. Also schenkte ich ihm ein breites Lächeln und sagte: »Abendessen klingt toll. Ich liebe italienisch.« Zu blöd nur, dass ich es heute schon gehabt hatte. Zweimal.

Das folgende Date war mit Abstand das merkwürdigste, das ich jemals erleben durfte – was bei den Erfahrungen, die ich im Leben gemacht hatte, schon etwas hieß. Ich versuchte, so zu wirken, als würde ich das Essen genießen, dabei war ich noch voll von den vorhergehenden beiden Verabredungen, und bei jedem Bissen drohte sich mir der Magen umzudrehen.

Beau schwieg, während er mechanisch aß. Seine Manieren waren tadellos – er benutzte sein Messer, tupfte sich den Mund mit der Serviette ab und war freundlich zu den Kellnern. Nur leider ignorierte er mich vollkommen.

Nach ein paar weiteren Minuten hielt ich es nicht mehr aus – weder das Essen noch die Stille. »Was ist los?«

Eine Regung huschte über seine Miene, doch er hatte sich

so schnell wieder im Griff, dass ich nicht sagen konnte, was es gewesen war. Er legte seine Gabel beiseite. »Das kommt darauf an. Möchtest du mit mir hier sein?«

»Ich bin müde«, gab ich zu. »Ich hatte einen langen Tag in der Agentur.« Die beiden anderen Dates hatten sich jedenfalls definitiv nach Arbeit angefühlt. Die ganze Zeit über hatte ich brav gelächelt, war freundlich gewesen und hatte mich interessiert gegeben. Ich trank einen Schluck von meinem Wein. »Wie war dein Tag?«

»Die Hölle.«

Beinahe hätte ich mich an meinem Chardonnay verschluckt. »Das … äh … das tut mir leid. Was ist passiert?«

Er fuhr sich mit einer Hand übers Gesicht. »Alles. Nichts. Es tut mir leid. Ich bin nur … Lass uns heute Abend nicht darüber reden, okay?« Beau faltete seine Serviette zusammen und legte sie auf den Tisch.

»Oh«, murmelte ich und fühlte mich angesichts des Schmerzes, den ich bei seinen Worten verspürte, wie ein dummes kleines Mädchen. »Natürlich.«

So viel zu dem Entscheidungsdilemma, ob ich mit ihm ausgehen sollte oder nicht. Anscheinend hatte sich das Problem soeben von selbst erledigt. Ich hätte außer mir vor Freude sein sollen, erleichtert. Aber alles, was ich in diesem Moment fühlte, war Enttäuschung.

»Lass uns gehen«, sagte Beau plötzlich und warf ein Bündel Scheine auf den Tisch, während er bereits aufstand. Als er hinter mich trat, um meinen Stuhl zurückzuziehen, schien er vor angestautem Frust geradezu zu vibrieren. Was zum Teufel war heute Abend mit ihm los?

Auf dem Weg zurück zur Agentur spürte ich, wie in meinem Innern Erleichterung und Enttäuschung miteinander kämpften. Einerseits war ich froh, mich nicht durch ein weiteres anstrengendes Date kämpfen zu müssen. Das bedeutete immerhin ein Problem weniger. Andererseits störte mich der Gedanke, dass ich ihn vielleicht nicht wiedersehen würde, mehr, als ich zugeben wollte. Wir verstanden uns auf eine Art und Weise, die ich nicht in Worte fassen konnte, und mit einem Mal wurde mir klar, dass ich ihn noch nicht gehen lassen wollte. Beau brauchte bis Samstag eine Frau, und wenn ich nicht weiter mit ihm ausgehen würde, bedeutete das, dass wir jemand anderen für ihn finden mussten. Seine Läufigkeit würde sich nicht einfach in Luft auflösen.

Wir erreichten die kurze Einkaufsstraße, in der die Agentur lag. Beau blieb vor der Eingangstür zum Büro stehen. Mir war klar, dass er, wenn er jetzt ging, für immer aus meinem Leben verschwinden würde. Das hier fühlte sich nach einem Abschied an.

Er schenkte mir ein schwaches Lächeln, bei dem seine Augen katzengleich im Mondlicht aufleuchteten. »Es tut mir leid, Bathsheba.«

Doch bevor er sich umdrehen und davongehen konnte, streckte ich die Hand aus und hielt ihn am Revers seines Jacketts fest.

Überrascht sah er mich an. »Was ist los?«

»Ich wollte dir das hier noch geben«, flüsterte ich atemlos und küsste ihn.

Für den Bruchteil einer Sekunde spürte ich seinen Mund unnachgiebig und hart an meinen Lippen, doch im nächsten Augenblick schlang er die Arme um mich und zog mich an sich. Er eroberte meinen Mund mit seiner Zunge. Ich war diejenige, die ihn geküsst hatte, aber es war mehr als eindeutig, dass Beau es gewohnt war, derjenige zu sein, der die Führung übernahm.

Ich bekam eine Gänsehaut, und ein warmes Gefühl durchströmte meinen Körper, als er mit seiner Zunge an meiner entlangfuhr. Verzweifelt krallte ich die Finger in sein Revers, als könnte ich ihn damit noch näher an mich heranziehen. Unser

Kuss hatte eine dunkle und besitzergreifende Intensität. Es war, als würde er mich mit jedem Zungenschlag ein Stück mehr für sich beanspruchen. Und ich wollte von ihm beansprucht werden.

Er schob seine Finger in meine Haare und …

Autsch! Es fühlte sich an, als würde mir jedes Haar einzeln ausgerissen. Ich zuckte zurück und tastete nach dem verknoteten Chaos aus verklebten Locken. »Au! Was machst du da?«

»Ich wollte deine Haare anfassen«, sagte er. »Was zur Hölle hast du damit gemacht? Es fühlt sich an, als hättest du es zusammengeklebt. Mir gefällt es eindeutig besser, wenn du es nicht trägst wie ein frisch toupierter Pudel.«

Ein *was?* »Du hast mich nicht gerade einen Pudel genannt.«

Er sah mich zerknirscht an. »Es tut mir leid, Bathsheba.« Der heisere Tonfall, mit dem er meinen Namen aussprach, trieb mich beinahe in den Wahnsinn. »Letzte Nacht waren deine Haare wunderschön. Aber heute Abend sieht es eher aus, als hätte jemand ein Nest darin bauen wollen, und es riecht verdammt merkwürdig. Als ob du versucht hättest, Giselle herauszufordern, wer von euch beiden am unattraktivsten wirken kann.«

»Oh Mann, das war das letzte Mal, dass ich dich geküsst habe.« Verletzt trat ich einen Schritt zurück. Er hatte recht damit, dass ich heute Abend nicht wie ich selbst aussah – immerhin war das Teil von Giselles Masterplan –, aber es tat weh, es ihn laut aussprechen zu hören.

Er schlang erneut den Arm um meine Taille und zog mich an sich, bis sich unsere Lippen beinahe wieder berührten. Auf meinen meterhohen High Heels befand ich mich auf Augenhöhe mit ihm.

Unsere Blicke trafen sich.

Er grinste. »Nein, das war es nicht.«

Mir gefiel die Art, wie er mich hielt, das Gefühl seiner Hand an meinem Rücken. So sehr, dass ich mir für einen verrückten, wilden Augenblick sogar wünschte, er würde sie noch ein wenig tiefer wandern lassen. Und so was nannte sich Jungfrau …

»Es tut mir leid wegen heute Abend«, sagte er mit leiser, tiefer Stimme, woraufhin mein Blick automatisch zu seinen verführerischen Lippen zuckte. »Heute war kein guter Tag.«

»Was du nicht sagst«, brummte ich zustimmend. »Was beschäftigt dich?«

Beau schien einen Moment zu zögern, ob er mir die Wahrheit erzählen sollte, bevor er sagte: »Gestaltwandler-Politik. Ich kann mir nicht vorstellen, dass dich das Thema sonderlich interessiert.«

Ich zupfte an seinem Revers. »Ich bin an allem interessiert, was dich betrifft«, flüsterte ich, und im selben Moment wurde mir klar, dass es stimmte. Verdammt, das machte die Sache nicht einfacher.

Ich wurde mit einem schwachen, sexy Lächeln belohnt, das jedoch genauso schnell wieder verschwand, wie es aufgetaucht war. »Es geht um Savannah. Die Werpuma-Frau, die bald läufig wird. Sie ist in Gefahr.«

»Was für eine Art von Gefahr?«

Wieder zögerte er. Dann beugte er sich vor und lehnte seine Stirn an meine, sodass sich unsere Nasenspitzen berührten. »Die Wölfe haben sie gekidnappt und wollen sie so lange gefangen halten, bis ich ihnen einen weiblichen Werwolf liefere. Sie sind der Überzeugung, dass ich einen vor ihnen verstecke.«

KAPITEL SIEBEN

Mir wich vor Schreck alle Luft aus den Lungen. Ich starrte ihn an. »Ein weiblicher …« Ich stockte. »Werwolf?«

»Sie sind vollkommen verrückt.« Beau fuhr sich mit einer Hand über das Gesicht und sah auf einmal sehr müde aus. »Warum sollten wir einen weiblichen Werwolf vor ihnen verstecken?«

Oh mein Gott, diese Geschichte wurde immer komplizierter. Ich zwang mich zu einem verständnisvollen Gesichtsausdruck, obwohl ich vor Angst am liebsten laut geschrien hätte. »Kannst du darüber reden?« *Bitte, erzähl es mir. Alles, was du weißt.*

Beau deutete auf die Bank auf der anderen Seite des Bürgersteigs, gegenüber dem Parkplatz. An sonnigen Tagen saßen Sara und ich oft in der Mittagspause dort, um etwas zu essen und uns zu unterhalten.

Wir gingen hinüber und setzten uns. Beau nahm meine Hand in seine, und ich ließ es zu. Benommen starrte ich ihn an. Er spielte mit meinen Fingern, fuhr mit dem Daumen meine Handfläche entlang. So selbstverständlich, als würde er meine Berührung brauchen wie die Luft zum Atmen.

»Unter den Wölfen befinden sich mehr Frauen als in der ganzen Allianz«, begann Beau. »Ich bin mir ziemlich sicher, dass das einer der Gründe ist, warum die Werwölfe so selten den Service der Agentur nutzen. Sie haben ganz einfach keinen Bedarf. Aber was sie auf keinen Fall tolerieren, sind Ausreißer.«

Ich schluckte schwer. »Und … sie suchen gerade nach einem Werwolf, der das Rudel verlassen hat?«

»Wenn ihnen tatsächlich jemand weggelaufen ist, habe ich keine Ahnung, um wen es geht.« Gedankenverloren spielte er mit meinen Fingern. Ohne den Blick zu heben, fuhr er fort: »Wie schon gesagt, den Wölfen gefällt es nicht, wenn jemand das Rudel verlässt. Das Rudel bestimmt die Regeln, auch wenn einige unter ihnen nicht nach diesen Regeln leben wollen. Das Rudel ist Anwalt, Richter und Henker in einem. Und da ich die Wölfe nicht bei ihrer Suche unterstützt habe, glauben sie, wir würden der flüchtigen Wölfin Unterschlupf bieten.« Ein bitterer Zug trat um seinen Mund. »Sie haben Savannah gestern geschnappt. Wir haben ihr verlassenes Auto gefunden, in dem sie eine Nachricht hinterlassen haben. Darin stand, dass sie Savannah töten werden, wenn wir ihnen nicht binnen einer Woche die Wölfin ausliefern.«

Und zu allem Übel würde Savannah am Samstag auch noch läufig werden. Das wurde ja immer besser.

»Was willst du tun?«, fragte ich sanft.

Beau stieß ein trockenes Lachen aus. »Ich habe noch keine Entscheidung getroffen. Ich bin nicht gerade scharf darauf, irgendein junges Mädchen an die Wölfe auszuliefern. Vor allem, da ich weiß, wozu sie in der Lage sind.«

Ich wusste ebenfalls, wozu sie in der Lage waren. Meine Hand begann, in seiner zu zittern. Beau schien zu glauben, dass mir kalt war, und zog mich enger an sich, sodass ich in seinen Arm gekuschelt dasaß.

»Aber wir können Savannah nicht einfach ihrem Schicksal überlassen. Ramsey hat versucht, ihre Fährte aufzunehmen, aber er hatte keine Chance. Also werden wir erst einmal abwarten, was passiert.«

Ich rückte ein Stück von ihm ab, um ihm in die Augen sehen zu können. »Beau«, begann ich. Es wurde Zeit, dass ich diese Sache zwischen uns beendete. Egal, wie sehr ich ihn mochte. Egal, wie gern ich ihn wieder geküsst hätte. »Ich glaube, wir haben uns zum falschen Zeitpunkt kennengelernt. Es ist besser, wenn wir uns nicht …«

Seine Augen leuchteten in der Dunkelheit auf, doch sein Gesichtsausdruck wirkte erschöpft. »Bathsheba, sag es nicht. Ich brauche dich. Bitte.« Es war offensichtlich, dass er es nicht gewohnt war, um Dinge zu bitten, was seine Worte umso eindringlicher klingen ließ.

Ich zögerte einen Moment, dann stand ich auf. »Es tut mir leid, Beau. Aber ich kann nicht.«

Als ich die Agentur betrat, saß Sara, die Kopfhörer in den Ohren, an ihrem Schreibtisch. Sie blickte auf, als ich an ihr vorbeiging. »Hey. Wie waren deine Dates?«

Müde winkte ich ab. Ich wollte nicht darüber reden, erst recht nicht vor den anderen. Marie und Ryder waren ebenfalls im Büro und unterhielten sich, während sie darauf warteten, dass eines ihrer Telefone klingelte. Sie warfen mir beide einen kurzen Blick zu, sprachen mich aber nicht an, als würden sie spüren, dass ich gerade Zeit für mich brauchte. Immerhin schien Giselle nicht da zu sein. Gut. Ich hätte ihren schadenfrohen Ausdruck jetzt nur schwer ertragen. Zuerst musste ich meine Gedanken ordnen.

Ich setzte mich an meinen Schreibtisch und starrte auf den Bildschirm meines Laptops. Mein Posteingang quoll über, das rote Licht meines Anrufbeantworters blinkte hektisch, und überall an meinem Bildschirm klebten gelbe Haftnotizen. Doch das konnte alles bis morgen warten.

Ich wusste nicht, was ich tun sollte. Das Wolfsrudel war auf der Suche nach Sara. Eine Frau aus Beaus Clan war entführt worden. Ich hatte gerade mit einem smarten, witzigen und umwerfend attraktiven Mann Schluss gemacht, den ich weit mehr mochte, als gut für mich war. Und meine Chefin zwang mich, mit einem Naga auszugehen. Wenn dies nicht ein guter Zeitpunkt war, um davonzulaufen, dann wusste ich es auch nicht.

Ich zog die High Heels aus und schnappte mir meinen Schal. »Lass uns gehen, Sara.« Zu Hause könnte ich ihr in aller Ruhe erzählen, was ich von Beau erfahren hatte. Dann würden wir unsere Sachen packen und heimlich die Stadt verlassen, um nie wieder zurückzukommen. Wir würden neu anfangen. Irgendwo, wo es keine Wolfsrudel gab. Falls so ein Ort existierte. Vielleicht auf Grönland. Dort brauchten sie sicherlich auch Büroleiterinnen, oder? Doch dann dachte ich an Beau, und vor Erschöpfung ließ ich die Schultern hängen. Ich durfte einfach nicht daran denken. Ich durfte nicht an *ihn* denken.

Sara legte die Kopfhörer beiseite. »Gern. Ich bin sowieso gerade fertig geworden.« Es war offensichtlich, dass sie alarmiert war. Sie konnte meine Angst riechen.

»Super«, sagte ich in einem aufgesetzt fröhlichen Ton. »Ich muss wissen, was die mit unserem Haus angestellt haben. Ich wette einen Zehner, dass Mike meine Unterwäsche durchwühlt hat.«

Sara lachte und wirkte ein wenig relaxter. Als sie mir ein Lächeln schenkte, spürte ich, wie auch etwas Anspannung von mir abfiel.

Da wir das Auto am vergangenen Abend zu Hause stehen gelassen hatten, bot Ryder an, uns zu fahren. Auf dem Weg kämpfte ich mit widerstreitenden Gedanken. Sara war in Gefahr. Trotzdem konnte ich nicht aufhören, an Beau zu denken. Sara und ich mussten zusehen, dass wir hier wegkamen, doch vorher wollte ich am liebsten Beau anrufen, um ihm alles zu erklären. Aber was, wenn er den Wölfen von Sara erzählte?

Erschöpft von meinem eigenen Gedankenkarussell winkte ich Ryder halbherzig zu, nachdem sie uns zu Hause abgesetzt hatte.

Sara und ich gingen auf die Veranda zu. Alle Lichter im

Haus waren ausgeschaltet, und ich kramte blind in meiner Handtasche, um den Schlüssel herauszufischen. Doch meine Hände zitterten so stark, dass ich die Tasche auf den Boden fallen ließ und sich ihr gesamter Inhalt auf der Veranda verteilte. Ich stieß eine ganze Reihe von Flüchen aus.

»Du bist heute Abend ziemlich empfindlich«, bemerkte Sara und ging an mir vorbei, um die Tür mit ihrem eigenen Schlüssel zu öffnen. »Die Dates sind wohl nicht besonders gut gelaufen.«

Ich kniete mich hin, um den ganzen Krempel, der herausgefallen war, wieder in meine Handtasche zu stopfen. »Sorry«, sagte ich. »Irgendwie funktioniert mein Gehirn heute Abend nicht richtig.«

»Ich weiß, was du meinst.« Sara drehte den Türgriff und stemmte sich gegen die Haustür, nur um sofort überrascht zurückzuweichen. »Komisch.«

Ich zog den Reißverschluss an meiner Handtasche zu und stand auf. »Was ist komisch?«

Sie zog die feinen Augenbrauen zusammen, während sie die Tür anstarrte. Dann sah sie mich an. »Ich glaube … ich habe gerade ab- statt aufgeschlossen.« Sie drehte erneut den Schlüssel, und das Schloss klickte. »Tatsächlich. Das ist wirklich seltsam.«

Ein unbehagliches Gefühl kroch mir eiskalt den Rücken hinunter, und ich berührte Sara am Arm, bevor sie hineingehen konnte. »Riechst du irgendwas?«

Sie zog eine Grimasse. »Nur mein Parfüm. Am Abend ist ein Werluchs in der Agentur gewesen, und ich hatte mich gerade frisch eingenebelt, bevor du gekommen bist.«

Ich zog mein Handy aus der Tasche und umklammerte es fest. Während ich meine Schwester anstarrte, konnte ich an nichts anderes denken als daran, was Beau mir erzählt hatte: Die Wölfe suchten nach einer Ausreißerin.

»Warte hier«, flüsterte ich. »Ich gehe rein und sehe nach, was los ist.«

»Auf keinen Fall!« Sara schüttelte heftig den Kopf. »Was, glaubst du, wartet da drin auf uns?«

Ich konnte ihr darauf jetzt noch keine Antwort geben, also schob ich nur vorsichtig die Tür auf und legte einen Finger auf die Lippen, um sie zum Schweigen zu bringen. Ich schluckte schwer und zwang mich dann, in unseren kleinen Eingangsbereich zu treten. Im Innern des Hauses war es so dunkel, dass ich kaum etwas erkennen konnte. Angst kroch mir den Nacken hinauf. Normalerweise ließen wir immer ein Licht brennen. Entweder Mike hatte es ausgeschaltet – oder jemand anderes.

»Warte hier«, befahl ich Sara noch einmal mit leiser Stimme, auch wenn ich ahnte, dass sie vermutlich nicht auf mich hören würde.

Langsam ging ich den Flur entlang und tastete nach dem Lichtschalter. Eine Sekunde später flammte die Lampe an der Decke auf, und ich kniff geblendet die Augen zusammen. Als ich mich umdrehte, sah ich, dass Sara mir gefolgt war. Ihre Nasenflügel bebten, als hätte sie Witterung aufgenommen.

Ich ging ein paar weitere Schritte den Flur hinunter. Etwas stimmte hier ganz und gar nicht.

»Ich rieche … irgendetwas«, flüsterte Sara.

»Was?« Mir wurde eiskalt.

»Als ob wir den Müll nicht rausgebracht hätten … derselbe Geruch wie schon letzte Nacht.«

Ich zwang mich, weiter in Richtung Küche zu gehen. Wir bewahrten einen Baseballschläger in der Vorratskammer auf. Wenn es mir gelang, an ihn dranzukommen …

Im ersten Stock war ein Schlurfen zu hören. Der Dielenboden knarzte.

»Was war das?«, fragte Sara, auch wenn wir es uns beide denken konnten.

Ich drehte mich um und schubste sie in Richtung Haustür. »Los, renn!«

Sie schüttelte den Kopf. »Nein, ich werde dich nicht allein lassen.«

Verdammt! Ich grub die Finger in ihren Arm und zog sie hinter mir her in Richtung Küche. »Komm schon«, zischte ich ungeduldig.

Wieder knackte der Holzboden über uns. Was auch immer es war, das dort im ersten Stock lauerte, es folgte unseren Bewegungen. Gleich würde es den Treppenabsatz erreichen und zu uns hinunterkommen.

Saras zierlicher Körperbau machte es mir leicht, sie hinter mir herzuziehen. »Was hast du …«

»Sch!« Ich öffnete die Tür zur Vorratskammer und schob sie hinein. »Komm nicht raus, bevor ich dir ein Zeichen gebe, dass es sicher ist!«

»Aber …« Sie hatte die Augen vor Angst weit aufgerissen.

»Tu einfach, was ich dir sage«, flüsterte ich und schloss die Tür hinter ihr.

Wieder knarzte eine Diele über mir, diesmal lauter. Dann hörte ich schwere Schritte auf der Treppe.

Auf der verzweifelten Suche nach einer Waffe stürzte ich zu der schmalen Kücheninsel. Mein Blick fiel auf das große Tranchiermesser, das aus dem hölzernen Messerblock ragte. Ich riss es heraus und stürzte damit zur Küchentür, um sie zuzuwerfen und abzuschließen.

Noch immer waren die schweren Schritte zu hören. Dann erklang das Kratzen von Krallen, die auf dem Parkett am Fußende der Treppe im Wohnzimmer landeten.

Es war nicht menschlich.

Das Bedürfnis, vor Angst laut zu schreien, war überwältigend, und ich musste mich geradezu zwingen, mich zu konzentrieren und nachzudenken. Wenn es nicht menschlich war, war es vermutlich schnell. Was wiederum bedeutete, dass ich vorbereitet sein musste.

Ein schwerer ranziger Geruch erfüllte die Luft, und plötzlich schien das große Messer in meiner Hand nicht mehr auszureichen. Was auch immer das war, es roch … abstoßend. Ekelerregend. Wie Aas, das drei Tage unter glühender Sonne vor sich hin gefault war. Und dazu dieses schreckliche, helle Klicken von scharfen Krallen.

Ich zog einen spitzen hölzernen Schaschlikspieß aus einer Schublade und warf ihn sofort wieder beiseite. Das hier war kein Vampir. Weder ein Kreuz noch Weihwasser und auch kein Spiegel würden mir in diesem Fall weiterhelfen.

Die Tür zur Küche erzitterte unter einer Erschütterung, und ich hörte das Splittern von Holz.

Beeil dich, trieb ich mich selbst an. Endlich hatte ich die Tüte mit Wolfskraut gefunden. Doch sie war leer. Verdammt! Ich durchwühlte hastig weiter die Schublade. Da war es: kolloidales Silber in einer langen Glasflasche. Flüssiges Silber, vermischt mit Wasser. Das perfekte Anti-Gestaltwandler-Mittel.

Das Biest auf der anderen Seite der Tür knurrte, und der gesamte Türrahmen erzitterte unter einem weiteren Angriff, bevor das Monster durchbrach. Rote Augen starrten mich an. Dann öffnete die Kreatur ihr Maul mit den langen Reißzähnen, um ein grässliches Heulen auszustoßen.

Ich zerschlug den Hals der Flasche an der Küchentheke, und als die Kreatur zwei Schritte auf mich zumachte, schleuderte ich ihr den gesamten Inhalt entgegen.

Ein großer Spritzer erwischte das Biest im Gesicht, und es jaulte auf, bevor es sich vor Schmerzen auf dem Küchenboden wand. Mit einer seiner riesigen Klauen fuhr es sich immer wieder über das Gesicht, während es das Maul mit den gelben Reißzähnen zu einer grauenhaften Grimasse verzog. Doch plötzlich schien ein Schauer seinen gesamten Körper zu ergreifen, und einen Moment später war das Monster wieder auf den Beinen und starrte mich an.

Mein Mund war staubtrocken. Reichte das Silber nicht aus?

Die Kreatur stieß ein lautes Knurren aus, dann stürmte sie aus der Küche.

Ich griff nach dem Tranchiermesser und rannte hinter ihr her, wobei ich Mühe hatte, mich auf dem nassen Küchenboden auf den Beinen zu halten. Eine Scherbe bohrte sich in meinen Fuß, doch auch das konnte mich nicht aufhalten.

Ich hörte Glas splittern, und im nächsten Moment sah ich, wie die Kreatur durch eines der Wohnzimmerfenster in den Garten sprang und mit einem letzten unheimlichen, katzenartigen Schrei in der Dunkelheit verschwand.

Zischend stieß ich den Atem aus.

Dann hörte ich ein weiteres Fenster zersplittern. Diesmal kam das Geräusch vom Eingang her.

Ich umklammerte das Messer fester. Als eine riesige Raubkatze ins Wohnzimmer stürzte, hob ich die Klinge, um die Waffe nach ihr zu schleudern, ließ sie jedoch im letzten Moment fallen. Die Messerspitze bohrte sich in den Teppichboden.

Panisch stolperte ich rückwärts, ohne den Neuankömmling aus den Augen zu lassen. Adrenalin pumpte durch meine Adern, mir verschwamm die Sicht vor Augen. Doch als ich einen weiteren Schritt in die Küche machte und das, was von der Tür noch übrig war, hinter mir zuschlug, wurde mir mit einem Mal klar, dass die Kreatur ein Werpuma gewesen war. Vielleicht ein Mitglied des Russell-Clans, das die Aufgabe hatte, unser Haus zu beobachten?

Die Kavallerie war hier. Sicherheit. Ich spürte, wie das Adrenalin langsam aus meinem Körper wich.

»Bathsheba!«

Ich drehte mich zu Sara um, die aus der Vorratskammer getreten war, und musterte sie von oben bis unten, um sicherzugehen, dass sie okay war. Ihre Augen funkelten, und ihr Gesicht zeigte die verräterischen Falten, bevor es sich in eine Wolfsfratze verwandeln würde. Ihre Arme waren von dichten grauen Haaren bedeckt. Und ihre Füße befanden sich nur Zentimeter von dem verschütteten Silberwasser entfernt, das sie vollkommen handlungsunfähig machen würde.

»Sara! Hau ab! Sie dürfen dich nicht sehen.«

»Vergiss mich!« Ihre Worte gingen beinahe in einem Knurren unter, als sich ihre Eckzähne zu scharfen Reißern verlängerten. »Du darfst Beau nicht töten!«

Beau? Ich wurde noch panischer und schubste Sara zurück in die Vorratskammer, wobei ich ihr wolfsähnliches Jaulen ignorierte. »Bleib da drin, bis ich das Silber aufgewischt habe«, befahl ich.

Ich wandte mich um und glitt auf dem nassen Boden aus. In letzter Sekunde klammerte ich mich am Türrahmen fest, um nicht das Gleichgewicht zu verlieren, bevor ich ins Wohnzimmer stürzte.

»Verdammt, Bathsheba«, knurrte Beau und starrte mich an. »Wen wolltest du mit dem Messer umbringen?«

Er war nackt. Vollkommen nackt. Seine breiten Schultern waren genauso sexy, wie ich sie in Erinnerung hatte. Feste Muskeln definierten seinen schlanken Körper. Er hatte ein Sixpack, und darunter führten zwei tiefe Einkerbungen von den Hüften hinab zu …

»Mir war das Silber ausgegangen«, sagte ich geistesabwesend, ohne den Blick von seinen Brustmuskeln zu lösen. Sie waren perfekt geformt, die Haut darüber seidig und fest.

»Silber?«

»Ich … äh, ja«, stotterte ich und riss mich von dem hypnotisierenden Anblick seiner Bauchmuskeln los. »Geh auf keinen Fall in die Küche. Auf dem ganzen Fußboden ist Silberwasser verschüttet.«

Er griff nach meinem Handgelenk. Und bevor ich noch richtig wusste, was geschah, hatte er mich gegen die Wand gedrückt. Beide Hände an meinen Schultern musterte er mich von oben bis unten. »Geht es dir gut? Bist du verletzt? Antworte mir!«

Verwirrt sah ich ihn an und versuchte, mich von ihm loszumachen. »Ich bin okay, aber …«

Ein leises Knurren stieg aus seiner Kehle auf, und dann küsste er mich.

Es fühlte sich an, als würde ich vom Auge eines Sturms verschlungen. Alle rationalen Gedanken lösten sich innerhalb von Sekunden in Luft auf.

Verzweifelt und besitzergreifend eroberte er meinen Mund mit seinem. Mit der Zunge fuhr er den Saum meiner Lippen entlang. Eine Geste, die gleichzeitig um Einlass und Unterwerfung bat. Nichts hatte sich je besser angefühlt. Ich wollte mehr. Ich öffnete den Mund, um seine Zunge mit meiner zu empfangen. Die Spitzen berührten sich flüchtig, bevor sie einander umschlangen. Als er mit der Zunge an meiner entlangfuhr, begann mein Körper zu prickeln. Keuchende Laute kamen mir über die Lippen, gefolgt von einem besitzergreifenden Knurren, das aus Beaus Kehle drang. Ich brauchte das hier. Oh, und wie ich es brauchte. Er eroberte und dominierte mich mit seiner Zunge, stieß immer wieder in meinen Mund vor. Und er schmeckte so unglaublich süß und …

Erschrocken löste ich mich von ihm. Hatte ich inzwischen komplett den Verstand verloren? Sara befand sich nur wenige Meter entfernt, und sie war dabei, sich in einen Wolf zu verwandeln. Es konnte sich nur noch um Sekunden handeln, bis Beau ihre Witterung aufnahm.

Ich grub meine Finger fest in seinen Arm – zerrissen von dem Bedürfnis, mich an ihn zu schmiegen und ihn von mir zu stoßen. »Beau, wie … was machst du hier?«

»Sichergehen, dass es dir gut geht«, antwortete er und ließ meine Schultern los. Doch nur den Bruchteil einer Sekunde später zog er mich wieder an sich und fuhr mit den Händen über meinen Rücken. Ich war mir nicht sicher, ob die Geste beschützend oder besitzergreifend gemeint war, aber sie gefiel mir. Er suchte meinen Blick, während er mir sanft über die Wange streichelte. »Und wie es aussieht, war das eine ziemlich gute Idee von mir. Was hast du dir dabei gedacht, dich mit dieser Kreatur anzulegen?«

»Was hätte ich denn sonst machen sollen?« Ich runzelte fragend die Stirn.

»Ihr hättet weglaufen können …«

Ich schüttelte den Kopf. »Es wäre uns gefolgt. So konnte ich Sara wenigstens verteidigen.«

»Und deine eigene Sicherheit aufs Spiel …«

Ich löste mich von ihm und packte ihn bei den Schultern. Wütend starrte ich ihn an. »*Meine* Schwester ist *meine* Verantwortung. Nicht deine.«

»Du hättest verletzt werden können«, sagte er mit sanfter Stimme. Ich sah das Verlangen in seinen Augen. Sein Gesichtsausdruck hatte das Zeug dazu, Butter zum Schmelzen zu bringen. Als Beau seinen Körper gegen meinen presste, konnte ich spüren, dass mein Beschützerinstinkt seine Leidenschaft noch stärker entfacht hatte.

Nervös versuchte ich schnell, das Thema zu wechseln. »Was auch immer dieses *Ding* war, es hat nach Verwesung gerochen. Als wäre es bereits tot.«

»Es war irgendeine Art Gestaltwandler«, murmelte Beau, während er mit den Fingern durch meine verklebten Haare fuhr. »Aber keine, die mir schon einmal untergekommen ist.«

»Wie meinst du das?«

Er schwieg. Hatte er etwa Angst, irgendwelche supergeheimen Gestaltwandler-Informationen preiszugeben? Dafür war es inzwischen ein bisschen spät.

Ich boxte ihn gegen den Arm. »Los, sag schon.«

»Au! Vorsicht. Du hast noch Silber an den Händen.« Er bog die Schulter ein wenig zurück, löste die Hände aber nicht von meinem Rücken.

»Sorry«, sagte ich und ließ ihn los.

»Du kannst mich ruhig anfassen«, murmelte er. Ich konnte spüren, wie er die Lippen an meinen zu einem Grinsen verzog. »Pass nur auf, dass du deine Hände oberhalb meiner Hüfte lässt.«

Hastig verdrängte ich den Gedanken an das, was sich unterhalb seiner Hüfte befand, und versuchte mich zu konzentrieren. »Was war das für ein Gestaltwandler?«

»Ich weiß es nicht«, antwortete er und ließ mich los. »Ich muss ein paar Anrufe machen.«

Im Ernst jetzt? Er konnte einfach so zum Tagesgeschäft übergehen? Ich schluckte meine Enttäuschung herunter. Während ich das Festnetztelefon holte, sagte ich mir immer wieder, dass in meinem Leben kein Platz für einen sexy Werpuma mit ausgeprägtem Beschützerinstinkt war. So sehr ich mir das auch wünschte.

Nachdem Beau das Telefon entgegengenommen und eine Person am anderen Ende der Leitung begrüßt hatte, trippelte ich auf Zehenspitzen zwischen den Pfützen aus Silberwasser in die Küche.

Aus der Vorratskammer drang kein Laut. Als ich vorsichtig die Tür öffnete, fiel mein Blick zuerst auf eine Schwanzspitze, dann auf einige zerrissene Kleidungsstücke. »Bleib hier drin«, flüsterte ich. »Ich wische das Silber auf und sehe zu, dass ich Beau loswerde.«

Sara jaulte zustimmend, und ich schloss schnell die Tür. Unter der Spüle holte ich einen Wischmopp hervor, um das verspritzte Silberwasser aufzuwischen, dann sammelte ich die Scherben ein. Anschließend machte ich mich auf die Suche nach Beau, um ihn möglichst weit weg von Saras Versteck zu locken.

Beau stand im Flur. Er war noch immer komplett nackt und sein Hintern … Oh Mann, sein Hintern war umwerfend. Ich hatte ihn schon einmal gesehen, aber auch beim zweiten Mal hatte der Anblick seine hypnotisierende Wirkung nicht verloren. Während Beau weiter telefonierte, nutzte ich die Zeit, um seinen Körper zu bewundern. In Gedanken strich ich über seine breiten Schultern bis hinunter zu dem schmalen V seiner Hüften. Auf seiner Brust fand sich nur die Andeutung eines leichten Flaums, sein Rücken dagegen war glatt. Eine Tatsache, die mir gefiel. Doch am faszinierendsten war sein Po. Er war klein, fest und straff. Ich wünschte mir nichts mehr, als mit den Händen über diesen sanften Muskel zu fahren, und verschränkte schnell die Finger, damit ich sie nicht einfach ausstreckte, um diese wundervolle gebräunte Haut zu berühren.

Er beendete den Anruf und wählte eine weitere Nummer. »Ramsey? Ich bin's. Wir müssen uns treffen.«

Während Beau unsere Adresse weitergab, fiel mir endlich ein, was mich an Beaus Auftauchen bei uns zu Hause und seiner Rettungsaktion gestört hatte. Er war verdammt schnell hier gewesen. Ich warf einen möglichst unauffälligen Blick in Richtung Küche und runzelte die Stirn. Irgendetwas passte hier ganz und gar nicht zusammen.

Mit einem unguten Gefühl schlich ich auf Zehenspitzen zu dem zerbrochenen Fenster im Wohnzimmer hinüber und spähte vorsichtig hinaus. Beaus Viper stand nicht in der Einfahrt, aber seine Kleidung lag überall auf dem Rasen im Vorgarten verteilt. Woher auch immer er gekommen war, er war zu Fuß unterwegs gewesen. Und so schnell, wie er hier gewesen war, musste er sich bereits irgendwo in der Nähe aufgehalten haben.

Ich drehte mich langsam zu Beau um, der mir ins Wohnzimmer gefolgt war. »Wie hast du es geschafft, so schnell hier zu sein?«

Er legte das Telefon zurück in die Ladestation, bevor er mich ernst aus seinen grauen Augen ansah. »Ich stand vor eurem Haus.«

»Warum? Falls du dich nicht erinnern solltest: Ich habe mit dir Schluss gemacht.«

»Und ich wollte mit dir darüber reden, deswegen bin ich hergekommen«, sagte Beau ruhig. »Ich weiß, dass unser Timing schlecht ist, aber es interessiert mich nicht. Ich wollte dich so schnell wie möglich wiedersehen, deswegen bin ich hier. Und als ich vor der Tür stand, habe ich dieses Ding gerochen. Das war derselbe Gestank, der aus dem Taxi gekommen ist, Bathsheba. Ich habe es dir an dem Abend nicht erzählt, weil ich dir keine Angst machen wollte. Aber inzwischen bin ich mir sicher, dass irgendetwas Unnatürliches hinter dir her ist. Etwas, das stärker ist als jedes übernatürliche Wesen, dem ich bisher begegnet bin. Etwas, das auf den Geschmack von Blut steht.«

»Verstehe«, sagte ich langsam. Meine Stimme zitterte. »Du hast uns gerettet. Danke.«

»Für mich sah es so aus, als hättest du alles im Griff.« Er verschränkte die Arme vor der Brust, was seine Nacktheit noch mehr betonte.

»Willst du mir langsam mal erklären, was hier los ist?«

»Glaubst du nicht, dass ich mich schon längst um die Sache gekümmert hätte, wenn ich wüsste, um was es sich bei dieser Kreatur handelt? Jemand ist hinter dir her. Oder hinter Sara. Vielleicht auch hinter euch beiden.«

Ich stieß ein zittriges Lachen aus. »Oder *du* hast irgendwelche Feinde, von denen wir nichts wissen.«

Beau verzog keine Miene. Sein ernster Gesichtsausdruck jagte mir einen Schauer über den Rücken. Die Werwölfe hielten Savannah gefangen, weil sie Sara wollten. Und vielleicht auch mich? Ich wusste, dass sie mich nicht in einen Werwolf verwandeln konnten, aber sie hatten keine Ahnung davon.

Ich spürte, wie Beau einen warmen Arm um meine Schultern legte, und eine Sekunde später vergrub ich meine Nase an seiner nackten Brust, während er mich fest an sich drückte.

»Komm, setz dich auf die Couch«, sagte er mit tiefer, hypnotisierender Stimme. »Ich hole Sara.«

Reflexartig schlang ich die Arme um seine Taille und zog ihn wieder an mich. »Es geht ihr gut. Sie braucht nur ein bisschen Zeit, um sich zu erholen. Wir sollten sie einen Augenblick in Ruhe lassen.« Als er skeptisch auf mich herabsah, schmiegte ich meinen Kopf an seine Schulter und sah flehend zu ihm auf. »Bleib bei mir. Bitte.« Wenn es um die Sicherheit meiner Schwester ging, schreckte ich auch nicht vor emotionaler Manipulation zurück.

»Keine Sorge«, murmelte er und dirigierte uns, ohne mich loszulassen, zum Sofa. »Alles wird gut. Was auch immer es war, jetzt ist es weg. Ich habe meinen Clan informiert. Sie werden herkommen und uns helfen.«

Uns. Nicht *dir*. Als wären wir bereits ein Paar. Wie es aussah, schadete es nicht, wenn ich ihn noch ein wenig länger in dem Glauben ließ, dass aus uns etwas werden könnte.

Also kuschelte ich mich neben seinen nackten Körper auf die Couch und ging die Ereignisse der letzten Stunden durch – das Knurren, der schreckliche Gestank, meine Sorge um Sara, die vor Angst fast verrückt geworden sein musste; das Wissen, dass ich nicht zu ihr konnte, solange Beau hier war und sie sich noch nicht zurückverwandelt hatte.

Schweigend saßen wir eine lange Zeit auf dem Sofa, während Beau mir über das Haar streichelte und mir liebevolle Dinge ins Ohr flüsterte. Und ich musste zugeben, dass es mir gefiel. Jemanden zu haben, der für mich da war, der mich hielt, war unglaublich beruhigend. Obwohl ich Beau nichts von meinen Problemen erzählen konnte, wusste er, dass ich traurig war, und tat alles in seiner Macht Stehende, damit es mir besser ging. Das war vollkommen neu für mich. Normalerweise war ich so damit beschäftigt, Sara und mich vor dem Schlimmsten zu bewahren, dass ich nicht mal für eine Sekunde die Chance bekam, mich zu entspannen oder mich bei jemandem anzulehnen. Das Gefühl war berauschend. Es brachte mich dazu, mich nach Dingen zu sehnen, die ich nicht haben konnte.

Ich musste wieder angefangen haben zu zittern, denn Beau drückte mir einen Kuss auf die Stirn und zog mich fester an sich. »Ich bin hier, Bathsheba. Bei mir bist du sicher. Ich werde mich um alles kümmern.«

Merkwürdigerweise fühlte ich mich bei seinen Worten tatsächlich ein bisschen besser. Nicht, dass er mir wirklich in irgendeiner Weise helfen konnte, aber zu wissen, dass er es versuchen wollte, bedeutete mir alles.

Ein paar Minuten später tauchten einige Männer auf. Da die Haustür unverschlossen war, kamen sie einfach herein, und ich schreckte bei ihrem Anblick auf. Doch da Beau gelassen blieb, beruhigte ich mich schnell wieder. Er kannte die Männer. Sie alle sahen Beau ähnlich – groß, schlank, mit dunklen Haaren, definierten Muskeln und den gleichen hellen Augen. Es war offensichtlich, dass sie dem Russell-Clan angehörten.

Beau schien es kein bisschen zu stören, immer noch nackt zu sein, während er einige rasche Worte mit ihnen wechselte, als wäre ich überhaupt nicht da.

»Menschen, Beau?« Einer der Fremden blickte mich erstaunt an. Ein anderer blähte die Nasenflügel, als hätte er Witterung aufgenommen, dann rümpfte er angewidert die Nase, als wäre er mit all dem hier kein bisschen einverstanden.

»Miss Ward ist meine Freundin.«

Nein, ist sie nicht. Sie kann nicht. Nicht, wenn sie clever genug ist.

»Ernsthaft?«, meldete sich ein weiterer Mann zu Wort.

Oh Mann, diese übernatürlichen Wesen hielten sich wirklich für was Besonderes.

Eine unangenehme Stille erfüllte den Raum, als hätte jemand eine Beleidigung ausgesprochen. Einer der Männer boxte denjenigen, der vorher gesprochen hatte, gegen die Schulter. »Boss …«, begann der, und ich konnte förmlich riechen, dass eine Entschuldigung folgen würde.

Doch Beau grinste nur träge. »Ernsthaft« war alles, was er sagte, bevor er sich in einer beschützenden Geste vor mich stellte. »Wo ist Ramsey?«

Einer der Klon-Beaus gestikulierte in Richtung Vorgarten. »Holt gerade die Ausrüstung aus seinem Truck.«

Beau knurrte zustimmend. »Habt ihr eure Waffen dabei?«

Moment mal. Wie bitte? »Waffen?«, mischte ich mich ein. »Was habt ihr vor?«

»Wir installieren Fallen«, erklärte Beau. »Wenn sich das Ding entscheidet, noch einmal herzukommen, wird es nicht mehr lange zu leben haben.«

Verdammt. Was ich wirklich überhaupt nicht gebrauchen konnte, waren ein Dutzend Gestaltwandler, die unser Zuhause auf den Kopf stellten. Ich musste dafür sorgen, dass sie verschwanden, bevor sie Saras Fährte aufnahmen.

Ich warf Beau einen verärgerten Blick zu. »Das kannst du nicht machen. Ich will keine Waffen im Haus. Und wo wir gerade schon dabei sind: Ich will auch keinen Haufen Fremder hier haben.«

Als mich Beau hinter sich her auf die andere Seite des Wohnzimmers zog, wandten die anderen diskret die Blicke ab und begannen, im Flüsterton miteinander zu reden.

»Lass mich diese Sache regeln, Bathsheba«, sagte Beau leise und eindringlich. »Ich werde nicht zulassen, dass dich irgendeine Kreatur verfolgt, in dein Haus einbricht und dich zu töten versucht. Ich will sichergehen, dass dir nichts passiert. Ich habe dich mit meinem Mal gekennzeichnet, also wirst du akzeptieren müssen, dass ich ab jetzt auf dich aufpasse«, erklärte er mit tiefer, ruhiger Stimme.

Ich öffnete den Mund, um zu protestieren.

»Die anderen werden dich nicht anfassen. Und sie werden dich mit sehr viel mehr Respekt behandeln als normale Menschen, weil ich dich mit meinem Mal als die Meine gekennzeichnet habe.« Wieder wollte ich etwas einwenden, doch er fuhr vollkommen unbeirrt fort. »Du bist mein. Ich habe das bereits entschieden. Und wenn ich jede Stelle deines umwerfenden Körpers kennzeichnen muss, um es zu beweisen, dann werde ich das tun.«

Ein leidenschaftlicher Schauer lief mir über den Rücken, als ich mir vorstellte, wie er das tat. Ich schluckte schwer und widerstand dem Drang, mir Luft zuzufächeln.

Wieder erschien das schiefe Grinsen auf seinem Gesicht, und er fuhr mit dem Daumen spielerisch über meine Unterlippe, als wollte er mich damit an seine Küsse erinnern. Dann drehte er sich um und ging auf seine Männer zu. »Wir müssen eine Verteidigung aufbauen. Holt das Silber und das Wolfskraut, und seid vorsichtig damit. Wir fangen im ersten Stock an.«

Dann waren sie verschwunden, und ich blieb fassungslos allein im Wohnzimmer zurück. Meine Lippen prickelten noch immer von seiner Berührung, als würden Hunderte kleiner Stromstöße hindurchjagen.

Langsam ging ich in Richtung Küche und warf einen Blick hinein. Die Tür zur Vorratskammer stand offen. Von Sara war keine Spur zu sehen. Das war ein gutes Zeichen. Vielleicht hatte sie sich inzwischen zurückverwandelt und war ins Bad gegangen, um ihren Duft mit einer neuen Ladung Parfüm zu überdecken.

Eine Hand berührte meinen Ellbogen. Ich fuhr erschrocken herum und stolperte vor Angst ein paar Schritte rückwärts.

Ein großer blonder Mann mit einem ernsten Gesichtsausdruck stand vor mir. Er war riesig, mindestens einen Kopf größer als Beau, und viel breiter gebaut. Sein Haar war zerzaust, und seine Gliedmaßen waren ungewöhnlich lang. In einer seiner riesigen Hände hielt er einen Werkzeugkasten, in der anderen eine Flasche mit Wasser. »Trink das.«

Ich starrte den Riesen alarmiert an. »Wer … wer sind Sie?«

Ein verärgerter Ausdruck huschte über sein Gesicht, als wäre es ihm lästig, mir zu antworten. »Ramsey.«

»Okay.« Beau hatte ihn ein paarmal erwähnt. Er war Mitglied in der Allianz und Beaus engster Freund. »Vielen Dank, aber ich habe keinen Durst.«

Er griff nach meiner Hand und drückte die Wasserflasche hinein. »Trink.«

Nicht gerade der höflichste Kerl, dem ich je begegnet war. Ich starrte ihn an. Er starrte zurück.

Und ich trank.

Als Nächstes reichte er mir eine silberne Packung mit zwei Tabletten. »Nimm die.«

Ich schob seine Hand beiseite. »Es geht mir gut.«

Er ignorierte meinen Protest und hielt mir die Pillen erneut hin.

Ich nahm den silbernen Blister entgegen und warf ihm einen mürrischen Blick zu, als er mich weiter anstarrte, um zu überprüfen, ob ich die Tabletten auch wirklich einnahm. »Dein Mr Russell ist ziemlich von sich überzeugt.«

Ramsey stieß ein unbestimmtes Grunzen aus. Ganz offensichtlich kein Freund großer Worte.

Ich musterte die Pillen – wahrscheinlich etwas, um meine Nerven zu beruhigen. Keine Frage, ich konnte sie gut gebrauchen. Sara und ich mussten weg aus Fort Worth. Weg von den Gestaltwandlern, weg von *allen*. Wir konnten heute Abend das Nötigste zusammenpacken und morgen die Stadt verlassen, aber nicht, solange all diese übernatürlichen Kerle in unserem Haus herumhingen und versuchten, uns zu helfen.

»Nimm. Die. Tabletten.« Ramsey ragte drohend über mir auf. Sein Gesicht war eine harte, unnachgiebige Maske. Er verschränkte die Arme vor der Brust und starrte auf mich herab.

Ich erwiderte seinen Blick. »Ich werde mich bei deinem Boss beschweren, dass du versucht hast, mich unter Drogen zu setzen.«

Ramseys Augen funkelten. »Wer, glaubst du, hat mir gesagt, dass ich sie dir geben soll?«

Oh. Na dann. Das war also mein Lohn dafür, dass ich versucht hatte, Beau mit einem vorgetäuschten Nervenzusammenbruch abzulenken. Ich vermutete, dass es kein Problem sein würde, auch unter Einfluss der Tabletten meine Sachen zu packen. Mir würde nichts anderes übrig bleiben, als sie zu nehmen. Wenn ich mich weigerte, würde Ramsey einen Weg finden, sie mir zu verabreichen, daran hatte ich absolut keinen Zweifel.

Ich ignorierte den massigen Kerl so gut wie möglich und spülte die Pillen widerwillig mit einem Schluck Wasser herunter. Sie schmeckten widerlich und hinterließen einen merkwürdigen Film auf der Zunge.

»Tut jeder immer das, was Beau will?«, fragte ich und gestikulierte in Richtung der Treppe zum ersten Stock. Oben konnte ich Beau Befehle erteilen hören.

»Ja«, bestätigte Ramsey.

Ich schnaubte abfällig und ging wieder ins Wohnzimmer, um die Glasscherben von der zerbrochenen Fensterscheibe aufzusammeln. Ich musste unbedingt nach Sara sehen, aber das würde ich ganz bestimmt nicht tun, solange mir dieses unförmige Ungetüm über die Schulter sah. Doch schon nach ein paar Minuten fühlte ich mich schläfrig und träge. Meine Sicht wurde an den Rändern unscharf, und in meinem Kopf drehte sich alles.

Im nächsten Augenblick stand plötzlich Beau neben mir und sah mich prüfend an. »Wie geht es ihr?«

Ich wollte erwähnen, dass er mir eine so einfache Frage durchaus direkt stellen konnte, doch meine Zunge fühlte sich wie gelähmt an, und mein Gehirn schien langsamer zu arbeiten als sonst.

Aus dem Augenwinkel sah ich Ramsey zurück ins Zimmer kommen. Sara stand hinter ihm. Sie hatte sich umgezogen, und ihre Haare waren nass. Hatte sie geduscht?

»Sie hat die Pillen genommen«, sagte Ramsey in barschem Ton. »Ich denke, wir haben ein paar Stunden.«

»Wofür?«, fragte ich schläfrig. Ich hatte Mühe, die Augen offen zu halten.

»Mehr als genug Zeit«, sagte Beau, dann spürte ich, wie ich hochgehoben wurde.

Die Welt um mich herum verschwamm. Da war nur noch Beaus berauschender Geruch, und ich realisierte, dass er mich gegen seine nackte Brust presste. Er war so warm und sexy, dass ich mich mit einem Seufzen in mein Schicksal ergab und mich enger an ihn kuschelte. Ich hätte sofort einschlafen können. »Zeit für was?«, murmelte ich.

Er presste seine Lippen auf meine Stirn, und die Welt begann ein wenig auf und ab zu hüpfen, als er sich in Bewegung setzte. »Zeit, dich nach Hause zu bringen, Bathsheba. Zu mir nach Hause.«

»Das geht nicht«, protestierte ich schwach und versuchte, einen Blick auf meine Schwester zu erhaschen. Saras Gesicht war bleich, sie hatte die Arme vor der Brust verschränkt. »Wir müssen hier weg.«

»Ja, das müssen wir«, stimmte mir Beau zu.

Wir meinten zwei verschiedene Dinge, aber mir fehlte die

Kraft, um mich noch länger wach zu halten. Ich schloss die Augen, während ich mich tiefer in Beaus Arme schmiegte, und nur wenige Sekunden später übermannte mich ein tiefer, traumloser Schlaf.

Kapitel acht

Als ich aufwachte, hatte der eklige Geschmack in meinem Mund eine ganz neue Dimension von Widerlichkeit erreicht, und mein Kopf pochte schmerzhaft. Ich setzte mich vorsichtig auf und stellte fest, dass ich auf einer Couch gelegen hatte. Das erklärte zumindest meinen steifen Nacken und die Sabberspuren auf meiner Wange. Während ich mit der Hand darüberrieb, sah ich mich mit gerunzelter Stirn um.

Ich schien mich in einer Art Lodge zu befinden. Das Sofa hatte einen hässlichen Karobezug, und die Wände waren aus Holzplanken zusammengezimmert. Der Raum selbst war riesig, mit großen Fenstern zu einer Seite, durch die die Sonne hereinschien. Ein einfacher geflochtener Teppich lag auf dem Boden vor dem Sofa, und auf der anderen Seite des Wohnzimmers schloss sich eine großzügige Küche an. Das hier war nicht irgendeine simple Blockhütte. Gehörte sie Beau? Ich erinnerte mich vage daran, dass er etwas davon gesagt hatte, mich zu ihm nach Hause bringen zu wollen. Aber wo war Sara?

Beim Gedanken an meine Schwester war ich mit einem Mal hellwach. Ich sprang vom Sofa auf und durchsuchte jedes Zimmer, konnte sie aber nirgendwo finden. Nachdem ich mindestens ein Dutzend Türen geöffnet hatte, stellte ich ernüchtert fest, dass ich allein war.

Die Erkenntnis traf mich mit voller Wucht. Ich war unter Drogen gesetzt worden. Dieser Bastard Ramsey hatte mir irgendwelche Pillen gegeben, um mich außer Gefecht zu setzen. Und ich dumme Gans hatte geglaubt, er würde mir nur etwas zur Entspannung geben.

Vorsichtig tastete ich mich ab. Meine Strumpfhose war nicht zerrissen, und meine Haare standen mir nach wie vor vollkommen verstrubbelt vom Kopf ab. Augenblicklich fühlte ich mich ein wenig besser. Doch als ich mich plötzlich an Beaus Worte vom vergangenen Abend erinnerte, drehte sich mir erneut der Magen um. *»Zeit, dich nach Hause zu bringen, Bathsheba. Zu mir nach Hause.«*

Ein Monster war in unserem Haus gewesen. Sara war in Panik geraten und hatte sich verwandelt, und eine ganze Horde Werpumas war gekommen, um uns zu retten. Mein Kopf begann, sich erneut zu drehen, und ich presste die Fingerspitzen gegen die Schläfen, um einen klaren Gedanken fassen zu können. Wo war Beau? Warum hatte man mich allein hier gelassen? Kalte Angst kroch mir den Nacken hinauf. War er mit Sara unterwegs zu den Wölfen, um sie gegen Savannah einzutauschen? Voller Sorge machte ich mich daran, noch einmal jedes Zimmer der Lodge gründlich zu durchsuchen.

Die Decken im Haus waren gewölbt und meterhoch, und es gab ein zweites Stockwerk, in dem sich das größte Schlafzimmer befand. Darin stand ein riesiges Bett, und ein Bad schloss sich an. Eine um das ganze Haus laufende Veranda offenbarte den Ausblick auf die Wälder, die das Grundstück umgaben.

Entsetzt betrachtete ich die wunderschöne Aussicht. Ich befand mich ganz offensichtlich nicht mehr in Fort Worth. Vielleicht in Ost-Texas? In Oklahoma? Und wo, zum Teufel, befand sich die Auffahrt zum Haus? Alles, was ich sehen konnte, waren Bäume. Ich umrundete die Veranda zweimal, um sicherzugehen, dass ich nichts übersehen hatte, aber es gab tatsächlich keine Straße, die zum Haus führte. Nur Bäume, Sträucher und einen schmalen Fußweg. Wie, zur Hölle, sollte ich von hier wegkommen? Als Großstadtpflanze würde ich in diesen riesigen Wäldern keine zwei Tage überleben. Ich hätte nicht einmal gewusst, welche Richtung ich zuerst einschlagen sollte. Ich warf einen Blick in den Himmel, doch dort gab es nichts zu sehen, außer einer Wand aus grauen Wolken, die eine eisige Brise mit sich brachte.

Mit gerunzelter Stirn ging ich zurück ins Haus. Im Schlafzimmer befand sich ein großer Fernseher, daneben standen Regale mit DVDs und Büchern. Die Filme waren fast alle neueren Datums, und unter den Romanen entdeckte ich sowohl Klassiker als auch moderne Literatur. Tolstoi neben Stephen King, Dean Koontz und Dan Brown. Bis auf die obligatorischen Klassiker handelte es sich bei den meisten Titeln um Action-Abenteuer. Ich zog eine unberührte Ausgabe von *Der große Gatsby* heraus, stellte sie jedoch sofort wieder zurück, als ich den Titel des zerlesenen Romans daneben las: *American Werewolf*. Angesichts der Ironie musste ich grinsen.

Irgendwo im Haus knallte eine Tür, und von einer Sekunde auf die andere waren alle meine Sinne alarmiert, und ich stürzte die Treppe ins Erdgeschoss hinunter, um meinem Entführer entgegenzutreten.

Als ich das Wohnzimmer betrat, hörte ich ein leises Pfeifen, erst dann entdeckte ich Beau, der, mir den breiten Rücken zugewandt, in der Küche stand und Lebensmittel aus einer großen Kiste holte.

»Du bist wach«, sagte er und drehte sich zu mir um. »Wie fühlst du dich?«

»Wo ist meine Schwester?«

»Sara geht es gut.« Er runzelte leicht die Stirn, als ich ihn böse anfunkelte. »Beruhig dich. Sie ist in Sicherheit, genau wie du. Ihr steht unter meinem Schutz.«

»Unter deinem *Schutz*?«, schnaubte ich. »Das verstehst du darunter, wenn du mir etwas in meinen Drink schüttest, um mich anschließend in dein Liebesnest in der Wildnis zu verschleppen?«

Sein Gesichtsausdruck verfinsterte sich, und er zog verärgert die Augenbrauen zusammen. »Du hast recht«, sagte er langsam.

»Ich hätte dich besser in dein eigenes Bett stecken und einfach darauf warten sollen, dass das – was auch immer es war – zurückkommt und dich und deine Schwester umbringt.«

»Ich hatte einen Plan«, brummte ich. Schließlich konnte ich ihm schlecht erzählen, dass der darin bestanden hatte, noch vor Sonnenaufgang die Stadt zu verlassen. »Warum hast du mich ausgerechnet hierher gebracht und nicht einfach in irgendein Hotel? Und warum ist meine Schwester nicht hier?«

»Solange ich nicht in der Stadt zu tun habe, ist das hier mein Zuhause. Mir gefällt es hier. Es ist einsam.« Seine Erklärung war simpel, aber ich spürte subtilen Stolz darin mitschwingen.

»Und wo genau befinden wir uns, Mr Einsamkeit?«

Anstatt zu antworten, schüttelte er nur den Kopf und fuhr damit fort, die Lebensmittel auszupacken. Ein Brot. Ein Glas Erdnussbutter. Eine Dose Schinken. »Das kann ich dir nicht sagen.«

Ich ging um die Kücheninsel herum, damit er mich wieder ansehen musste. »Und warum nicht?«

Er zuckte mit den Schultern. »Wir wissen nicht, mit was wir es zu tun haben.« Seine Bewegungen waren ruhig, beinahe fließend. Alles, was er tat, schien er mit müheloser Anmut zu tun. Und allein ihm dabei zuzusehen, wie er die Sachen auspackte, ließ mich ein wenig entspannen. »Ich habe keine Ahnung, woher dieses Ding wusste, wo du wohnst oder in welches Taxi du an unserem ersten gemeinsamen Abend steigen würdest. Vielleicht ist es in der Lage, Gedanken zu lesen. Sollte das der Fall sein, ist es am besten, wenn du selbst nicht weißt, wo du dich aufhältst.« Er hielt eine Packung Oreos hoch. »Hast du Hunger?«

Leider war seine Erklärung durchaus einleuchtend. »Nein«, lehnte ich ab und rieb mir frustriert mit den Händen übers Gesicht. »Musstest du mich deswegen wirklich unter Drogen setzen?«

Er schenkte mir ein träges Lächeln. »Ich hatte da so eine Ahnung, dass du dich nicht ohne Gegenwehr durch die Wildnis tragen lassen würdest. Nicht, nachdem dir diese Kreatur so viel Angst eingejagt hatte.«

Ich blinzelte ungläubig. »Du hast mich getragen?«

Er grinste und trat einen Schritt auf mich zu.

Um ein wenig mehr Abstand zwischen uns zu bringen, bewegte ich mich rückwärts, sodass sich die Kücheninsel wieder zwischen uns befand.

Beau lachte. »Jep. Einige Kilometer sogar.«

»Einige Kilometer? So weit sind wir von der Stadt entfernt?«

Anstatt zu antworten, lächelte er nur.

»Du kannst mich mal.« Ich verschränkte trotzig die Arme vor der Brust. »Also, wo ist meine Schwester?«

»In Sicherheit. Du musst dir keine Sorgen machen.«

Wie konnte ich mir *keine* Sorgen machen? Beau wusste nicht einmal, *was* genau mir Sorgen machte. »Wo ist sie?«

»Bei Ramsey«, sagte er vage, bevor er wiederholte: »In Sicherheit.«

Sofort fühlte ich mich besser. Ramsey war mehr als angsteinflößend. Wenn Sara überhaupt bei irgendjemandem in Sicherheit sein konnte, dann bei ihm. Die Anspannung meiner Arme ließ etwas nach. »Und, gibt es eine Spur von Savannah?«

Ein verkrampfter Ausdruck huschte über Beaus Gesicht, bevor er eine Dose mit Kaffeepulver aus der Kiste nahm und sie auf die Kücheninsel stellte. »Bisher haben wir nichts. Aber wir werden sie finden.«

Wenn Savannah immer noch in Gefangenschaft war, bedeutete das auch, dass Beau immer noch mich brauchte, wenn er läufig wurde. Ich war mir nicht ganz sicher, ob das Zittern, das beim Gedanken daran meinen Körper ergriff, von Angst oder Aufregung herrührte. »Woher weiß ich, dass das alles nicht nur irgendein cleverer Plan ist, um mich dazu zu bringen, mit dir zu schlafen?«

Als Beau sich über die Kücheninsel beugte, um mir in die Augen zu sehen, konnte ich nicht anders, als abermals seine breiten Schultern zu bewundern. »Süße Bathsheba«, murmelte er mit leiser, anzüglicher Stimme, »niemand hat behauptet, dass ich nicht so oder so versuchen würde, dich zu verführen.«

Während Beau die übrigen Lebensmittel auspackte – Ramsey würde morgen den Rest bringen –, spürte ich Nervosität und Unbehagen in mir aufsteigen. Und als Beau mir eine Flasche Shampoo reichte, ergriff ich sie dankbar, um mich damit nach oben zu verdrücken.

Ein Blick in Beaus Schränke offenbarte mir einige Dinge über ihn. Erstens, dass er ein wahrer Junggeselle war, der weder über einen extra Bettbezug noch über mehr als zwei Handtücher verfügte. Und zweitens, dass er wirklich hier lebte. Neben einer Wintergarderobe hing Sommerkleidung im Schrank. Ich nahm mir ein frisches T-Shirt und eine Jogginghose, in der Hoffnung, dass Ramsey ein paar passende Anziehsachen für mich mitbringen würde, wenn er morgen mit Sara herkam.

Zu duschen war paradiesisch. Ich hatte gar nicht gemerkt, wie klebrig und dreckig ich mich gefühlt hatte, bis ich mich aus meinen Sachen schälte und sie in einem Haufen in eine Ecke des Badezimmers warf. Ich wusch mir zweimal die Haare und blieb so lange unter dem warmen Wasserstrahl stehen, bis sich meine Haut rosig verfärbt hatte. Danach schlüpfte ich in die Kleidung, die ich mir von Beau ausgeliehen hatte, und klaubte mein Kleid, die Unterwäsche und die Strumpfhose zusammen. Sie rochen nach Blut, Old Spice und abgestandenem Essensgeruch, und am liebsten hätte ich sie einfach weggeworfen.

Nachdem ich mir die nassen Haare gekämmt hatte, ging ich wieder ins Erdgeschoss hinunter, um Beau zu suchen.

Er saß auf dem Sofa. Ein Buch lag aufgeschlagen auf seiner

Brust, und er hatte die Augen geschlossen. Sein Atem ging langsam und regelmäßig. Er schlief.

Unwillig stellte ich fest, wie bei seinem Anblick ein zärtliches Gefühl in mir aufstieg. Während ich meinen Drogenrausch ausgeschlafen hatte – nicht meine eigene Wahl, aber trotzdem –, war er die ganze Nacht wach gewesen, um mich in die tiefste Provinz in Sicherheit zu bringen. Er hatte seine Leute angewiesen, ein Auge auf unser Haus zu haben. Ich hatte ihm nicht vergeben, aber ich war dankbar für alles, was er für uns getan hatte. Na ja, zumindest ein *bisschen* dankbar.

Ich ließ mich neben ihn auf die Couch sinken und kniff ihn leicht in den Arm. »Aufwachen, Beau. Ich muss wissen, wo Sara ist.«

Er ließ den Arm vorschnellen und packte mein Handgelenk. Und noch bevor ich in der Lage war, das überraschte Quietschen auszustoßen, das in meiner Kehle aufstieg, zog er mich auf seinen Schoß.

»Du riechst so gut, dass ich dich am liebsten auffressen würde«, murmelte er und begann, an meinem Hals zu knabbern.

Trotz oder vielleicht gerade wegen der köstlichen Schauer, die mir bei seiner Berührung das Rückgrat hinabliefen, wand ich mich in seinen Armen, um von ihm loszukommen. »Das machst du nur, damit ich dich wieder küsse.«

»Funktioniert es denn?«

»Nein«, sagte ich, um einen festen Ton bemüht. »Und jetzt sag mir endlich, was mit meiner Schwester ist.«

»Ich habe dir doch gesagt, dass sie in Sicherheit ist. Vertraust du mir nicht?«

Ich vertraute niemandem. Einen Moment lang starrte ich ihn an, bevor ich ergeben seufzte. »Na gut. Ich vertraue dir. Und jetzt sag mir, was mit meiner Schwester ist.«

Er lachte und zog mich enger an sich, sodass meine Brust gegen seine gepresst wurde. Und als er das Kinn an meinem Hals vergrub und mich leicht ins Ohrläppchen biss, war an keine ernsthafte Unterhaltung mehr zu denken.

Zitternd stieß ich den Atem aus. Wie von selbst begaben sich meine Hände auf Wanderschaft, strichen über seinen Nacken und seine Schultern auf der Suche nach einer Stelle, an der sie sich festhalten konnten. Durch unsere Kleidung hindurch konnte ich diese wunderbare Hitze spüren, die er immerzu auszustrahlen schien.

Abermals vergrub er die Zähne in meinem Ohrläppchen und sandte damit einen kleinen Schauer durch mich hindurch. Auf einmal schien das Blut rascher durch meinen Körper zu pulsieren. Als ich die Finger in seine Haare krallte, spürte ich ein leises Grollen in seiner Brust, das beinahe wie ein Schnurren klang.

Er schob eine nasse blonde Strähne beiseite, um an meinem Hals zu knabbern. »Meine köstliche kleine Bathsheba«, murmelte er an meiner Haut. »Ich habe schon eine ganze Weile darauf gewartet, das hier tun zu können.«

Es fiel mir schwer zu denken, solange er *das hier* mit mir tat. Meine Nippel wurden hart, und mein Puls begann zu rasen, als sein Griff fester wurde. Immer wieder fuhr ich mit den Fingern durch seine Haare, während seine kurzen Bartstoppeln rau und erregend über die empfindliche Haut an meinem Hals kratzten. Langsam ließ er eine Hand nach unten wandern, um meinen Po zu umfassen.

Er war wirklich ziemlich gut darin, mich abzulenken. Fast zu gut. Ich griff fester in sein Haar und bog seinen Kopf zurück. »Nicht so schnell, Casanova. Erst will ich eine Antwort.«

Er stieß ein leises Lachen aus. »Ich kann nichts dafür. Du siehst einfach zum Anbeißen aus in meinen Sachen.«

Da ich weder immun gegen seine Komplimente noch gegen das Gefühl seiner knabbernden Zähne an meinem Hals war, erwiderte ich sein Lächeln. »Du versuchst nur, mich mit deinen Küssen abzulenken.«

»Dabei hast du behauptet, dass du nicht leicht zu beeinflussen bist«, neckte er mich.

»Na gut, ich gebe es zu: Ich bin leicht zu beeinflussen. Wenn du mich noch einmal küsst, werde ich den ganzen Tag lang nicht in der Lage sein, an irgendetwas anderes zu denken.«

Er lächelte zufrieden. Vielleicht hätte ich ihm nicht sagen sollen, dass er mich mit seinen Berührungen so leicht durcheinanderbringen konnte. Sara hätte angesichts meiner misslungenen Flirtversuche vermutlich nur mit dem Kopf geschüttelt.

»Sara«, sagte ich laut. Der Gedanke an sie hatte mich geradewegs zurück in die Realität katapultiert. Ich verstärkte den Griff in Beaus Haare. »Wo ist meine Schwester?«

»Wir haben alles unter Kontrolle«, sagte er in dem für ihn so typischen selbstbewussten Tonfall. »Ramsey ist mein Stellvertreter. Er wird sich darum kümmern, solange ich mit dir hier bin.«

»Sara ist kein Gegenstand, sondern eine Person, und ich brauche sie. Wir müssen etwas erledigen.« Und das am besten ein paar Hundert Kilometer von hier entfernt.

»In der Agentur? Ich habe Giselle informiert, dass ihr einen Notfall in der Familie habt.«

Ich stöhnte entsetzt auf. Oh mein Gott, ich hatte nicht mal einen Gedanken daran verschwendet, was Giselle von der ganzen Sache halten würde. »Bitte sag mir, dass du nicht mit meiner Chefin gesprochen hast.«

»Doch, das habe ich. Sie hat mich gebeten, dir auszurichten, dass sie sich um alles kümmern wird.«

Ich stöhnte lauter. So wie ich Giselle kannte, konnte das nichts Gutes bedeuten. Nicht, nachdem ich gestern Garth im Restaurant hatte sitzen lassen und heute nicht aufgetaucht war, um eine neue Liste mit Dates zu empfangen, die sie für mich vereinbart hatte. Sie würde jedem erzählen, dass Sara ein Werwolf war. Das Wolfsrudel würde uns schnappen, bevor wir auch nur den Hauch einer Chance hatten, uns aus dem Staub zu machen.

Plötzlich kam mir eine Idee. Ich sah auf. »Würde Ramsey alles tun, was du willst?«

Beau versteifte sich, als hätte ich mit der Frage seinen männlichen Stolz getroffen. »Natürlich.«

»Gut«, murmelte ich, während ich schnell nachdachte. »Befiehl ihm, Sara ebenfalls zu kidnappen. Sie ist in Gefahr. Diese Monster sind vermutlich genauso hinter ihr wie hinter mir her.«

Beau dachte einen Augenblick nach, bevor er sagte: »Du bittest mich ernsthaft darum, ihre Entführung zu organisieren?«

Ich warf ein Kissen nach ihm. »Immerhin hast du mich auch entführt, du Idiot! Warum also nicht noch eine Frau mehr?«

Er grinste mich an. »Bei dir handelt es sich weniger um Entführung als um Verführung. Kein Gericht der Welt würde mich dafür verurteilen.«

»Bullshit! Lenk nicht vom Thema ab. Sag mir lieber, ob du diesen massigen Klotz namens Ramsey anrufen wirst.«

»Du kannst ganz schön unberechenbar sein, wenn es um deine Schwester geht, weißt du das?«

»Sara ist die einzige Person auf der Welt, die mir etwas bedeutet.«

Seine Augen verdunkelten sich. »Die einzige?« Doch bevor ich seinen Einwand kommentieren konnte, fuhr er fort: »Alles klar. Ich werde es tun – im Austausch gegen einen Gefallen von dir.«

Ich sah ihn misstrauisch an. »Was für eine Art Gefallen?« Die Beine breitmachen und so tun, als sei ich interessiert?

Sein selbstgefälliges Grinsen kehrte zurück. »Du musst mich noch einmal küssen.«

»Küssen?«, fragte ich ungläubig. »Erinnerst du dich noch daran, dass ich mit dir Schluss gemacht habe? Das bedeutet in etwa so viel, wie sich nie wieder zu küssen.« Mein Herz klopfte wild in meiner Brust. Er hatte die verführerischsten Lippen, die mir je begegnet waren. Als ich daraufstarrte und er den Mund zu einem lässigen Grinsen verzog, hätte ich am liebsten darübergeleckt.

Beau schloss die Augen. »Ich glaube nicht, dass du das ernst gemeint hast. Küss mich, und wir retten Sara. So lautet der Deal.«

»Das hier ist kein Spiel«, fuhr ich ihn an. »Es geht um Saras Leben.«

»Dann solltest du besser langsam anfangen«, sagte er, ohne eine Miene zu verziehen.

Wütend wartete ich einen weiteren Moment ab. Ich konnte nicht fassen, dass er tatsächlich glaubte, mit diesem dummen Spiel durchzukommen.

Beau harrte geduldig aus, ohne sich auch nur einen Millimeter zu bewegen, die Arme locker an seiner Seite. Trotzdem meinte ich, eine Falle zu riechen.

Vorsichtig rutschte ich ein paar Zentimeter vor.

Ein zufriedenes Seufzen stahl sich über seine Lippen. Die Augen hatte er noch immer geschlossen. »So ist es gut. Komm näher.«

Ärgerlich schlug ich ihm auf die Brust. »Wolltest du nicht eher sagen ›Verfang dich in meinem Spinnennetz, kleine Fliege‹?«

»Das würde bedeuten, dass ich dich auffressen will«, sagte er mit sanfter Stimme. »Dabei werden es *deine* Lippen sein, die sich gleich bewegen.«

Bei seinen Worten spürte ich ein feines Prickeln auf der Haut. Ich rückte noch ein Stück vor, nahe genug, um ihn küssen zu können. Doch er hatte sich so ausgestreckt, dass ich nicht den richtigen Winkel fand, um an ihn heranzukommen. Ich spreizte seine Beine und kniete mich dazwischen.

Er stöhnte und bewegte die Hüften ein wenig hin und her, wobei er mit den Oberschenkeln meine Beine zusammenpresste. »Das gefällt mir.«

Ich bohrte ihm einen Finger in die Brust. »Sei still. Ich versuche, mich zu konzentrieren.«

»Sorry«, sagte er in einem Ton, der alles andere als entschuldigend klang.

Als ich noch einen Zentimeter weiter vorrutschte, fühlte ich mich mit einem Mal merkwürdig verletzlich. Aber er bewegte nicht mal mehr einen Muskel, also nahm ich meinen Mut zusammen und beugte mich vor. Als meine Brüste über seinen warmen Oberkörper strichen, zuckte ich angesichts des überwältigenden Gefühls zurück.

Beau stöhnte auf, sein selbstbewusstes Lächeln verblasste. »Du willst mich quälen.«

Ich musste zugeben, dass mir seine Reaktion gefiel. Erneut beugte ich mich vor, ließ meine Brust über seine streichen und küsste ihn.

Zuerst drückte ich meine Lippen nur leicht auf seine, in der Erwartung, dass er jeden Augenblick die Führung übernehmen würde, doch zu meiner Überraschung hielt er vollkommen still. In diesem Moment packte mich der Ehrgeiz. Ich wollte sehen, wie er die Kontrolle verlor. Wenn das hier ein Spiel war, wollte ich es gewinnen.

Sanft biss ich in seine Unterlippe, um anschließend mit der Spitze meiner Zunge darüberzufahren. Als er leise aufkeuchte, wurde ich mutiger. Ich fuhr seine Lippen mit meinen nach, bevor ich die Berührung mit meiner Zunge wiederholte und mit der Spitze dabei immer wieder in die Öffnung zwischen seinen Lippen vorstieß.

Beau bewegte sich noch immer nicht, aber seine Atmung hatte sich beschleunigt.

Ich fuhr mit der Zunge in seinen Mund, suchte nach seiner.

Beau schmeckte umwerfend – warm, männlich, köstlich. Ein leidenschaftlicher Laut löste sich aus meiner Kehle.

Das leise Geräusch gab ihm den Rest. Plötzlich war da seine Hand in meinem Nacken, und mit der anderen griff er nach meinem Hintern, um mich an sich zu ziehen, während er meinen Kuss erwiderte. Es fühlte sich an wie ein Tanz, ein Flirt unserer Zungen, die schmeckten, tasteten, sich verwoben und wieder voneinander lösten. Minutenlang waren da nur unsere Lippen, die mit jedem Zungenschlag einander wiederfanden, bis ich mich nach Luft schnappend von ihm löste.

Schwer atmend sah er mich aus funkelnden Augen an. »Du küsst nicht gerade wie eine Jungfrau.«

Verärgert versuchte ich, ihn wegzustoßen. »Genau, du hast mich durchschaut«, sagte ich in sarkastischem Ton. »Nebenher arbeite ich als professionelles Callgirl.«

»Das erklärt zumindest deine komische Frisur von gestern«, sagte er und jaulte auf, als ich ihn gegen die Schulter boxte.

»Sehr witzig.« Er hatte die Hand von meinen Haaren gelöst und sie auf meinen Rücken gelegt, um mich an sich zu drücken. »Und jetzt ruf bitte Ramsey an. Ich mache mir wirklich große Sorgen um Sara.«

Er beugte sich vor, um mir einen Kuss auf die Nasenspitze zu drücken. »Sie wurde bereits woanders hingebracht.«

»Wie bitte?«

Sein Grinsen hätte nicht selbstzufriedener sein können. »Ramsey hat sich letzte Nacht darum gekümmert, als du geschlafen hast. Sara befindet sich an einem sicheren Ort, ähnlich dem, an dem wir uns gerade aufhalten. Wir haben uns entschieden, euch zu trennen, um herauszufinden, wer von euch beiden das eigentliche Ziel ist.«

Ich wusste, wer hinter ihr her war und warum. Und solange ich dieses Geheimnis für mich behielt, würde sie niemals sicher sein. Aber wie konnte ich Beau davon erzählen, wenn Sara das

Pfand war, das das Wolfsrudel im Austausch für Savannah verlangte? Ich konnte es nicht. Und ich musste ihre Stimme hören, um sicher zu sein, dass es ihr gut ging.

»Beau«, sagte ich mit warnendem Unterton in der Stimme.

Er hob das Becken, um etwas aus seiner hinteren Hosentasche zu ziehen. »Hier«, sagte er und reichte mir sein Handy. »Wenn du willst, kannst du Ramsey anrufen.«

Ich strich über das Display und scrollte durch das Adressbuch; allerdings nicht, ohne dabei verärgert festzustellen, dass mindestens die Hälfte der Namen darin weiblicher Natur waren und auch Arabellas Nummer nach wie vor einen Platz hatte. Als ich Ramseys Namen las, drückte ich auf »Wählen«.

»Ja?«, meldete er sich nach dem ersten Klingeln. Wenn ich Beaus Stimme bisher für tief gehalten hatte, dann war Ramseys abgründig. Sie passte definitiv zu seinem godzillahaften Äußeren.

»Hier spricht Bathsheba. Ich muss mit Sara reden.«

Einen Moment später erklang ein mädchenhaftes »Hallo?« am anderen Ende der Leitung.

»Sara, ich bin's, Bath. Geht es dir gut? Wo bist du?«

Sie schwieg einen Moment, bevor sie antwortete. »Ramsey meint, dass es nicht sicher sei, wenn ich es dir erzähle. Aber sag, wie geht es dir? Bist du okay?«

Langsam ging es mir wirklich auf die Nerven, dass Beau und seine Anhängerschaft glaubten, sich einfach so in unser Leben einmischen, alles durcheinanderbringen und uns willenlos nach ihrer Pfeife tanzen lassen zu können. Aus dem Augenwinkel warf ich einen Blick zu Beau hinüber, der gespannt unserer Unterhaltung folgte, und vermutlich tat Ramsey am anderen Ende der Leitung das Gleiche. So konnte ich Sara unmöglich erzählen, dass die Wölfe hinter uns her waren. »Bei mir ist alles okay. Und bei dir? Geht es dir … gut? Bist du vorsichtig?«

Sara klang beinahe schüchtern, als sie mir antwortete. »Alles gut. Keine Probleme in dieser Hinsicht. Ich bin vorsichtig.«

Ich atmete erleichtert auf. »Das ist gut. Sehr gut.«

»Mach dir keine Gedanken, Bath. Ich bleibe mit Ramsey und den anderen aus dem Russell-Clan für ein paar Tage hier. Alles wird gut.«

»Okay«, sagte ich bemüht fröhlich. Als ob unser Leben nicht gerade dabei wäre, den Bach runterzugehen.

Aber ich musste zugeben, dass Sara tatsächlich ziemlich ruhig klang und der ängstliche Unterton, an den ich mich inzwischen schon so gewöhnt hatte, aus ihrer Stimme verschwunden war. Was auch immer hier los war, sie schien sich sicher zu fühlen, also konnte ich mich auch entspannen.

»Ich muss Schluss machen«, sagte sie nach ein paar Minuten. »Wir stellen gerade die Teams zum Xbox-Spielen zusammen, und ich habe keine Lust, wieder mit Jeremiah zu enden. Er ist wirklich schlecht in Call of Duty. Wir hören uns morgen wieder. Ich hab dich lieb.«

»Ich hab dich auch lieb«, sagte ich langsam, aber sie hatte bereits aufgelegt. Ich spürte einen leisen Stich in der Brust. Machte sie sich wegen dieser Geschichte etwa überhaupt keine Sorgen?

»Sie weiß, dass du bei mir in Sicherheit bist«, bemerkte Beau, als hätte er meine Gedanken gelesen. »Und dass Ramsey sie beschützt. Er würde eher sterben, als zuzulassen, dass ihr etwas passiert.«

»Ich weiß«, sagte ich sanft. »Ich mache mir einfach nur Sorgen um sie.«

Er verzog den Mund zu einem halbherzigen Lächeln. »Du bemutterst Sara ganz schön, oder? Dafür, dass sie vielleicht gerade mal ein Jahr jünger ist als du …«

»Zwei Jahre«, korrigierte ich ihn.

»Du behandelst sie trotzdem wie ein kleines Kind. Es gefällt dir, gebraucht zu werden und diejenige zu sein, die ihr hilft, wenn sie Unterstützung benötigt. Und jetzt, wo du dir einmal keine Gedanken um sie machen musst, weißt du nicht, was du mit dir anfangen sollst.«

Angesichts seiner Laienpsychologie verdrehte ich die Augen. »Das stimmt nicht. Ich bin froh, dass es ihr gut geht, aber ich mache mir trotzdem Sorgen um sie – auch wenn sie sagt, dass sie sich keine macht.«

»Bei Ramsey ist Sara so sicher, wie sie nur sein kann. Also hör auf, dich verrückt zu machen.«

Einfacher gesagt als getan.

Er legte mir einen Finger unter das Kinn und hob meinen Kopf an, damit ich ihm in die Augen sehen konnte. »Du weißt, was das bedeutet, oder?«

»Was?«, fragte ich misstrauisch.

»Es bedeutet, dass wir beide uns entspannen und tun können, was immer wir wollen … Du könntest mir zum Beispiel Pancakes backen.«

»Netter Versuch.«

Doch mein Sarkasmus schien Beau in keiner Weise abzuschrecken. Er grinste nur und nahm meine Hand in seine, um eine Reihe Küsse auf die empfindliche Haut an meinem Handgelenk zu hauchen, bevor er seine Lippen weiter meinen Arm hinaufwandern ließ. »Du vergisst, dass ich mich um meine anstehende Läufigkeit kümmern muss, Bathsheba. Es ist wichtig, dass ich mir meine Kräfte einteile.«

»Dann hoffe ich für dich, dass deine Hand bereit ist.«

Er zwinkerte mir verführerisch zu. »Ich hoffe, deine ist es auch.«

»So habe ich das nicht gemeint. Ich kann dir widerstehen.« Auch wenn das verdammt schwierig werden würde, solange wir uns ganz allein in einer romantischen Hütte mitten im Nirgendwo befanden.

Er lachte amüsiert auf. »Aber werde ich *dir* widerstehen können? Zwei ganze Tage lang, während du auf meinem Schoß sitzt und zum Anbeißen aussiehst?«

Ich rückte ein Stück von ihm ab. »Schmeichler.«

Er ließ mich los, aber ich konnte seinen Blick auf mir spüren, als ich aufstand und durchs Wohnzimmer tigerte. »Meine süße Bathsheba, hat dich etwa noch nie jemand darüber aufgeklärt, dass ein Jäger seine Beute umso mehr begehrt, je verzweifelter sie versucht, ihm zu entkommen? Es gibt nichts, was eine Katze mehr liebt als eine herausfordernde Verfolgungsjagd.«

»Und was soll ich stattdessen tun? Mich mit gespreizten Beinen zu deinen Füßen legen? Würdest du mich dann in Ruhe lassen?«

Seine Augen begannen zu funkeln. »Ich denke, es wäre einen Versuch wert.«

Ich griff nach einem Kissen und warf es ihm verärgert gegen den Kopf.

Kapitel neun

Obwohl ich mich in Beaus Gegenwart wohlfühlte, war ich nicht in der Lage, mich zu entspannen. Beau konnte nicht wissen, dass Ramsey ebenfalls zu Saras Feinden gehörte, zumindest dann, wenn er herausfand, was sie war. Mein Wissen um die stetig lauernde Gefahr trieb mich beinahe in den Wahnsinn.

Beau lief pfeifend durchs Haus, um Fenster und Türen zu überprüfen und ein paar andere Dinge zu tun, die mir mehr als fragwürdig erschienen. Unter anderem besprühte er jede Fensterbank mit Weihwasser. Ich bot an, ihm zu helfen, aber er knurrte nur und wies mich an, mich aufs Sofa zu setzen und zu entspannen. Dann verschwand er nach oben, um zu duschen.

Verwirrt, was all das zu bedeuten hatte, und gleichzeitig gelangweilt, weil ich absolut nichts zu tun hatte, schnappte ich mir sein Handy. Bei meinem war der Akku beinahe leer, und ich hatte kein Ladegerät dabei. Ich rief in der Agentur an, um mich zu erkundigen, wie es lief, und ein paar kleinere »Feuer« zu löschen, die zwischen einigen schlecht organisierten Dates und einer Buchprüfung aufgeflackert waren.

Natürlich waren die Mädels im Büro neugierig, was los war, aber ich konnte ihnen nicht wirklich viel erzählen.

»Es geht um einen Kerl, oder?«, spekulierte Ryder fröhlich.

»Kein Kerl«, sagte ich schnell, doch meine Stimme klang dabei verräterisch piepsig.

Sie lachte amüsiert. »Das wurde auch Zeit! Ich habe eine Menge Geld darauf gesetzt, dass du irgendwann ins Kloster gehst.«

»Geld gesetzt?«, wiederholte ich verständnislos. Ich hatte keine Ahnung, wovon sie sprach.

»Wir haben gewettet, wann du flachgelegt wirst.«

Mir klappte die Kinnlade herunter. »Ihr habt eine Wette laufen?«

»Jep.« Auf einmal klang sie verstimmt. »Und Sara hat gerade gewonnen. Sie hat auf dreißig gesetzt.«

Ich konnte nicht fassen, dass sie tatsächlich gewettet hatten, wann ich Sex haben würde. Und das Unglaublichste daran war, dass selbst diejenige, die am nächsten dran gewesen war, noch fünf Jahre danebengelegen hatte – meine eigene Schwester. Verärgert entschuldigte ich mich und legte auf, während mir Ryders fröhliches Lachen weiter in den Ohren klang.

In diesem Moment kam Beau zurück ins Zimmer, die Lippen zu einem schiefen Lächeln verzogen. Vermutlich hatte er die ganze Unterhaltung mit angehört.

Ich warf ihm einen finsteren Blick zu und sprang von der Couch auf, wobei das Buch, das er zuvor gelesen hatte, auf den Boden fiel. Ich bückte mich, um es aufzuheben, und als ich wieder hochsah, war Beau verschwunden. Eine Minute später hörte ich erneut das Plätschern der Dusche. Verwundert runzelte ich die Stirn. Hatte sein abrupter Abgang etwas mit mir zu tun? Und mit seiner Läufigkeit, die morgen einsetzen würde? Beim Gedanken daran, wie ich mich vorgebeugt hatte und er bei dem Anblick geflüchtet war, wurde ich rot. In Zukunft musste ich vorsichtiger sein. Mit einem Seufzen ließ ich mich erneut auf das Sofa fallen und blätterte durch Beaus Roman.

Als ein paar Minuten später irgendwo im Erdgeschoss eine Tür geöffnet wurde, erstarrte ich. Darauf bedacht, keine Geräusche zu verursachen, klappte ich das Buch zu und erhob mich vorsichtig von der Couch. Im oberen Stockwerk konnte ich noch immer die Dusche rauschen hören.

Nervös schlich ich in Richtung Küche, um mich nach einem

Messer als Waffe umzusehen. Doch der Eindringling befand sich bereits dort.

Es handelte sich um eine kleine Brünette, zierlich, mit lockigen Haaren und einer riesigen Oberweite. Sie hatte die Nase voller Sommersprossen und die grünsten Augen, die ich jemals gesehen hatte. In dem tief ausgeschnittenen Top, der engen Jeans und den flachen Sandalen sah sie einfach nur umwerfend aus. Eine Wolke schweren Parfüms umgab sie.

Sie musterte mich mit einem Hauch von Abscheu im Blick und blähte die Nasenflügel, wie es nur Gestaltwandler taten. Sie verzog angewidert die Lippen. »Wer bist du?«

Ich erstarrte angesichts ihres unhöflichen Tonfalls. »Wer, zum Teufel, bist du?«

Als sie einen Schritt auf mich zutrat, drohte mich der schwere Geruch ihres Parfüms zu überwältigen. Am liebsten hätte ich mir die Nase zugehalten. »Ich bin Arabella, und ich lebe hier.« Sie streckte mir die Hand entgegen, in der sie einen Schlüssel hielt. »Darum habe ich den hier.«

Sie wohnte hier? All mein Selbstbewusstsein löste sich beim Anblick des Schlüssels in Luft auf. Wenn das tatsächlich die Wahrheit war, dann … Das alles machte keinen Sinn. Entweder sie log mich an, oder Beau hatte es getan. Da mir ihr abwertender Gesichtsausdruck nicht gefiel, entschied ich mich vorerst dazu, meinem Bauchgefühl zu trauen. »Interessant, dabei hätte ich schwören können, dass *ich* diejenige bin, die hier mit deinem *Freund* lebt, und nicht du.«

Arabella verzog die Lippen zu einem teuflischen Lächeln. »Männer sind betrügerische Arschlöcher. Es hätte mich auch nicht gewundert, wenn er sich irgendwo einen anderen Katzenschwanz gesucht hätte, aber dass er so tief sinken würde, sich mit einem Menschen einzulassen …«

Wie nett. Ich verschränkte die Arme vor der Brust. »Ich freue mich auch, dich kennenzulernen.«

Sie ignorierte meinen Kommentar und schob sich an mir vorbei, um ins Wohnzimmer hinüberzugehen.

Ich folgte ihr mit dem festen Vorsatz, meine Freundlichkeit aufrechtzuerhalten, auch wenn ich mich beherrschen musste, nicht auf irgendetwas – oder *irgendjemanden* – einzuschlagen.

Sie wandte sich mir wieder zu, um mich abfällig von oben bis unten zu mustern. Beim Anblick von Beaus Kleidung verzog sie erneut den Mund. »Ich will, dass du aus meinem Haus verschwindest.«

»So gern ich dir diesen Gefallen auch tun würde«, sagte ich und trat einen Schritt zur Seite, hinter das Sofa, um so viel Raum wie möglich zwischen uns zu bringen, »fürchte ich, dass mir das leider nicht möglich sein wird.« Erstens, weil ich nicht einmal wusste, wo wir uns befanden. Und zweitens, weil ich mich keinen Zentimeter von der Stelle rühren würde, bevor ich nicht wusste, wo sich meine Schwester aufhielt.

Es war ihr deutlich anzusehen, dass ihr meine Antwort nicht gefiel. Sie stieß ein Knurren aus, und noch bevor ich wusste, was genau geschah, war sie neben mich getreten und hatte mich am Arm gepackt.

Ich zuckte zusammen, als sich ihre scharfen Krallen in meine Haut gruben. »Hey, lass mich los!«

Zu meiner Überraschung tat sie es tatsächlich. Ein verwirrter Ausdruck trat auf ihr Gesicht, und sie fuhr ihre Krallen wieder ein. Ohne mich aus den Augen zu lassen, schnüffelte sie an ihren Fingerspitzen. Wie es aussah, mochte sie keinen Menschengeruch. Tja, zu dumm für sie.

»Bathsheba wird nirgendwohin gehen«, hörte ich Beaus Stimme hinter mir. Ich drehte mich um und sah ihn im Türrahmen stehen. Wasser tropfte von seinem nassen Körper auf den Boden, um die Hüften hatte er ein schmales Handtuch gewickelt. Er sah stinkwütend aus. »Was machst du hier, Bella?«

Er hatte einen niedlichen Spitznamen für sie? Wenn das überhaupt möglich war, mochte ich sie jetzt noch weniger.

Arabella stemmte verärgert die Hände in die Hüften. »Ich wohne hier, schon vergessen?«

»Falsch«, sagte Beau, auf einmal wieder ganz ruhig, und strich sich das nasse Haar aus der Stirn. »Du hast bis vor sechs Monaten hier gewohnt – bis du einfach verschwunden bist. Wenn ich mich recht erinnere, stand auf dem Zettel, den du mir hinterlassen hast, dass wir beide miteinander fertig sind. Seitdem haben wir uns nicht mehr gesehen.«

Wenn das die Wahrheit war, fühlte ich mich gleich schon ein bisschen besser. Rasch versuchte ich, das Lächeln zu verbergen, das an meinen Mundwinkeln zerrte.

Arabella starrte mich feindselig an. »Na ja, ich dachte, das hier würde unser Wochenende werden. Wegen Savannahs Läufigkeit und allem.« Sie zuckte mit den Schultern. »Die Leute in der Stadt haben mir erzählt, dass du gezwungen bist, mit einem dieser widerlichen kleinen Menschen vorliebzunehmen. Also dachte ich, ich komme vorbei, um dir die Demütigung zu ersparen.«

Was für ein zuckersüßes Ding sie doch war.

»Keine Sorge, ich fühle mich nicht gedemütigt«, sagte Beau mit einem Lächeln und stellte sich neben mich. »Ich mag Bathsheba – ob menschlich oder nicht.«

So wie die beiden über mich redeten, klang es, als handelte es sich bei mir um eine Art Krankheit. Die menschliche Laus sozusagen. »Vielen Dank auch«, murmelte ich und wandte mich ab.

Doch Beau schlang schnell einen Arm um meine Taille und zog mich an sich. Ich war gefangen in seiner Umarmung. Als er mir einen Kuss aufs Haar drückte, spürte ich, wie er ihren Duft in sich aufsog. Ein Daumen stahl sich unter mein T-Shirt und streichelte so sanft über meine Haut, dass ich einen Schauer unterdrücken musste.

Arabella beobachtete uns, und mit jeder Berührung verzog sich ihr hübsches Gesicht mehr zu einer hässlichen Fratze. »Wir hatten eine Vereinbarung, Beau …«

»Nein«, unterbrach er sie. »Wir hatten eine Beziehung. *Hatten.* Jetzt bin ich mit Bathsheba zusammen.«

Ihre Augen funkelten hasserfüllt. »Du lässt mich für diesen jämmerlichen Haufen Mensch sitzen?«

Ich stemmte die Hände in die Hüften, um ihr meine Meinung zu sagen, doch als Beau seinen Arm fester um meine Taille schlang, schwieg ich. Mit einem Kuss auf meinen Nacken sagte er alles, was nötig war, und erstickte meinen Protest im Keim.

Ich sah, wie Arabella wegen der kleinen Geste wild vor Zorn wurde. Wütend schleuderte sie den Schlüsselbund gegen die Wand. Der Aufprall war so laut, als wäre eine Pistole abgefeuert worden, und ein großes Stück Putz fiel herunter.

Oh mein Gott, sie war unglaublich stark.

»Ich will meine Sachen zurück«, schrie sie.

»Als du dich vor sechs Monaten entschieden hast, mit einem anderen Typ abzuhauen, habe ich sie Savannah gegeben.«

Arabella kniff die Augen zu schmalen Schlitzen zusammen und funkelte erneut mich an. »Du kannst ihn haben, du dumme kleine menschliche Schlampe. Er ist meine Zeit nicht wert.« Dann verzog sie die Lippen zu einem triumphierenden Lächeln und sah Beau an. »Ich hoffe, du bist zufrieden mit deiner Wahl. Sie wird dich bei Weitem nicht so glücklich machen, wie ich es könnte.« Dann fuhr sie herum und stampfte davon.

Wegen ihres hasserfüllten Blicks wie erstarrt, konnte ich nur bewegungslos dastehen, bis sie die Tür so laut zuknallte, dass das ganze Haus zu vibrieren schien.

»Interessant«, bemerkte Beau vollkommen ungerührt. »Ich kann mich nicht erinnern, in dieser Beziehung jemals glücklich gewesen zu sein.«

Ich versuchte, mich aus seiner Umarmung zu befreien, doch er ließ mich nicht los.

»Könntest du mir bitte mal erklären, was es mit den ›widerlichen kleinen Menschen‹ auf sich hat?«

Er drückte mir einen Kuss auf den Hals, und als er antwortete, konnte ich spüren, wie seine Lippen über meine Haut strichen. »Die Allianz betrachtet menschliche Wesen als schwach und krankhaft.«

Und er war der Anführer dieser unsäglichen Allianz. »Ach wirklich?«

»Du musst zugeben, dass das mit der Schwäche tatsächlich stimmt.«

Schwach? Krankhaft? Ich drehte den Kopf weg und zerrte an seinem Arm. »Lass mich los!« Ich hätte genauso gut gegen einen Eisenkäfig ankämpfen können. Beau würde mich nicht gehen lassen, und das war es, was mir Angst machte.

»Lass es mich erklären«, sagte er in geduldigem Tonfall.

Ich wandte mich ab. »Danke, aber ich habe kein Interesse an einer Er…«

»Du wirst mir zuhören«, unterbrach er mich, und dann verlor ich plötzlich den Kontakt zum Boden.

Verdammt, er hob mich hoch, als würde ich nichts wiegen. Mein Blick wanderte zu dem riesigen Loch, das Arabella mit ihrem Schlüssel in die Wand geschlagen hatte, und ich begann zu zittern. Diese Gestaltwandler waren tatsächlich stark. Aber selbst wenn er recht damit hatte, dass normale Menschen schwächer waren, machte es mich trotzdem unendlich wütend.

Beau trug mich zur Couch hinüber und setzte mich darauf ab. Als ich versuchte, mich aufzusetzen, legte er sich einfach auf mich und grinste auf mich herab. Sein Gewicht auf mir zu spüren war seltsam befriedigend.

»Bist du jetzt bereit, mir zuzuhören?«, fragte er.

»Du erdrückst mich.« Ich legte die Handflächen auf seine Brust und stemmte mich dagegen.

Sein Haar war immer noch nass. Ein einzelner warmer Tropfen löste sich und landete auf meiner Wange. Die Hitze, die von seinem harten nackten Körper ausging und mich einhüllte, schickte verräterische Schauer durch meinen Körper.

»Bathsheba«, begann er und ließ sich noch ein Stück tiefer auf mich hinabsinken. Ein tiefes Grollen drang aus seiner Kehle.

Schnurrte er etwa? Und warum fand ich das so ungemein anziehend?

Er grinste mich an. »Wusstest du, dass dein Kinn spitzer wird, wenn du dich über etwas aufregst?«

»Ich bin mir sicher, das ist eine dieser ekligen menschlichen Eigenschaften.« Doch ich vergaß jeden weiteren sarkastischen Kommentar, als er sich herabbeugte, um mir einen Kuss aufs Kinn zu drücken. Erst einen, dann noch einen. Es fiel mir schwer, mich noch auf irgendetwas anderes zu konzentrieren.

Er arbeitete sich an meinem Kiefer hinauf bis zu meinem Ohrläppchen und biss sanft hinein. Es fühlte sich verboten gut an. Seine Zähne knabberten und neckten das kleine Stück Haut, wie ich mir vorgestellt hatte, dass er es an meinem ganzen Körper tun würde. Kitzelnd, schmeckend, erobernd. Als er abermals in mein Ohrläppchen biss, kam ein tiefer Seufzer über meine Lippen.

»Die Sache zwischen Arabella und mir ist seit sechs Monaten vorbei. Sie hat mich für einen anderen Mann verlassen, und ich habe sie seitdem nicht mehr wiedergesehen. Deswegen hatte sie auch noch den Schlüssel.« Er arbeitete sich an meinem Hals abwärts, küsste und knabberte an jedem Zentimeter meines Fleischs und fuhr mit der Zunge über die empfindlichsten Stellen. »Ich würde sie dir niemals vorziehen.«

Wieder stieß ich ihn von mir. »Na toll. Du ziehst das lauszerfressene Menschlein der durchgedrehten Gestaltwandlerin vor. Was für ein wahrer Gentleman du doch bist.«

Er lachte leise in sich hinein, während er mit der Zunge mein Schlüsselbein entlangfuhr. »Ich finde dich köstlich.«

»Und kein bisschen krankhaft? Oder verlaust?«

»Nicht im Geringsten«, murmelte er mit den Lippen an meinem Hals. Sein Atem strich warm und erregend über meine Haut.

Ich spürte seinen Körper auf meinem – hart, heiß und immer noch leicht feucht von der Dusche. Und *sehr* nackt. Er lag schwer auf meinen Brüsten, doch mir gefiel der Druck, und ich musste mich beherrschen, mich nicht wie eine Katze an ihm zu reiben. Immerhin war ich immer noch wütend!

Doch als er erneut an meinem Schlüsselbein knabberte, entfuhr mir ein leidenschaftlicher Laut, und all meine Wut löste sich in Luft auf.

»Genau das ist es, süße Bathsheba«, wisperte er. »Lass mich dich schmecken.«

»Nein«, protestierte ich, doch das Wort kam mir so leise und atemlos über die Lippen, dass ich mir nicht einmal selbst glaubte.

»Nein?« Er sah mir in die Augen und strich spielerisch mit seiner Nase über meine.

Mit einem Mal war das Verlangen, ihn zu küssen, so groß, dass ich aufgab. Ich hob den Kopf ein wenig an, um den minimalen Abstand zwischen unseren Mündern zu überwinden, und presste meine Lippen auf seine.

Ohne eine Sekunde zu zögern, erwiderte er den Kuss und begann, meinen Mund zu erobern – heiß, fordernd, köstlich. Seine Zunge fuhr in meinen Mund, wo ich ihr mit meiner begegnete. Die Intensität des Gefühls raubte mir sämtliche Sinne, und mein Gehirn schaltete sich ab. Als ich ein leidenschaftliches

Wimmern hörte, brauchte ich eine Sekunde, um zu kapieren, dass es mir selbst über die Lippen gekommen war.

Beau antwortete mir mit einem so tiefen, sexy Knurren, dass ich alles um uns herum vergaß. Er löste den Mund von meinem und ließ eine Hand an meiner Seite hinabwandern. Als er abermals mit den Lippen an meinem Kiefer entlangstrich, kratzten seine Bartstoppeln verführerisch über meine Haut. Es schmerzte, aber auf eine faszinierende, verführerische Art und Weise, und ich begann, mich vor Leidenschaft unter ihm zu winden, als er sich erneut meinem Hals widmete.

Beau streichelte meinen Oberschenkel hinab, und noch bevor ich realisierte, was genau ich da tat, hatte ich bereits meine Beine gespreizt, sodass er seinen schweren Körper in die Kuhle dazwischen schieben konnte. Die neuen Empfindungen, die in diesem Augenblick meinen Körper eroberten, brachten mich fast um den Verstand. Unsere Körper fügten sich beinahe magisch ineinander, wie zwei Teile eines Puzzles. Und als er mit der Hand meinen Schenkel wieder hinauffuhr, schlang ich wie selbstverständlich das Bein um seine nackte Taille.

Nichts hatte sich jemals besser angefühlt. Und das tiefe Schnurren, das aus seiner Kehle drang, verriet mir, dass es ihm ebenfalls gefiel. Ich spürte seine heiße, schwere Erektion an der Stelle, an der sich meine Beine teilten, und als er seine Hüften vorschob, keuchte ich auf. Die Botschaft war eindeutig.

Beau schien mein leichtes Zögern bemerkt zu haben, denn er hielt mit einem Mal inne und suchte meinen Blick. »Geht es dir gut, Bathsheba?« Dann drückte er einen kleinen, sanften Kuss nach dem anderen auf meine Lippen, als wollte er mich beruhigen, bevor er erneut mit den Hüften vorstieß.

Leidenschaft durchflutete mich wie flüssiges Feuer, und mein gesamter Körper schien zu vibrieren. Das hatte sich gut angefühlt. Geradezu überwältigend erregend. Anstatt ihm zu antworten, küsste ich ihn.

»Süßes Ding«, murmelte er an meinem Mund und unterstrich jede Silbe mit einem winzigen Knabbern an meinen Lippen. »Ich möchte deine Brüste küssen.«

Bei der Vorstellung entwich mir ein leises Wimmern, und ich schob unwillkürlich das Becken vor, um ihn zu spüren. Er stieß ein dunkles Knurren aus und erwiderte meine Bewegung mit einem Stoß seiner Hüften, sodass seine ganze Härte genau auf die Mitte zwischen meinen Schenkeln zielte. Und auf einmal schien der Stoff meiner Jogginghose viel zu dünn zu sein.

Beau glitt langsam an meinem Körper hinab. Mit den Händen fuhr er an meinen Seiten entlang, während er den Mund zuerst auf mein Schlüsselbein presste, bevor er tiefer wanderte und mich durch den Stoff meines T-Shirts liebkoste.

Atemlos keuchte ich auf. Tausend kleine Elektroschocks schienen meine Haut in Flammen zu setzen, wo immer er mich berührte.

Wieder sah er mich an. Seine grauen Augen verdunkelten sich vor Verlangen, als er mit den Händen sanft meine Hüften entlangstreichelte. »Geht es dir gut?«

Ich nickte aus Angst, mir könnte die Stimme versagen. Doch dann nahm ich all meinen Mut zusammen. »Bitte … hör nicht auf.« Ich war nicht bereit, auch nur eine Sekunde länger auf dieses Gefühl zu verzichten, und er bewegte sich viel zu langsam.

Er beugte sich erneut über meine Brüste, und ohne den Blick von meinem Gesicht zu lösen, biss er sanft in die von Stoff bedeckte Spitze.

»Oh ja … bitte. Beau, bitte.«

Doch Beau brauchte keine weitere Aufforderung. Unter meinem Blick ließ er seine Zunge hinausschnellen und fuhr damit durch den dünnen Stoff hindurch über meinen Nippel. Er spielte damit, schloss die Lippen um die empfindliche Spitze und saugte daran.

Ungeduldig stieß ich mein Becken vor, gegen seines, während keuchende Laute aus meiner Kehle drangen und ich die Augen schloss. »Oh … bitte … Beau!«

Beau erstarrte über mir, dann zog er sich zurück. »Ich muss noch mal duschen.«

Und da lag ich. Verlassen. Beraubt. Mit nichts als einem nassen Fleck auf meinem T-Shirt, vor Verlangen schmerzenden Brüsten und einem intensiven Pochen zwischen den Schenkeln. Als ich die Augen öffnete, erhaschte ich gerade noch einen Blick auf seinen nackten Rücken, als er auf den Flur hinauslief.

Wie es aussah, hatte ich selbst eine kalte Dusche nötig.

Kapitel zehn

Als Beau zurück ins Wohnzimmer kam, war er angezogen. Anscheinend hatte er sich nicht einmal die Zeit genommen, sich abzutrocknen, sondern war direkt aus der Dusche in seine Sachen gestiegen. Sein T-Shirt klebte ihm am immer noch feuchten Körper, und einige nasse Locken hingen ihm in die Stirn.

Während er im Bad gewesen war, hatte ich genug Zeit gehabt, meine Gedanken zu ordnen; und als er sich nun mir gegenüber auf den Couchtisch setzte und nach meinen Händen greifen wollte, entzog ich sie ihm schnell wieder.

»Bathsheba, ich muss mich bei dir entschuldigen. Ich hätte eben nicht einfach so über dich herfallen sollen.«

Offensichtlich hatte er es sich noch einmal anders überlegt – die krankhafte, schwache menschliche Jungfrau war anscheinend doch nicht gut genug für ihn. »Nein«, sagte ich steif, ohne den Schmerz in meiner Stimme verbergen zu können. »Das hättest du nicht tun sollen.«

Mein verletzter Tonfall ließ ihn noch kleinlauter werden. »Mir ist bewusst, dass du noch Jungfrau bist. Vermutlich erwartest du Blumen und Candle-Light-Dinner – Dinge, die ich dir nicht geben kann. Aber was ich dir versprechen kann, ist, dass ich dich nie wieder einfach so auf die Couch werfen und über dich herfallen werde, als ob ich mich nicht im Griff hätte.«

Ich runzelte die Stirn. Worauf wollte er hinaus?

Er sah mich ernst an. »Ich möchte, dass du weißt, dass die morgige Nacht für uns beide etwas ganz Besonderes sein wird.«

Morgige Nacht? Die Nacht, in der er läufig werden würde? »Bist du auf Drogen oder so?«

Jetzt war es an ihm, irritiert die Stirn zu runzeln. »Wie meinst du das?«

Ich deutete in Richtung Haustür. »Deine Freundin …«

»Exfreundin«, korrigierte er mich. »Ich bin mit niemandem aus dem Clan zusammen. Weder mit ihr noch mit Savannah.«

»Du hast mir nie erzählt, in welcher Beziehung du zu Savannah stehst.«

»Sie ist meine Cousine und wie eine kleine Schwester für mich. Du bist die Frau, die ich will, und …«

»Falsch«, unterbrach ich ihn. »Du willst auf bequemem Weg an *irgendeine* Frau kommen. Erinnerst du dich noch an Rosie? Junggesellin Nummer eins.«

»Ist das etwa Eifersucht, die ich aus deinem Ton heraushöre, Bathsheba? Würde es helfen, wenn ich dir sage, dass ich keine andere mehr will, seit ich zum ersten Mal deine Stimme gehört habe?«

Oh ja. »Nein!« Wild entschlossen, ihn ab sofort zu ignorieren, schnappte ich mir seinen Roman und tat so, als ob ich darin lesen würde.

Er riss mir das Buch aus den Händen und schleuderte es quer durch den Raum. »Wir müssen reden. Über uns.«

Ich stand auf, um das Buch zu holen. »Es gibt kein ›uns‹.«

Beau erhob sich ebenfalls und stellte sich mir in den Weg. »Und genau darüber müssen wir reden.«

Ich funkelte ihn wütend an und versuchte, an ihm vorbeizukommen. Doch er trat ebenfalls einen Schritt zur Seite, sodass er abermals vor mir aufragte. Ich seufzte entnervt und verschränkte die Arme vor der Brust. »Was?« Verdammt, warum musste dieser Mann so groß sein? Und so breit? Neben ihm fühlte ich mich klein und verletzlich.

Er streckte eine Hand aus, um mit einer Haarsträhne zu spielen, die mir über die Schulter gefallen war. Aus irgendeinem Grund schien er mein Haar zu lieben. Als ich an Arabellas kurze

Locken dachte, trat ein selbstgefälliges Lächeln auf mein Gesicht. Sie mochte vielleicht einen umwerfenden Körper haben, aber ich hatte bei Weitem die schöneren Haare. Mir war klar, wie dumm das klang, aber im Moment nahm ich mit jedem Pluspunkt vorlieb.

»Bathsheba.« Er klang todernst. »Ich fühle mich unglaublich zu dir hingezogen. Seit ich dich das erste Mal gesehen habe, will ich nur noch dich.«

Blöderweise waren Schmeicheleien schon immer meine Schwachstelle gewesen. Dieser Mann brachte mich noch um den Verstand!

Sanft legte er einen Finger unter mein Kinn, um es anzuheben. »Aber ich habe ein großes Problem. Morgen, wenn die Sonne untergeht, wird Savannah läufig werden. Weibliche Werpumas verlassen in dieser Zeit normalerweise die Gegend, um keinen Einfluss auf den Clan zu nehmen. Doch durch ihre Gefangenschaft wird ihr das nicht möglich sein. Und wenn sie sich morgen noch in meinem Territorium aufhält, wird ihre Läufigkeit auch Auswirkungen auf mich haben. Je näher mir ein läufiges Weibchen in dieser speziellen Zeit ist, desto schlimmer wird mein Zustand. Ich kann nichts dagegen tun, das musst du mir glauben. Ich sitze in der Falle.« Suchend ließ er den Blick über mein Gesicht huschen, als hoffte er, darin eine Antwort oder zumindest Ermutigung zu finden. »Wenn aus uns beiden nichts wird, dann musst du mir das jetzt sagen. Sonst muss ich dieser Hexe Arabella hinterherjagen und sie bitten, die Nacht mit mir zu verbringen. Allein der Gedanke daran macht mich wütend, aber da sie meine einzige andere Möglichkeit ist, würde mir nichts anderes übrig bleiben.«

Da war sie, die Wahrheit. Er hatte nichts vor mir zurückgehalten, hatte sich mir geöffnet, ohne seinen ernsten Blick nur einmal von mir abzuwenden. Und auf einmal wurde mir klar, dass all sein Flirten und seine übertriebenen Besitzansprüche nur einen Grund gehabt hatten – er wollte mich, doch er würde mich zu nichts zwingen. Wenn ich ihn in diesem Augenblick ablehnte, würde er mich nie wieder anfassen, denn er respektierte meine Wünsche. Und stattdessen würde er mit dieser Schlampe Arabella schlafen.

Ich wankte zwischen meiner Loyalität Sara gegenüber und der Anziehung, die Beau auf mich ausübte. Mein Leben drehte sich darum, für Saras Sicherheit zu sorgen, doch in diesem Augenblick bot sich mir die Chance, endlich auch einmal etwas nur für mich zu tun. Stand mir nicht diese eine kleine Pause zu, bevor wir uns wieder auf die Flucht begaben? Und in diesem Augenblick wusste ich, dass ich das hier wollte. Ich wollte *ihn* – sehr sogar. Sein Wesen zwang ihn dazu, morgen mit einer Frau zu schlafen, aber er wollte, dass ich diese Frau war, weil er mich mochte. Und das gefiel mir.

Ich strich über sein Shirt, um eine nasse Falte darin zu glätten. »Ich hoffe, dir ist klar, dass du mich in eine ziemlich merkwürdige Situation manövriert hast.«

Als er bei meinen Worten blass wurde, war ich mir sicherer denn je, dass er es ernst mit mir meinte. »Ich weiß, süße Bathsheba.« Er ließ die Haarsträhne los, um sanft über meine Wange zu streicheln.

Die Art, wie er meinen Namen aussprach, ließ mein Herz einen kleinen Satz machen. »So hatte ich mir mein erstes Mal nicht vorgestellt«, gab ich zu. »Ich weiß, dass du morgen Sex haben *musst* und dass wir zusammen in dieser Hütte festsitzen, aber …« Es war ein seltsames Gefühl, mit solcher Sicherheit zu wissen, dass ich morgen Nacht meine Jungfräulichkeit verlieren würde.

»Ich werde alles dafür tun, um diese Nacht zu etwas ganz Besonderem für dich zu machen«, schwor er. »Ich werde es so romantisch für dich machen wie nur möglich.«

»Romantisch?« Ich zog skeptisch die Augenbrauen zusammen. »Was hast du vor?«

Er schenkte mir ein Lächeln. »Das wirst du schon noch früh genug erfahren.«

Ich ließ meine Finger über seinen Oberkörper wandern. Seine Brustmuskeln waren so hart, dass ich meinte, jeden einzelnen Strang durch den Stoff seines T-Shirts spüren zu können. »Also, wenn du wirklich keine Wahl hast, denke ich, wir haben ein Date.«

Er grinste und beugte sich zu mir herab, um mich zu küssen. »Du wirst es nicht bereuen.«

Ich hob den Kopf, um seinen Kuss zu erwidern, doch die ganze Zeit über konnte ich den Gedanken an Sara nicht abschütteln. Sie würde mich hierfür umbringen.

»Sara!«, platzte es aus mir heraus, und ich zog hastig den Kopf zurück, bevor er meine Lippen mit seinen berühren konnte.

Sein Mund landete auf meinem Kinn. »Was ist mit Sara?«, fragte er, scheinbar nicht im Geringsten beunruhigt von meinem plötzlichen Ausbruch.

Ich schob ihn von mir weg. »Du hast gesagt, dass jeder in deinem Clan von dieser Läufigkeits-Geschichte beeinflusst wird, richtig?«

Ich hätte schwören können, dass ein leidenschaftliches Funkeln in seinen Augen aufblitzte, als er mich das Wort »Läufigkeit« sagen hörte. »Ja, jeder Werpuma wird dadurch beeinflusst.«

»Was passiert dann mit Sara? Sie wird die ganze Zeit mit den Kerlen aus deinem Clan allein sein.«

Er zog mich wieder an sich. »Ich habe ihnen gesagt, dass sie morgen Abend ausgehen sollen. Diejenigen, die keine Partnerin haben, suchen sich normalerweise jemanden für die Nacht.«

»Und wer bleibt bei Sara, um sie zu beschützen?«

»Ramsey. Auf ihn hat die Läufigkeit keinen Einfluss.«

»Warum nicht?«

»Er ist ein Werbär. Die Läufigkeit wirkt sich nur auf die Pumas unter uns aus.«

Vor Erleichterung hätte ich beinahe laut aufgeschrien. »Und was genau hat ein Werbär in eurem Rudel zu suchen?«

»Wir sind kein wirkliches Rudel. Die Russells bezeichnen sich als Clan. Wir funktionieren eher wie ein Unternehmen. Diese ganze Rudelsache ist mehr ein Wolfs-Ding.«

»Ich dachte immer, dass die Allianz an sich ein Rudel ist.«

»Die meisten Mitglieder der Allianz tendieren dazu, sich in eigenen kleineren Clans oder Rudeln zusammenzuschließen. Vampire haben normalerweise einen Anführer, Werwölfe dagegen bilden Rudel. Feen haben ihre eigenen schwer durchschaubaren Hierarchien. Weil wir so anders sind, bedeuten Familie und Freunde in unserer Welt alles für uns. Mein Vater hatte schon vor langer Zeit begriffen, dass wir uns als Einzelgänger in eine schwache Position begeben. Er wusste, dass wir uns zu einer Gruppe zusammentun mussten, wenn wir eine Chance gegen die anderen Verbindungen haben wollten. Mein Vater war derjenige, der den Russell-Clan gegründet hat. Zwar sind die meisten von uns tatsächlich Pumas, aber nicht alle. So wie Ramsey zum Beispiel.«

»Und es gibt nur zwei Frauen in eurem Clan, Savannah und Arabella?«

»Das Gestaltwandler-Gen scheint rezessiv zu sein. Deswegen ist die Läufigkeit auch so wichtig – und gleichzeitig so verdammt nervtötend. Jeder mit Puma-Blut ist davon betroffen, und, ja, Savannah und Arabella sind die einzigen beiden Weibchen im Territorium der Russells. Im Nordwesten gibt es mehr Pumaweibchen, aber die Männer dort sind ziemlich besitzergreifend. Ich habe bisher noch keine von ihnen getroffen.«

»Wie schade für dich«, sagte ich trocken.

Da war es wieder, dieses sexy Grinsen, bei dem mein Herz auszusetzen drohte und meine Knie sich in Pudding verwandelten. »Ich kann mich nicht beschweren. Mir gefällt, wie sich die Dinge entwickelt haben.«

Mitten in der Nacht ließ mich ein markerschütternder Schrei aus dem Schlaf aufschrecken. Wie erstarrt lag ich in Beaus großem Bett, zu ängstlich, um mich auch nur einen Zentimeter zu bewegen.

Ein zweiter unmenschlicher Schrei ertönte. Ich hatte Beaus Wildkatzen-Laut gehört, doch das hier klang anders – albtraumhaft und merkwürdig verzerrt. Auf jeden Fall konnte es nichts Gutes bedeuten.

Ich rollte mich auf die Seite und starrte in Richtung des Fensters, das von Frost überzogen war, sodass ich nicht erkennen konnte, was sich dahinter verbarg. Eine dicke Schicht Salz bedeckte das Fensterbrett. Ein schwacher roter Schein huschte vorbei, als ob draußen jemand mit einer Lampe herumlaufen würde.

Alarmiert ließ ich mich vom Bett auf den Boden gleiten und griff nach dem spitzen Pflock, den ich aus einem Stück Holz vom Scheiterhaufen für den Kamin geschnitzt und unter der Matratze versteckt hatte. Als ein weiterer Schrei aus dem Wald herüberschallte, sprang ich auf und stürzte zur Tür. Doch noch bevor ich den Knauf ergreifen konnte, wurde sie von außen geöffnet.

Vor mir stand Beau mit grimmigem Gesichtsausdruck, das Haar zerzaust und mit nacktem Oberkörper. Eine Sekunde lang starrte er überrascht auf den Pflock in meiner Hand, bevor er mir etwas entgegenstreckte. »Nimm die.«

Erleichterung durchströmte mich, als ich das kalte Gewicht der Pistole zwischen meinen Fingern spürte. »Ist sie geladen? Die Sicherung ist drin?«

Er schnaubte. »Du kannst schießen? Du überraschst mich immer wieder.«

Er hatte ja keine Ahnung. *Ich habe sogar schon einen Mann getötet.* Ich klemmte mir den Holzpflock unter den Arm und öffnete die Patronenkammer. Sechs Schuss.

»Natürlich kann ich schießen. Schon vergessen, dass ich für ein Unternehmen arbeite, das mit Untoten und Werwölfen verkehrt? Sind die Patronen aus Silber?«

»Silberlegierung«, antwortete er knapp. »Bleib hier drin. Versteck dich unter dem Bett, und komm nicht raus, bis ich zurück bin, verstanden? Ich werde alle Eingänge mit Salz bestreuen.«

»Mooooment mal«, sagte ich und umklammerte seinen Arm, bevor er sich umdrehen und verschwinden konnte. »Wo genau willst du hin?«

Er hatte den Mund zu einer harten Linie zusammengepresst. »Ich muss herausfinden, was da draußen ist.«

»Und wofür das ganze Salz?«

Er beugte sich vor, um mir einen Kuss auf die Stirn zu drücken. »Das hält die bösen Geister davon ab, über die Schwelle zu treten.«

»Böse Geister?«, quietschte ich. »Machst du Witze? Ist es das, was hinter uns her ist?« Mit heißblütigen Gestaltwandlern und dem ein oder anderen liebestollen Vampir, mit dem ich es immer mal wieder in der Agentur zu tun bekam, konnte ich umgehen. Und selbst eine kleine Schwester, der graues Fell wuchs, wenn sie nervös wurde, brachte mich inzwischen nicht mehr wirklich aus der Ruhe. Aber böse Geister waren unbekanntes Territorium.

Beau hatte sich bereits umgedreht und ging den Flur hinunter, wobei er sich ein Shirt über den Kopf zog. Doch dann wandte er sich noch einmal zu mir um. »Ich habe keine Ahnung, um was es sich handelt, Bathsheba. Und genau aus diesem Grund musst du mir versprechen, in deinem Schlafzimmer zu bleiben und die Tür abzuschließen. Ich muss wissen, dass du in Sicherheit bist.«

Indem ich mich in einem riesigen Haus allein unter einem

Bett versteckte, während er in den Wald rannte, um Gott-weiß-was zu jagen?

»Auf keinen Fall«, stieß ich wütend aus. »Ich komme mit.« Die Pistole in der Hand rannte ich hinter ihm her, den Flur entlang und die Treppe hinunter.

Aufgebracht fuhr er herum. »Ich sage dir, was auf keinen Fall passieren wird: dass du mit mir da raus gehst. Das ist viel zu gefährlich.«

»Und woher weißt du, bitte schön, dass ich hier drinnen sicherer bin? Was, wenn es kein böser Geist ist und das Salz am Ende nur dafür gut ist, meine Überbleibsel haltbar zu machen?«

Er starrte mich verärgert an. »Bathsheba ...«

»Ich komme mit.« Natürlich hatte ich keine Lust, durch irgendwelche dunklen Wälder zu tigern, während ein unbekanntes, böses Wesen ebenfalls dort draußen war, aber immerhin würde ich mich mit Beau an meiner Seite sicherer fühlen als allein in dieser überdimensionierten Holzhütte.

Beau wirkte hin und her gerissen. »Bathsheba ...«

»Du kannst mich nicht dazu zwingen, hierzubleiben. Wenn du ohne mich da raus gehst, renne ich dir einfach hinterher. In klassischer dummer Horrorfilm-Manier. Wie du weißt, sind es immer die Jungfrauen, die am Ende dran glauben müssen.«

Er verzog die Lippen zu einem grimmigen Lächeln. »Warte hier. Ich hole dir nur schnell eine Jacke und Schuhe.«

Das hier war bei Weitem das Dümmste, was ich in meinem ganzen Leben getan hatte. Die schweren Stiefel, die ich trug, waren zu groß, aber ich hatte sie an den Knöcheln so fest geschnürt, dass ich einigermaßen darin laufen konnte. Und in der geliehenen Jacke sah ich vermutlich aus wie die misslungene Inkarnation eines Eskimos, während ich Beau in Werpuma-Gestalt durch den Schnee hinterherstapfte. Das alles fühlte sich mehr als merkwürdig an.

Bevor sich Beau verwandelt hatte, hatte er mir einen besitzergreifenden Kuss gegeben. »Für diese Sache muss ich mich verwandeln, Süße. Wenn du irgendein anderes Tier außer mir siehst – egal ob Reh, Stinktier oder Puma –, will ich, dass du es erschießt, ohne über die Konsequenzen nachzudenken. Jeder außer uns beiden, der sich gerade auf meinem Grundstück aufhält, tut es unerlaubt.«

Ich nickte.

Beau bildete in Puma-Gestalt einen ebenso schönen Anblick wie als Mensch. Sein langer, schlanker Katzenkörper war von goldbraunem Fell bedeckt, unter dem sich geschmeidig die dicken Muskelstränge bewegten. Ihn bei der Verwandlung zu beobachten hatte sich zu intim angefühlt, deswegen hatte ich gewartet, bis er als Puma wieder an meine Seite getreten war. Er war riesig, doch nachdem er mir mit der rauen Zunge über die Hand geleckt hatte, hatte ich meine Angst vergessen.

Beau war einmal um mich herumgestrichen, bis er den Weg in Richtung Wald eingeschlagen hatte.

Die dicht stehenden Bäume und Büsche hatten schön ausgesehen – vom warmen, gemütlichen Haus aus. Doch inzwischen war Schnee gefallen, was ungewöhnlich für Texas war (Beau hatte mich inzwischen zumindest so weit über unseren Aufenthaltsort aufgeklärt), und die Dunkelheit um uns herum wirkte düster und abweisend. In diesem Moment entschied ich, dass ich den Wald hasste. Außerdem war es viel zu still. Jedes Geräusch, das ich machte, jeder meiner Schritte durch den vereisten Schnee war ohrenbetäubend laut. Jedes Mal, wenn ich auf etwas trat, zuckte ich zusammen. Ich wusste, dass ich Beau mit meinem schreckhaften Verhalten ablenkte, doch er schlich mir voraus auf leisen Pfoten zwischen den Bäumen hindurch. Ich sah, wie sich seine Nasenflügel blähten, während er versuchte, Witterung aufzunehmen. Sein warmer Atem sammelte sich in kleinen Wölkchen vor seinem Maul.

Wir stapften eine ganze Weile durch den Wald, ohne auch nur einmal anzuhalten. Meine Zehen und Finger waren taub vor Kälte, doch ich lockerte kein einziges Mal den Griff um das eiskalte Metall der Pistole. Die seltsamen Schreie waren verstummt, doch die darauffolgende, alles umfassende Stille erschien mir inzwischen noch unheimlicher.

Beau führte uns unbeirrt weiter geradeaus, und ich konnte nur vermuten, dass wir nach dem fahlen roten Schein suchten, den ich durch die vereiste Fensterscheibe gesehen hatte. Er bewegte sich langsam und vorsichtig, bis er plötzlich einen Satz machte und losrannte. Zweige und Eis zersplitterten unter meinen Füßen, während ich versuchte, ihm durch das dichte Unterholz zu folgen, und im Geiste eine ganze Reihe stummer Flüche ausstieß.

Beau wurde langsamer, und ich wankte wie ein unbeholfener Pinguin auf ihn zu. Neben einer Gruppe dicker Baumstämme auf einer kleinen Lichtung blieben wir stehen. Fahles Mondlicht drang durch das dichte Blätterdach. Den ganzen Weg über hatte sich die dünne Schneedecke wie ein unberührtes weißes Laken vor uns erstreckt, aber an dieser Stelle war der Schnee aufgewühlt und hatte sich mit der braunen Erde vermischt. Zuerst dachte ich, dass es sich bei den dunklen Flecken um kleine Blätter handelte, doch dann wurde mir klar, dass sie dafür zu dick und feucht waren.

Blut.

Ich schluckte schwer.

Beau strich über die Lichtung. Die Nase dicht über dem Boden schnüffelte er umher. Sein Schwanz schwang ärgerlich hin und her, und ich trat einen Schritt zurück, die Pistole fest umklammert. Was immer für die blutigen Spuren verantwortlich war, würde vielleicht wiederkommen, und in diesem Fall wollte ich vorbereitet sein.

Einige Minuten später hatte Beau eine Stelle ausgemacht, die er immer wieder umkreiste, bis er mit einer seiner gigantischen Pfoten im blutigen Schnee zu scharren begann. Als er zu mir aufsah, leuchteten seine Augen grün-gelb in der Dunkelheit auf.

»Was ist? Soll ich zu dir rüberkommen?«

Er blinzelte einmal. Dann ein weiteres Mal.

Da er als Werpuma nicht mit mir reden konnte, vermutete ich, dass das Ja bedeuten sollte. Vorsichtig ging ich auf ihn zu. »Was ist los?«

Er tippte mit der Pfote auf eine Stelle im Schnee und sah dabei aus wie eine Katze, die ihr Spielzeug durch die Gegend rollte.

Es war zu dunkel, um zu erkennen, was da vor uns auf dem Boden lag, also bückte ich mich und nahm es in die Hand. Meine Finger schlossen sich um einen kühlen, leicht feuchten zylindrischen Gegenstand, der sich gleichzeitig fest und nachgiebig anfühlte.

»Wenn ich hier gerade irgendwas Ekliges angefasst habe, ziehe ich dir dafür eins über. Ich hoffe, das ist dir klar.«

Sein Schwanz schlug leicht gegen mein Bein, bevor er wieder im Unterholz verschwand.

Ich folgte ihm, während die Gedanken in meinem Kopf wild durcheinanderschossen. Wer war auf der Lichtung gewesen? Nur ein Tier, das Beute gemacht hatte, oder ein Gestaltwandler, der uns eine Nachricht hinterlassen wollte?

Wir stapften so lange durch den Wald, dass ich irgendwann zu erschöpft war, um noch Angst zu verspüren. Müde schleppte ich mich hinter Beau her, der immer wieder vorauslief, um dann in einem Bogen zu mir zurückzukehren, die Nase fest am Boden. Kein Angriff. Nichts passierte. Die Nacht um uns herum war still. *Zu still*, wie es so schön in Filmen hieß.

Als wir eine weitere Lichtung erreichten, war ich so benommen vor Müdigkeit, dass ich ein paar Sekunden brauchte, um zu realisieren, dass wir vor Beaus Haus standen.

»Gott sei Dank«, murmelte ich und wollte auf die Haustür zugehen, doch Beau zwang mich innezuhalten, indem er einen Satz machte und direkt vor mir stehen blieb.

Ärgerlich ließ er seinen Schwanz hin- und herschwingen, während er mich aus glühenden Augen anstarrte. Er bewegte langsam den Kopf, sodass es fast so aussah, als würde er ihn schütteln.

»Soll ich hier warten?«

Wieder blinzelte er zweimal.

Mit einem Seufzen lehnte ich mich an den Stamm des nächsten Baumes. »Ich vermute mal, das heißt Ja.«

Vorsichtig stupste er mit seiner feuchten, kalten Schnauze gegen meine Hand, in der ich die Waffe hielt, bevor er im Haus verschwand.

Er wollte, dass ich weiter wachsam war. Ich hob die Pistole und sah mich aufmerksam um. Wenn irgendwer oder irgendetwas es wagen sollte, mich anzugreifen, würde ich ihm den Kopf wegschießen.

Einige lange Minuten verstrichen, während ich nervös zum Haus hinübersah. Langsam machte ich mir Sorgen. Was passierte da drin?

Als ein Schatten hinter einem der Fenster auftauchte, sog ich erschrocken die Luft ein und richtete meine Waffe darauf. Doch dann erkannte ich Beau, der sich zurückverwandelt hatte und nackt – natürlich, was auch sonst – aus der Haustür trat und auf mich zukam.

»Es ist jetzt sicher. Du kannst reinkommen.«

Langsam ließ ich die Pistole sinken und folgte Beau ins Haus.

Das Salz, das er auf der Schwelle der Tür verstreut hatte, hatte sich über dem Boden verteilt, doch die einzigen Spuren, die ich darin ausmachen konnte, waren seine eigenen.

Ich drehte mich zu ihm um. »Was ist hier los?« Erst jetzt

stellte ich fest, dass ich vor Kälte – oder vor Angst – unkontrolliert zitterte. Meine Zähne schlugen klappernd aufeinander, während ich versuchte, den Satz herauszubekommen.

Beau zog die Tür zu, schloss ab und schob den breiten Sicherheitsriegel vor. Dann half er mir aus seiner Jacke. Dabei wirkte jede seiner Bewegungen so selbstverständlich, als wäre er sich seiner Nacktheit überhaupt nicht bewusst.

»Ich glaube, dass uns euer Angreifer hierher gefolgt ist.«

Mir fiel auf, dass ich noch immer die Pistole umklammert hielt, und ich reichte sie ihm.

»Die andere Sache willst du wahrscheinlich auch loswerden«, sagte Beau und deutete auf die Faust, in der ich den Gegenstand hielt, den ich auf der kleinen Lichtung aufgehoben hatte.

Als ich die Faust öffnete, wurde mir übel. Ein blutiger Finger lag auf meiner Handfläche. »Oh Gott«, stieß ich aus und schleuderte das eklige Ding in seine Richtung.

Beau fing den Finger aus der Luft und legte ihn auf die Kücheninsel, bevor er mich zur Spüle führte, in die ich meinen Mageninhalt entleerte.

Nachdem ich mir mit zitternden Fingern den Mund abgewischt hatte, nahm ich dankbar das Glas Wasser entgegen, das Beau mir hinhielt. Ich wandte mich von unserem grausamen Fund ab und fragte: »Und wem hat der gehört?«

»Er riecht nach Gestaltwandler«, sagte Beau ernst. »Einem Wolf.«

Ich versteifte mich bei dem letzten Wort. Auf einmal fiel es mir schwer, genug Luft zu bekommen. »Ein W-Wolf?« Wolf bedeutete nichts Gutes. Überhaupt nichts Gutes.

Beau schnüffelte an dem blutigen Finger. »Riecht nach Cashs Rudel. Vielleicht Wade oder einer seiner Jungs.«

»Und was, glaubst du, sucht dieser Werwolf-Finger ohne seinen Besitzer auf deinem Grundstück?«, fragte ich und trank noch einen Schluck Wasser, um die wieder aufsteigende Übelkeit zu bekämpfen. Ich hatte da natürlich so eine Ahnung, wonach ein Wolf hier suchen könnte. Nach meiner Schwester. Aber was hatte ihn angegriffen?

»Das ist die Frage«, murmelte Beau nachdenklich und trat an die Spüle, um sie von meiner Hinterlassenschaft zu befreien, bevor er sich gründlich die Hände wusch.

Der Anblick erinnerte mich daran, dass meine wahrscheinlich genauso blutverkrustet und dreckig waren, und ich trat schnell neben ihn, um meine Haut mit Wasser und Seife sauber zu schrubben. »Hast du auch irgendwas in der Nähe des Hauses gerochen?«

»Nein. Nur dich, mich und Arabella. Was auch immer da draußen herumgeschlichen ist, scheint nicht sehr nahe herangekommen zu sein.«

»Und was machen wir jetzt? Die Polizei anrufen?«

»Nein. Wir warten, bis Ramsey morgen früh herkommt. Ich will wissen, ob er irgendwas gehört hat oder ob es irgendwelche außergewöhnlichen Ereignisse gab.«

Beunruhigt sah ich zu Beau auf. »Ich hoffe, dir ist klar, dass ich den Rest der Nacht kein Auge mehr zutun werde.«

»Ich bin mir sicher, dass uns etwas einfällt, womit wir uns die Zeit vertreiben können«, sagte er.

Ich hob eine Augenbraue.

Er lachte. »Ach, komm schon. Selbst mir ist klar, dass das Letzte, woran du im Moment denkst, Sex ist.« Dann beugte er sich vor und drückte mir einen besänftigenden Kuss auf die Stirn. »Wenn du willst, spiele ich sogar Karten mit dir.«

»Okay«, murmelte ich, immer noch nicht ganz überzeugt, bevor ich langsam meinen Blick senkte. »Aber vielleicht willst du dir erst noch eine Hose anziehen.«

Bis um drei oder vier Uhr morgens spielten wir Poker. Es machte keinen Spaß, da wir beide gereizt und angespannt waren, aber immerhin lenkte es uns ein wenig ab.

Nachdem wir die Karten weggepackt hatten, rollte ich mich auf dem Sofa zusammen. Beau setzte sich neben mich, zog meinen Kopf auf seinen Schoß und spielte mit meinen Haaren. Und während ich langsam in den Schlaf glitt, begleitete mich sein leises Schnurren bis in meine Träume.

Kapitel elf

Ich wachte davon auf, dass ich Stimmen in der Küche hörte. Beaus seidenweicher Tonfall wechselte sich mit Ramseys tiefem Bass ab. Immer noch vollkommen fix und fertig von der vergangenen Nacht, zwang ich mich aufzustehen. In dem vermutlich ziemlich hoffnungslosen Versuch, einigermaßen repräsentabel auszusehen, strich ich meine Haare glatt.

Als ich in die Küche trat, war ich enttäuscht, keine Spur von Sara zu sehen. Und meine Enttäuschung wurde zu Ärger, als ich feststellen musste, dass die beiden Männer ihre Unterhaltung unterbrachen, als ich hereinkam. Höflich nickten sie mir zu.

Ramsey trug ein Flanellhemd und Jeans – ganz der Holzfällertyp –, und Beau hatte sich wie üblich eins seiner schwarzen T-Shirts übergestreift. Immerhin war er heute Morgen überhaupt angezogen.

»Wo ist Sara?«, fragte ich zur Begrüßung. »Ist sie hier?«

»Nein«, antwortete Ramsey, »nicht hier, aber in Sicherheit.«

Ich versuchte, mir meine Enttäuschung nicht anmerken zu lassen, und zog einen der Barhocker heran, um mich zu den beiden Männern an die Kücheninsel zu setzen. »Okay«, sagte ich, bemüht, die merkwürdige Stimmung zu ignorieren. »Und was ist mit Savannah?«

»Immer noch verschwunden«, antwortete Beau knapp.

Ich hatte eindeutig schon fröhlichere Morgen erlebt, trotzdem rang ich mir ein halbherziges Lächeln ab. »Nett, dich wiederzusehen, Ramsey, auch wenn die Umstände nicht gerade schön sind.«

Ramsey starrte mich an, ohne ein Wort zu sagen, und auch Beau sah aus, als läge ihm etwas schwer im Magen.

Verwirrt strich ich mir die Haare aus dem Gesicht und versuchte, die verknotete blonde Mähne, so gut es ging, mit den Fingern zu glätten. »Ist irgendwas passiert?«

Die beiden schwiegen, bis Beau schluckte und die Lippen zu einem schmalen Strich zusammenkniff, bevor er mir antwortete. »Nein, nichts. Ich habe Ramsey nur kurz berichtet, was letzte Nacht hier los war.«

»Großartig«, bemerkte ich, um einen lässigen Tonfall bemüht, und gab es auf, meine Haare bändigen zu wollen. »Tut einfach so, als wäre ich nicht da. Ich mache mir nur schnell einen Kaffee.« Das hier war die ideale Gelegenheit, die beiden zu belauschen, während ich so tat, als wäre ich viel zu verschlafen, um überhaupt etwas von ihrer Unterhaltung mitzubekommen.

Ich rutschte von dem Barhocker. Auf der gegenüberliegenden Seite der Kücheninsel standen einige große Boxen auf der Arbeitsfläche. Ich fragte nicht, wie Ramsey sie hierhergeschafft hatte, aber ich musste unwillkürlich grinsen bei der Vorstellung, wie ein großer Bär einen Einkaufswagen durch den Wald schob. Ich öffnete die erste Kiste, doch bevor ich einen Blick hineinwerfen konnte, war Ramsey neben mich getreten und hatte sie weggezogen. Dann schob er mir einen anderen Karton zu.

»Danke«, sagte ich mit einem angedeuteten Lächeln. Ich hatte mir fest vorgenommen, mich nicht von ihm einschüchtern zu lassen.

Beau versteifte sich und sprang abrupt von seinem Barhocker auf. »Ich bin draußen. Feuerholz schlagen.« Eine Sekunde später fiel die Haustür krachend hinter ihm ins Schloss.

Was zum Teufel war hier los? Ich blinzelte irritiert und warf Ramsey einen fragenden Blick zu. »Hab ich was falsch gemacht?«

»Nein«, antwortete er barsch.

Ich sah aus dem Fenster und dann wieder zu Ramsey, in der Erwartung, dass eine nähere Erklärung folgen würde. Doch es kam keine. Auch gut. »Dann bleibst du jetzt also einfach da stehen?« Ein knappes Nicken folgte. »Ich gehe mal stark davon aus, dass er dir befohlen hat, mich nicht allein zu lassen?«

Ein weiteres Nicken. Ramsey schien sich von Sekunde zu Sekunde unwohler zu fühlen. Als würde er es hassen, höfliche Konversation zu betreiben. Aus irgendeinem Grund musste ich bei dem Gedanken beinahe laut loslachen. Sara war wirklich nicht darum zu beneiden, dass sie eine ganze Woche mit diesem mürrischen Kerl verbringen musste.

»Okay, wenn du sowieso hier bist und dich langweilst, kannst du mir genauso gut helfen, die Kisten auszupacken.«

Offenbar konnte Ramsey mit Taten mehr anfangen als mit Worten, denn er zog sofort eine der Boxen zu sich heran und machte sich an die Arbeit. Es kam mir seltsam vor, dass er auf meine Befehle hörte, aber wenn er mich als Beaus Partnerin akzeptierte, war es vermutlich gar nicht so merkwürdig.

Das Geräusch von splitterndem Holz drang von draußen herein. Die Axthiebe schienen unkontrolliert und wild, als würde Beau geradezu obsessiv auf die Scheite einhacken.

Ich runzelte die Stirn. »Was ist mit ihm los?«

»Läufig.«

Ich spähte durch das Fenster und beobachtete Beau dabei, wie er mit ernstem Gesichtsausdruck und gnadenloser Entschlossenheit die Axt schwang. »Mir ist schon klar, dass du eher der einsilbige Typ bist, aber du musst mir schon ein bisschen mehr erklären als das.«

Er wandte sich wieder der Kiste vor sich zu und packte weitere Lebensmittel aus. »Es liegt an dir. Deine Haare sind vom Schlaf durcheinander. Du läufst barfuß herum. Du trägst seine Sachen. Das alles hat … *Einfluss* auf ihn.«

Oh. Aus irgendeinem Grund hatte ich geglaubt, dass seine

Läufigkeit nicht mehr bedeutete, als dass er den halben Tag mit einer Erektion herumlief. »Dann wird das den ganzen Tag so weitergehen?«

Ramsey warf mir einen abschätzigen Blick zu. »Sag du es mir.«

Oh. Ich spürte, wie ich rot wurde. Vielleicht gefiel mir Ramsey doch besser schweigend. »Äh … und wie lange dauert sein *Zustand* an?«

»Etwa vierundzwanzig Stunden.«

Großer Gott. Ich versuchte, mir vorzustellen, wie es wäre, vierundzwanzig Stunden mit Beau im Schlafzimmer zu verbringen, doch trotz aller erotischen Bücher und Filme, mit denen ich über die Jahre mein Wissen aufgestockt hatte, kapitulierte meine jungfräuliche Fantasie bei dem Gedanken. »Oh.«

»Es wird jemand hier sein, um das Haus zu bewachen, während ihr beschäftigt seid«, sagte er ernst.

»Ich … äh, okay, das ist nett«, stotterte ich. Dann würden draußen irgendwelche Fremden herumschleichen, die wussten, dass Beau und ich es zur selben Zeit wie die Karnickel miteinander trieben? Bei der Vorstellung errötete ich noch mehr. »Und Sara?«

»Es geht ihr gut.«

»Ja, vielleicht tut es das gerade. Aber wird immer jemand da sein, der auf sie aufpasst?« Die ganze Situation erschien mir vollkommen surreal. Hier standen wir und packten Lebensmittel aus, während Furcht einflößende Wesen durch die umliegenden Wälder streiften.

Ramsey kniff die Augen zu schmalen Schlitzen zusammen, als er mich ansah. »Ich werde sie beschützen.«

Beim Anblick des massigen Kerls, der da vor mir stand, hatte ich absolut keinen Zweifel, dass er die Wahrheit sagte. Ich nickte langsam.

Krach. Beau bearbeitete noch immer die Holzscheite. Auf

einmal musste ich mir seinen vom Schweiß bedeckten Körper vorstellen, seine harten Muskeln. Ich unterdrückte den Drang, mir mit einer Hand Luft zuzufächeln, und nahm mir stattdessen die nächste Kiste vor.

Ramsey hatte genug Lebensmittel hergeschleppt, um eine kleine Armee damit zu ernähren. Ich packte Reis, Bohnen, Fleisch in Dosen, Erdnussbutter und … Gleitmittel aus. Als hätte ich mich daran verbrannt, ließ ich die riesige Tube in die Kiste zurückfallen. Dabei fiel mein Blick auf etwas, das aussah wie eine Fünfliterflasche Massageöl. Himmel! Wie viel Sex würden wir Ramseys Einschätzung nach bitte haben? Hastig klappte ich den Deckel des Kartons zu und schob ihn beiseite.

Nachdem wir alle Kisten ausgepackt hatten, war Beau immer noch nicht zurückgekommen, und ich vermutete, dass der Stapel Feuerholz inzwischen die Größe eines Biberdamms angenommen hatte.

Ich goss mir eine Tasse Kaffee ein und rührte genug Zucker und Milch hinein, sodass es für einen ganzen Kuchen reichen würde. »Bist du dir sicher, dass mit Beau alles in Ordnung ist?« Ich warf einen skeptischen Blick aus dem Fenster. »Er wirkt so …« Wütend? Eifersüchtig? Unausstehlich? »Unglücklich.«

Ramsey nahm seine Baseballkappe von der Kücheninsel und stülpte sie sich über den Kopf, als wollte er sich auf den Weg machen. »Läufig«, sagte er wieder und wirkte nicht im Geringsten beunruhigt.

»Aha.« Na gut, wenn sein Verhalten tatsächlich so normal war, würde ich aufhören, mir Sorgen zu machen. »Danke, Ramsey. Ich weiß deine Hilfe zu schätzen.«

Ramsey blieb an der Tür stehen, als wäre er hin- und hergerissen, ob er gehen sollte oder nicht. Er schwieg einen Moment, bevor er seufzte und sich noch einmal zu mir umdrehte. »Beau ist unser Anführer, ähnlich dem Alphatier bei den Wölfen. Alle seine Instinkte befehlen ihm im Moment, sich zu messen und zu dominieren. Jetzt gerade versucht er, sich mit aller Macht abzulenken, um nicht reinzustürmen und mich dafür anzugreifen, dass ich mich in deiner Nähe aufhalte.«

Ich war mir nicht sicher, was genau ich verstörender fand – die Tatsache, dass Ramsey so viele Worte auf einmal benutzt hatte, oder ihren Inhalt. Ich zwang mich zu einem angespannten Lächeln. »Danke für den Hinweis. Und du kannst mir trotzdem garantieren, dass ich in seiner Nähe sicher bin?«

Ramsey nickte knapp. Und als ich ihn weiterhin erwartungsvoll anstarrte, stieß er erneut ein Seufzen aus, als sei es ihm besonders lästig, sich mit solch profanen Erklärungen für ein niederes menschliches Wesen aufzuhalten. »So sicher, wie du nur sein kannst, Bathsheba. Er würde niemals zulassen, dass dir jemand etwas antut, erst recht nicht er selbst.«

Na prima. Ich hob vage die Daumen.

Ramsey nickte ein weiteres Mal und stürzte dann aus der Tür, als könnte er es kaum erwarten, von hier wegzukommen. Kein Typ von der besonders unterhaltsamen Sorte.

Das Geräusch von zersplitterndem Holz verstummte, dann hörte ich, wie die beiden Männer leise ein paar Worte miteinander wechselten. Ich wünschte mir sehnlichst, ebenfalls über ein übernatürliches Gehör zu verfügen, doch in diesem Moment begann das Hacken schon von Neuem. Als ich vorsichtig aus dem Küchenfester spähte, sah ich, wie Ramsey in Richtung Wald davonging, die Hände tief in den Jackentaschen vergraben.

Um mir die Zeit zu vertreiben, begann ich, einen riesigen Berg Eier, Bratkartoffeln und Toast vorzubereiten. Beaus Metabolismus arbeitete aufgrund seines Gestaltwandler-Gens sehr viel schneller als der normaler Menschen. Als er endlich wieder hereinkam, war sein Körper von Schweiß bedeckt und sein Haar klebte ihm in feuchten Locken an der Stirn.

Wir aßen schweigend. Seine Läufigkeit stand zwischen uns,

und ich wollte Beau auf keinen Fall Anlass geben, aus der Haut zu fahren. Er war bereits empfindlich genug. Bis auf ein knappes »Danke« dafür, dass ich gekocht hatte, begnügte er sich damit, laut mit Besteck und Teller zu klappern. Um nicht länger als unbedingt nötig der merkwürdigen Situation ausgeliefert zu sein, schlang ich mein Essen, so schnell es ging, hinunter, und Beau schien es ähnlich zu gehen. So viel zur Romantik.

Nach dem Frühstück verschwand er wieder nach draußen. Ich duschte und suchte mir aus den Sachen, die Ramsey für mich mitgebracht hatte, ein Outfit zusammen. Jeans, langärmlige T-Shirts, Pullover, einige hübsche BHs und Slips – er hatte an alles gedacht, und ich vermutete, dass Sara ihm bei der Auswahl geholfen hatte, denn die Sachen passten wie angegossen.

Ich entschied mich für die verführerischsten Dessous und zog eine Jeans und einen dünnen Pullover darüber. In der Welt des Sex war Lingerie die Munition einer Frau, und ich war fest entschlossen, meine Waffen mit allem zu laden, was nötig war.

Kapitel zwölf

Eine Weile später kam Beau zurück ins Wohnzimmer. Er hatte sich umgezogen. »Zieh deine Jacke an. Wir gehen aus.«

Ich sah von meinem Buch auf und warf ihm einen fragenden Blick zu, bevor ich aus dem Fenster blickte. Es hatte wieder zu schneien begonnen. Dicke große Flocken taumelten an der Scheibe vorbei. Wie jeder Texaner, der mit Schnee konfrontiert wurde, hatte ich instinktiv das Bedürfnis, mich drinnen zu verbarrikadieren. »Wir gehen aus? Warum?«

»Wir werden etwas Romantisches unternehmen, um den Tag zu etwas Besonderem zu machen. Ich habe dir ein Versprechen gegeben, und ich möchte es halten.« Mein Zögern schien ihn verärgert zu haben. Das fing ja gut an.

»Klar«, sagte ich und legte das Buch beiseite, um in meine neuen Sneaker zu schlüpfen. »Lass uns ausgehen.«

Im Bruchteil einer Sekunde stand er neben mir, um mir eine brandneue Jacke zu reichen und eine Strickmütze über den Kopf zu stülpen.

Damit sich meine Haare nicht im Nacken verknoteten, flocht ich sie schnell zu zwei lockeren Zöpfen, die rechts und links unter der Mütze hervorschauten. Vermutlich sah ich damit aus wie eine Dreizehnjährige. Aber ich wehrte mich nicht dagegen, dass er mir beim Anziehen half – in der Stimmung, in der er sich gerade befand, wäre es vermutlich nicht sehr hilfreich gewesen, ihn aufhalten zu wollen. Dann folgte ich ihm zur Haustür, vor der ein Picknickkorb stand.

Ich warf einen weiteren Blick aus dem Fenster – noch immer fielen dicke Flocken vom Himmel – und runzelte die Stirn.

Wollte Beau bei dem Wetter tatsächlich picknicken? Doch ich wusste es besser, als seine Pläne noch einmal zu hinterfragen, und zog mir ergeben die Handschuhe über, die er mir reichte, bevor er nach dem Korb griff und die Tür öffnete.

Beau trug über der Jeans nur ein dünnes Flanellhemd und keine Jacke. Anscheinend machte ihm die Kälte nicht so viel aus wie mir. Vor der Haustür blieb er stehen und fuhr sich mit einer Hand durch die Haare, während er sich umsah.

»Wonach suchst du?«, fragte ich vorsichtig.

»Nach nichts«, antwortete er knapp und setzte sich dann in Richtung Wald in Bewegung.

Das würde mit Sicherheit ein Riesenspaß werden.

Ich schloss die Tür hinter mir und folgte ihm, während ich den Reißverschluss meiner Jacke hochzog.

Schweigend stapften wir nebeneinander durch den Schnee. Wenn es nicht so windig gewesen wäre, hätte es sogar ganz schön sein können. Der Schnee fiel in leisen dicken Flocken vom Himmel, und jeder einzelne Baum war von einer fluffigen weißen Schicht überzogen, die einen hübschen Kontrast zum ewigen Grün der Tannen bildete. Außerdem stellte ich erleichtert fest, dass wir offensichtlich nicht in den Wald hineingingen, sondern uns an das offene Gelände hielten, das sich daneben erstreckte. Wenn mein Begleiter nicht so unglaublich angespannt gewesen wäre, hätte ich das Ganze sogar fast als nettes Abenteuer betrachten können. Natürlich nur dann, wenn ich nicht an das Blut und den abgerissenen Finger dachte. Was ich aber tat. Selbst bei Tageslicht war ich deswegen ein wenig nervös.

»Gleich da vorn«, sagte Beau barsch, und ich trottete weiter ergeben hinter ihm her.

Meine Sneaker waren nicht gerade für diese Witterung gemacht, und meine Socken waren bereits durchnässt. Das hier wurde jede Minute lustiger.

Beinahe wäre ich gegen Beaus breiten Rücken gelaufen, als

er abrupt stehen blieb. Automatisch streckte ich die Hände aus, um mich an seiner Taille festzuhalten.

Er machte einen Satz zur Seite, als hätte ich ihn verbrannt. »Ich baue alles auf.«

Ich warf ihm einen frustrierten Blick zu, beschloss dann aber, mich nicht weiter über ihn zu wundern.

Wir befanden uns an einem kleinen Fluss, der sich an dieser Stelle aus dem Wald schlängelte. Frost und Schnee überzogen die matschige Uferböschung, und das mit Sicherheit eiskalte Wasser plätscherte über einige größere Steine, die aus dem Flussbett ragten. Es sah hübsch aus.

Ich drehte mich zu Beau um, der in der Zwischenzeit eine Decke auf dem Schnee ausgebreitet hatte – eine rote *herzförmige* Decke – und damit begonnen hatte, die Sachen aus dem Korb auszupacken.

Oh. Mein. Gott.

»Los, setz dich«, sagte er. Anscheinend ging ihm selbst sofort auf, wie unhöflich das geklungen hatte, denn er schob schnell noch ein widerwilliges »Bitte« hinterher.

Ich ließ mich auf einer Ecke der Decke nieder und versuchte zu ignorieren, wie kalt mir war. Auch wenn ich mir im Moment nichts sehnlicher wünschte, als mich darin einzuwickeln, musste ich zugeben, dass ein Picknick auf einer herzförmigen Decke eine süße Idee war. Angesichts des ausgefransten Saums vermutete ich, dass er sie selbst ausgeschnitten hatte.

Zuletzt zog Beau schokoladenüberzogene Erdbeeren, Champagner und zwei Sektkelche aus dem Korb. Er ließ den Korken knallen und goss mit dem ernsten Gesichtsausdruck eines Mannes ein, der sich auf einer Mission befand. Operation Romantik.

Als er mir ein Glas reichte, schenkte ich ihm ein breites Lächeln, bevor ich daran nippte. Der Champagner schmeckte köstlich, war aber leider auch eiskalt. Als meine Zähne unkontrolliert gegen das Glas zu schlagen begannen, entschied ich mich, es einfach nur in der Hand zu halten.

Mit entschlossener Miene nahm Beau eine der Erdbeeren und hielt sie unschlüssig in die Luft. »Soll ich dich füttern?«

War das sein Ernst? Doch angesichts der Tatsache, dass ich mit einem resoluten Beau sehr viel besser umgehen konnte als mit einem mürrischen, entschied ich mich, mein Unbehagen zu ignorieren. »Ja, klar, ich denke, schon. Warum genau machst du das alles hier noch mal?«

»Ich umwerbe dich«, knurrte er. »Willst du etwa nicht umworben werden?«

»Doch, es ist toll«, beeilte ich mich zu sagen.

Er rutschte näher an mich heran und beugte sich über mich. Sein Körper schien vor Hitze zu pulsieren, und ich wäre am liebsten unter sein Shirt geschlüpft, um mich an ihm aufzuwärmen. Meine Gliedmaßen waren inzwischen so steif gefroren, dass ich das Gefühl hatte, sie würden nicht mehr zu mir gehören. Aber er gab sich so viel Mühe, mich mit seinem »Werben«, von dem er glaubte, dass ich es brauchte, zu beeindrucken, dass ich ihm ein Lächeln schenkte und auffordernd den Mund öffnete.

Die Erdbeere war ein Fehler. Sie lag wie ein kleiner Eisblock in meinem Mund. Wie ein leckerer kleiner Eisblock, aber ich verspürte absolut kein Bedürfnis nach einer zweiten Frucht. »Ich glaube, ich bin immer noch satt vom Frühstück.«

Er deutete auf mein Champagnerglas. »Noch etwas zu trinken?«

Der beißende Wind zerrte an meiner Jacke. Kleine Eiskristalle überzogen den Sektkelch, und meine Kiefer begannen unkontrolliert aufeinanderzuschlagen. »Nein, danke.«

Er stellte die Gläser beiseite und rückte noch näher an mich heran. Als er mit einer Hand über meine Jacke strich, konnte ich die Hitze in seinen Augen aufflackern sehen. »Deine Lippen sind so rot«, sagte er und beugte sich vor, um mich zu küssen.

Sie waren noch nicht blau angelaufen? Erstaunlich.

Ich neigte den Kopf, und eine Sekunde später eroberte er meinen Mund mit seinem. Heiß, warm, feucht und köstlich. Er schmeckte so, wie ich es mir von dem Champagner gewünscht hätte.

Ein tiefer, zufriedener Laut löste sich aus Beaus Kehle, und sein Kuss wurde fordernder. Das Gefühl, das seine Lippen auf meinen auslösten, war unbeschreiblich, und ich gab mich ganz meinen Empfindungen hin. Ich schlang meine Hände um seine Schultern und wehrte mich nicht, als er mich nach unten drückte – bis mein Rücken den Schnee berührte.

Ich zuckte zusammen und stieß dabei die Champagnergläser um, deren Inhalt sich über meine Jeans ergoss. »Kalt!«, kreischte ich.

Erschrocken fuhr er zurück und warf einen Blick auf die Champagnergläser, während ich versuchte, mich unter ihm wegzurollen. Mein gesamter Rücken war nass, genau wie die Picknickdecke.

»Geht es dir gut, Bathsheba?«, fragte Beau und zog fragend die Brauen zusammen.

Meine Zähne klapperten.

»Deine Lippen sind ganz violett angelaufen. Warum hast du mir nicht gesagt, dass dir kalt ist?«

»Weil es n-n-nicht gerade s-s-so gewirkt hat, als w-w-wärst du besonders o-o-offen für F-f-feedback.«

Er stieß einen Fluch aus. »Bathsheba, du solltest langsam wissen, dass ich eine andere Körpertemperatur habe als du. Wenn du frierst, musst du es mir sagen. Ich spüre die Kälte nicht so wie du.«

»Okay«, presste ich zwischen zusammengebissenen Zähnen hervor. »Mir ist eiskalt. Das Picknick war eine sehr süße Idee von dir, aber nicht gerade die richtige für diese Jahreszeit.«

Er presste die Lippen zusammen. »Ich bringe dich jetzt sofort zurück ins Haus.« Seinem entschlossenen Tonfall nach zu urteilen, würde ich danach wieder einige Stunden allein verbringen.

»Bleibst du nicht bei mir?«

Er schüttelte den Kopf. »Ich muss eine Zeit lang von dir weg. Langsam verliere ich die Kontrolle. Das hier funktioniert einfach nicht.« Er fuhr sich mit der Hand übers Gesicht. »Keine Sorge, vorher bringe ich dich natürlich sicher nach Hause.«

Frustriert und zu durchgefroren, um noch länger mit ihm zu diskutieren, stand ich auf und knetete meine Finger, um wieder Gefühl hineinzubekommen. Beau packte währenddessen den Korb. Als er ihn in die Hand nahm, wurde die Decke vom Wind angehoben und Richtung Flussufer getragen.

»Ich hole sie.« Ich ging auf die Uferböschung zu, wo meine Füße augenblicklich im matschigen Boden einsanken.

Im nächsten Augenblick befand sich Beau neben mir und streckte einen Arm aus, um mich aufzuhalten. »Dir ist kalt, und du bist geschwächt. Lass mich das machen.«

Verärgert versuchte ich, seinen Arm beiseitezuschieben. »Ich bin ein Mensch, du Idiot, kein hilfloses Wesen.« Die Decke befand sich nur noch wenige Zentimeter entfernt, doch ich konnte sie mit den Fingern nicht erreichen. Als ich einen weiteren Schritt vortrat, sanken meine Füße noch tiefer im Matsch ein, und ich hielt einen Moment inne, um mein Gleichgewicht wiederzufinden.

Ich griff im selben Moment wie Beau nach der Picknickdecke, und der sture Idiot besaß tatsächlich die Frechheit, sie mir aus der Hand zu reißen. Ich rutschte aus, verlor den Halt und sah mich im nächsten Moment auf den Fluss zuschlittern. Matsch und Schnee liefen in meine Hosenbeine und durchtränkten meine Schuhe, bevor ich mit den Beinen voraus im eisigen Wasser landete.

Ich kreischte auf.

Kurz bevor ein tief hängender Ast verhinderte, dass ich tiefer im Wasser versank, hörte ich Beau meinen Namen rufen. Starke Hände ergriffen mich, bevor mein Gehirn irgendeinen anderen Gedanken fassen konnte als kalt, kalt, kalt.

Beau hob mich hoch und zog mir mit einem Ruck die triefende Jacke aus. »Das ist genau der Grund, aus dem du *mich* solche Dinge erledigen lassen sollst, Bathsheba«, sagte er entnervt.

Am liebsten hätte ich ihn geschlagen, aber ich zitterte so heftig am ganzen Körper, dass mir nicht einmal ein wütender Gesichtsausdruck gelang.

»D-d-du k-k-kannst m-m-mich m-m-mal!« war alles, was mir stotternd über die Lippen kam. Meine Socken schienen meine Füße in einer Art eisigen Folterumklammerung zu halten. »Wenn du mich einfach hättest machen lassen, dann wäre ich jetzt nicht tiefgefroren.«

Er zog sich das Flanellhemd über den Kopf und wickelte mich darin ein. So war es wärmer, aber der Rest meiner durchweichten Klamotten klebte noch immer an mir wie eine eisige zweite Haut, und meine Kiefer schlugen so hart aufeinander, dass ich Angst bekam, mir könnten alle Zähne ausfallen.

»Es tut mir leid, meine Süße«, murmelte er und zog mich fester in seine Arme, sodass ich gegen seine warme nackte Brust gedrückt wurde.

Ich versuchte, noch näher an ihn heranzukommen, schlang die Arme um seinen Nacken und vergrub mein Gesicht an seinem Hals. Aber egal, wie gut sich das hier anfühlte, wenn ich mich erst wieder aufgewärmt hatte, würde ich ihn auf jeden Fall für das hier umbringen.

Der Weg zurück zum Haus schien unerträglich lang. Es hatte wieder zu schneien begonnen, und meine Beine waren inzwischen so taub, dass ich sie nicht mehr spürte. Ich klapperte so heftig mit den Zähnen, dass mein Kiefer schmerzte. Gott sei Dank war Beaus Körper der reinste Hochofen. Ich kuschelte mich so eng an ihn, als würde ich versuchen, unter seine Haut zu schlüpfen. Ein tiefes Knurren stieg aus seiner Kehle auf, als ich mich an ihn presste, aber es war mir egal. Ich wollte einfach nur, dass diese furchtbare Kälte aus meinen Knochen wich.

Nach einer gefühlten Ewigkeit standen wir endlich vor der Lodge, und Beau zog den Schlüssel aus seiner Hosentasche, um aufzuschließen. Im nächsten Augenblick umarmte uns eine köstliche Wärme. Vor Erleichterung hätte ich am liebsten geweint, aber ich hatte Angst, dass die Tränen auf meinem Gesicht festfrieren würden.

Beau setzte mich auf der Türschwelle ab und senkte den Blick, um mir ernst ins Gesicht zu sehen. Für einen Moment leuchteten seine Augen in einem durchdringenden Grün auf. »Ich sehe mich kurz im Haus um, ob alles in Ordnung ist, dann mache ich ein Feuer im Kamin. In der Zwischenzeit solltest du deine nassen Sachen ausziehen, damit du sofort unter die Dusche gehen kannst.«

Als er die Treppe hinaufstürmte, zögerte ich für einen Augenblick. Hatte mein eingefrorenes Gehirn das gerade richtig verstanden? Ich sollte mich ausziehen? Vor einem Mann beziehungsweise besser gesagt einem Werpuma, der nichts anderes im Kopf hatte als Sex? Für eine weitere Zehntelsekunde trugen Kälte und Anstand einen ungleichen Kampf miteinander aus, bevor ich mit steifen Fingern Beaus Hemd abstreifte, unter dem ich noch immer meine eigene nasse Kleidung trug.

Ein paar Minuten später kam Beau mit einem Stapel Feuerholz auf dem Arm zurück. Als er sah, dass ich noch immer in den triefenden, eiskalten Klamotten steckte, knurrte er verärgert. »Ich werde ganz bestimmt nicht über dich herfallen, während du gerade drohst an Unterkühlung zu sterben.«

»Ich weiß«, murmelte ich mit zittriger Stimme, aber aus irgendeinem Grund konnte ich mich trotzdem nicht dazu durchringen, mich zu bewegen.

Beau starrte eine Sekunde mit gerunzelter Stirn auf mich herab, bevor er mich erneut hochhob und ins Badezimmer trug, wo er die Dusche anstellte. Nur Momente später waberten heiße Schwaden durch den Raum. »Stell dich auf der Stelle da drunter. Und sobald du so weit aufgetaut bist, dass du dich wieder bewegen kannst, ziehst du deine Sachen aus. Verstanden?«

Ich nickte stumm und trat unter die Dusche. Als das heiße Wasser auf meinen eiskalten Körper traf, keuchte ich vor Wonne auf. Das Gefühl war unbeschreiblich. Ich schloss die Augen, während das warme Wasser über mich strömte.

»Ich gehe runter und mache Feuer im Kamin. Dann komme ich noch mal rein, um nach dir zu sehen.«

Beaus Worte gingen im Rauschen der Dusche unter. Ich wünschte mir nichts sehnlicher, als für immer unter dem heißen Strahl stehen bleiben zu dürfen. Nachdem ich ein wenig aufgetaut war, fühlte sich die nasse Jeans auf einmal ziemlich unangenehm auf meiner Haut an. Vorsichtig spähte ich in Richtung Badezimmertür, die Beau einen Spalt offen stehen gelassen hatte. Zum Teufel mit dem Anstand. Immerhin würde er mich sowieso bald nackt sehen. Ich nestelte am Reißverschluss meiner Hose herum und streifte sie mir mit einem erleichterten Seufzen von den Beinen, bevor ich den durchweichten Haufen Stoff ans andere Ende der Dusche kickte. Dann versuchte ich, mir den Pullover über den Kopf zu ziehen, doch aufgrund der Kälte hatte ich zu wenig Kraft in den Armen, und die Wolle war durch die Nässe viel zu schwer. Als ich ihn mir halb über den Kopf gezerrt hatte, blieb ich stecken.

»Beau!«, rief ich wimmernd. »Ich brauche Hilfe.«

Eine Sekunde später spürte ich seinen warmen Körper neben mir, und mit einem Ruck befreite er mich von dem triefenden Stoff.

Und dann stand ich in nichts weiter als meiner Unterwäsche unter der Dusche. Das dünne Spitzenhöschen und der BH waren so durchweicht, dass sie noch weniger Spielraum für Fantasien ließen, als ich selbst in dieser Hinsicht besaß.

Als Beau sich bei meinem Anblick versteifte, fühlte ich mich auf einmal noch nackter, als ich es ohnehin schon war. Ein hungriges Funkeln trat in seine Augen. »Willst du die Sachen nicht auch ausziehen?«, knurrte er mit tiefer Stimme.

Ich biss mir auf die Lippe, während ich überlegte. »Wenn du nicht hinsiehst.«

»Bathsheba«, presste er hervor. »Du kannst nicht so vor mir stehen, wie du es gerade tust, und von mir erwarten, dass ich nicht hinsehe.«

Na schön. Ich drehte mich um, sodass ich mit dem Rücken zu ihm stand und das warme Wasser über meine Brüste perlte. Dann hob ich die Hände, um meine Haare zusammenzunehmen, und warf ihm einen Blick über die Schulter zu. »Kannst du meinen BH aufmachen?«

Seine Finger glitten heiß über meinen Rücken, eine Bewegung, die sich anfühlte, als würde flüssiges Feuer über meine Haut rinnen. Der Verschluss an meinem BH klickte leise, dann streifte Beau langsam die Träger meine Arme hinunter.

Ich griff nach dem BH und ließ ihn auf den gefliesten Boden fallen, bevor ich die Arme vor der Brust kreuzte. »Danke.« Meine Stimme klang rau.

Ein weiterer Blick über die Schulter verriet mir, dass er inzwischen genauso nass war wie ich, doch seinem Gesichtsausdruck nach zu urteilen, waren seine nassen Klamotten das Letzte, was ihm gerade durch den Kopf ging. Langsam glitt er mit einer Hand zum Bund meines Höschens und dann darunter. Mit sanften Bewegungen streichelte er meinen Po. »Zieh das aus!« Als sein Atem heiß über mein Ohr und meinen Nacken strich, bekam ich eine Gänsehaut.

Die Arme noch immer schützend über meinen Brüsten gekreuzt, überkam mich auf einmal erneut Schüchternheit. Ich wollte meine Hände nicht von der Stelle bewegen. »Zieh du es aus«, flüsterte ich, und allein beim Gedanken daran durchfuhr mich ein erwartungsvolles Zittern.

Beau schob beide Hände unter die dünne Spitze und begann, das letzte bisschen Stoff, das mir geblieben war, langsam über meine Oberschenkel und Waden nach unten zu schieben. Als er in die Knie ging, konnte ich spüren, wie er mit dem Mund über meine Wirbelsäule fuhr.

Heiße Schauer jagten durch meinen Körper.

»Du hast den hübschesten Po, den ich je gesehen habe«, sagte er und umfasste meine Pobacken mit seinen großen Händen. »So rund und weich.«

Bei seinen Worten ergriff ein weiteres Zittern Besitz von mir.

Beau stellte die Dusche ab. »Ist dir immer noch kalt?«

»Ich … ähm …«

Innerhalb von Sekunden hatte er ein dickes, weiches Handtuch um mich geschlungen, sodass kein Fitzelchen von meiner nackten Haut mehr zu sehen war. Ohne sich darum zu kümmern, dass er mit seinen nassen Sachen Pfützen auf dem Fußboden hinterließ, schob er mich aus dem Badezimmer und die Treppe hinunter vor den Kamin. Mit sanftem Druck auf die Schultern signalisierte er mir, mich auf das gemauerte Sims vor dem prasselnden Feuer zu setzen.

Noch bevor ich wusste, wie mir geschah, hatte er mir das Handtuch vom Körper gezogen, um es nur eine Sekunde später durch eine dicke Wolldecke zu ersetzen. Verwirrt zog ich sie mir enger um die Schultern, bevor ich mich zu ihm umdrehte.

Beau hatte mir den Rücken zugekehrt und umklammerte mit solcher Gewalt das Kaminsims, dass seine Knöchel weiß hervortraten. Seine Schultern hoben und senkten sich unter schweren Atemzügen. Die Läufigkeit machte ihm zu schaffen. »Wickel dich in die Decke ein, und bleib so lange da sitzen, bis du aufhörst zu zittern«, sagte er barsch und ohne mich anzusehen.

Gehorsam kuschelte ich mich noch tiefer in den Stoff. Es war warm und gemütlich, aber angesichts der Qualen, die Beau offensichtlich litt, konnte ich mich nicht entspannen. Vielleicht sollte ich ihm sagen, dass ich aus Verlangen gezittert hatte und nicht, weil mir noch immer kalt war. Doch die Worte blieben mir in der Kehle stecken, als er das Zimmer verließ, um seine eigenen nassen Sachen auszuziehen. Ich machte alles falsch. Er wollte mich verführen, und ich *wollte*, dass er mich verführte, aber aus irgendeinem Grund konnte ich die Sache einfach nicht in Gang bringen.

Als Beau, nur mit einer tief sitzenden Trainingshose bekleidet, wieder ins Wohnzimmer kam, wurde mein Mund beim Anblick der goldenen Haut, die sich über seine festen Brustmuskeln spannte, augenblicklich staubtrocken.

Er trat näher, und ich hob instinktiv den Kopf. Sanft strich er mit den Fingern über meine Wange, während er mit gerunzelter Stirn auf mich herabblickte. »Du fühlst dich immer noch kalt an. Warte hier, ich mache dir einen heißen Kaffee.«

Als er wieder verschwunden war, bemerkte ich plötzlich eine leichte Verstimmung. Ich hatte seine Berührungen unter der Dusche sehr genossen, doch jetzt benahm er sich wie eine Glucke. Beim Gedanken an seine warmen Hände und seine nackte Brust fragte ich mich, ob ich mich trauen würde, ihn zu mir unter die Decke zu bitten. Allein der Gedanke daran schickte mir heiße Schauer das Rückgrat hinab. Worauf wartete ich also? Nur ein paar Meter entfernt von mir befand sich ein beinahe schon lächerlich heißer Mann, der offensichtlich verrückt nach mir war und unbedingt mit mir schlafen wollte. Schüchternheit würde mir in dieser Situation ganz bestimmt nicht weiterhelfen.

Ein paar Minuten später tauchte Beau mit einem Kaffeebecher in der Hand wieder auf. Vor innerer Anspannung hatte er die Augenbrauen konzentriert zusammengezogen, doch die Beule in seiner Hose zeigte deutlich, dass seine Bemühungen umsonst waren – egal, wie höflich das Lächeln auf seinen Lippen auch sein mochte.

Ich schüttelte den Kopf, als er mir den Becher hinhielt. Dann nahm ich all meinen Mut zusammen. »Mein Rücken ist warm, aber vorn …«

»Dreh dich mehr zum Feuer, dann …«

»In dem Fall würde mein Rücken wieder auskühlen«, sagte ich, bemüht, nicht gereizt zu klingen. Verdammt, ich war wirklich schlecht im Flirten. Ich starrte auf seine nackte, verlockende Brust und zog die Decke ein Stück auseinander, sodass er einen Blick auf meine Brüste erhaschen konnte. »Würdest du … könntest du zu mir unter die Decke kommen?« Wenn ich noch mehr errötete, würden meine Wangen vermutlich in Flammen aufgehen.

Er starrte aus leuchtenden Katzenaugen auf mich herab. »Bathsheba«, sagte er mit so tiefer Stimme, dass es beinahe wie ein Knurren klang. »Ich weiß nicht, ob ich mich dann noch beherrschen …«

»Ich weiß.« Auffordernd streckte ich einen Arm aus. »Setz dich zu mir.«

Er stellte den Kaffeebecher ab und ließ sich vorsichtig neben mir nieder, ohne mich dabei anzusehen. Als ich näher an ihn heranrutschte, schloss er die Augen, und ich spürte, wie sich sein ganzer Körper anspannte.

Ermutigt von seiner Reaktion ließ ich die Decke fallen und legte meine Hände auf seine Schultern. Da er die Augen noch immer nicht geöffnet hatte, schob ich ein Bein über seine, bis ich rittlings auf ihm saß.

Schwer ließ sich Beau gegen den gemauerten Kamin sinken und stöhnte auf.

Ich schob die Hüften ein Stück vor, sodass ich mit dem Schoß gegen seine Erektion stieß. »Beau«, sagte ich mit sanfter Stimme. »Ich habe die Decke fallen lassen.«

Er öffnete die Augen und sah mir ins Gesicht, das sich so dicht vor seinem befand, dass wir uns ohne Mühe hätten küssen können. Eine dunkle, alles verschlingende Hitze loderte in seinen Augen auf, doch er wandte den Blick ab und bückte sich, um die Decke aufzuheben und sie wieder um meine Schultern zu legen, als wäre ich ein kleines Kind.

Irritiert griff ich nach den Ecken und schlang meine Arme um seine Schultern, sodass wir zusammen von dem Stoff eingehüllt wurden. Als ich meine Brüste gegen seinen nackten Oberkörper presste, war das Gefühl so überwältigend, dass ich alles andere vergaß. Meine Nippel schmerzten vor Verlangen, und mein Puls pochte heftig in meinen Ohren. Ich brauchte mehr.

Jeder Muskel in seinem Körper schien angespannt, als er sich unter mir bewegte und mit einer Hand über meinen unteren Rücken strich.

»Halt mich«, ermutigte ich ihn und vergrub das Gesicht an seinem Hals. »Du bist so warm, und mir ist so kalt.« Eine harmlose Notlüge. Mir war schon lange nicht mehr kalt. Alles, woran ich denken konnte, war, wie ich ihn dazu bringen konnte, mich endlich anzufassen.

Er setzte sich gerade hin, sodass sein nackter Oberkörper gegen meine Brüste gepresst wurde. Dann umfasste er meinen Hintern und zog mich enger an seine Hüften. Bei der Bewegung wurden meine Beine noch ein wenig weiter gespreizt, sodass meine geöffnete, nackte Mitte gegen die deutliche Erhebung in seiner Trainingshose gedrückt wurde. Der raue Stoff scheuerte über meine empfindliche Haut und sandte bei der kleinsten Berührung Stoßwellen durch meinen Körper.

»Süße Bathsheba«, murmelte er, während er mich regelrecht mit seinen Augen zu verschlingen schien. »Es tut mir leid, was heute passiert ist.«

»Es ist okay«, flüsterte ich. Er war so unglaublich warm und verführerisch. »Auch wenn ich mir da draußen für einen Moment nicht mehr ganz sicher war, ob du nicht eher ein Eisbär bist.«

Sein Gesichtsausdruck wirkte gequält. »Ich wollte dich mit Romantik verführen.«

»Romantik wird vollkommen überbewertet«, sagte ich und leckte über seine Lippen. »Und weißt du, was noch überbewertet wird?«

Sein Blick schien an meinem Mund festgetackert zu sein. »Das wäre?«

Ich beugte mich vor, um mit der Zunge am Saum seines Mundes entlangzufahren. »Jungfräulichkeit.«

Inbrünstig presste Beau seine Lippen auf meine, als hätte er die ganze Zeit über nur auf den richtigen Moment gewartet. »Ich wollte, dass dieser Tag etwas Besonderes für dich ist, aber ich habe alles falsch gemacht. Ich habe noch nie mit einer Jungfrau geschlafen. Und auch noch nie mit einem Menschen. Das hier sollte genau *so* werden, wie du es dir vorgestellt hast.«

Ich hätte gelogen, wenn ich behauptet hätte, dass mich seine Worte kalt ließen, doch vor allem schmerzte es mich, mit anzusehen, wie sehr er sich quälte. Sanft strich ich mit den Fingerspitzen an seinem Kiefer entlang und spürte das leichte Kratzen seiner Bartstoppeln. »Beau, das wird sich jetzt wahnsinnig kitschig anhören, aber allein mit dir hier zu sein fühlt sich bereits nach etwas Besonderem an. Ich habe fünfundzwanzig Jahre gewartet, und ich denke, das ist lange genug.«

Anstatt mir zu antworten, umfasste er meine Hüften und presste meine heiße Mitte gegen die harte Erektion in seiner Trainingshose.

Das Gefühl, das in diesem Moment Besitz von mir ergriff, war so unglaublich, dass ich die Augen schloss, um der Empfindung bis in die letzte Faser meines Körpers nachzuspüren.

»Sieh mich an, Bathsheba! Öffne deine Augen.«

Ich blinzelte ihn schüchtern an. Der angespannte Beau der

letzten vierundzwanzig Stunden hatte sich von jetzt auf gleich in Luft aufgelöst.

»Wenn du bei mir bist, gibt es keinen Grund, scheu zu sein«, sagte er und verzog die Lippen zu seinem trägen, sexy Grinsen. »Ich will, dass du mich ansiehst, wenn ich dich anfasse.«

Bei dem Bild, das sich bei seinen Worten in meinem Kopf formte, wand ich mich innerlich vor Verlegenheit, aber ich schaffte es trotzdem, seinem Blick standzuhalten. Sanft knetete er mit den Händen meine Hüften, während er seine Augen besitzergreifend über meinen Körper wandern ließ, als wollte er deutlich machen, dass ich ganz ihm gehörte. Ich widerstand dem Bedürfnis, meine Brüste zu bedecken oder mich wieder unter der Decke zu verkriechen, und wartete nervös und mit angehaltenem Atem, was er als Nächstes tun würde. Beau wirkte wie ein ausgehungertes Raubtier, das zu entscheiden versuchte, welchen Körperteil von mir es zuerst verschlingen sollte.

»Weißt du, wie lange ich dich schon so berühren wollte?«, fragte er und fuhr mit den Händen meine Oberschenkel hinauf und hinab.

Ich grinste ihn an. »Ungefähr seit fünf Tagen?«

Er lachte, und meine Nippel versteiften sich bei der Vibration, die durch seinen Körper ging. »Seit ich dich das erste Mal gesehen habe. Dieser ernste Ausdruck in deinem Gesicht – als hättest du mir von Anfang an klarmachen wollen, dass ich nicht mal darüber nachzudenken brauchte, dich jemals anzufassen. Doch das hat nur bewirkt, dass ich dir unbedingt dieses süße Stirnrunzeln aus dem Gesicht küssen wollte.« Er fuhr mit den Händen in mein Haar und strich es mir über die Schulter, bis sich die feuchten Strähnen über meinen Rücken ergossen. »Und gleich nachdem ich diese wunderbaren Haare gesehen hatte, wollte ich genau das hier tun.« Er teilte sie in zwei dicke Strähnen und legte sie mir über die Schultern, sodass sie meine Brüste bedeckten. »Und ich habe mich gefragt, wie wohl deine hübschen Nippel aussehen.« Er ließ die Hände über meine Taille und die Rippen gleiten. »Ob sie dunkel und voll wie deine Lippen sind oder blass und zart wie deine Haut.«

Er versuchte, mich allein mit Worten zu verführen, und es gelang ihm. Plötzlich verspürte ich das unbändige Verlangen, ihn zu berühren, und fuhr mit den Händen über seine Arme, wobei ich jeden einzelnen Muskelstrang unter den Fingerspitzen spürte. Als er mit den Daumen mein langes, seidiges Haar über meine empfindlichen Brustwarzen rieb, erschauerte ich. Das Gefühl pulsierte durch meinen ganzen Körper, und ich grub verzweifelt die Finger in seine Haut.

»Sie sind blass, genau *so*, wie ich sie mir vorgestellt hatte. Klein, zart und rosa.« Er ließ nicht von meinen harten Spitzen ab. Die Empfindung würde mich noch um den Verstand bringen. »Seit Tagen träume ich von nichts anderem als von diesen wunderschönen Nippeln.«

Als er die Daumen von meinen Brustwarzen löste, stieß ich einen leisen Laut des Protests aus. Es hatte sich so unglaublich gut angefühlt, und ich wollte mehr von seinen süßen Komplimenten hören.

»Was ist mit meinen Brüsten?«, fragte ich keuchend und widerstand dem Drang, seine Hände daraufzulegen.

»Ich habe mir vorgestellt, wie sie sich anfühlen würden«, sagte er, und im nächsten Moment spürte ich, wie er mit seiner großen Hand meine Brust umschloss und den Nippel reizte, indem er mit der Handfläche darüberrieb.

Ich keuchte auf und stieß gleichzeitig die Hüften nach vorn, auf der verzweifelten Suche nach einem Weg, mein Verlangen zu stillen. Doch er war noch nicht fertig.

»Wie es aussehen würde, wenn dein sexy Haar darüberfällt«, murmelte er und strich die blonden Strähnen beiseite, um meine Brüste zu entblößen. »Und wie sie schmecken würden.«

Er beugte sich vor und fuhr mit den Lippen über eine der sensiblen Spitzen.

Ein erstickter Laut drang aus meiner Kehle. Ich hatte nicht erwartet, dass es sich so gut anfühlen würde. Ermutigt von meiner Reaktion strich er noch einmal neckend mit den Lippen über meinen Nippel, bevor er sanft und spielerisch hineinbiss. Als er sich zurückzog, bog ich in einer flehenden Geste den Rücken durch und schlang die Arme um seinen Nacken, um ihn wieder an meine Brüste zu ziehen.

»Willst du, dass ich dich berühre, Bathsheba?«

Als Antwort rieb ich meine Hüften an ihm.

Er knabberte an meinem Hals, als könnte er nicht genug von meinem Geschmack bekommen. »Sag mir, was du willst.«

»Ich will, dass du … dass du mich anfasst, Beau«, flüsterte ich schüchtern.

Er streichelte über meinen Bauch. »Dann hättest du also nichts dagegen, wenn ich dich … hier berühre?« Er umkreiste mit einem Finger meinen Nabel.

Ich schüttelte den Kopf.

»Und hier?« Er spielte mit den hellen Locken zwischen meinen Beinen.

Bei seiner Berührung krampften sich meine Beine automatisch um seine Hüften.

Er bohrte seinen glühenden Blick in meinen, bevor er ihn senkte. »Was, wenn ich dich hier anfasse?«

Ich beobachtete, wie sein Mittelfinger in den blonden Locken verschwand, und im nächsten Moment spürte ich, wie er zwischen die dicken Falten meines Fleischs tauchte, das offen und ungeschützt vor ihm lag. Als er meine Klitoris berührte, glaubte ich, mein Gehirn müsste explodieren. Ich stöhnte und zitterte, während ich verzweifelt die Fingernägel in seine Schultern grub und ihm mein Becken entgegenschob. Ich wollte mehr von diesen wundervollen Fingern spüren.

Er legte die freie Hand auf meine Hüfte, um mich zu stabilisieren, und begann dann, mit einer Fingerspitze meine Klitoris zu umkreisen. Schwer atmend ließ ich den Oberkörper gegen ihn sinken und presste die Stirn gegen seine. Mit federleichten Berührungen strich er über meinen sensibelsten Punkt, und als er seine Hand zurückzog, hätte ich vor Frustration am liebsten laut aufgeschrien. Doch bevor ich einen einzigen Laut von mir geben konnte, eroberte er meinen Mund mit seinem und schluckte meinen heißen, keuchenden Atem.

»Du bist so unglaublich feucht für mich«, murmelte er und biss in meine Unterlippe. »Du hast dich schon selbst berührt, oder? Du weißt, was du tun musst, um dir selbst Vergnügen zu bereiten, nicht wahr?«

Meine Antwort ging in einem Stöhnen unter.

»Leg deine Hand auf meine, süße Bathsheba. Zeig mir, wie ich dich berühren muss, damit du kommst.«

Ich versteifte mich ein wenig. Meine jungfräuliche Libido wusste nicht recht, wie sie damit umgehen sollte. Schnell drückte ich ihm einen weiteren Kuss auf den Mund, um ihn abzulenken; doch dann spürte ich wieder diese wunderbaren Finger auf meinem heißen Fleisch, die den empfindlichsten Punkt nur um Millimeter verfehlten, und ich stöhnte auf und küsste ihn beinahe verzweifelt, um ihm zu zeigen, dass es genau das war, was ich brauchte.

»Zeig es mir, Süße«, sagte er und hielt mitten in der Bewegung inne. »Leg deine Hand auf meine. Benutz mich.«

Zaghaft schob ich meine Hand über seine. Seine Finger waren feucht von meiner Lust. Ich warf ihm einen unsicheren Blick zu, doch als ich das Glühen in seinen Augen sah und er mir einen ermutigenden Kuss gab, schloss ich die Finger um seine Hand und führte seinen Zeigefinger an die richtige Stelle. Als er sanft über die kleine Perle rieb, umklammerte ich seinen Finger und zwang ihn zu schnelleren und festeren Bewegungen.

Doch ich war vor Verlangen so nass, dass er viel zu leicht über den harten Knubbel glitt. Ich zwang ihn zu langsameren Kreisen, während ich rhythmisch mit den Hüften gegen seine Hand stieß, um die Reibung zu verstärken.

»Süße Bathsheba«, stöhnte Beau und beugte sich vor, um abwechselnd die Spitzen meiner Brüste in den Mund zu saugen. »Gott, du fühlst dich unglaublich an.«

Ich krallte die Finger in sein Haar, um seinen Mund fester auf mein Fleisch zu pressen, während ich meine heiße Mitte immer heftiger gegen seine Hand drückte und sein Finger weiter über meine Klitoris rieb.

Eine Sekunde später erzitterte ich, und ich stieß mit einem atemlosen Keuchen die Luft aus. Eine Orgasmuswelle nach der anderen durchflutete mich, während ich mich an ihn drückte und er weiter meine Perle bearbeitete, auch wenn ich ihn nicht länger führte.

Minuten verstrichen, in denen sich mein Körper langsam aus seiner Verkrampfung löste und ich in mich zusammensackte. Augenblicklich spürte ich, wie meine Wangen heiß vor Verlegenheit wurden. Ich hatte mich gerade wie eine Wahnsinnige auf ihm gewunden.

»Süße Bathsheba«, sagte er mit rauer Stimme. »Das war das Heißeste, was ich jemals gesehen habe.«

Kapitel dreizehn

Beau packte mich wieder bei den Hüften und hob mich hoch, als würde ich nichts wiegen. Überrascht schlang ich die Arme um seinen Hals und klammerte mich an ihm fest. Er warf die Decke auf den Boden und ging langsam in die Knie, um mich vorsichtig darauf abzulegen, sodass ich zwischen der weichen Wolle und seinem stahlharten Körper gefangen war. Als er dieses Mal in einer eindeutigen Geste mit den Hüften nach vorn stieß, spürte ich, wie sich abermals die Spannung in meinem Körper aufbaute.

»Du bist immer noch angezogen«, raunte ich und zog spielerisch am elastischen Bund seiner Trainingshose. »Ich will endlich wissen, was bei diesem Deal für mich drin ist.«

»Du bist ja plötzlich fast besorgniserregend ausgelassen.«

Seine Bartstoppeln kratzten über meinen Kiefer, als er eine Reihe Küsse auf meinem Gesicht verteilte. Begierig neigte ich den Kopf, damit er besser an die besonders sensiblen Stellen an meinem Hals herankam.

»Wo ist auf einmal deine Schüchternheit hin?«

»Mir gefällt es hier«, gab ich zu. »Mir gefällt es, mit dir zusammen zu sein.« Beau hatte mir bereits einen überwältigenden Orgasmus beschert, und wenn seine eisenharte Erektion hielt, was sie versprach, standen mir weitere bevor.

Mit glühenden Lippen wanderte Beau hinunter zu meinen Brüsten und widmete sich wieder meinen Nippeln. Vor Verlangen bog ich den Rücken durch und keuchte, als er mit den Zähnen über eine der empfindlichen Spitzen fuhr. Dann umfasste er die andere Brust mit der Hand und neckte die Brustwarze mit zwei Fingern im selben Rhythmus.

»Beau«, stöhnte ich auf. »Ich will dich nackt sehen.« Ich wollte ihn endlich in seiner ganzen Schönheit betrachten können.

Er kniete sich hin und griff nach dem Bund seiner Hose.

»Darf ich?«, fragte ich.

Beau stand auf und zog mich mit einer Hand auf die Beine, wobei er keine Sekunde seinen glühenden Blick von mir löste.

Langsam schob ich eine Hand zwischen uns und rieb mit der Innenfläche an seiner harten, heißen Erektion entlang. Ich war zwar bestimmt keine Expertin in diesen Dingen, aber wie es aussah, war Beau mehr als gut bestückt. »Der ist ziemlich … äh … beeindruckend, oder?«

Beau stieß ein leises, grollendes Lachen aus, das tief aus seiner Kehle aufzusteigen schien. »Warum holst du ihn nicht raus und überzeugst dich selbst?«

Ich schob die Jogginghose über seine Hüften. Als ich in die Knie ging, um sie seine Beine hinunterzustreifen, berührte ich mit der Wange seinen Schwanz. Und als ich nach dem Bund der kurzen Shorts griff, die er unter der Trainingshose trug, gönnte ich mir einen ersten kleinen Blick darauf.

Er war wunderschön. Obwohl ich noch Jungfrau war, hieß das nicht, dass ich keine Ahnung von diesen Dingen hatte. Ich hatte Penisse auf Kunstwerken, in Filmen und in Internetpornos gesehen. Aber ich hätte sie mir in Wirklichkeit niemals so groß oder fest vorgestellt.

Mit einem Finger fuhr ich den Rand der dunkleren Spitze nach. »Du bist wirklich … gut ausgestattet«, flüsterte ich, während ich mit den Fingern an seiner ganzen Länge auf- und abstrich.

Er schwieg. Und als ich aufsah, wirkte seine Kieferpartie verkrampft, als müsste er sich konzentrieren, nicht die Kontrolle zu verlieren.

»Beau?«

»Ja?«

Ich nahm eine Haarsträhne zwischen zwei Finger und kitzelte ihn damit an der Spitze seines Schwanzes. Auch wenn ich keine Ahnung hatte, ob er das sexy fand, gefiel es mir, ihn auf diese Weise zu reizen. »Worauf wartest du?«

»Warten?« Er hatte Schwierigkeiten, das Wort herauszubekommen. Seine Stimme war so rau, dass es eher nach einem Krächzen klang.

Seine Erektion zuckte gegen meine Hand. Faszinierend.

Ermutigt strich ich mit der goldenen Haarsträhne seinen Oberschenkel hinauf und über seinen Bauch bis zum Nabel. Das Sixpack dieses Mannes war so hart und flach, dass man davon hätte essen können. »Willst du nicht über mich herfallen?«

Beau schluckte schwer.

Ich ließ mich wieder auf die Decke sinken und breitete meine langen blonden Haare um den Kopf herum aus, in der Hoffnung, dass er meine Darbietung verführerisch und nicht einfach nur albern finden würde.

Und ich wurde nicht enttäuscht. Von einer Sekunde auf die andere schien Beau jeglicher Kontrolle beraubt. Er ging in die Knie und drückte meine Beine auseinander, bis ich weit geöffnet vor ihm lag. Ohne zu zögern, glitt er mit einer Hand zwischen meine Schenkel und die fleischigen Falten meiner intimsten Stelle, um nur einen Moment später mit einem einzelnen Finger in mich zu stoßen.

Mein Becken zuckte unkontrolliert, und ich wand mich ob der süßen Invasion. Mit einem tiefen Kuss erstickte er den wimmernden Laut des Verlangens, der über meine Lippen kam. Und dann spürte ich, wie er seine Hüften zwischen meine Beine schob und sein langer Schwanz an die feuchte Stelle in meiner Mitte glitt. Ein Gefühl, so köstlich, dass ich es nicht hätte beschreiben können. Für einen kurzen Augenblick zog er sich zurück, bevor er mit der samtenen Spitze seines Penis gegen meinen nassen Eingang drängte. Ich erstarrte, und in der nächsten Sekunde drang er mit einem schnellen Stoß in mich ein.

Es fühlte sich an, als würde mein Körper in zwei Hälften zerrissen. Jegliche Luft schien aus meinen Lungen zu weichen, und ich gab einen erstickten, winselnden Laut von mir. Es tat weh.

Ein tiefes Stöhnen drang aus Beaus Kehle, als er abermals in mich stieß und mich bis zum Limit dehnte. Um gegen den Schmerz zu arbeiten, krampfte ich die Muskeln um ihn zusammen, während er meinen Po umfasste und mit einem weiteren Stoß seinem Verlangen nachgab. Bei seinem nächsten Vordringen tat es bereits weniger weh. Der Schmerz wurde langsam ersetzt durch ein neues Gefühl des Ausgefülltseins. Eine Mischung aus Vergnügen und Schmerz, die mich gleichzeitig um Gnade und mehr winseln ließ. Als er ein drittes Mal meine Hüften hob, um mich zu nehmen, kam ich seiner Bewegung entgegen.

»Genau das ist es, Süße. Komm mit mir zusammen.«

Und als er dieses Mal in mich stieß, war da kein Schmerz mehr, sondern nur noch das wunderbare Gefühl, ganz und gar von seinem köstlichen Schwanz ausgefüllt zu werden. Ich wand mich unter ihm, um ihm zu zeigen, dass ich mehr wollte.

Beau verlangsamte seine Bewegungen, um mit einem Finger meinen Nippel zu quälen. »Bist du okay?«

Ich nickte, unfähig, ein Wort herauszubringen, angesichts der Tatsache, dass ich von ihm aufgespießt unter ihm lag. Doch als Beau keine Anstalten machte, mich aufs Neue mit seiner köstlichen Länge zu pfählen, nahm ich all meinen Mut zusammen. »Besser als okay.« Ich wackelte mit den Hüften, um meine Worte zu unterstreichen.

Ein weiteres tiefes Stöhnen löste sich aus Beaus Kehle, und er griff nach einem meiner Beine, um es um seine Taille zu schlingen, bevor er sich das andere über die Schulter legte. Dann stieß er hart zu.

Oh mein Gott, das war wunderbar. Beim nächsten Stoß grub ich meine Fingernägel tief in seine Haut. »Das war gut«, keuchte ich.

Ein weiterer Stoß. »Und das?«

Statt einer Antwort kam nur ein leidenschaftliches Wimmern über meine Lippen.

»Und … das?« Er stieß zu und dann noch einmal und wieder, und mit jedem Vordringen wurden seine Stöße härter, schneller, als wüsste er ganz genau, was er mir zumuten konnte. »Süße, kleine Bathsheba«, raunte er mit tiefer Stimme in mein Ohr, wobei er jedes Wort mit einem fordernden Eindringen begleitete. »So sexy … und allein mein.«

Ich krallte die Finger in die Decke auf der verzweifelten Suche nach Halt, während unsere Körper immer härter, schneller und wilder gegeneinanderklatschten. Zum zweiten Mal innerhalb weniger Minuten baute sich die Spannung in mir auf. Meine leisen Schreie des Verlangens mischten sich mit seinem knurrenden Stöhnen, während er mich abermals an den Abgrund trieb.

Dann zuckte er, die harten Muskelstränge in seinem Nacken verkrampften sich, und sein Körper schien eine Zehntelsekunde angespannt innezuhalten, bevor er kam. Wieder und wieder knurrte er atemlos meinen Namen, bevor er ein letztes Mal die Hüften vorstieß und sich in mich ergoss. Ich bog mich ihm entgegen, wollte ihn noch einmal ganz in mir spüren, auch wenn mir ein vages Gefühl sagte, dass ich dieses Mal keinen Orgasmus bekommen würde.

Beau musste es in meinem Gesicht gelesen haben, denn er schenkte mir sein träges, sexy Grinsen und hob dann den Oberkörper ein wenig, um mit einer Hand zwischen unsere Körper zu tauchen und in den nassen Locken meine Klitoris zu finden, die er mit sanften, quälenden Bewegungen zu reiben begann. »Du hast mir noch gar nicht gesagt, ob dir das hier auch gefällt.«

Als ich mich ihm entgegenbog, verschluckte sein verzehrender Kuss meine Antwort, und Sekunden später wimmerte ich seinen Namen, so wie er zuvor meinen gestöhnt hatte.

Nachdem das Zittern nachgelassen hatte, beugte er sich über mich und drückte mir einen befriedigten Kuss auf die Lippen.

Ich erstarrte. »Verdammt!«

Er riss die Augen auf und musterte mich aufmerksam. »Was ist?«

»Wir haben nicht verh…«

Beau schenkte mir ein selbstgefälliges Lächeln. »Du bist süß.«

»Was meinst du mit ›süß‹?«, zischte ich. »Bist du jetzt komplett verrückt geworden?« Ich war wirklich die dümmste Jungfrau, die jemals auf dieser Erde gewandelt war. Wie hatte ich nur zulassen können, dass er mich, ohne ein Kondom zu verwenden, verführte?

Er strich mit einer Strähne meines Haars über meine Wange. »Mach dir keine Sorgen. Es ist extrem unwahrscheinlich, dass ich ein Kind mit einem Menschen zeuge. Das Risiko ist gleich null.«

Ich stieß erleichtert den Atem aus und schloss die Augen. »Für einen Moment hatte ich eine Vision von mir in neun Monaten mit einem dicken Bauch.«

Er lachte. »Die Chancen stehen schlecht. Es ist für uns so gut wie unmöglich, uns mit anderen Wesen fortzupflanzen als mit solchen, die das Gestaltwandler-Gen in sich tragen. Manchmal ist das Gen nicht offensichtlich, deswegen besteht trotzdem eine minimale Möglichkeit, dass du schwanger wirst. Es wäre wahrscheinlicher, wenn ich dich verwandeln würde, aber selbst dann funktioniert es nicht immer.«

Ich schwieg. Ich wusste nur zu gut, dass ich keinerlei Gestaltwandler-Gen in mir trug. Ich war immun. Selbst wenn er mich Tausende Male biss, würde es nichts nützen. Doch das würde ich Beau nicht erzählen. Auch wenn ich allein beim Gedanken daran, dass er irgendwann einmal Kinder mit einer netten Werpuma-Lady zeugen würde, besitzergreifend die Fingernägel in seine Schultern grub.

Beau legte mir sanft einen Finger unters Kinn, um mir in die Augen zu sehen. »Bist du wütend?«

»Nein.« Ich entschied mich für ein Ablenkungsmanöver, um nicht länger meinen düsteren Gedanken nachzuhängen. »Und was jetzt?«, fragte ich, und Hitze durchflutete mich bei der Berührung seiner Zunge, als er mir über die Nippel leckte.

»Jetzt machen wir langsam.«

Oh Mann.

Er sprang auf die Füße und streckte mir eine Hand entgegen. »Lass uns duschen gehen.«

»Willst du mich waschen?«

Der dunkle Ausdruck des Verlangens kehrte in seine Augen zurück. »Und ob ich das will.«

Mein Puls begann, abermals zu rasen, als ich meine Hand in seine legte und mir von ihm auf die Beine helfen ließ.

Kapitel vierzehn

Eines der Dinge, die mir an Beaus rustikaler Hütte besonders gut gefielen, war das ganz und gar nicht rustikale Badezimmer. Die verglaste Dusche war größer als jeder Kleiderschrank in meinem Haus, und in einer Ecke stand eine Badewanne aus weißem Marmor.

Als Beau mich in Richtung Dusche führen wollte, zog ich ihn stattdessen zur Badewanne. In diesem Moment schien es mir ziemlich verlockend, mich in ein heißes Bad sinken zu lassen. »Ich will Schaum.«

Beau verstand den Hinweis und machte sich daran, Wasser einzulassen und reichlich Badezusatz hineinzukippen. Sofort füllte sich die Luft mit einem zarten Erdbeergeruch. Ein Duft, den er vermutlich extra für mich ausgesucht hatte.

Als sich die Wanne langsam zu füllen begann, lächelte ich amüsiert. »Rosafarbener Schaum? Ihre Männlichkeit befindet sich in ernster Gefahr, Sir.«

»Willst du es einem Mann wirklich zum Vorwurf machen, dass er dich nur von einer Wolke Badeschaum bedeckt sehen will?« Er ließ die Hände an meinem Rücken entlanggleiten und umfasste meinen Po.

Ich wand mich aus seinem Griff und schenkte ihm ein herausforderndes Grinsen. »Und was machst du, solange ich mich da drin entspanne?«

»Mit reinkommen und dir den Rücken einseifen.« Er drückte mir einen Kuss auf das Haar und ließ sich dann in die Wanne gleiten.

Der Anblick war absurd. Da saß ein großer männlicher Werpuma, umgeben von pinkfarbenem Badeschaum, in der Badewanne und grinste mich an. Ich musste mir auf die Lippe beißen, um ein Kichern zu unterdrücken.

Als er einladend mit der Hand aufs Wasser klatschte, spritzten kleine rosafarbene Blasen gegen den Wannenrand. »Komm her, meine Süße!«

Ich warf einen abschätzenden Blick auf die Wanne. »Zusammen passen wir da nicht rein.«

»Was für ein Kompliment, vielen Dank auch«, grummelte er, begleitet von einem leisen Schnurren, das aus seiner Kehle aufstieg. »Aber ich garantiere dir, dass dein knackiger Hintern jederzeit Platz auf meinem Schoß finden wird. Und jetzt schwing selbigen umgehend hier rein.«

Als ich mich trotzdem nicht von der Stelle rührte, packte er mich bei den Hüften und zog mich zu sich in die Wanne. Ich kreischte erschrocken auf, als meine Füße plötzlich den Kontakt zum Boden verloren und Wasser über den Wannenrand schwappte.

Doch das alles schien Beau herzlich wenig zu interessieren. Er spreizte die Beine, bis mein Po zwischen seine Oberschenkel passte und ich die Hitze seines Schwanzes zwischen meinen Pobacken spüren konnte. Er rutschte ein wenig hin und her, bis er bequem saß, um anschließend die Beine um meine Taille zu schlingen, wodurch er mich noch enger an sich presste. »Siehst du. Gemütlich, oder?«

Ich schnaubte verächtlich und wurde gegen seine Knie gepresst. »Ich habe doch gesagt, wir passen nicht zusammen hier rein.«

»Du konzentrierst dich viel zu oft auf die Dinge, die angeblich nicht sein *sollten*, weißt du das? Und jetzt halt gefälligst deine süße Klappe, damit ich dir die Haare waschen kann.« Womit er mir eine Handvoll Wasser über den Kopf goss.

Ich spuckte Seifenwasser und rieb mir die Augen, während

er die Bewegung einige Male wiederholte. »Dir ist hoffentlich klar, dass es nur ungefähr eine Million Jahre dauern wird, bis du meine Haare auf diese Weise komplett nass gemacht hast?«

Seine Antwort bestand aus einem Schwall Wasser, der sich über meinen Kopf ergoss, sodass die nassen Strähnen an meinem Gesicht kleben blieben. Um zu sehen, wie er das geschafft hatte, wandte ich mich, so gut es ging, zu ihm um.

Beau hielt einen Plastikbehälter in der Hand und lachte.

»Wo hast du den plötzlich her?«

»Ich hab ihn letzte Nacht ins Bad gestellt. Alles Teil der großen Romantik-Offensive, die ich geplant hatte.«

Ich hörte das Schmatzen der Shampooflasche, und eine Sekunde später massierte Beau mit kreisenden Bewegungen meine Kopfhaut. Abermals erfüllte der süße Duft nach Erdbeeren die Luft.

»Wenn ich das richtig interpretiere, stehst du auf Erdbeeren«, sagte ich, schloss genießerisch die Augen und entspannte mich.

Ich spürte das tiefe Lachen durch Beaus Körper vibrieren, noch bevor ich es hörte. »Bisher eigentlich nicht besonders, aber bei dir muss ich immer an Erdbeeren denken. Weich, süß und sinnlich.«

»Mach ruhig weiter mit deinen Komplimenten«, murmelte ich. »Vielleicht lasse ich dich dann sogar bis zur ›third base‹ vor.«

»Wenn ich mich recht erinnere, war ich da heute schon einmal.«

Bei seinen Worten ging ein erregter Schauer durch meinen Körper, und auf einmal war ich mir seines harten Schwanzes an meinem Po überdeutlich bewusst. Seine Läufigkeit hatte ihren Höhepunkt noch nicht überschritten, und beim Gedanken daran, was in dieser Nacht noch alles passieren konnte, begann ich vor Aufregung zu zittern.

»Es ist wirklich ziemlich seltsam«, sagte ich, um meine Gedanken zu ordnen. »Wir kennen uns erst seit einer Woche und sitzen schon zusammen in der Badewanne.«

»Was ist falsch daran?«

»Ich habe das Gefühl, dass wir uns ein bisschen besser kennenlernen sollten«, sagte ich und wirbelte mit den Zehen das Wasser auf.

Beau drückte mir einen Kuss auf den Nacken. »Das können wir gern sofort nachholen. Also, erzähl mir was von dir.«

Ich hasste es, Dinge über mich preiszugeben. Alles, was mich betraf, führte irgendwann zu Sara. Es gab viel zu viele Geheimnisse, die ich niemandem anvertrauen durfte. Um Zeit zu gewinnen, schöpfte ich eine Handvoll Schaum von der Oberfläche und blies hinein, während ich fieberhaft nachdachte, was ich sagen könnte. »Da gibt es nicht viel zu erzählen.«

»Warum bist du mit fünfundzwanzig noch Jungfrau gewesen?«

Ich spritzte ihm Wasser ins Gesicht. »So was fragt man eine Frau nicht.«

»Stimmt«, sagte er mit einem Lachen. Mit seifigen Fingern glitt er von meinen Haaren zu meinen Schultern, um meine Anspannung wegzumassieren. »Es kommt mir nur so vor, als wüsste ich nicht viel mehr über dich, als dass du Zahlen magst und für Giselle arbeitest. Hast du eine große Familie?«

»Sara ist die Einzige, die ich dazuzähle«, antwortete ich knapp und möglichst nichtssagend. »Was ist mit dir? Hast du Familie?«

»Ja.« Mit festen Strichen lockerte er die Muskeln an meinen Schultern. »Aber wir haben gerade über dich geredet. Sind deine Eltern tot?«

Ich seufzte. »Ja, ein Teil schon.«

Er fuhr mit seiner magischen Massage fort, und ich hätte mich am liebsten einfach gegen ihn gelehnt und stundenlang seine Berührungen genossen. Ein wohliges Stöhnen stahl sich über meine Lippen.

»Dann hast du keinen Kontakt mehr zum Rest deiner Familie?«, fragte er mit leiser, tiefer Stimme.

»So könnte man es ausdrücken, ja. Ich habe meinen Vater seit zehn Jahren nicht mehr gesehen.« Als er bei dieser Neuigkeit nicht aufhörte, mich zu massieren, entschied ich mich dazu, ihm genau so viel zu erzählen, wie nötig war, um seine Neugierde zu befriedigen. »Meine Mutter ist kurz nach meiner Geburt gestorben, und als ich drei war, heiratete mein Dad Saras Mom. Sie konnte mich nicht besonders gut leiden. Kurz nachdem die Flitterwochen vorbei waren, hat sich mein Vater die meiste Zeit über verdrückt. Sara war noch ein Baby. Er war damals Trucker und oft unterwegs, und irgendwann ist er gar nicht mehr nach Hause gekommen. Meine Stiefmutter war entweder bei einem ihrer Jobs oder sturzbetrunken, deswegen habe ich auf Sara aufgepasst, als wir noch Kinder waren. Ich habe ziemlich früh gelernt, mich selbst um die Dinge zu kümmern – waschen, einkaufen, putzen, das habe alles ich übernommen. Ich bin sogar zu Saras Elternabenden in der Schule gegangen. Es gab nichts, was ich nicht für meine kleine Schwester getan hätte.«

Beau hatte innegehalten. Sehr still saß er hinter mir und hörte zu.

Saras Alkoholiker-Mutter war nicht in der Lage gewesen zu realisieren, was Sara zugestoßen war. Als sich Sara zum ersten Mal in einen Wolf verwandelt hatte, hatte sie sie mit einer Bratpfanne durchs Haus gejagt. Und als das nichts half, hatte sie versucht, Sara bei der Polizei anzuzeigen, weil sie ihre eigene Tochter für ein Monster hielt. Zum Glück kannten die Beamten die Geschichten von Mrs Ward im trunkenen Zustand bereits in- und auswendig und schenkten der Story über ihre angebliche Werwolf-Tochter keine große Beachtung. Doch der Verrat ihrer eigenen Mutter hatte Narben auf Saras Seele hinterlassen, die nicht wieder verschwinden würden. Ich hatte absolut kein Problem damit, wenn ich diese Frau niemals im Leben wiedersah.

Ich schöpfte eine weitere Handvoll Schaum aus der Wanne und starrte blind darauf. »Sara war und ist alles für mich.«

Beau begann, Wasser über meine Haare laufen zu lassen, um sie auszuwaschen. »Stellst du ihre Bedürfnisse deshalb über deine eigenen?« Er klang nicht so, als würde er darüber urteilen.

»Mhmmm.«

»Und ist das auch der Grund dafür, dass du nie mit jemandem ausgehst?«

Ich rutschte unbehaglich in der Wanne hin und her. »Können wir vielleicht über etwas anderes reden?«

»Ich bin nur neugierig. Du bist liebenswert, intelligent und unglaublich verführerisch. Es wundert mich einfach, dass dich noch kein Mann erobert hat.«

Ich warf ihm einen finsteren Blick über die Schulter zu. Jedes Mal, wenn ich mich einem Mann näherte, hatte ich Angst, dass er Saras Duft an mir riechen würde.

Beau hielt mitten in der Bewegung inne. »Willst du, dass ich aufhöre, dich zu berühren?«

Ich spürte die Anspannung in seinem Körper und wusste instinktiv, dass er nie wieder auch nur einen Finger an mich legen würde, wenn ich ihn darum bat.

»Um ehrlich zu sein«, sagte ich, während ich eine Hand zwischen unsere zusammengepressten Oberschenkel schob, »gefällt es mir sogar sehr, wenn du mich berührst. Und ich will auf keinen Fall, dass du damit aufhörst.«

Beau fuhr mit einer Hand meine Wirbelsäule hinab, bis mein Körper trotz des warmen Wassers von einer Gänsehaut überzogen war. »Das freut mich, denn ich habe absolut kein Bedürfnis danach, damit aufzuhören.«

»Jetzt bist du dran. Wie war euer Familienleben?«

»Du erinnerst dich sicherlich, dass ich dir erzählt habe, dass mein Vater der Anführer des Russell-Clans war. Er hat ihn gegründet. Durch die Verpflichtungen, die seine Aufgaben als Clan-Führer mit sich brachten, und seine anderen Jobs war er kaum zu Hause. Und da ich der Älteste von uns Geschwistern war, war es meine Aufgabe, mich um die Familie zu kümmern. Mein Vater hatte sich das Ziel gesetzt, herumstreunende Mitglieder der Allianz ohne festen Wohnsitz aufzuspüren und sie irgendwo sicher unterzubringen. So formte sich eine Art Clan, auch wenn wir damals noch keine offizielle Bezeichnung besaßen. Von Werdachsen bis zu Weradlern gehörten alle möglichen Kreaturen zu unserer losen Verbindung. Es waren harte Zeiten für Übernatürliche, die auf sich allein gestellt waren: Sie mussten Schutzgelder an die Vampire oder die Werwölfe zahlen. Wenn man nicht das Glück hatte, in einen Clan hineingeboren worden zu sein, musste man sich allein durchschlagen. Ein ziemliches hartes Leben. Mein Vater wollte etwas daran ändern, und beinahe wäre es ihm auch gelungen.«

Beinahe? Der Russell-Clan hatte auf mich den Eindruck einer weithin anerkannten Verbindung gemacht. »Er hatte keinen Erfolg?«

Beau schwieg eine Weile, bevor er mehr Wasser über mein Haar schöpfte. »Als ich noch in der Highschool war, hat sich mein Vater in einen Kampf zwischen meinem besten Freund und Savannah eingemischt. Mein Kumpel hatte sie verletzt und war der Ansicht, dass es sein Recht als Männchen war, das unterworfene Weibchen für sich zu beanspruchen. Mein Vater hat das anders gesehen, und dafür hat ihm JT die Kehle rausgerissen.«

Stille füllte den Raum, und ich fragte mich, ob ich etwas sagen sollte.

Doch Beau fuhr fort: »Mein Vater hat keine Chance bekommen, seinen Traum zu verwirklichen.«

Ich fühlte Beaus Schmerz wie meinen eigenen. »Was hast du getan?«

Er band mir die Haare auf dem Kopf zusammen und begann, Duschgel auf meinen Schultern zu verteilen. »Das einzig Richtige. Ich habe JT herausgefordert, um mit ihm um das Recht, unseren zusammengewürfelten Clan anzuführen, zu kämpfen, und ich habe gewonnen. Anschließend habe ich ihn verbannt. Die folgenden zwölf Jahre habe ich damit verbracht, mir mein jetziges Leben aufzubauen. Ich habe einen Collegeabschluss gemacht, mein Unternehmen gegründet und mir diese Lodge gekauft, um mich zurückziehen zu können, wenn mir danach ist. Ich habe den Russell-Clan wie eine Firma aufgebaut, und mit der Zeit kamen auch immer mehr Clans zu uns, die Hilfe oder Unterstützung brauchten. Unter dem Schutzschirm der Allianz können wir uns gegen die Vampire und Werwolfrudel wehren. Und Einzelgänger müssen genauso wenig Angst haben, allein dazustehen – die Allianz kümmert sich um sie. Wir sind mit jedem Jahr stärker und mächtiger geworden und genießen großen Rückhalt in der Welt der Übernatürlichen. Aber bis dahin war es ein ziemlich weiter und steiniger Weg.« Sein Tonfall drückte bescheidenen Stolz aus, kein bisschen Verbitterung darüber, dass er die losen Enden nach dem Tod seines Vaters hatte aufgreifen müssen, schwang darin mit.

Ich wusste, was es bedeutete, wenn man seine eigenen Träume zurückstellen musste, um sich um andere zu kümmern. Ich hatte vorgehabt, zum Studieren auf ein College zu gehen, das sich weit weg von unserem Zuhause befand, aber als Sara von ihrem Freund gebissen worden war, hatte das unser ganzes Leben verändert. Da Sara nicht mit mir hatte kommen können, hatte ich mein Stipendium in den Wind geschossen, um bei ihr zu sein. Und selbst jetzt, sechs Jahre später, drehte sich unser Leben noch immer in erster Linie darum, sie zu beschützen.

»Durch das, was dein Vater begonnen hatte, hattest du keine Wahl. Hast du dir irgendwann einmal etwas anderes gewünscht?«

Er schäumte meine Schultern weiter mit dem Duschgel ein und widmete sich dann meinen Armen. »Niemals. Der Clan ist mein. Ich habe ihn aufgebaut.« Mit seifigen Händen streichelte er an meinen Seiten entlang und umschloss dann meine Brüste. Als er mit den Daumen über meine Nippel fuhr, ging ein Schauder der Erregung durch meinen Körper.

Ich lehnte mich zurück und drückte den Rücken durch, bog mich seiner Berührung entgegen, wobei ich leise aufstöhnte.

Er ließ eine Hand meinen Bauch hinabwandern und hinterließ dabei kleine Schaumflocken auf meiner Haut. Sein Atem strich kitzelnd über mein Ohr.

»Wie gefällt dir dein Bad?«, fragte er und umkreiste mit einem Finger meinen Nabel.

Hitzewellen durchliefen meinen Körper, während er mit den Fingern der anderen Hand weiter meinen Nippel reizte. »Ich liebe es«, gab ich zu und wurde rot.

»Wir sollten uns besser beeilen, dich sauber zu kriegen«, raunte er in mein Ohr, »bevor das Wasser kalt wird.«

Geschickt tauchte er mit einer Hand in die Locken zwischen meinen Beinen. Ein Finger strich über meine pulsierende Mitte, und ich biss mir auf die Lippe, als er nach genau dem richtigen Punkt suchte. Eine zarte Berührung, und dann brach eine Welle der Lust über mir zusammen, als er mit seiner rauen Fingerspitze den sensiblen kleinen Knopf umkreiste.

»Wunderschön und nass«, murmelte er und verteilte eine Reihe Küsse auf meinem Nacken.

Ich legte meine Hand auf seine, unsicher, ob ich der erregenden Folter ein Ende bereiten oder seine Hand fester auf meine Klitoris pressen sollte, um ihn anzutreiben.

»Ich muss noch einmal mit dir schlafen, süße Bathsheba«, sagte er und leckte zwischen den Wörtern immer wieder über die empfindlichsten Stellen an meinem Hals. »Ich werde versuchen, mich zurückzuhalten, falls du wund bist.« Sein Finger tastete sich weiter zwischen den fleischigen Falten vor, bis er schließlich in mich hineinglitt.

Ich schnappte nach Luft und bog mich automatisch seiner Hand entgegen, um den Druck zu verstärken. Es brannte ein wenig, aber der leichte Schmerz wurde schon bald von überwältigender Lust ersetzt. »Nein, es ist alles okay. Sollen wir aus der Wanne rausgehen?«

Beau löste seine Beine von meiner Taille und zog mich mit einem Ruck auf seinen Schoß. Dann strich er mit einer Hand meinen Oberschenkel entlang und hob mein Bein an, um es über den Wannenrand zu legen. Das Gleiche tat er mit meinem anderen Bein, und ich keuchte überrascht auf, als mir bewusst wurde, wie offen und entblößt ich in dieser Position war. Abermals schob er eine Hand zwischen meine Schenkel und stimulierte meine gespreizten Schamlippen. Als er meine Klitoris umkreiste, begann ich, unkontrolliert mit dem Becken zu zucken.

»Du musst mir sagen, wenn dir irgendetwas wehtut, Bathsheba. Deine Reaktion verrät mir, dass du noch sehr empfindlich bist.« Er umfasste meine Hüften und hob mich ein wenig an, dann drückte er meinen Oberkörper vorsichtig nach vorn.

Ich umklammerte den Rand der Wanne, und als er mit seinem harten Schwanz gegen meinen Eingang stieß, ließ ich mich langsam auf ihn herabsinken. Ich spürte, wie eng ich war, wie sehr er mich dehnte. »Das fühlt sich so gut an«, keuchte ich, um ihn zu ermutigen.

Er stieß so sanft zu, wie er nur konnte, und trotzdem spürte ich es bis in die Zehenspitzen. Eine Welle der Lust erschütterte meinen Körper, und ich versuchte, seinen Rhythmus zu imitieren, um mehr von dieser Empfindung zu bekommen.

Er ließ eine Hand zu meiner Brust wandern und zupfte an meinem Nippel, während er zum nächsten Stoß ansetzte. Langsam. Präzise. »Diesmal halte ich nicht lange durch«, presste er zwischen zusammengebissenen Zähnen hervor. »Du bist so süß und eng und … so verdammt heiß.«

Er ließ die Hand von meiner Brust zwischen meine Beine gleiten und rieb hart über meine Klitoris, als er das nächste Mal in mir versank, und ich zersprang in tausend Teile. Ein hoher, leidenschaftlicher Schrei löste sich aus meiner Kehle, als mich der Orgasmus mit sich riss. Doch Beau ließ nicht von mir ab. Seine Finger tanzten weiter über den heißen Punkt in meiner Mitte, während er ein ums andere Mal tief in mich hineinstieß, wieder und wieder, bis die Stöße flacher, dafür aber schneller kamen. Er grub die Zähne in meine Schulter, legte noch einmal alle Kraft in sein letztes Vordringen, dann hörte ich ein katzenartiges Knurren. Er rief meinen Namen und ergoss sich abermals in mir, während er meine Hüften unnachgiebig auf seine presste, sein Fleisch an meinem rieb.

Meine Schulter schmerzte, wo er mich gebissen hatte, aber ich war zu überwältigt, um mich darum zu kümmern. Erschöpft hing ich auf ihm, die Hände noch immer um den Rand der Wanne gekrallt, während ich spürte, wie sein Körper langsam zur Ruhe kam.

Wir rangen beide noch immer nach Atem, als er über die sensible Stelle an meiner Schulter leckte, wo er mich gebissen hatte. Seine Zunge war rau wie die einer Katze, und ich hielt erstaunt inne, als mich bei der Berührung eine seltsame Empfindung durchfuhr. Als er noch einmal über meine Haut leckte, zuckte ich zusammen.

»Verdammt, ich habe dich gebissen. Es tut mir so leid, meine Süße.« Er klang wütend. »Ich habe die Kontrolle verloren.«

Ich war mir sicher, dass er mich fest genug gebissen hatte, um die Haut zu verletzen. Als ich einen Blick auf meine Schulter warf, konnte ich die Abdrücke sehen, die seine spitzen Zähne in meinem weißen Fleisch hinterlassen hatten. Vermutlich würde man morgen früh einen Bluterguss sehen.

Doch das alles interessierte mich nicht. Ich lächelte ihn über die Schulter hinweg an. »Nicht schlimm. Es ist ja nicht so, als könntest du mich allein dadurch in eine Werkatze verwandeln, indem du ein bisschen an mir rumknabberst. Dafür müsste die Haut schon ernsthaft verletzt sein.«

Er erstarrte. »Woher weißt du das?«

Ups. Ich konnte ihm schlecht erzählen, dass ich mein Wissen aus persönlicher Erfahrung schöpfte und immun gegen die Bisse von Gestaltwandlern war. »Wahrscheinlich hat es Giselle mal erwähnt«, sagte ich in möglichst lockerem Ton.

»Bathsheba.« Beau klang ernst. »Du musst mir sagen, wenn ich dir wehtue. Während ich läufig bin, kann ich … Ich habe mich in diesen Situationen nicht wirklich gut unter Kontrolle.« Seine Stimme war abermals rau geworden, und ich spürte, wie er sich unter mir aufrichtete.

So schnell? Trotz meiner Erschöpfung erregte mich allein der Gedanke daran, dass er schon wieder bereit für mich war. Erfreut über die Tatsache, dass ich dafür sorgen konnte, dass er vor Lust den Verstand verlor, bewegte ich auffordernd die Hüften hin und her. »Mir gefällt, was du mit mir anstellst, Beau.«

Er presste seine Stirn gegen meine Schulter. »Lass uns fünf Minuten Pause machen.« Er versuchte ganz offensichtlich, sich zu beruhigen.

Dabei gefiel mir der wilde, ungezügelte Beau. Doch zu meiner Enttäuschung hob er mich aus der Wanne, und als meine Füße den kalten Fliesenboden berührten, fühlte ich mich seltsam beraubt und einsam. Als ich zu der langen Ablage aus Marmor unter dem großen Badezimmerspiegel hinüberging, um mir eines der Handtücher zu nehmen, spähte ich über die Schulter. Beau lag noch immer mit geschlossenen Augen in der Wanne.

Ich überlegte einen Augenblick, dann löste ich meine Haare aus dem Knoten, zu dem Beau sie gewunden hatte, und ließ die langen, feuchten Strähnen meinen Rücken hinabfallen, bis die Spitzen beinahe den Ansatz meines Pos berührten. »Würde es dir etwas ausmachen, mir zu helfen, meine Haare abzutrocknen, Beau?« Ich konnte selbst hören, wie atemlos und erregt ich klang. Als er die Augen öffnete, fuhr ich mir mit einer Hand durch die langen, verwobenen Strähnen und beugte mich leicht über das Regal, den Po in die Luft gereckt. Dann warf ich Beau einen aufreizenden Blick über die Schulter zu, in die er hineingebissen hatte.

Ich hörte dasselbe katzenartige Knurren, und im Bruchteil einer Sekunde hatte Beau den Raum durchquert. Er legte mir eine Hand auf den Rücken und bog meinen Oberkörper vor, sodass mein Bauch gegen den kalten Marmor gepresst wurde. Und dann, endlich, rammte er seinen dicken Schwanz in mich hinein. Ich stieß einen überraschten Laut der Lust aus, als er mich heiß und köstlich von hinten nahm. Beau tauchte tief, hart und schnell in mich ein, die Hände auf meinen Schultern, um mich in Position zu halten, während er unerbittlich vorstieß.

Als ich auf den nächsten Orgasmus zutaumelte, fragte ich mich kurz, ob ich den nächsten Morgen erleben würde, doch als sich mein Körper vor Lust versteifte und ich seinen Namen schrie, entschied ich, dass es mir egal war.

Kapitel fünfzehn

Mehrere Stunden, siebzehn Höhepunkte und ein kurzes Schläfchen später zog ich mir eins von Beaus T-Shirts über den Kopf, das er achtlos auf dem Boden hatte liegen lassen, und ging in die Küche, um etwas zu trinken. Beau schlief oben, sein Körper war vollkommen reglos geblieben, als ich aus dem Bett geschlüpft war. Ich war mir sicher, dass er bald schon wieder wach sein würde und wir uns in eine weitere Runde erschöpfenden, wundervollen Sex stürzen könnten. Er hatte mich in der Nacht bereits zweimal geweckt, weil sein Körper stumm nach mehr verlangt hatte, und ich hatte ihm bereitwillig gegeben, was er brauchte.

Mein gesamter Körper war auf eine erregende Art wund, und meine Haare hatten sich bereits vor Stunden zu einem wilden Gewirr aus dichten Strähnen verknotet, das mein Gesicht einrahmte. Ich schob es mir aus der Stirn, als ich ein Glas mit Leitungswasser füllte. Blinzelnd sah ich in das helle Sonnenlicht, das durch die Küchenfenster hereinfiel, während ich trank. Ich war platt. Glücklich, aber vollkommen kaputt.

Auf dem Küchentresen stand eine kleine rote Box, in etwa so groß wie ein Buch. Eine übertrieben große weiße Schleife zierte den Deckel, und daran hing ein kleines Schildchen. *Für Bathsheba. Du darfst jederzeit gern mit meinen Büchern ins Bett gehen, Süße.*

Ich hob den Deckel und lachte, als ich den Taschenrechner erblickte. Ein kleines, handliches Format mit pastellfarbenen Tasten. Mein Name war mit winzigen Alphabet-Stickern auf den Rand geklebt.

Tränen traten mir in die Augen, und ich fuhr mir schnell mit der Hand darüber. Angesichts der Tatsache, dass mich diese kleine Geste so rührte, fühlte ich mich wie eine Idiotin, aber ich konnte trotzdem nicht aufhören zu lächeln. Ich hatte mein ganzes bisheriges Leben lang keine Geschenke bekommen. Meine Stiefmutter hatte meinen Geburtstag regelmäßig vergessen, und wenn wir etwas Geld übrig gehabt hatten, war es für Sara ausgegeben worden. Ich dagegen hatte mich schon glücklich schätzen müssen, wenn ich gebrauchte Kleidung von den Nachbarn erhielt. Noch nie war mir etwas geschenkt worden, das mir ein Lächeln ins Gesicht gezaubert hatte.

Ich nahm den Rechner aus der Schachtel und drückte ihn glücklich an meine Brust, auch wenn ich mir gleichzeitig wahnsinnig albern vorkam. Wenn ich mich nicht langsam zusammenriss, würde ich wegen eines Taschenrechners laut losschluchzen. *Das ist der Teil, in dem du Liebe von Sex trennen solltest*, du Idiotin, ermahnte ich mich selbst und legte das Geschenk schnell auf die Kücheninsel. Ich konnte es mir nicht leisten, Gefühle ins Spiel zu bringen. Dafür war die ganze Sache viel zu kompliziert.

Beaus Handy lag neben der Geschenkbox auf der Küchentheke, und aus einer Laune heraus nahm ich es in die Hand und wählte die Nummer der Agentur.

»Midnight Liaisons, Sie sprechen mit Ryder. Wie kann ich Ihr Leben nach dem Tod angenehmer machen?«

»Sehr niedlich«, ärgerte ich sie gut gelaunt. »Ist das unser neuer Slogan?«

»Ich probiere ein bisschen was aus«, antwortete sie. »Aber jetzt zu dir: Du klingst glücklich. Dann laufen die Dates gut?«

»Nur ein Date. Und, ja, das läuft sehr gut. Was ist in der Agentur los?«

»Alles bestens«, sagte Ryder gelangweilt. »Diese Woche sind ein paar neue Vampire dazugekommen, ein Feenprinz, der auf der Suche nach einer heißen Herausforderung ist, und verschiedenste Arten Gestaltwandler. Business as usual also.«

»Und Sara?«, fragte ich in möglichst neutralem Ton. »War sie im Büro?«

»Sie ist vorbeigekommen, um ihren Scheck abzuholen, als Giselle nicht da war, aber abgesehen davon hat sie sich nicht blicken lassen.« Ich konnte hören, wie Ryder nebenbei auf die Tastatur ihres Laptops einhämmerte. »Das eine Mal hatte sie ihren neuen Freund dabei. Ich hatte keine Ahnung, dass sie auf die unheimliche Sorte Kerl steht.«

Sara musste mit Ramsey im Büro gewesen sein. »So ein großer Typ mit blonden Haaren? Ziemlich finsterer Gesichtsausdruck?«

»Genau. Ich kann mir die beiden einfach nicht zusammen vorstellen. Sie ist so zierlich und er einfach nur gigantisch. Aber er ist ihr die ganze Zeit über keinen Zentimeter von der Seite gewichen. Als sei sie irgendein zerbrechliches Pflänzchen, das er vor der Welt beschützen müsste. Es war irgendwie süß mit anzusehen.«

Ich bekam ein ungutes Gefühl. Hatte Ramsey etwa Interesse an Sara? Oder war er einfach nur sehr gewissenhaft, weil er inzwischen herausgefunden hatte, dass sie die Werwölfin war, nach der alle Welt suchte, und er nicht wollte, dass sie ihm entwischte? Ich entschied mich, nicht weiter darüber nachzudenken, und erkundigte mich stattdessen noch einmal, wie es im Büro lief.

Ryder gab zu, dass sie und Marie froh über die zusätzlichen Schichten waren, da sie das Geld gut gebrauchen konnten, aber sie hatten Probleme mit der Buchführung und würden sich deshalb freuen, wenn ich bald wieder in der Agentur auftauchte.

»Ich könnte sonst auch Giselle um Hilfe bitten«, sagte Ryder, merklich unsicher, ob das wirklich eine gute Idee war. »Sie sitzt schon den ganzen Tag in ihrem Büro.«

»Ach ja?« Das sah Giselle gar nicht ähnlich. An den Wochenenden kam sie nur äußerst selten in die Agentur. »Was ist los?«

»Ich bin mir nicht sicher«, antwortete Ryder. »Irgendein Projekt mit dem Wolfsrudel? Sie hat sich die Akte jedes einzelnen Wolfs raussuchen lassen und sich anschließend mit dem Stapel in ihrem Büro verbarrikadiert.«

Mir wurde eiskalt. Plötzlich war jede Spur des glücklichen Zufriedenheitsgefühls, das ich bis eben noch verspürt hatte, verschwunden. Giselle meinte es ernst – wenn ich nicht mit all den komischen Typen ausging, die sie für mich ausgesucht hatte, würde sie Sara an das Wolfsrudel ausliefern.

Am liebsten wäre ich zurück zu Beau ins Bett gekrabbelt, um ihn zu küssen, bis er mich beschützend an sich zog. Aber das konnte ich nicht. Meine einzige Wahl war die, aus der Stadt zu verschwinden oder mich an den Deal mit Giselle zu halten.

Ich stieß ein tiefes Seufzen aus. »Ryder, du musst mir einen Gefallen tun. Hat Beau Russell irgendwo eine Wohnadresse angegeben?«

Ich wartete, während sie in die Tasten hieb.

»Nein, aber es gibt eine Kontaktnummer für Notfälle. Soll ich dir die geben?«

»Nein, ist schon okay.«

Nachdem ich aufgelegt hatte, scrollte ich durch Beaus Apps. Irgendwo musste es ein GPS geben, was wiederum bedeutete, es gab einen Weg für mich, aus Beaus Hütte abzuhauen.

Kurz darauf stiefelte ich mit dem GPS in der Hand durch den Wald. Nach einer Weile traf ich auf die Straße, an der sich eine kleine verschlossene Garage und ein Briefkasten befanden. Ich fischte einen Zettel aus meiner Tasche und notierte mir die Adresse, die auf dem Briefkasten stand, dann rief ich Ryder an und bat sie, mich abzuholen.

Es dauerte beinahe zwei Stunden, bis sie mich fand, und die

Minuten bis dahin zogen sich endlos in die Länge. Jede Sekunde rechnete ich damit, dass Beau hinter dem nächsten Baum auftauchen würde, um mich für mehr Sex mit ihm zurück in seine Lodge zu schleifen. Ein Gedanke, der ein leises Prickeln in meinem Unterleib auslöste, und als Ryder endlich auftauchte, war ich beinahe schon ein wenig enttäuscht, dass mich Beau nicht zuerst gefunden hatte.

Die ganze Fahrt über zurück zum Büro schwiegen wir. Wenn Ryder bemerkte, dass ich lediglich ein viel zu großes Männershirt und eine Jogginghose trug und die Haare zu einem wirren Pferdeschwanz zusammengebunden hatte, war sie offensichtlich taktvoll genug, mein derangiertes Äußeres nicht zu kommentieren.

Nachdem wir in der Agentur angekommen waren, ging ich geradewegs in Giselles Büro und schloss die Tür hinter mir.

Als ich hereinkam, warf mir meine Chefin ein verkniffenes Lächeln zu und musterte mich von oben bis unten aus ihren kalten blauen Augen. Ihr Gesichtsausdruck verriet, wie wütend sie war. »Sieh an, sieh an, was uns die Werkatze da hereingeschleppt hat.«

»Hey, Giselle«, sagte ich und versuchte, möglichst ruhig zu wirken.

Sie warf mir einen verächtlichen Blick zu. »Ich denke, es ist eindeutig, dass es zu spät für irgendwelche Diskussionen ist.« Sie verschränkte die Arme vor ihrer imposanten Oberweite. »Weißt du, wie tief du in der Scheiße steckst?«

»Nein«, sagte ich bestimmt und setzte mich auf den Stuhl ihr gegenüber. »Aber ich bin mir sicher, dass du es mir gleich im Detail erläutern wirst.«

Ich hatte mich Giselle gegenüber immer äußerst zurückhaltend, beinahe unterwürfig verhalten, doch jetzt verzog ich bei ihren Worten den Mund zu einem trockenen Lächeln. Aus irgendeinem Grund schüchterte mich ihre herablassende

Art plötzlich nicht mehr ein, sondern ärgerte mich nur noch. Vielleicht hatte mich das Zusammensein mit Beau mutiger gemacht, oder es lag einfach daran, dass im Moment so viele Dinge geschahen, die mir Angst machten, dass ich keine Zeit hatte, mich auch noch um meine Chefin zu scheren. Doch was auch immer der Grund für mein neues, furchtloses Auftreten war – es gefiel mir.

»Ich bin hier, um dir zu sagen, dass ich unseren Deal nicht vergessen habe«, erklärte ich. »Du wirst meine Schwester nicht anrühren.«

»Unser Deal?«, fragte sie spöttisch. »Ist dein erbärmliches, mickriges Menschenhirn in der Lage, sich zu erinnern, dass es bei unserem Deal um eine menschliche *Jungfrau* ging? Soweit ich informiert bin, hast du dich vom ersten Gestaltwandler ficken lassen, der seine Hand in dein Höschen geschoben hat.«

Ich beschloss, nicht auf ihre Beleidigungen einzugehen. »Es ist nicht so, wie du denkst, Giselle.«

»Ach nein?« Sie beugte sich drohend über den Schreibtisch. Ihre Augen glitzerten feindselig. »Dann erklär mir doch mal genau, wie es ist. So wie ich es sehe, hatten wir eine Vereinbarung, und du bist deinen Verpflichtungen nicht nachgekommen, was wiederum heißt, dass ich mich auch nicht an meine halten muss.«

»Jemand ist in mein Haus eingebrochen und hat versucht, mich umzubringen.« Giselle stieß ein abfälliges Schnauben aus. »Aber es stimmt.« Ich erzählte ihr, was passiert war – von dem fürchterlichen Gestank der Kreatur, ihrem Angriff und seltsamen Aussehen.

Noch während ich redete, presste Giselle den Mund zu einem noch schmaleren Strich zusammen. »Und dann hast du einfach beschlossen, bei Mr Russell zu bleiben? Ich vermute mal, dass du dich bei ihm versteckt hast, oder?« Sie starrte mich herausfordernd an.

Er hat mich entführt. Die Worte lagen mir auf der Zunge. Es war die Wahrheit, die mir vermutlich den Arsch retten würde, aber damit würde ich Beau mit in die Sache hineinziehen. Nach allem, was er für mich getan hatte, wollte ich ihm das auf keinen Fall antun. Also beschloss ich, die Wahrheit ein wenig zu frisieren. »Er hat mich gebeten, das Wochenende mit ihm zu verbringen. Die Zeit, in der er läufig sein würde. Und ich habe zugestimmt.«

»Verstehe«, sagte Giselle. Sie wirkte erstaunlich ruhig. »Dann hast du dich also entschieden, Sex mit ihm zu haben, obwohl du wusstest, dass du damit den Deal brichst, der Sara beschützt?«

Ich schluckte schwer. »Ja.« Und da ich mir nicht sicher war, ob ich überzeugend genug geklungen hatte, fügte ich hinzu: »Die Leidenschaft für ihn hat mich blind gemacht.«

Giselle warf mir einen merkwürdigen Blick zu. »So oder so bist du entjungfert worden und damit nicht mehr nützlich für mich. Seine Bissspuren sind auf deinem ganzen Hals verteilt.«

Ich legte beide Hände an meinen Hals, um die verräterischen Male zu verstecken. »Niemand außer uns muss etwas davon erfahren.« Sie hob fragend eine Augenbraue. »Ich kann so tun als ob. Ich habe nicht vor, mit irgendeinem anderen Mann zu schlafen, also werde ich weiter brav lächeln, rot werden und allen erzählen, ich sei noch Jungfrau. Als sei nichts passiert.«

Ein leises, zustimmendes Knurren löste sich aus ihrer Kehle, doch sie versuchte, es zu unterdrücken, und zuckte scheinbar unbeteiligt mit den Schultern. »Das würdest du tun? Was ist mit Mr Russell?«

Auch wenn sich mein Herz schmerzhaft dabei zusammenzog, sagte ich: »Wenn er mich sehen will, muss er ein Date über die Agentur anfragen.«

Giselle verzog die Lippen zu einem diabolischen Grinsen.

»Hervorragend. Dann vereinbare ich gleich die nächsten Dates für dich. Damit sind wir zurück im Geschäft.«

Ich schenkte ihr ein mattes Lächeln und stand auf. »Hört sich gut an.«

»Oh, und Bathsheba«, sagte Giselle, als ich mich gerade umdrehen wollte, um die Tür anzusteuern. »Wenn du noch einmal einen Klienten von mir sitzen lässt, verkaufe ich deine Schwester an die Anderson-Wölfe. Wie ich gehört habe, suchen sie nach einem weiteren Weibchen für ihr Rudel. Acht Wölfe und nur ein Weibchen, um ihre Bedürfnisse zu befriedigen … Ich habe ihnen gesagt, dass ich gern weiterhelfe, sofern ich kann. Verstanden?«

Ich schluckte hart. »Verstanden.«

Den ganzen Tag lang sehnte ich mich nach Beau. Und es wurde noch schlimmer, als ich den löwenartigen Mann mit den dichten braunen Haaren entdeckte, der seinen Sportwagen in unserer Einfahrt geparkt hatte. Doch zu meiner Enttäuschung war es ein anderer Werpuma aus dem Russell-Clan.

Jeremiah hatte ein freundliches Lächeln und erklärte mir höflich und geduldig, dass Ramsey darauf bestanden hatte, dass er das Haus im Auge behielt. Ich überließ ihm das Gästeschlafzimmer.

Der Abend zog sich nervenaufreibend lange hin, und mir fiel nichts Besseres ein, als auf dem Sofa zu sitzen und Beaus Handy anzustarren. Ich hätte es Jeremiah geben und ihn bitten können, Beau auszurichten, dass ich ihn nie wiedersehen wollte. Aber aus irgendeinem Grund konnte ich mich nicht überwinden, das Telefon aus der Hand zu geben, und als ich ins Bett ging, legte ich es neben mich auf den Nachttisch.

Es überraschte mich nicht, dass sich Beau auch in meine Träume schlich. Es waren gefährliche, verführerische Träume. In einem lag ich auf dem Bett, und er zog langsam das Laken von meinem Körper. Ich spürte die Wärme seiner Hände durch den dünnen Stoff meines seidenen Nachthemds, das mir beinahe bis zur Hüfte hochgerutscht war. Beau kniete sich zwischen meine Beine und küsste meinen Bauch, wobei er leise Worte murmelte, die ich nicht verstand. Seine Augen schimmerten wie die einer Katze, als er kurz meinen Blick auffing, bevor er den Kopf tiefer auf den Scheitelpunkt meiner Oberschenkel senkte, um sich diesem einen perfekten Punkt zu nähern.

Ich atmete zitternd aus und wartete gebannt, was er als Nächstes tun würde.

Warme Hände umfassten meine Hüften, um mich ruhig zu halten, als er mit heißer Zunge begann, das sensible Fleisch zu umkreisen.

Ich träumte nicht.

Doch mein entrüsteter Aufschrei ging in einem leidenschaftlichen Stöhnen unter, als er genau den richtigen Punkt traf und mich die Wellen meines Orgasmus hinwegspülten. Die Muskeln in meinen Schenkeln verkrampften sich, und mein ganzer Körper wurde von einem Zittern ergriffen, während er mich mit der Zunge immer weiter trieb, bis ich kraftlos und nach Atem ringend in mich zusammensackte.

»Süße Bathsheba«, flüsterte Beau. Sein Atem strich kühlend über meine nasse Mitte. »Du schmeckst wundervoll. Ich habe den ganzen Tag an nichts anderes gedacht als daran, dich kosten zu wollen.«

Als mir mit einem Mal klar wurde, was hier gerade passierte, setzte ich mich so abrupt auf, dass ich mit der Hüfte gegen Beaus Nase stieß und er vor Schmerz aufstöhnte. Ich schob seine Hände von meinen Beinen und flüchtete auf die andere Seite des Bettes. »Beau! Was machst du hier?«

Doch mein verräterisches Herz klopfte wie wild vor Freude, und meine Schenkel zitterten noch immer von der Lust, die er mir bereitet hatte.

Beau setzte sich ebenfalls auf und rieb sich die Nase. »Ich sollte dir dieselbe Frage stellen, Bathsheba. Warum bist du gegangen? Hier bist du nicht sicher.«

Ich konnte es ihm nicht erklären. Anstatt zu antworten, schüttelte ich nur den Kopf und strich mein Nachthemd glatt. Ich wollte wütend auf ihn sein, doch noch viel mehr war mir danach, mich in seine Arme zu werfen, ihn zu küssen und seinen heißen Körper an meinem zu spüren. »Wie … wie bist du hier reingekommen?«

Beau warf einen Blick zum Fenster hinüber, bevor er mich aufgebracht anfuhr: »Ich bin am Spalier hochgeklettert. Du solltest ab sofort deine Fenster geschlossen halten.«

Was fiel ihm ein, so wütend auf mich zu sein? »Einer deiner Brüder schläft im Gästezimmer«, protestierte ich und lief beim Gedanken an Jeremiah gleichzeitig rot an. Oh mein Gott, hatte ich laut gestöhnt? Hatte er mich gehört?

»Jetzt ist mir auch klar, wie du es geschafft hast, in die Stadt zu kommen.« Beau warf einen vielsagenden Blick auf sein Handy, das noch immer auf dem Nachttisch lag. Er grinste. »Cleveres Ding.«

Als er sich zu mir herüberbeugte, schwang ich die Beine über die Bettkante und flüchtete auf die gegenüberliegende Seite des Zimmers, wo ich mich langsam mit dem Rücken an der Wand hinabgleiten ließ. Ich musste so viel Raum wie möglich zwischen uns bringen. Meine Beine fühlten sich nach seinem intensiven Aufweckmanöver noch immer an, als würden sie aus Wackelpudding bestehen, und mein Körper bettelte mich geradezu nach einer Wiederholung an. »Beau, bitte bleib von mir weg.«

Er hielt mitten in der Bewegung inne. »Bathsheba, bitte erklär mir, was los ist. Habe ich dir letzte Nacht wehgetan oder dir Angst gemacht?«

»Nein, darum geht es nicht«, antwortete ich vage. »Die letzte

Nacht war … schön.« Umwerfend. Unglaublich. Irre. Doch das konnte ich ihm nicht sagen, sonst würde er niemals gehen.

Die deutlich sichtbare Anspannung in seinen Schultern zeigte seine Frustration. »Was ist dann los? Irgendetwas scheint dich offensichtlich zu beschäftigen. Ich will einfach nur wissen, was passiert ist.« Seine Augen schimmerten in der Dunkelheit, genau wie in meinem Traum, und mein Puls begann abermals zu rasen, ohne dass ich etwas dagegen hätte tun können. »Es geht um Giselle, oder? Hat sie irgendetwas gegen dich in der Hand?«

Ich schwieg. Saras Geheimnis preiszugeben war keine Option.

»Giselle hat einen bösen Charakter, Bathsheba. Sie benutzt andere, um ihre Ziele zu erreichen.« Er stand ebenfalls vom Bett auf und kniete sich neben mich. »Lass mich dir helfen.«

»Du kannst mir nicht helfen, Beau«, sagte ich leise und versuchte, ein Schluchzen zu unterdrücken. »Geh jetzt. Ich will nicht mehr darüber reden.«

»Bathsheba …«

»Bitte, Beau, geh einfach. Wenn ich mit irgendwem zusammen sein könnte, dann wäre es kein anderer als du. Aber ich kann nicht. Also bitte … lass mich allein.«

Er streckte die Hand aus, um meine Wange zu berühren, doch als ich den Kopf zur Seite drehte, zog er sie zurück, als hätte er sich verbrannt. »Ich werde herausfinden, was Giselle gegen dich in der Hand hat, und dafür sorgen, dass es keine Rolle mehr spielen kann. Ich habe dich als die Meine gekennzeichnet. Wenn ein Mitglied der Allianz eine Frau zu seiner macht, darf es niemand wagen, sich ihm in den Weg zu stellen«, sagte er mit beinahe unheimlich ruhiger Stimme.

Dann stand er ohne ein weiteres Wort auf, ging zum Fenster hinüber und war eine Sekunde später verschwunden. Ich hörte seine Schritte auf dem Kies der Einfahrt knirschen, dann war Stille.

Am nächsten Tag informierte mich Giselle über die Dates, die sie für mich vereinbart hatte, und zwang mich, ein Outfit anzuziehen, das sie für mich ausgesucht hatte: ein wadenlanger Bleistiftrock und dazu ein eng anliegender pinkfarbener Rollkragenpullover.

»Wir müssen dafür sorgen, dass niemand die Bissspuren sieht«, sagte sie. »Du willst sicher nicht, dass irgendwer herausfindet, dass Beau dich als die Seine gekennzeichnet hat.« Sie verzog die Lippen zu einem dünnen Strich. »Mehrmals.«

Als ich mich bei ihren Worten daran erinnerte, wie ich letzte Nacht mit Beaus Kopf zwischen meinen Beinen aufgewacht war, wurde ich rot. Schnell verließ ich Giselles Büro, schenkte mir eine Tasse Kaffee ein und setzte mich an meinen Schreibtisch. Er war von mehreren Schichten Papier bedeckt – Kunden, für die ein geeignetes Date gefunden werden musste, Klientenprofile, die ein Update erforderten.

Marie saß auf Saras Platz. Sie hatte Kopfhörer auf den Ohren und trällerte vollkommen schief einen Bon-Jovi-Song vor sich hin, während sie auf ihren Computerbildschirm starrte. Ich hätte bei ihrem Anblick gelächelt, wenn mir nicht gerade eigentlich zum Weinen zumute gewesen wäre.

Mein Posteingang platzte ebenfalls aus allen Nähten. Langsam klickte ich mich durch die Nachrichten verschiedener Klienten, bis ich auf eine Mail von Beau stieß, die er um drei Uhr morgens abgeschickt hatte. Ich löschte sie, ohne sie zu lesen. Kalter Entzug war die beste Methode, um einen Ex loszuwerden – und ein gebrochenes Herz zu heilen.

Außerdem befanden sich vier ungelesene E-Mails von Jason Cartland in meinem Posteingang. Sie alle waren in dem für ihn typischen leichten, unterhaltsamen und charmanten Tonfall verfasst.

Ich hatte eine tolle Zeit mit dir. Freue mich schon auf das nächste Date.

In der zweiten Mail stand: Habe gehört, dass du krank bist. Lass mich wissen, wenn ich etwas für dich tun kann. Ich mache eine großartige Hühnerbrühe.

Ich lächelte schwach.

Als eine neue Nachricht aufpoppte, blickte ich erstaunt auf den Absender. Schon wieder Jason? Langsam ging er mir ein wenig auf die Nerven, aber ich zwang mich, das Gefühl zu unterdrücken und die Nachricht zu öffnen.

Lunch?, lautete der Betreff. Der Rollkragen steht dir. Du siehst wunderschön aus. Kein bisschen angeschlagen.

Erschrocken blickte ich auf und sah ihn im Empfangsbereich stehen. Er hielt sein Blackberry in der Hand. Grinsend winkte er mir zu, und ich stellte abermals überrascht fest, wie umwerfend er aussah – und wie sehr er sich von Beau unterschied. Beaus Gesichtszüge waren markant, sexy, mit harten Linien, die sein träges Lächeln nur noch aufregender machten. Er hatte die kantigen Wangenknochen eines römischen Soldaten, der genau wusste, was er wollte, und seine Ziele mit aller Macht zu erreichen versuchte. Jason war das genaue Gegenteil. Seine Züge waren so fein gearbeitet, dass man sie als perfekt hätte bezeichnen können. Seine Nase war niemals in einem Kampf gebrochen worden, und vermutlich besaß er mehr Pflegeprodukte für sein Haar als so manche Frau. Sein grauer Anzug saß tadellos, und er trug eine helle rosafarbene Krawatte, die seinem Aufzug eine verspielte Note gab und ganz zufällig perfekt zu meinem Rollkragenpullover passte.

Ich warf einen Blick zu Giselles Bürotür hinüber, bevor ich Jason heranwinkte. »Ich habe dich gar nicht bemerkt«, sagte ich und zuckte zusammen, als mich der schwere Geruch seines Rasierwassers einhüllte. Bei dem Gestank bekam ich sofort schlechte Laune.

Er schenkte mir ein strahlendes Lächeln. »Fühlst du dich inzwischen besser?«

Ich nickte und deutete auf einen der Besuchersessel. »Ich werde es überleben«, sagte ich, auch wenn ich mich in Wirklichkeit am liebsten im Bett verkrochen hätte und nie wieder aufgestanden wäre. Aber das war ganz sicher nicht das, was Jason hören wollte, also täuschte ich ein Lächeln vor und tat so, als sei alles in bester Ordnung – so wie immer.

»Das freut mich.« Er beugte sich über meinen Schreibtisch, nahm meine Hand und drückte einen Kuss auf die Innenfläche, ohne auch nur eine Sekunde meinen Blick loszulassen.

Angestrengt unterdrückte ich das Bedürfnis, ihm meine Hand zu entreißen – und lächelte wieder.

Endlich ließ er mich los, und ich setzte mich wieder auf den Stuhl hinter meinem Schreibtisch.

»Ich habe gehört, dass du zurück bist. Und da dachte ich daran, vorbeizuschauen und dich zu fragen, ob wir da weitermachen wollen, wo wir das letzte Mal aufgehört haben. Ich verspreche dir auch, dich nicht zu beißen – zumindest so lange, bis du mich darum bittest.«

Ein Date? Jetzt gleich? Beim Gedanken daran wäre ich beinahe in Tränen ausgebrochen.

»Können wir das vielleicht verschieben?«, fragte ich in dem Versuch, ein einigermaßen ehrliches Lächeln zustande zu bringen, mit dem ich allerdings kläglich scheiterte. »Ich fürchte, ich bin immer noch nicht hundertprozentig auf dem Damm.« Ich öffnete seine Akte, die vor mir auf dem Schreibtisch lag, und blätterte darin. »Ich bin mir sicher, dass wir jemand anderen für dich finden, wenn du dir Gesellschaft wünschst. Da wäre zum Beispiel diese wunderbare Harpyie …«

Er beugte sich wieder vor, um noch einmal nach meiner Hand zu greifen. Als mich der entsetzliche Geruch seines Parfüms einhüllte, hatte ich für einen Moment das Gefühl, in Ohnmacht zu fallen.

»Ich will keine andere«, sagte Jason mit verführerischem Unterton, während er seinen Blick in meinen bohrte. »Ich will Zeit mit dir verbringen, damit wir uns besser kennenlernen und dafür sorgen können, dass dieser traurige Ausdruck aus deinem Gesicht verschwindet.«

Mit einem angespannten Lächeln entzog ich ihm meine Hand. Ich hasste seine Berührungen. Doch er war so ein netter Kerl, dass ich mich wegen meines Verhaltens mies fühlte. »Jason, ich weiß nicht …«

In diesem Moment kam Giselle in unser Großraumbüro herübergeschlendert. Als sie Jason bemerkte, breitete sich ein strahlendes Lächeln auf ihrem wunderschönen Gesicht aus. »Jason, mein Lieber, wie geht es dir?« Sie ging auf ihn zu, und er stand auf, um sie mit einem Kuss auf beide Wangen zu begrüßen. »Was führt dich zu uns?«

»Ich bekomme Bathsheba einfach nicht aus meinem Kopf.« Sein breites weißes Lächeln blendete mich. »Also dachte ich, ich komme vorbei und frage sie, ob sie heute Abend mit mir ausgeht.«

Giselle sah mich mit einem hocherfreuten Gesichtsausdruck an. »Ein Date? Wie nett von dir. Die arme Bathsheba hat sich in letzter Zeit gar nicht gut gefühlt.« Sie warf mir einen vielsagenden Blick zu. »Ist es nicht wahnsinnig aufmerksam von Jason, vorbeizukommen, um nach dir zu sehen?«

Inzwischen war ich überzeugt, dass Giselle diesen kleinen »Überraschungsbesuch« sorgfältig geplant hatte. »Sehr aufmerksam«, sagte ich mit einem mindestens genauso falschen Lächeln auf den Lippen. »Ein Date heute Abend wäre einfach … toll.«

Kapitel sechzehn

In meiner Mittagspause legte ich einen kurzen Stopp bei uns zu Hause ein. Irgendwann musste eine ganze Putzkompanie durch die Zimmer gefegt sein – es roch nach Möbelpolitur und Zitrusreiniger. Es sah Beau ähnlich, dass er extra jemanden vorbeigeschickt hatte, um alle Spuren des Angriffs zu beseitigen. Ein kleiner Teil von mir war beinahe enttäuscht, als ich feststellte, dass niemand aus dem Russell-Clan mehr hier war, aber vermutlich machte es keinen Unterschied. Außerdem hatte ich keine Zeit, mich in Selbstmitleid zu suhlen.

Ich schnappte mir einen Armvoll Klamotten, die Giselles Modeberaterin für mich ausgesucht hatte, und nahm mein Auto, um in die Agentur zurückzufahren. Am Abend stand mein Date mit Jason an, für das Giselle eine Reservierung in irgendeinem schicken französischen Restaurant gemacht hatte.

Der Nachmittag zog sich wie Kaugummi in die Länge, nur unterbrochen von einem kurzen Meeting mit Giselle, in dem es darum ging, dass Garth der Naga mich wiedersehen wollte, obwohl ich ihn einfach sitzen gelassen hatte.

Giselle war entzückt und vereinbarte ein Date für den nächsten Abend. »Ab sofort hältst du dir jeden Abend frei«, befahl sie mir triumphierend. »Die Geschäfte laufen immer besser.«

Irgendwie schaffte ich es, ein halbwegs höfliches Lächeln zustande zu bringen, auch wenn ich ihr am liebsten die Augen ausgekratzt hätte. Und meine Laune wurde noch schlechter, als ich ins Badezimmer ging, um mich umzuziehen, und mir der Geruch von Erdbeeren und Rosen in die Nase stieg, der mich sofort an Beau denken ließ. Einer diffusen Ahnung folgend, hob ich den Deckel des Mülleimers an und spähte hinein. Darin lag ein großes Bouquet roter Rosen und eine Packung mit Schokolade überzogener Erdbeeren. Ich fischte die Karte, die in dem Blumenstrauß steckte, heraus und las meinen Namen darauf.

Zur Hölle mit Giselle. Ich hätte mein Geschenk wirklich gern gesehen, bevor sie es einfach in den Müll geworfen hatte.

Für mein Date mit Jason entschied ich mich für ein leichtes graues T-Shirt-Kleid. Als ich eine von Beaus Bissspuren an meiner Wade entdeckte, wurde ich rot und hätte mich am liebsten zu Hause verkrochen. Da das Kleid nicht lang genug war, um die Male zu verstecken, zog ich mich noch einmal um. Der Stoff des neuen Outfits juckte auf meiner Haut, aber dafür war ich vom Kopf bis zu den Füßen bedeckt, und das war das Einzige, was zählte. Wenn Giselle bemerkt hätte, dass mich Beau auch am Bein gebissen hatte, wäre sie sicherlich nicht besonders amüsiert gewesen.

Jason übertraf sich an diesem Abend beinahe selbst mit seinem jugendlichen Charme, und ich war mir sicher, dass er versuchte, mich zu beeindrucken. Er bestellte den teuersten Wein, erzählte witzige Anekdoten von seinem Job und stellte mir jede Menge Fragen. Er war einer dieser Typen, die einen bei jeder Gelegenheit anfassen mussten. Immer wieder beugte er sich vor, um über den Tisch hinweg meine Hand zu berühren, und ich konnte mir genau vorstellen, wie jede andere Frau in meiner Situation seine Zuneigungsbekundungen mit leuchtenden Augen und einem Lächeln quittiert hätte. Mich dagegen ärgerte es nur. Jedes Mal, wenn seine Finger über meine strichen, zog ich schnell die Hand zurück. Immerhin kam mir in diesem Fall endlich mal meine Errötende-Jungfrau-Rolle zugute.

»Wollen wir noch irgendwo tanzen gehen?«, fragte er, als er dem Kellner seine Kreditkarte reichte und ich in meinem

Nachtisch aus Vanilleeis mit likörgetränkten Kirschen herumstocherte. »Downtown gibt es einen hervorragenden Salsa-Club, in den ich uns reinbringen könnte.«

Salsa? Genauso gut hätte er mich auf der Stelle erschießen können. »Ich habe zwei linke Füße«, gab ich zu.

Seine weißen Zahnreihen blitzten auf, als er mir ein strahlendes Lächeln schenkte. »Du bist viel zu bescheiden. Und ich dachte immer, alle Frauen tanzen gern.«

Beim Gedanken daran, mit Jason tanzen zu müssen, kam mir beinahe das Essen wieder hoch. Vermutlich lag das an der Vorstellung, wie ich langsam in einer Wolke seines ekligen Rasierwassers erstickte, während er mich im Kreis herumwirbelte. »Vielleicht ist es besser, wenn wir den Abend beenden. Ich fühle mich nicht so gut.« Das war nicht einmal gelogen. Der schwere, süßliche Moschusduft, der von ihm ausging, hatte mich bereits nach zehn Minuten fast zum Würgen gebracht.

Er sah enttäuscht aus. »Liegt es an mir, Bathsheba? Habe ich dich auf irgendeine Weise gekränkt?«

Na toll, jetzt war mir nicht nur schlecht, sondern ich fühlte mich auch noch wie ein gefühlloses Monster. »Es liegt nicht an dir«, sagte ich möglichst sanft und zwang mich dazu, über den Tisch hinweg nach seiner Hand zu greifen, weil ich wusste, dass ihm die Geste gefallen würde. »Ich bin heute Abend einfach nur nicht richtig … in Stimmung.« *Genauso wenig wie morgen oder an irgendeinem anderen Abend, an dem ich mit dir ausgehen muss.*

Er schenkte mir einen verständnisvollen Blick und drückte meine Hand. »Ich verstehe.«

Als der Kellner mit der Rechnung zurückkam, unterschrieb Jason sie, ohne einen Blick auf den Betrag zu werfen, und fügte ein Trinkgeld hinzu, das meine Monatsausgaben für Lebensmittel bei Weitem übertraf. »Es entgeht mir nicht, wenn mein Date zu abgelenkt ist, um sich auf das Abendessen zu konzentrieren.«

Vielleicht lag es an den drei Gläsern Wein, die ich getrunken hatte, oder an seinem sanften, verständnisvollen Tonfall, dass ich ihm ein aufrichtiges Lächeln schenkte. »Du hast mich durchschaut.«

Insgeheim war ich einfach nur froh, dass sich unser Date dem Ende zuneigte. Ich konnte es kaum erwarten, von ihm wegzukommen. Immerhin musste ich mich nun nur noch bereitwillig von ihm in seinem netten, absolut nichtssagenden champagnerfarbenen Lexus zurück in die Agentur fahren lassen.

Zumindest hatte ich geglaubt, dass die Agentur unser Ziel war. Doch als wir vor einem gigantischen, elektronisch gesicherten Eisentor hielten, auf dem die Initialen JTC prangten, warf ich ihm einen misstrauischen Blick zu. »Warum sind wir zu dir nach Hause gefahren?«

»Ich versichere dir, es ist alles ganz unschuldig«, sagte er. »Ich dachte, du hast vielleicht Lust, noch auf einen Kaffee hereinzukommen und einen Film mit mir anzusehen. Es ist schließlich noch früh am Abend.«

Damit hatte er nicht unrecht, und ich zwang mich trotz des unguten Gefühls, das von mir Besitz ergriff, ruhig zu bleiben. Wenn er mich zu früh zurück zur Agentur brachte, würden bei Giselle gleich wieder alle Alarmglocken schrillen. »Okay. Allerdings bin ich nicht wirklich in der Stimmung für Kaffee.«

Jason grinste. »Dann bekommst du ein Glas Wein. Giselle hat mir erzählt, dass du ein Fan von dunklem Roten bist.«

Ich lächelte gezwungen. »Großartig.« Irgendwann würde ich mich für all das hier an Giselle rächen.

Das Tor schwang lautlos auf, und Jason bog in die gewundene Auffahrt ein. Nachdem er den Wagen geparkt und ich mich umgesehen hatte, musste ich mich bemühen, nicht vor Staunen den Mund aufzureißen. Jasons Anwesen war beeindruckend. Eine Art Versailles im amerikanischen Stil. Die Architektur war an die eines traditionellen Plantagenhauses angelehnt. Ich zählte vierundzwanzig Fenster entlang der gesamten Front, und das waren nur die auf der Ebene der Veranda. Das Haus musste über mehr als ein Dutzend Zimmer verfügen, von denen vermutlich eines größer war als das andere. Eine Reihe hübscher Säulen, die von Efeu bewachsen waren, stützte das gewölbte Dach.

Verdammt, Jason hatte Geld. Richtig viel Geld.

»Als du erzählt hast, dass du im Bankwesen arbeitest, dachte ich, du meinst die Kreditstelle.«

Er nickte dem Angestellten zu, der aus dem Haus gekommen war, um mir die Wagentür aufzuhalten. »Ich vergebe tatsächlich Kredite.«

»Das meinte ich nicht. Ich dachte, du bist so was wie der Handlanger. Der arme Affe, der das Protokoll schreibt. Dabei bist du der Affe mit dem Geld.« Sprachlos gestikulierte ich in Richtung des Hauses. »Ich … Verdammt, es ist *riesig*.«

Er stieß ein lautes Lachen aus und ging um den Lexus herum, um meinen Arm zu nehmen und ihn auf eine beinahe schon altmodische Art und Weise bei sich einzuhaken. »Mit einer Sache hast du trotzdem unrecht.«

Ich ließ mich von ihm in die Eingangshalle führen. War das etwa ein Kristallleuchter? »Unrecht womit?«

»Kein Affe«, sagte er freundlich. »Puma.« Seine Augen leuchteten grün auf, als er mich mit eindeutigen Blicken von oben bis unten musterte.

Vermutlich legte er es nicht darauf an, mir Angst zu machen, aber mir wurden trotzdem die Knie weich. »Das habe ich nur so dahingesagt«, sagte ich schwach. »Ein Witz.«

Er grinste. »Es gefällt mir, wenn du mich herausforderst.«

Oh Mann. Ich lächelte unbeholfen.

Jason legte eine Hand in mein Kreuz und führte mich in einen Raum, der nach einem Arbeitszimmer aussah. Ein gigantischer Plasmafernseher bedeckte beinahe eine ganze Wand, und DVDs reihten sich in den Regalen anstelle von Büchern aneinander. In jeder Ecke der gewölbten Decke waren Lautsprecher befestigt. Dieser Mann liebte seine Spielzeuge ganz offensichtlich sehr.

Während ich mich noch beeindruckt umsah, wandte sich Jason abrupt mir zu und zog mich an seine Brust. »Sheba«, stöhnte er leise an meinem Ohr und grub die Fingernägel in meine Haut. »Den ganzen Abend konnte ich an nichts anderes denken als daran, wie sexy du aussiehst.«

Ich spürte einen Tropfen Blut mein Handgelenk hinablaufen und versuchte, mich aus seiner Umklammerung zu befreien. »Jason, lass los! Deine Krallen …«

Augenblicklich ließ er von mir ab. »Es tut mir leid«, keuchte er atemlos und starrte mich an. »Ich weiß nicht, was in mich gefahren ist.« Er griff in seine Jacketttasche und bot mir ein Taschentuch an.

Dann sorg besser dafür, dass das nicht noch einmal passiert. Ich tupfte mit dem Stoff auf meinem Handgelenk herum. Es war nur ein einzelner Tropfen Blut gewesen, und die winzige Wunde hatte sich schon wieder geschlossen. Ich bedankte mich für das Taschentuch, dann zögerte ich, unsicher, was ich damit anfangen sollte. Wegwerfen? In die Tasche stopfen?

Jason streckte die Hand aus und schenkte mir ein reuevolles Lächeln. »Ich kümmere mich darum.«

Ich drückte ihm das Taschentuch in die Hand.

Er nahm es entgegen, drehte sich um und krümmte die Schultern nach vorne. Dann schien er für einen Moment zu erstarren.

Ich neigte mich nach rechts, um zu sehen, was er tat. Roch er etwa an meinem Blut? Mein Nerd-Radar schlug alarmiert aus.

Als Jason aus seiner Starre erwachte und mit wenigen Schritten den Raum durchquerte, um das Taschentuch in den Müll zu werfen, glaubte ich für einen Moment, mir die Sache nur eingebildet zu haben. Doch dann kam er wieder auf mich zu, den Blick fest auf mich gerichtet, als wäre ich ein Beutetier, auf das er es abgesehen hatte. Ich trat einen Schritt zurück und stieß mit dem Rücken gegen die Wand. Mit einem Keuchen wich die Luft aus meinen Lungen, als er mich fest an sich zog. Er hatte die Arme in einer eisernen Umklammerung um mich geschlungen und beugte sich zu meinem Hals hinab, um meinen Rollkragen mit dem Mund herunterzuzerren und mir eine Reihe fieberhafter Küsse auf den Hals zu pressen.

»Jason!« Ich drückte mit den Händen gegen seine Schultern, doch seine harten Muskeln gaben keinen Zentimeter nach. »Was machst du da?«

Eine Hand stahl sich auf meinen Hintern. »Lass mich ihn aus deinen Gedanken löschen, Sheba«, keuchte er an meinem Hals und fuhr gierig mit der Zunge über meine Haut. »Du bist so wunderschön, so sexy …«

Ich wand mich verzweifelt, bis ich es schaffte, unter seinen Armen hindurchzutauchen. »Jason, was zur Hölle ist in dich gefahren?«

Er starrte bewegungslos auf eine Stelle an meinem Hals. Für eine Sekunde glühten seine Augen noch einmal in diesem seltsamen Grün auf, bevor das Leuchten darin erlosch. »Dein Hals …« Er blähte die Nasenflügel.

Scheiße. Im Eifer des Gefechts hatte ich Beaus Mal völlig vergessen. Abgesehen davon, dass ich nicht damit gerechnet hatte, dass mein Date einfach so über mich herfallen würde. Ich zog meinen Rollkragen wieder an Ort und Stelle und warf ihm einen gekränkten Blick zu. »Mit meinem Hals ist alles in Ordnung.«

»Ich dachte, du wärst noch Jungfrau.« Ein gefährlicher Unterton schwang in seinen Worten mit.

Ich wurde rot. »Ich bin vielleicht noch Jungfrau, aber bestimmt keine Nonne.« Innerlich betete ich, dass er nicht auf die Idee kam, das eigenhändig zu überprüfen.

Jason starrte mich noch einen Moment länger aus hungrigen Augen an, dann schüttelte er den Kopf. »Bitte entschuldige. Ich war … Es hat mich einfach überwältigt.«

»Ich sollte jetzt besser gehen.«

»Nein«, sagte er, der Ausdruck in seinen Augen war jetzt sanft und flehend. »Bitte. Wir werden uns auch nur unterhalten. Ich verspreche es. Es tut mir wirklich leid.«

Ich zögerte und dachte fieberhaft nach, was ich als Nächstes tun sollte. »Okay … Ich … ich denke, ich kann noch ein wenig bleiben.«

Mit einem erleichterten Lächeln führte mich Jason zu einem riesigen Sessel hinüber. Als ich auf das butterweiche Leder sank, sagte er: »Ich muss ein paar Anrufe tätigen. Würdest du mich kurz entschuldigen?«

Er ließ mich hier allein, obwohl er mich eben noch angefleht hatte, bei ihm zu bleiben? Ich versuchte, mir meinen Ärger und meine Erschöpfung nicht anmerken zu lassen. »Jason, wir können gern ein anderes Mal …«

Er legte die Hände auf meine Schultern, und meine Augen füllten sich mit Tränen, als ich von einer Wolke seines schweren Dufts eingehüllt wurde.

»Nein, bitte bleib, Sheba.«

Warum regte es mich nur so wahnsinnig auf, dass er mir diesen bescheuerten Spitznamen gegeben hatte?

»Ich verspreche dir, dass es nicht lange dauern wird«, fuhr er fort. »Dann können wir uns Zeit nehmen, uns endlich besser kennenzulernen.«

Er sah mich wieder mit diesem flehenden Blick an und strich mit den Daumen über meine Schultern, als könnte er mich umso besser überzeugen, je mehr er mich berührte. »Ich möchte, dass du bleibst.«

Er schien wirklich verzweifelt zu sein. Ich fragte mich, wie lange es dauern würde, bis er mich bei Giselle verpetzte, wenn ich jetzt aufstand und ging. »In Ordnung«, sagte ich nach einem weiteren Moment des Zögerns. »Aber es darf nicht zu spät werden. Ich muss morgen früh zur Arbeit.«

Er winkte ab. »Ich werde dich nicht zu lange beanspruchen, versprochen. Ich werde einen der Bediensteten anweisen, dir ein Glas Wein zu bringen, während ich meine Anrufe erledige.«

Bedienstete? Anweisen? Es gab freundlichere Arten, sich auszudrücken.

Jason verließ das Zimmer, und ich sog gierig die frische, parfümfreie Luft ein. Was hatte er bloß an sich, das mich jedes Mal so überwältigte, dass ich glaubte, ersticken zu müssen? Sein Rasierwasser war blumig und schwer, aber ich hatte schon Schlimmeres gerochen. Vielleicht lag es einfach daran, dass er nicht Beau war. Beau roch immer frisch und ein klein bisschen nach Moschus und zum Anbeißen, aber niemals hatte ich mich von seinem Duft überwältigt gefühlt.

Ich schob den Gedanken beiseite und widmete mich stattdessen der beeindruckenden DVD-Sammlung, unter der sich viele Kriegs- und Schwarz-Weiß-Filme befanden sowie einige ausländische Streifen mit Untertiteln.

Ich arbeitete mich einige Minuten durch die DVDs und warf zwischendurch immer wieder einen gelangweilten Blick auf die Uhr. Jason war inzwischen schon eine ganze Weile verschwunden.

»Miss?« Ein leises Klopfen an der Tür, dann kam ein Hausmädchen mit einem Tablett herein, auf dem eine Weinflasche und zwei teuer aussehende Kristallgläser standen. Die Frau war klein und dünn, und die braunen Haare fielen ihr kraftlos über die Schultern, an der die mindestens zwei Nummern zu große graue Uniform schlaff herunterhing. Sie wirkte nervös. »Der Master hat mich geschickt, um mich zu erkundigen, ob ich etwas für Sie tun kann.«

Der *Master*? Jason hatte wirklich ein Problem – oder auch

mehrere. Ich zog mein Handy aus der Tasche. »Wie lautet die Adresse hier?« Ich tippte Straße und Postleitzahl ein und fügte der Nachricht an Ryder noch einen kurzen Satz hinzu: HOL MICH SOFORT AB!

Das Hausmädchen starrte unsicher auf das Tablett in ihren Händen. »Der Master hat mich angewiesen, Ihnen das hier zu bringen.«

Ich gestikulierte in Richtung eines kleinen Tischchens. »Stellen Sie es einfach dort ab. Danke.«

Vorsichtig setzte sie das Tablett ab, doch dabei verrutschten die Gläser und die Flasche darauf, sodass alles umkippte und sich der Wein über den blassen seidenen Perserteppich ergoss.

Vor Schreck sogen wir beide gleichzeitig scharf die Luft ein. Dann griff ich schnell nach der Flasche und stellte sie auf den Tisch. Aber das Unglück war nicht mehr rückgängig zu machen – ein roter Fleck vom Durchmesser eines Basketballs hatte sich bereits auf dem teuren Teppich ausgebreitet.

»Gibt es hier irgendwo Tücher, mit denen wir versuchen könnten, den Fleck rauszutupfen?«

Keine Antwort.

Ich drehte mich zu dem Hausmädchen um.

Ihre Augen waren vor Angst weit aufgerissen, ihre Pupillen erweitert. Hilflos rang sie die Hände, während ihr stumm die Tränen die Wangen hinabliefen. Sie zitterte am ganzen Körper.

Das arme Ding. »Es ist doch nur ein bisschen Wein«, versicherte ich ihr mit einem aufmunternden Lächeln. »Tücher?«

Verzweifelt sank sie auf die Knie und begann zu schluchzen, als hätte man gerade ihr Todesurteil verhängt. Entweder sie war eine absolute Drama-Queen, oder sie fürchtete tatsächlich um ihr Leben.

Mit einem Stirnrunzeln trat ich hinaus auf den Flur, um mich nach weiteren Angestellten umzusehen. »Hallo? Ist hier irgendjemand? Jason?«

Eine andere Frau in grauer Uniform erschien im gegenüberliegenden Türrahmen. Mit nach vorn gebeugten Schultern sah sie mich ängstlich an, als erwartete sie statt einer Begrüßung eine Ohrfeige.

Was war mit diesen Leuten los?

»Kann ich Ihnen helfen, Miss?«, fragte sie leise.

Ich nickte und deutete in Richtung des Zimmers, aus dem ich gekommen war. »Könnten Sie kurz mitkommen?«

Auf leisen Sohlen trippelte sie wie eine scheue Maus hinter mir her. Und kaum hatte sie das andere Hausmädchen schluchzend auf dem Boden und den Weinfleck daneben bemerkt, drehte sie sich auf dem Absatz um und stürzte aus dem Raum.

»Holen Sie ein paar Tücher?«, rief ich ihr hinterher, während sich das ungute Gefühl in meinem Bauch immer weiter ausbreitete. »Hallo?« Ich konnte ihre Schritte auf der Treppe hören und dann eine Tür, die zugeknallt wurde.

Okay, das reichte. Es war mir egal, dass Ryder noch nicht da war. Ich würde draußen auf sie warten. Hastig schnappte ich mir einen Stift von einem der Tische und zog eine alte Quittung aus meiner Handtasche, auf die ich eine Nachricht für Jason kritzelte.

Ich kann nicht bleiben. Es tut mir leid, dass ich den Wein verschüttet habe, ich werde natürlich für die Reinigung aufkommen. Können wir uns ein andermal wiedersehen?

Ich unterschrieb mit meinem Namen und drückte dem Hausmädchen den Zettel in die Hand. »Keine Sorge, ich übernehme die Verantwortung für den verschütteten Wein, okay? Ich wollte nach der Flasche greifen und habe sie dabei umgestoßen. Genauso werden wir beide die Geschichte erzählen.« Ich schenkte ihr ein freundliches Lächeln.

Die Tränen flossen nicht mehr ganz so sturzbachartig über

ihre Wangen, und ihre Atmung beruhigte sich langsam, als sie dankbar zu mir aufsah. »Ja, Ma'am.«

Hier ging etwas sehr Merkwürdiges vor sich, und ich hatte nicht vor hierzubleiben, um herauszufinden, was es war. Ich lächelte das Hausmädchen noch einmal ermutigend an, dann schnappte ich mir meine Sachen und verließ das Haus. Jason war mehr als unheimlich, und ich konnte es kaum erwarten, so viel Abstand wie nur möglich zwischen ihn und mich zu bringen.

Die Auffahrt zum Haus war lang und mit buckligem Kopfstein gepflastert. In verschlungenen Kurven wand sie sich durch das dichte Gebüsch und die Bäume, die sein Anwesen umgaben. Die Dunkelheit und meine angespannten Nerven taten ihr Übriges, dass sich der Weg bis zur Straße nicht gerade nach einem gemütlichen Abendspaziergang anfühlte.

Als ich endlich das Tor erreichte, drückte ich auf den elektronischen Türöffner und schlüpfte hindurch, sobald es einen Spalt aufgeglitten war. Dann ging ich ein Stück die Straße hinunter, um einen besseren Blick auf die vorbeifahrenden Autos zu haben.

Gott sei Dank dauerte es nicht lange, bis ein großer Truck neben mir hielt. Ryder. Was für ein Glück.

Ich warf einen Blick durchs Fenster, um sicherzugehen, dass es tatsächlich meine Arbeitskollegin war, und stolperte überrascht ein paar Schritte rückwärts, als Beau die Beifahrertür öffnete. Ein leiser Protestlaut kam über meine Lippen, und ich starrte ins Innere des Wagens. Auf dem Fahrersitz saß Ramsey.

»Wo ist Ryder?«

»Wir waren gerade in der Agentur, als sie deine Nachricht bekommen hat. Ich habe ihr gesagt, dass ich mich selbst darum kümmern werde. Spring rein!«

»Woher soll ich wissen, dass das nicht wieder irgendein Trick von dir ist, um mich zu kidnappen und zurück in deine Liebes-Lodge zu schleppen?«

Beaus Grinsen hatte etwas Wildes an sich. »Das kannst du nicht wissen.«

Ich starrte ihn finster an, bevor ich einen Blick über die Schulter auf Jasons Villa auf dem Hügel warf. Wie es aussah, hatte ich die Wahl zwischen einem arroganten, ziemlich herrischen und einem »Zu-sexy-als-gut-für-mich-war«-Werpuma, mit dem ich eigentlich gerade Schluss zu machen versuchte. Die Frage, für wen ich mich entscheiden würde, stellte sich nicht wirklich, aber ich zog trotzdem mein Handy hervor, um schnell eine Nachricht an Ryder zu tippen. Ein Blick auf das Display verriet mir, dass sie mir vor einigen Minuten selbst eine SMS geschickt hatte.

Sei mir nicht böse. Beau ist wirklich sehr entschlossen, dich wiederzusehen.

Ach was, Sherlock … »Weswegen seid ihr in der Agentur gewesen?«, fragte ich misstrauisch.

»Marie hatte mir versprochen, einige Akten zu den Anderson-Wölfen rauszusuchen. Ich wollte ein paar Adressen abgleichen.«

Mein Gesichtsausdruck wurde sanfter, als ich die Besorgnis in seiner Stimme hörte. »Ihr habt Savannah immer noch nicht gefunden?«

Er schüttelte den Kopf und deutete dann hinter sich auf den Truck. »Steigst du jetzt ein?«

Ich schlüpfte in die Fahrerkabine. Beau folgte mir und zog mich auf seinen Schoß, dann schloss er die Beifahrertür. Doch auch wenn das allemal besser war, als zwischen ihm und Ramseys düsterer Gestalt eingequetscht zu sein, fühlte es sich dennoch seltsam intim an, ihm so nahe zu sein.

»Beau«, sagte ich leise und versuchte, von ihm runterzurutschen. »Ich kann nicht auf deinem Schoß sitzen.«

Er sah mich mit einem herausfordernden Grinsen an und machte keine Anstalten, mich gehen zu lassen. »Erinnerst du dich an unsere letzte Unterhaltung, bei der du mir deutlich gemacht hast, dass ich aus deinem Leben verschwinden soll?«

»Ich erinnere mich«, sagte ich und versuchte, ihm nicht in die Augen zu sehen, um meine Worte nicht auf der Stelle wieder zurückzunehmen. Doch als er lässig mit den Schultern zuckte, lenkte das meinen Blick automatisch auf seine breite Brust – als wäre ich eine halb verhungerte Nymphomanin. Ich konnte ihn nicht in meinem Leben haben. Es ging einfach nicht.

»Das akzeptiere ich nicht«, sagte er ruhig.

Ich schüttelte den Kopf, um meine Gedanken zu ordnen. »Was akzeptierst du nicht?«

»Deine Zurückweisung.« Er nahm meine Hand in seine, die warm und unglaublich tröstend war. »Ich habe entschieden, dass ein Nein keine akzeptable Antwort für mich ist.«

Bei seinen Worten erzitterte ich. Um die verräterischen Signale meines Körpers zu überspielen, zwang ich mich dazu, meine Stimme möglichst sarkastisch klingen zu lassen, als ich sagte: »Glaubst du ernsthaft, dass ich dir jetzt einfach so einen Kuss geben und so tun werde, als hätte ich nicht schon zweimal mit dir Schluss gemacht?«

»Klingt für mich nach einer guten Lösung.« Und dann presste er einfach so seine Lippen auf meine und schob eine Hand in meinen Nacken, um mich enger an sich zu ziehen.

Ich und meine große Klappe – das hatte ja wieder mal hervorragend geklappt. Und er und seine verdammt verführerische Klappe. Seine Lippen waren so warm, so sanft und köstlich. Er wusste ganz genau, was er wollte, und wie ein zielstrebiger General kam er, sah und eroberte. Mit dem ersten Zungenschlag war ich verloren. Seine Zunge strich durch meinen Mund, besitzergreifend und lockend, und ich begegnete ihr mit meiner eigenen. Niemand schmeckte so gut wie Beau.

Ich war nicht über ihn hinweg. Ich wollte ihn, egal, was das bedeutete. Gierig krallte ich die Finger in sein Hemd und drehte mich um, sodass ich rittlings auf ihm saß.

Als sich Ramsey vernehmlich räusperte, landete ich mit einem Knall wieder auf dem Boden der Tatsachen. Beau verzog die Lippen zu seinem typischen trägen Grinsen. Ich boxte ihn empört gegen die Schulter. »Hör auf, solche Dinge mit mir anzustellen.«

Er hob die Hände, als wollte er aufgeben, bevor er mir ernst in die Augen sah. »Mit wem warst du heute Abend zusammen?«

Ich strich mir eine Haarsträhne hinters Ohr und erwiderte seinen Blick. »Das geht dich nichts an.«

Den Bruchteil einer Sekunde leuchteten seine Augen in der Dunkelheit auf. Die Werpuma-Version eines Wutausbruchs. »Du stinkst nach Rasierwasser.«

Ja, das tat mein Date auch … »Beau, hör auf damit.«

»Hat er dich geküsst?«

Hatte da etwa eine Drohung in seinen Worten gelegen? Ich starrte ihn verärgert an, um meine Lüge zu überspielen. »Manche Kerle haben tatsächlich genug Manieren, um nicht gleich beim ersten Date über eine Frau herzufallen.« Das traf zwar nicht auf Jason zu, aber ich war mir sicher, dass es auch Männer gab, die sich zu benehmen wussten.

Beau schwieg, bevor er sich zu einem selbstgefälligen »Gut so« herabließ.

Seine Art ging mir wahnsinnig auf die Nerven – und machte mich gleichzeitig unglaublich an. Es war erregend, wie besitzergreifend er reagieren konnte, wenn es um mich ging, aber er benahm sich in diesen Fällen eben auch wie der letzte Idiot. Verdammt. Wieder brach mein Herz ein weiteres kleines Stück. Ich durfte das hier nicht haben. Ich durfte *ihn* nicht haben. »Ich kann das hier nicht, Beau.«

»Sch«, murmelte er sanft.

»Ich kann nicht mit dir zusammen sein. Es tut mir leid.« Tränen brannten in meinen Augen.

Wir schwiegen eine Weile, bis Beau erneut das Wort ergriff. »Ich brauche deine Hilfe, Bathsheba. In deinem Job hast du schon eine ganze Reihe Mitglieder der Allianz kennengelernt, oder?«

Die Frage erschien mir seltsam. »Ich denke, schon, ja«, antwortete ich zögerlich.

»Alle Anmeldungen müssen persönlich vorgenommen werden, ist das richtig?«

»Giselle möchte, dass sich jeder neue Klient persönlich bei uns vorstellt, ja. Manche unserer Kunden sind mehrere Jahrhunderte alt und nicht gerade up to date, was moderne Technik angeht.« Vampire waren im Umgang mit Computern besonders schlecht. Wenn einer von ihnen selbst sein Profil eintippen müsste, würde er vermutlich Wochen brauchen. »Warum?«

»Weil ich Hilfe dabei brauche, zwei Leichen zu identifizieren.«

Kapitel siebzehn

Ich musste ihn missverstanden haben. »Wie bitte?«

»Ich weiß, dass ich ziemlich viel von dir verlange, aber ich brauche deine Hilfe.«

Meine Jungfräulichkeit war ziemlich viel von mir verlangt gewesen. Das hier war einfach nur seltsam.

Die gesamte Fahrt über schwiegen wir, bis wir vor dem Büro des Gerichtsmediziners hielten. Um diese nachtschlafende Zeit war der Parkplatz wie ausgestorben. Wir gingen auf die Glastür zu, neben der sich eine Klingel befand, auf die Beau drückte. Nach ein paar Sekunden ertönte der Summer, und wir betraten zu dritt das Gebäude.

Der Labormitarbeiter, der uns an der Tür begrüßte, kam mir irgendwie bekannt vor. Er hielt Beau ein Klemmbrett entgegen, damit er sich eintragen konnte. »Glaubst du, sie ist dazu in der Lage?«

»Es ist einen Versuch wert«, antwortete Beau ruhig.

Der Typ führte uns einen Korridor hinunter bis zu einer Tür, auf der ein Schild mit dem Namen »Morgue« angebracht war. »Gib mir einen Moment, um die Genehmigung zu bekommen.«

Die Tür fiel hinter ihm ins Schloss, dann waren gedämpfte Stimmen zu hören.

»… Bjorn … Blick auf die toten Mädchen …«

»… Beziehung zu den Verstorbenen?«

Auch wenn ich nicht alles verstand, machte mich der Inhalt der Unterhaltung nervös.

Die Tür wurde wieder geöffnet. Als uns der Labormitarbeiter anlächelte, erinnerte ich mich wieder daran, wo ich ihn schon einmal gesehen hatte. Er war einer von den Männern gewesen, die Beau nach dem Angriff abgestellt hatte, um unser Haus zu bewachen.

»Alles klar«, sagte er, und Beau und ich folgten ihm, während Ramsey im Flur stehen blieb.

Der Raum, in den uns der Mann führte, war groß. Die weißen Fliesen, die den Boden bedeckten, und die Reihe hoher Metallschränke, die vor einer schwarzen Wand aufragten, verliehen ihm ein steriles Aussehen. Auf der anderen Seite des Labors stand eine Mitarbeiterin, die uns mit einem knappen Nicken begrüßte.

Der Laborant, der uns hergebracht hatte, trat zu einem der Schränke und zog am Griff einer der überdimensionierten Schubladen. Kalter Nebel stieg auf, als hätte er ein Eisfach geöffnet. Auf der herausgezogenen Bahre lag ein mit einem weißen Tuch bedecktes Objekt, das die Größe und die Umrisse eines menschlichen Körpers hatte.

Oh mein Gott. Obwohl ich etwas in der Art erwartet hatte, wurden mir die Knie weich.

»Ich hab dich«, sagte Beau und schlang einen Arm um meine Taille.

Der Laborant zog das Laken beiseite und enthüllte das Gesicht des Opfers.

Es hätte sich um eine wächserne Barbiepuppe handeln können. Was auch immer an ihr menschlich gewesen war, war vor langer Zeit aus ihrem Körper gewichen. Ihr Gesicht hatte eine gräuliche Farbe, doch noch immer war zu erkennen, wie hübsch sie einmal gewesen war. Wunderschön sogar, aber das überraschte nicht, wenn man bedachte, dass sie ein Mitglied der Allianz gewesen war. Ihre Ohren waren nicht zugespitzt, weswegen ich vermutete, dass sie keiner Feen-Art angehört hatte. Die blonden Haare, die man ihr aus der Stirn gekämmt hatte, waren beinahe so hell, wie es ihre Hautfarbe einst gewesen sein musste, bevor sie den aschfahlen Ton des Todes angenommen hatte.

Konnte ich sie identifizieren? Sie kam mir vage bekannt vor. Ich beugte mich zu Beau hinüber und flüsterte ihm ins Ohr: »Was ist sie?«

»Eine Gestaltwandlerin«, flüsterte er zurück. »Aber ich weiß nicht, welcher Art. Auf jeden Fall kommt sie nicht von hier.«

»Irgendwelche Markierungen?«

Der Labortechniker zog das Laken ein Stück weiter herunter, um ein winziges Pfoten-Tattoo zu entblößen, das sie auf der rechten Brust trug.

In diesem Moment erinnerte ich mich. Die Pfote war viel zu klein, um zu einem Wolf zu gehören. Die fünf zierlichen Zehen waren mit zarten Krallen besetzt. »Nerz«, sagte ich. »Regina St. James war eine der wenigen Wernerze in unserer Datenbank. Sie hat mir mal ihr Tattoo gezeigt.« Ich starrte auf ihren Körper hinab, der überhaupt nicht mehr nach Regina aussah. Sie war so hübsch gewesen, und ihre lebhafte, temperamentvolle Art hatte mich sofort für sie eingenommen. Diese kalte Fremde hatte nichts mit ihr zu tun. »Sie ist gern ausgegangen. Giselle hat sie dafür geliebt.«

Der Laborant nickte und machte sich ein paar Notizen auf einem Block. »Wir setzen uns mit ihrer Familie in Verbindung, um rauszufinden, ob sie irgendwer als vermisst gemeldet hat.«

»Wollt ihr auch den anderen Körper sehen?«, fragte uns seine Kollegin von der anderen Seite des Raums aus.

Wir gingen zu ihr hinüber, und sie zog eine weitere Schublade mit einer Bahre heraus. Doch als sie das Gesicht der Toten enthüllte, konnte ich keine Ähnlichkeit zu jemandem feststellen, den ich kannte.

Das Gesicht der Toten war runder, lieblicher als das von Regina. Und jünger. Das kräftige Blond ihrer Haare ließ ihre Gesichtsfarbe unnatürlich wirken. Ihr Körperbau war etwas kurviger als der der Wernerz-Frau. Sie besaß keine Tattoos, die etwas über ihre Identität hätten verraten können, und da man sie tot aus einem Fluss geborgen hatte, war ihr Duft schon lange verflogen. Deswegen waren sich die Mitarbeiter weder sicher, um welche Art von Gestaltwandlerin es sich bei ihr gehandelt hatte, noch, ob sie überhaupt eine gewesen war.

»Es tut mir leid«, sagte ich nach ein paar Minuten, in denen wir schweigend den leblosen Körper betrachtet hatten. »Ich kenne sie nicht. Aber ich kann morgen in der Agentur gern die Datenbank durchgehen, wenn das hilft.« Ich warf Beau einen schnellen Blick zu, der noch immer mit ernstem Gesichtsausdruck die Leiche anstarrte.

Er sah kurz zu mir und dann wieder auf die tote Frau. Der Ausdruck in seinen Augen hatte mörderisch gewirkt, durchdringend, mehr katzenartig als menschlich. »Beide Frauen sind blond. Wie lang sind ihre Haare?«, fragte er den Labormitarbeiter.

Der Mann warf einen Blick auf sein Klemmbrett. »Bei beiden reichen die Haare etwa bis zur Mitte des Rückens.«

»Größe?«

»Ein Meter sechsundsiebzig und eins siebenundsiebzig.«

Beau presste die Lippen zu einem schmalen Strich zusammen. »Groß mit langen blonden Haaren.« Er sah mich an. »Sie sehen dir beide ähnlich.«

Ich runzelte die Stirn. Als ich einen zweiten Blick auf die Leiche warf, spürte ich plötzlich ein warnendes Prickeln im Nacken. »Wie sind sie gestorben?«, fragte ich.

Der Labormitarbeiter schüttelte den Kopf. »Das spielt keine Rolle …«

Das hatte ich bereits erwartet. Entschlossen griff ich nach dem Laken, um einen Blick auf den Rest des Körpers werfen zu können und mich von dem Gesicht abzulenken, das meinem mit jeder Sekunde ähnlicher zu sehen schien.

Beau legte eine Hand auf meine, um mich daran zu hindern, den Körper ganz zu enthüllen. »Bathsheba«, sagte er mit tiefer Stimme. »Das willst du nicht sehen. Sie ist … Teile von ihr wurden gefressen.«

In dieser Nacht weigerte sich Beau, mich nach Hause gehen zu lassen. Die ganze Fahrt hin zum Worthington Hotel protestierte ich, aber ich hatte keine Chance.

»Hinterlass Giselle eine Nachricht auf der Mailbox«, sagte er ruhig. »In der Agentur bist du zurzeit nicht sicher. Nicht, solange da draußen irgendein Wesen herumläuft, das Jagd auf große Blondinen macht.«

Ich musste zugeben, dass ich tatsächlich ein wenig Angst hatte. Immerhin war es erst ein paar Tage her, dass ich in meinem eigenen Haus angegriffen worden war, und jetzt waren da auch noch diese beiden toten Frauen, die mir viel zu ähnlich sahen. Bei Beau fühlte ich mich sicher, auch wenn ich nicht behaupten konnte, dass das auf mein Höschen zutraf.

»Bring mich zu Sara. Im Hotel ist es auch nicht sicherer als dort, wo sie ist«, argumentierte ich, als wir die riesige Lobby durchquerten.

Ich erinnerte mich nur zu gut an die letzte Nacht, die ich hier verbracht hatte. Er hatte mich an seine warme Brust gezogen, und ich hatte mich seinem würzigen, männlichen Duft hingegeben. Allein beim Gedanken daran zogen sich meine Nippel vor Verlangen schmerzhaft zusammen.

Als wüsste er genau, was in diesem Moment in meinem Kopf vorging, warf Beau mir einen glühenden Blick zu, als wir vor der Tür unserer Suite stehen blieben.

»Warum hörst du nicht damit auf?«, flüsterte ich und rammte die Schlüsselkarte in den dafür vorgesehenen Schlitz.

Ein leises Klicken ertönte, und ein grünes Licht signalisierte, dass das Schloss entsperrt war. Ich schob energisch die Tür auf.

»Womit?« Er klang angespannt.

»Mich so anzusehen, wie du es … in bestimmten Situationen eben tust.« Ich konnte ihm nicht sagen, dass er es immer dann tat, wenn ich an Sex mit ihm dachte. »Es kommt mir vor, als würdest du meine Gedanken lesen.«

»Ich kann keine Gedanken lesen«, sagte er in sanftem Tonfall, packte mich und presste mich mit dem Rücken gegen die nächste Wand. Ich spürte jeden einzelnen harten Muskel, mit dem er mich in seinem eisernen Griff gefangen hielt. »Aber ich kann dich riechen.« Sanft strich er mit den Lippen über meinen Mund.

Jeder Nerv in meinem Körper reagierte auf die leichte Berührung, und ich stieß seufzend den Atem aus.

Mit einem Finger streichelte er mir federleicht über die Wange. »Seit wir uns in der Hütte geliebt haben, erkenne ich jeden Geruch wieder, der etwas mit dir zu tun hat, egal, wie schwach er ist. Das Parfüm, das du trägst, dein Shampoo, das Waschmittel, das du für deine Dessous verwendest.« Als sich seine Nasenflügel blähten, wusste ich, dass er genau in diesem Moment all diese Dinge an mir wahrnahm. »Ich kann riechen, wenn du angetörnt bist. Dein Duft ist in jede Faser meines Körpers übergegangen.«

Bei seinen Worten wurde ich rot. »Du kannst all das riechen?« War das der Grund dafür, dass er mir jedes Mal diesen seltsamen Blick zuwarf, wenn ich daran dachte, was zwischen uns passiert war?

Als Antwort presste er sich noch ein wenig fester gegen mich, sodass ich die harte Erektion durch den Stoff seiner Hose spüren konnte. »Ich will dich so sehr, dass ich halb verrückt vor Lust bin.« Er schenkte mir einen leidenschaftlichen Kuss. »Jedes Mal, wenn ich auch nur einen Hauch deiner Erregung rieche, könnte ich vor Verlangen durchdrehen. Ich hungere nach diesem Duft, um mich immer wieder zu vergewissern, dass du an mich denkst.« Abrupt ließ er mich los, bevor er mich vorsichtig, beinahe unsicher fragte: »Bin *ich* es, an den du denkst, oder ist es ein anderer?«

»Natürlich denke ich an dich«, sagte ich sanft.

Er packte mich abermals bei den Schultern, und im nächsten Moment traf seine harte Brust auf meine weiche. Unsere Münder verschmolzen zu einem leidenschaftlichen Kuss, und wir taumelten ineinander verschlungen zum Bett hinüber. Ich konnte einfach nicht genug von ihm bekommen, und er revanchierte sich mit heißen Bissen des Verlangens. Mit einer Hand löste er meinen Pferdeschwanz, sodass uns meine langen blonden Haare wie ein Vorhang einhüllten. Beau stöhnte laut auf, und ich rieb ungeduldig mit der Hand über seine harte Erektion, die noch immer in seiner Hose gefangen war. Als er mit den Fingernägeln an meinen Beinen hinabfuhr, riss der Stoff meiner Strumpfhose, und meine nackten Beine kamen zum Vorschein.

»Krallen«, sagte er mit einem Grinsen und streichelte meine Schenkel. Dann beugte er sich vor, knabberte an meinem Nacken und riss mir gleichzeitig die letzten Fetzen Stoff von den Beinen, um seine Hand auf meine feuchte Mitte zu pressen. »Ich kann dich riechen«, knurrte er an meinem Ohr. Seine Stimme war rau vor Verlangen.

Ich liebte es, das Gewicht seines schweren Körpers auf meinem zu spüren. Ungeduldig griff ich nach unten, um den Reißverschluss seiner Hose zu öffnen, während sich unser heißer Atem vermischte.

Mit einer Hand drückte er mein Knie hinunter, um meine Beine weiter zu spreizen und seine Hüften dazwischenschieben zu können. Seine Schwanzspitze stieß vielversprechend gegen meinen vor Lust feuchten Eingang.

Ich sog scharf die Luft ein.

Beau erstarrte in der Bewegung. »Bathsheba?« Er klang besorgt.

Ich wand mich unter ihm und rieb flehend mein Becken an seinem dicken, langen Stab. »Wenn du jetzt aufhörst, rede ich nie wieder ein Wort mit dir.«

Er lachte leise in sich hinein, während er mit der Schwanzspitze neckend über meine Klitoris rieb. »Das kann ich auf keinen Fall zulassen.« Dann stieß er endlich zu.

Das wundervolle Gefühl, von ihm gedehnt, ganz und gar ausgefüllt zu werden, ergriff jede Faser meines Körpers. Als er erneut in mich stieß, keuchte ich vor Lust auf und legte beide Hände an seine Wangen, um ihn für einen weiteren leidenschaftlichen Kuss an mich zu ziehen. Außer mir vor Begehren hob ich die Hüften, um seinen entgegenzukommen. Und als seine festen Brustmuskeln über meine Nippel strichen, wurden sie so hart, dass es beinahe schmerzte.

Immer schneller pumpte er in mich hinein, härter und härter trafen unsere Körper aufeinander, während er mit dem Becken genau die richtige Stelle berührte und ich in einem überwältigenden Orgasmus seinen Namen herausschrie.

Beau explodierte kurz darauf, und wir brachen zitternd und keuchend, meine Beine noch immer um seine Hüften geschlungen, zusammen.

»Verdammt«, murmelte ich. So viel dazu, dass ich mich von ihm fernhalten wollte.

Er verzog die Lippen zu einem lässigen Grinsen. »Ist das deine Art, mit mir Schluss zu machen? Wenn ja, dann haben wir uns, glaube ich, schon wieder zusammengerauft und die Versöhnung mit einem Kuss besiegelt.«

Ich schlug ihm verärgert auf den Arm und versuchte aufzustehen, doch ich war unter ihm gefangen. »Lass mich raus.«

»Versprichst du mir, heute Nacht hierzubleiben?«

Ich nickte mürrisch, und er entließ mich aus seiner Umklammerung.

Schnell brachte ich ein paar Zentimeter Matratze zwischen uns, bevor ich ihn wieder ansah und fragte: »Wo sollte ich heute Nacht sonst hingehen?« Die offensichtliche Antwort lautete: *Zurück in die Agentur!*, aber ich hatte keine Lust, mich einem weiteren Date mit Jason zu stellen, und wenn Giselle herausbekam, dass ich mich wieder mit Beau getroffen hatte, würde sie ausflippen.

Er zuckte mit den Schultern. »Keine Ahnung. Bei deinen ganzen Geheimnissen weiß man nie.«

Ich ignorierte seinen Kommentar und starrte auf den ausgeschalteten Fernseher. Meine blassen nackten Beine spiegelten sich in dem dunklen Bildschirm und erinnerten mich an die Leichen, die wir in der Gerichtsmedizin gesehen hatten. Ein Schauder lief mir das Rückgrat hinab, und ich schüttelte mich. »Wer um Himmels willen wollte diese armen Mädchen auffressen?« *Und wer … mich?*

»Ich bin mir ziemlich sicher, dass es ein Wendigo war. Vielleicht auch ein ganzes Rudel.«

»Ein *was*?« Neugierig beugte ich mich vor, wobei die seidenen Laken über meine sensibelsten Stellen strichen. Ich wurde rot, als mich ein Schauder durchfuhr – diesmal allerdings aus Lust und nicht aus Angst.

Beau blickte auf, um mich aus glühenden gold-grünen Augen anzusehen, und meine Wangen wurden noch heißer, da ich inzwischen wusste, was ihm in diesem Augenblick durch den Kopf ging.

»Entschuldige, die Laken … Was hast du gesagt?«

»Wendigo.« Er setzte sich auf die Bettkante und stützte die Ellbogen auf die Oberschenkel, als wäre er auf einmal sehr erschöpft.

Ich beobachtete ihn mit wachsender Sorge. In meiner Vorstellung war Beau stark und unermüdlich. Ihn so zu sehen und zu wissen, dass ich für seinen Zustand verantwortlich war, machte mich traurig.

Ich kniete mich hinter ihn, legte meine Hände auf seinen Nacken und begann, die verspannten Muskeln zu massieren.

Beau stöhnte wohlig auf, ließ den Kopf nach vorn sinken und gab sich ganz meinen Berührungen hin. Ich liebte es, seinen Nacken zu kneten, die feinen Haare unter den Fingern zu spüren, die weiche Haut hinter seinen Ohren und die harten Muskeln um seine Schultern. Sein Hemd war mir im Weg, also beugte ich mich vor und knöpfte es auf. »Erzähl mir von diesen Wendigos.«

Er seufzte schwer. »Sie sind … Kannibalen.«

Ich hielt einen Moment inne, um mich zu sammeln, dann zog ich ihm das Hemd über die Arme herunter.

»Hast du noch nie etwas von den Legenden der amerikanischen Ureinwohner über die Wendigos gehört?«

Ich massierte weiter seine Schultern, in der Hoffnung, er würde sich endlich etwas entspannen. »Nein. Was sind sie?«

»Einige Stämme glaubten, dass ein Mann die Stärke eines anderen in sich aufnehmen konnte, indem er sein Fleisch aß. Doch indem er es tat, wurde er zu einem Wendigo – einer schrecklichen Kreatur, die das Fleisch anderer braucht, um zu überleben. Sie riechen nach Fäulnis, als wären sie aus einem Grab aufgestiegen, sie sind stärker als jedes andere Wesen auf dieser Erde, und ihr Durst nach Blut ist unstillbar.« Er machte eine kurze Pause. »Der größte Teil dieser Legenden ist pure Fantasie. Nur Gestaltwandler können zu Wendigos werden.«

»Oh.« Ich hielt inne. »Und praktischerweise ist fast jeder, den wir kennen, ein Gestaltwandler.«

Beau schwieg.

»Die Frauen in der Gerichtsmedizin sahen mir beide ähnlich. Heißt das, dass etwas hinter mir her ist, um mich zu … *fressen?*«

»Das würde keinen Sinn machen. Du bist keine Gestaltwandlerin.«

»Und warum verfolgt es mich dann?«

»Ich weiß es nicht«, sagte er düster. »Aber ich werde es herausfinden.«

KAPITEL ACHTZEHN

Am nächsten Morgen weckte mich mein Handy aus tiefem Schlaf. Mein Kopf lag auf Beaus breiter, warmer Brust, und ich hatte die Beine um seine geschlungen.

Das Telefon vibrierte auf seinem Nachttisch und spielte gleichzeitig den Klingelton, den ich für Anrufe von Sara eingespeichert hatte.

Ich schreckte auf und zuckte gleich darauf vor Schmerz zusammen, da Beau auf meinen Haaren lag.

Er öffnete die Augen und lächelte mich an. »Guten Morgen. Hast du gut geschlafen?«

Ich zog meine Haare unter seinem Kopf hervor und löste meine Beine aus unserer Verknotung. »Ich kann mich nicht mal mehr daran erinnern, wie ich eingeschlafen bin«, neckte ich ihn. Am liebsten wäre ich direkt wieder unter ihn geglitten, um sein wundervoll schweres Gewicht auf mir zu spüren. Ich wollte einfach nur den Kopf an seiner Brust vergraben und die Welt um uns herum vergessen.

Wieder ertönte der plärrende Klingelton meines Handys. Ich seufzte. »Ich muss drangehen.«

Er griff über mich nach dem Telefon und drückte es mir in die Hand.

Ich wischte mit dem Daumen über den Bildschirm. »Hey.«

»Hey, Bath!«, quietschte Sara, viel zu aufgekratzt für diese Uhrzeit. »Du hast ja ewig gebraucht, um dranzugehen. Was ist los?«

»Nichts«, sagte ich hastig und war froh, dass sie nicht sehen konnte, wie ich rot anlief. Als Beau die Arme um mich schlang, um mich an sich zu ziehen, entwand ich mich seinem Griff. »Wie geht es dir? Ist alles okay?«

»Mir geht's super. Alles ist so weit ruhig. Wir spielen fast die ganze Zeit nur Videospiele. Ramsey ist wahnsinnig schlecht darin. Ich glaube, er spielt nur weiter, um mir einen Gefallen zu tun.« Ich konnte sie kauen hören. Vermutlich frühstückte sie gerade. »Und wie läuft es bei dir?«

Ich stockte. »Äh … ja … Ich bin … Mir geht's auch gut.« Mir entfuhr ein nervöses Lachen. »Viel Arbeit. Du weißt schon.«

»Mhmmmm.« Sie hielt kurz inne. »Beau ist bei dir, oder?«

Oh mein Gott, könnte mich bitte jemand erschießen? »Nein, ist er nicht. Warum glaubst du das?«

»Du hast diesen unnatürlich hohen Tonfall.«

Knusper. Knusper. Aß sie Toast?

»Ramsey hat mir erzählt, dass Beau vollkommen verrückt nach dir ist. Du magst ihn, stimmt's?«

Beau schnaubte und rieb seinen Fuß an meiner Wade. »Ich habe kein einziges Mal das Wort ›verrückt‹ benutzt.«

Natürlich konnte Beau jede Silbe hören, die Sara von sich gab. Ich konnte mir keine peinlichere Situation vorstellen.

»Zwischen uns läuft nichts«, murmelte ich, obwohl Beau in diesem Moment mit der Hand meinen Oberschenkel hinaufstrich und mich in den Po zwickte, sodass ich ein Quietschen ausstieß.

»Natürlich läuft was zwischen euch. Du gehst mit ihm aus. Ihr schlaft miteinander.«

»Wir reden später darüber«, sagte ich schnell und versuchte, das Stöhnen zu unterdrücken, das in meiner Kehle aufstieg, als Beau die Fingerspitzen über die Innenseite meines Oberschenkels tanzen ließ. »Weswegen rufst du an?«

»Ach ja, äh … Ich weiß nicht genau, wie ich dir das sagen soll«, murmelte Sara, und mein Herz setzte einen Schlag aus.

»Was ist los?« Mein Gehirn schaltete reflexartig auf Panik-Modus um. Wenn wir heute Nacht die Stadt verließen, konnten wir noch entkommen. Wir würden im Schutz der Dunkelheit packen und …

»Ramsey weiß Bescheid.«

»Worüber?« Mein Herz begann, wie wild zu klopfen. Vielleicht redeten wir von zwei unterschiedlichen Dingen.

»Über die Wolf-Sache?«, fragte Beau gelangweilt. »Darüber weiß er schon die ganze Zeit Bescheid.«

Meine Atmung setzte aus. Mit einem Mal schien mein Gehirn nicht mehr richtig zu funktionieren. »Ich rufe dich zurück«, stieß ich atemlos hervor und legte auf. Dann fuhr ich zu Beau herum. »Was meinst du damit? Welche Wolf-Sache?«

»Deine Schwester ist der weibliche Wolf, nach dem das Anderson-Rudel sucht.« Er sah mich aufmerksam an. Eine Katze, die ihre Beute fest im Blick hatte.

Ich sackte in mich zusammen. »Wie … Woher weißt du Bescheid?«, stotterte ich, immer noch vollkommen überrumpelt.

Er zuckte mit den Schultern. »Jeder Gestaltwandler mit einer Nase kann es riechen, sobald sie den Raum betritt. Ich dachte zuerst, der Wolfsgeruch an dir würde aus der Agentur stammen. Von irgendwelchen Klienten. Aber als ich zum ersten Mal Sara getroffen habe, war mir alles klar. Das ist der Grund, aus dem Ramsey wie ein Schatten über sie wacht. Er wird auf sie aufpassen, bis wir Savannah zurückhaben.«

Tränen brannten in meinen Augen. Dutzende Gefühle rangen in diesem Augenblick miteinander in meinem Innern. Ich fühlte mich wie ein Vulkan, der jeden Moment vor Zorn und gleichzeitig vor Erleichterung explodieren würde, wie ein Ballon, aus dem alle Luft gewichen war. Es fiel mir noch immer schwer, zu begreifen, was er da gerade gesagt hatte. Langsam wiederholte ich seine Worte: »Er passt auf sie auf.« Es klang mehr wie eine Feststellung als wie eine Frage.

Beau legte die Hände um meine Taille und zog mich auf den Rücken, bevor er sich über mich beugte und Hunderte Küsse um meinen Nabel verteilte. »Ja, das habe ich doch gerade gesagt.«

»Aber … aber die Wölfe …«

»Wir würden deine Schwester niemals als Lösegeld einsetzen, um unsere Schwester freizubekommen«, sagte er und leckte über die sensible Haut an meinem Bauch. »Das weißt du, oder?«

Sara war also vollkommen sicher? Niemand würde sie an die Wölfe ausliefern? Niemand würde sie mir für immer wegnehmen? Die Erleichterung, die ich in diesem Moment verspürte, war so überwältigend, dass ich das Gefühl hatte, jeden Moment losschluchzen zu müssen. Sechs lange Jahre waren es immer nur wir beide gegen den Rest der Welt gewesen. Sechs Jahre, in denen wir uns versteckt, in denen wir Angst gehabt hatten. Das Wissen darum, dass es nun Leute gab, mit denen wir unsere Bürde teilen konnten, machte mich sprachlos.

»Möchtest du darüber reden?«

Nein!

Doch das war nicht fair. Irgendwann musste ich es ihm sowieso erklären. Ich holte tief Luft, um all meinen Mut zusammenzunehmen, und begann zu erzählen. »Als ich im ersten Semester auf dem College war, hat Sara einen Mann kennengelernt. Sie war damals gerade mal siebzehn, und er war ein ziemlicher Kontrollfreak. Als ich herausfand, dass sie bei ihm eingezogen war, bin ich nach Hause gefahren, um sie zur Vernunft zu bringen. Dabei regte sie sich so auf, dass … dass sie sich direkt vor meinen Augen in einen Wolf verwandelte. Bis zu diesem Zeitpunkt hatte ich nicht gewusst, dass Werwölfe überhaupt existieren. Sie erzählte mir, dass sie gebissen worden war, und wir versuchten, uns vor ihrem Freund zu verstecken. Aber er verfolgte und fand uns, also habe ich ihn … Ich habe ihn getötet. Erschossen, um genau zu sein.« Würde Beau mich dafür hassen, dass ich jemanden umgebracht hatte? An meinen Fingern klebte Blut, doch ich bereute nicht, was ich getan hatte.

Beau stützte das Kinn auf meinen Bauch und sah mir in die Augen. »Es war notwendig«, sagte er ganz einfach. »Du musstest sie beschützen.«

»Ich habe ihn getötet, nachdem er mich gebissen hatte«, sagte ich leise. »Er hat versucht, Sara umzubringen, also habe ich auf ihn geschossen. Danach habe ich ihn im Garten begraben.«

Als Beaus Augen aufleuchteten, wusste ich, dass er mir keinen Vorwurf wegen meiner Tat machte. Er verstand sehr genau, was es bedeutete, alles dafür zu geben, jemanden zu beschützen, den man liebte. Er presste einen weiteren Kuss auf meinen Bauch. »Und du hast dich trotzdem nicht verwandelt?«

Ich schüttelte den Kopf. »Der Biss hatte keine Auswirkungen. Ich weiß bis heute nicht, warum Sara darauf reagiert hat und ich nicht, aber so ist es gewesen. Sie ist zum Wolf geworden und ich …« *Zu ihrer ewigen Beschützerin*, hatte ich sagen wollen, doch ich beendete den Satz nicht. Es erschien mir so unfair. Sara hatte keine Wahl gehabt. Als ich sie zu Hause gefunden hatte, war sie vollkommen außer sich, verängstigt und nahe daran gewesen, den Verstand zu verlieren. Ich hatte sie gepflegt, hatte sie vor dem endgültigen Sturz in den Abgrund bewahrt. Und ich bereute nichts.

Beau schien nicht überrascht. »So etwas kommt vor. Manche Menschen werden bereits immun geboren. Der Theorie nach sind das vor allem solche, unter deren Vorfahren Gestaltwandler waren. Sie tragen das Gen in sich, ohne sich selbst zu verwandeln, und dieses Gen macht sie weniger empfänglich für Bisse anderer Gestaltwandler. Allerdings ist es extrem selten, dass jemand vollkommen immun ist.«

»Sara und ich haben verschiedene Mütter«, erinnerte ich

ihn. Dann schluckte ich schwer und sah ihn ernst an. »Du weißt, was meine Immunität bedeutet.«

»Was?«

»Du kannst mich nicht verwandeln. Ich werde niemals eine Gestaltwandlerin werden, und ich werde niemals von einem Gestaltwandler schwanger werden können.«

Ich wartete darauf, dass er begriff, dass ich niemals die richtige Partnerin für ihn würde sein können; dass er sich versteifen und von mir abrücken würde. Doch stattdessen knabberte er fest genug an meiner Hüfte, dass ich überrascht aufschrie. »Hey, ich versuche hier, eine ernste Sache mit dir zu besprechen.«

»Du hast mir erzählt, dass ich dir nichts anhaben kann. Also kann ich dich so viel beißen, wie ich will«, sagte er mit einem tiefen, zufriedenen Knurren in der Stimme. »Oder hab ich da etwas missverstanden?«

»Es macht dir gar nichts aus?«

Er umspannte meine Hüften mit den Händen und sah ernst zu mir auf. »Wenn es dir wichtig ist, Kinder zu haben, können wir welche adoptieren. Ich kenne da einen sanften Werbär, der nach einem liebevollen Zuhause …«

Ich schnaubte. »Auf keinen Fall.«

Er grinste. »Du lenkst von deiner Geschichte ab. Also, du und Sara, ihr habt den skrupellosen Werwolf getötet und seid dann vor dem Rudel geflüchtet?«

Ich nickte. »Wir sind in einen anderen Staat gezogen, auf der Suche nach einem Ort, an dem nicht so viele Werwölfe leben. Als Giselle mir einen Job angeboten hat, wusste ich zuerst nicht, was für ein Business sie da genau betreibt. Als ich es herausfand, wäre ich vor Angst beinahe in Ohnmacht gefallen. Ich dachte, sie will mich vermitteln.«

Er lachte. »Das kann ich mir vorstellen.«

»Aber wir waren so dringend auf das Geld angewiesen, dass wir bleiben mussten. Wir hatten keine Wahl.« Ich fuhr mit den Händen durch seine Haare. »Nach ein paar Wochen hatte Giselle immer noch keinen Ton bezüglich Sara gesagt – bis sie vorschlug, meine Schwester als Hilfskraft für die Agentur anzustellen. Sara hatte die Schnauze voll davon, immer nur wegzulaufen, also entschied sie sich, den Job anzunehmen. Wir erwarteten beide, dass Giselle sie irgendwann auffliegen lassen würde, aber nichts passierte. Giselle hatte keine Ahnung, was Sara war – oder zumindest glaubten wir das. Uns direkt unter der Nase der Wolfsrudel zu verstecken, erschien uns die perfekte Tarnung zu sein. Außerdem konnten wir sie so leichter im Auge behalten.« Ich seufzte. Beau die ganze Geschichte zu erzählen nahm mir ein enormes Gewicht von den Schultern. »Seit sechs Jahren sind wir extrem vorsichtig. Sara hat gelernt, sich ein wenig besser zu kontrollieren, aber trotzdem passiert es ihr noch sehr häufig, dass sie sich, ohne es zu wollen, verwandelt.«

»Und du hast dich die ganze Zeit über nie verabredet? Mit niemandem?«

Ich schüttelte den Kopf. »Das hätte nur ein unnötiges Risiko bedeutet.«

»Dein bisheriges Leben war wirklich nicht gerade leicht, aber es hat dich wahnsinnig stark gemacht.« Beau hielt inne und stützte das Kinn wieder auf meinen Bauch, als würde er nachdenken. »Ist das der Grund, weshalb du nicht mit mir zusammen sein willst?«

»Das war der eigentliche Grund, ja. Aber Giselle kennt Saras Geheimnis. Und wenn ich nicht weiter brav auf die Dates gehe, die sie für mich arrangiert, wird sie meine Schwester an das Rudel verkaufen.«

Ein tiefes, besitzergreifendes Knurren stieg aus Beaus Kehle auf. »Du wirst auf kein einziges dieser Dates mehr gehen. Du gehörst jetzt zu mir, und zusammen werden wir Sara beschützen. Verstanden?«

Ich war mir nicht sicher, ob ich Saras Schutz so einfach in

die Hände einer anderen Person legen konnte. Dafür hatte ich mich viel zu lange selbst um alles gekümmert, hatte viel zu lange wachsam sein müssen.

»Oder geht es darum, dass du überhaupt nicht mit mir zusammen sein willst?« Beau sah mir suchend ins Gesicht. »Ist das der eigentliche Grund, weshalb du mich zurückgewiesen hast?«

Langsam dämmerte mir, dass ich mit meiner Schluss-mach-Aktion seine Gefühle ernsthaft verletzt hatte. »Du weißt, dass das nicht der Grund ist, Beau.«

»Um ehrlich zu sein, weiß ich das nicht.« Sein Tonfall war grimmig.

Ich starrte ihn an, während Verletzlichkeit und Schüchternheit in mir miteinander rangen. Als ich den Mund öffnete, brachte ich lediglich ein hohes Piepsen heraus. Ich räusperte mich ärgerlich und versuchte es noch einmal. »Ich …«

»Du?« Er setzte sich auf und hob fragend eine Augenbraue.

Ich schlug ihm auf die nackte Brust. »Ich mag dich, okay? Zuerst bin ich nur wegen der Geschichte mit Rosie mit dir ausgegangen, aber ich habe mit dir geschlafen, weil ich dich mag. Ich liege jetzt gerade in diesem Bett mit dir, weil ich dich mag. Und nichts davon ist geschehen, weil ich Giselle irgendetwas schulde. Ich mag dich vielleicht sogar ein wenig zu sehr.«

Er grinste mich an, plötzlich wieder ganz die selbstbewusste Raubkatze, und strich mir eine Haarsträhne von der Wange. »Ich weiß.«

»Warum hast du mich dann gezwungen, es laut auszusprechen?« Mein Gesicht brannte vor Verlegenheit. Ich hasste es, mich jemandem gegenüber so zu öffnen. Mich auf diese Weise auszuliefern.

Beau legte den Kopf schief, um mich zu mustern. »Ich wollte sichergehen, dass du es ebenfalls weißt.«

»Oh, vielen Dank auch, verehrter Zen-Meister«, sagte ich in sarkastischem Tonfall und stieß ihn gegen die Brust. Sein stahlharter Körper gab keinen Zentimeter nach. Mit einem Seufzen streichelte ich über seinen Rücken. »Ich denke, ich sollte im Büro anrufen, um Bescheid zu sagen, dass ich noch ein paar Tage zu Hause bleibe. Am besten halte ich mich so lange im Hintergrund, bis wir wissen, wie es weitergeht, und vor allem, bis Sara und Savannah in Sicherheit sind.«

»Das solltest du tun«, stimmte er mir zu und schloss genießerisch die Augen, während sich seine Muskeln unter meinen streichelnden Bewegungen an- und wieder entspannten.

Entzückt strich ich sein Rückgrat hinab bis zum Ansatz seines Hinterns. Wenn alle Gestaltwandler so umwerfend gebaut waren wie er, wunderte es mich, dass sie überhaupt einen Datingservice brauchten. Ich ließ meine Finger tiefer wandern und umfasste seinen festen Po. Es fiel mir schwer, mich nicht unter ihm hervorzuwinden und in die verführerische Rundung zu beißen.

Beaus Augen leuchteten in ihrem katzenartigen Grüngold auf. »Du tust es schon wieder«, sagte er mit rauer Stimme.

»Was?« Ich sah unschuldig zu ihm auf.

»Du denkst an Sex«, murmelte er, bevor er die Lippen auf meinen Hals presste.

»Wie schade, dass ›denken‹ offensichtlich das Einzige ist, was hier gerade passiert«, zog ich ihn auf.

Doch da hatte er schon seine Hände unter meine Beine geschoben, um sie anzuheben und um seine Taille zu schlingen. Und dann tat er genau das, wonach ich mich die ganze Zeit gesehnt hatte.

Die Tatsache, dass in der Agentur niemand ans Telefon ging, als ich anrief, beunruhigte mich so sehr, dass ich Beau vorschlug vorbeizufahren, um nach dem Rechten zu sehen. Außerdem würde ich so die Gelegenheit haben, Giselle persönlich Bescheid zu sagen, dass ich in den nächsten Tagen nicht zur Arbeit kommen konnte.

Als ich die Tür zum Großraumbüro aufstieß, schlug uns eine beinahe unheimliche Stille entgegen. Hatten sich Ryder und Marie ein paar Stunden freigenommen? Und wenn ja, wer kümmerte sich in der Zeit um die Klienten? Giselle? Das würde zumindest erklären, warum niemand ans Telefon ging – Giselle war sich normalerweise zu schade dafür, Anrufe entgegenzunehmen. Die Tür zu ihrem Büro war geschlossen, aber ein Lichtschimmer fiel darunter hindurch.

»Ich sage Giselle Bescheid, dass ich ein paar Tage frei brauche. Bleib du hier«, sagte ich zu Beau.

»Ich rieche nichts«, murmelte er argwöhnisch und ging an mir vorbei. »Zumindest keine Person, die sich vor Kurzem hier aufgehalten hat.« Er blähte die Nasenflügel, als versuchte er, eine Fährte aufzunehmen. »Da ist was … Old Spice?«

Jasons Rasierwasser roch so stark, dass es vermutlich noch immer von seinem gestrigen Besuch in der Luft hing. Beau hatte mit seiner sensiblen Nase den Geruch natürlich sofort herausgefiltert. »Wahrscheinlich von dem Klienten, der gestern hier war«, sagte ich.

Als Beau zielstrebig auf Giselles Büro zuging, legte ich die Hände auf seinen Rücken und dirigierte ihn in Richtung Archiv. »Lass mich zuerst mit ihr reden, Beau.« Als er zu protestieren versuchte, fügte ich hinzu: »Fünf Minuten. Mehr will ich gar nicht.«

»Und du versprichst, bei mir zu bleiben, damit ich dich beschützen kann, bis wir die ganze Sache aufgeklärt haben?«

»Ja, aber ich muss Giselle schonend darauf vorbereiten. Sie wäre ganz sicher nicht begeistert, wenn du in ihr Büro einfällst und ihr irgendwelche Befehle erteilst. Lass mich das regeln.«

»Na gut. Fünf Minuten. Keine Sekunde länger.«

Ich nickte und klopfte an Giselles Bürotür.

Keine Antwort.

Vorsichtig öffnete ich die Tür einen Spaltbreit und spähte hinein.

Das Büro war leer. Seltsam. Wenn Giselle auch nicht hier war, wer kümmerte sich dann um die Agentur? Allerdings würde es damit sehr viel einfacher werden, die Arbeit zu schwänzen. Ich spürte, wie ich ein schlechtes Gewissen bei dem Gedanken bekam, dass niemand hier sein würde, um Klientenanfragen zu beantworten. Aber ich konnte nicht riskieren, hierzubleiben und auf Kunden zu warten.

Ich ging um Giselles Schreibtisch herum und schnappte mir einen Zettel von einem Block, um ihr eine Nachricht zu hinterlassen.

Giselle, es gab einen Notfall in der Familie. Ruf mich auf dem Handy an, dann erkläre ich dir alles.

Ich unterschrieb die Notiz und schickte ein Stoßgebet zum Himmel, dass sie wenigstens dieses eine Mal ein wenig Verständnis zeigen würde. Einen Moment lang starrte ich auf den Zettel und biss mir auf die Lippe. Wem wollte ich hier eigentlich etwas vormachen? Sie würde mir die Geschichte niemals abkaufen.

Frustriert trommelte ich mit den Fingern auf die Schreibtischplatte und berührte dabei aus Versehen die Maus. Der Computerbildschirm erwachte flackernd zum Leben. Ich erstarrte. Giselle würde mich umbringen, wenn sie erfuhr, dass ich in ihrem Laptop rumgeschnüffelt hatte. Der Desktophintergrund bestand aus einem alles andere als unschuldigen Foto von ihr mit drei Matrosen. Oh Mann. Ich hatte keine Ahnung, wie sie beim Anblick dieses Bildes überhaupt noch arbeiten konnte.

Neugierig klickte ich einen der Tabs an, die sie geöffnet hatte. Ein Chat-Fenster von einem Messenger-Service. BigWilly69 (ein ganz entzückender Typ, da war ich mir sicher) hatte eine verzweifelte Nachricht nach der anderen geschickt. *BIST DU NOCH DA? BIST DU NOCH AM LEBEN? HALLO? HEY!* Die letzte Nachricht war am vergangenen Abend um 22.49 Uhr abgeschickt worden.

Merkwürdig. Ich klickte ein paar der anderen Nachrichten von BigWilly69 an, aber sie hatten alle ungefähr denselben Inhalt. Bis auf eine, die ein Bild von seinem Schwanz anstelle von Text beinhaltete. Wie nett. Hastig schloss ich die Chat-Fenster. Vielleicht hatte sie einfach nur vergessen, ihren Laptop auszuschalten, als sie gestern Abend gegangen war.

In diesem Moment erschien eine neue Nachricht auf dem Bildschirm. *Giselle, bist du da?* Der Name des Absenders lautete »Jason_aufderJagd«.

Jason?

Ich zögerte einen Moment, dann tippte ich eine Antwort. Hi, Jason, ich bin's, Bathsheba. Ich arbeite gerade an Giselles Laptop.

Eine ganze Weile passierte nichts. Dann leuchtete seine Antwort auf dem Display auf. Bathsheba. Ein Smiley. Geht es dir gut? Du warst letzte Nacht so plötzlich verschwunden. Ich hatte gehofft, dass wir uns unterhalten können. Wir sehen uns heute Abend, oder? Drinks bei mir?

Ich hätte kotzen können. Hatte er sich etwa sofort mit Giselle in Verbindung gesetzt, um ein weiteres Date auszumachen?

Das wird leider nicht gehen, tippte ich. *Wie wäre es mit nächster Woche?* Oder niemals. »Niemals« war ein Zeitpunkt, der mir sehr gelegen käme.

Klar. Noch ein Smiley. Ich rufe dich an.

Ich verabschiedete mich und schloss schnell den Chat. Dann öffnete ich den Kalender.

Giselle hatte für heute drei weitere Dates für mich vorgemerkt. Eines mit Garth, eines mit Jason am Abend und eines mit einem Typen namens Ricardo am Nachmittag. Sie hatte jeden Termin sorgfältig mit dem Profil des jeweiligen Klienten und seiner E-Mail-Adresse verlinkt und die Summe vermerkt, die der Kunde für das Date mit mir zahlen würde. Schnell schickte ich an alle drei eine Absage mit der Entschuldigung, dass ich kurzfristig verreisen musste, dann löschte ich die gesendeten Mails aus Giselles Postfach.

»Bathsheba?« Anscheinend war Marie inzwischen zurück.

»Hier drin«, rief ich.

Einen Moment später steckte sie den Kopf zur Tür herein und hielt den Daumen hinter sich in die Höhe, bevor sie mir einen neugierigen Blick zuwarf. »Ich habe einen Streuner gefunden. Können wir ihn behalten?«

Beau trat hinter ihr hervor und grinste. »Das waren mindestens zehn Minuten.« Er hob den Kopf und schnüffelte, dann rieb er sich die Nase. Der Gestank des Rasierwassers musste ihn wirklich stören.

»Ich wollte gerade Giselles Laptop herunterfahren. Dann bin ich fertig.«

Marie starrte Beau mit einem schwärmerischen Gesichtsausdruck an. »Kein Stress! Ich kann uns einen Kaffee machen, wenn du noch länger bleibst.« Erst jetzt wurde mir klar, dass sie gar nicht mit mir redete. Ich spürte einen Stich der Eifersucht in der Brust.

Beau schenkte ihr ein freundliches Lächeln, wandte den Blick jedoch keine Sekunde von mir ab. »Danke, aber wir müssen los.«

Ich nickte und ging um Giselles Schreibtisch herum, wobei ich beinahe auf den Fliesen ausgerutscht wäre, hätte mich Beau nicht in letzter Sekunde aufgefangen. »Sorry«, murmelte ich, irritiert von dem Gefühl, das seine plötzliche Nähe bei mir auslöste. »Der Boden ist so glatt.«

Ich warf einen Blick nach unten und erstarrte. Dunkle, klebrige Schlieren zogen sich über die Kacheln. Blut.

Beau runzelte die Stirn. »Ich habe nichts gerochen«, murmelte er verwundert, bevor er mich hastig hinter sich her aus Giselles Büro und durch die Agentur in Richtung Tür zerrte.

»Wo wollt ihr hin?«, rief uns Marie hinterher. »Was ist hier los?«

»Bathsheba ist in Gefahr«, antwortete Beau, ohne stehen zu bleiben. »Ich schicke jemanden vorbei, der das Büro im Auge behält. Ich will, dass du mit uns kommst, verstanden?«

Marie nickte ängstlich und warf noch einen hastigen Blick über die Schulter zu Giselles Bürotür, bevor sie uns nach draußen folgte.

Offensichtlich bewegte ich mich Beaus Ansicht nach nicht schnell genug. Als würde ich nichts wiegen, hob er mich hoch und trug mich zum Auto. Ramsey hatte uns irgendwann in der vergangenen Nacht einen Mietwagen besorgt, auf dessen Rücksitz mich Beau jetzt absetzte. »Leg dich hin und zieh die Jacke da über dich, bis ich dir sage, dass es sicher ist.«

Ich hörte, wie Marie auf den Beifahrersitz rutschte und sich ebenfalls bückte, um nicht gesehen zu werden. Sie atmete laut und keuchend.

Langsam wurde ich wütend. Es war ja nicht so, als wären irgendwelche Scharfschützen hinter uns her, die jeden Moment von den umliegenden Dächern auf uns schießen würden. »Beau, bist du dir sicher …«

»Leg dich hin!«, knurrte er, und ich tat, was er mir sagte. Ängstlich kauerte ich mich unter der Jacke zusammen, während er die hintere Wagentür zuschlug. Als ich einen vorsichtigen Blick riskierte, konnte ich sehen, wie er mit dem Schlüssel in der Hand neben dem Auto auf und ab lief. Jederzeit bereit zur Flucht.

Es fühlte sich wie eine Ewigkeit an, bis andere Stimmen zu hören waren. Ich setzte mich auf und spähte aus dem Seitenfenster. Weitere Mitglieder des Russell-Clans waren eingetroffen, und Marie bekam die Erlaubnis auszusteigen, während ich mit einem strengen Blick und dem Befehl vorliebnehmen musste zu bleiben, wo ich war. Dann gingen Beau und seine Männer los, um das Gebäude zu untersuchen.

Einer von ihnen blieb draußen, um mich zu beschützen, bis

Beau wieder auftauchte. Die Männer wechselten noch ein paar Worte, aber ihre Körpersprache wirkte sehr viel entspannter als noch vor ein paar Minuten. Anscheinend waren wir vorerst sicher.

Beau öffnete die hintere Wagentür, und ich stieg aus.

»Ist es sicher für Marie, wieder reinzugehen?«

»Ja. Zwei meiner Männer werden mit ihr hierbleiben.«

»Wie kann es sein, dass du das Blut nicht gerochen hast?«, fragte ich.

»Zu viele andere Gerüche – Staub, das Rasierwasser, Blumen. Du.« Er warf mir einen vielsagenden Blick zu. »Das Old Spice hat so gestunken, dass ich mich ganz auf deinen Duft konzentriert habe.« Er sah verärgert aus. »Das war dumm von mir.«

Geschmeichelt, dass allein mein Geruch eine solche Wirkung auf ihn haben konnte, stieg ich wieder ein, als Beau um den Wagen herumging und sich auf den Fahrersitz gleiten ließ. Ich hatte eine Million Fragen, aber alles, woran ich denken konnte, war das halb getrocknete Blut in Giselles Büro.

Die ganze Fahrt über zurück zum Hotel schwiegen wir. Ich war mit meinen Gedanken beschäftigt, und Beau schien ebenfalls nicht in Redelaune zu sein.

Die Hotellobby war voll mit Menschen, die sich einen Kaffee zum Frühstück holten, um zu ihrer nächsten Konferenz oder einem wichtigen Meeting zu eilen, und Gästen, die auscheckten. Jedes Mal, wenn mich jemand ansah, erschauderte ich, bis mir einmal mehr klar wurde, dass die Blicke daher rührten, dass ich ein dreckiges Kleid ohne Strumpfhose darunter trug – und das mitten im Winter.

Beau hielt meine Hand fest umklammert, während er mich durch das labyrinthartige Hotel führte. Sein Gesichtsausdruck war kalt, die Augen hatte er zu schmalen Schlitzen zusammengekniffen. Er wirkte entschlossen. Und wütend. Vor unserer

Zimmertür blieb er stehen und schnupperte, erst dann zog er seine Schlüsselkarte aus der Hosentasche.

»Beau«, sagte ich leise. »Ich habe nichts zum Anziehen dabei.« Angesichts seines starken Beschützerinstinkts befürchtete ich, dass es Tage dauern könnte, bis ich das nächste Mal hier rauskam.

Er warf mir einen strengen Blick zu. »Du wirst auf keinen Fall noch einmal nach Hause gehen.«

»Und was soll ich dann bitte anziehen?«

Er musterte mein Kleid. »Du kannst das im Waschbecken auswaschen.«

Eine typische Männerantwort. »Bist du auf Drogen?«

Ein älteres Ehepaar ging vorbei und starrte uns an. Vielleicht hatte ich ein wenig laut gesprochen. Ups. Ich beugte mich vor und senkte die Stimme zu einem Flüstern. »Ich trage keine Unterwäsche.«

Ein Lächeln umspielte seine Lippen. »Versuchst du etwa, mit mir zu flirten?«

»Nein! Ich versuche, dir klarzumachen, dass ich ein frisches Höschen brauche«, wisperte ich verärgert. »Wir müssen runter in den Hotelshop gehen und …«

»Zu riskant«, unterbrach er mich.

Der Shop war zu riskant? War er jetzt vollkommen verrückt geworden? »Dann musst du Ramsey anrufen und ihm sagen, dass er mir was vorbeibringen soll.«

Er starrte mich einen Moment lang an. »Nein.«

Ich blinzelte überrascht. »Was meinst du mit ›nein‹? Ich brauche was zum Anziehen.«

Er öffnete die Tür und gestikulierte in Richtung Zimmer. »Dein Leben ist in Gefahr. Du kannst ein andermal shoppen gehen.«

Wütend kniff ich mir in die Nasenwurzel. Wenn ich nicht bald auf etwas einschlug, würde mir noch der Schädel platzen.

Wie stur konnte dieser Mann bitte sein? »Ich glaube, du hast mir nicht richtig zugehört …«, begann ich von Neuem.

Doch Beau unterbrach mich wieder. »Falsch. *Du* hast *mir* nicht zugehört«, sagte er und legte mir eine Hand auf den Rücken, um mich ins Zimmer zu schieben.

Wütend stemmte ich die Füße in den Boden, wild entschlossen, mich keinen Zentimeter weiter vorwärtszubewegen. »Beauregard Russell! Und wenn es das Letzte sein sollte, was ich tue … ich schwöre dir, dass ich so lange hier auf diesem Flur mit dir stehen und über Höschen diskutieren werde, wie es nötig ist.« Damit legte ich die Hände an den Türrahmen und starrte ihm entschlossen ins Gesicht.

Doch als er mich mit beiden Händen kitzelte, brach ich kichernd zusammen. Dann umfasste er meine Taille und schleppte mich ins Zimmer, warf mich aufs Bett und kniete sich über mich. Ein Lächeln umspielte seine eben noch zu einem harten Strich zusammengepressten Lippen.

»Höschen?«, fragte er mit hochgezogenen Augenbrauen.

»Höschen«, bestätigte ich. »Und eine Jeans und ein T-Shirt wären auch nicht schlecht.«

Er beugte sich zu mir hinunter, um mich zu küssen. »Dein Wunsch ist mir Befehl. Mal sehen, was Ramsey finden kann.«

Beim Gedanken an einen Werbär, der mit grimmigem Gesichtsausdruck nach Rüschenhöschen Ausschau hielt, schnaubte ich verächtlich. »Vielleicht sollte er sich dabei besser von Sara helfen lassen.«

Kapitel neunzehn

Eine Stunde später klopfte Ramsey mit einer Einkaufstüte in der Hand bei uns an.

Während Beau vor der Tür einige Worte mit seinem Leutnant wechselte, wühlte ich mich durch die Sachen, die Ramsey mitgebracht hatte, und entschied mich schließlich für eine Jeans und ein T-Shirt mit dem Businesslogo von Beaus Firma darauf. Sogar ein Paar Keds-Sneakers waren in der Tüte. Nicht übel.

Gerade als ich mein Handy in die hintere Hosentasche stopfen wollte, begann es zu vibrieren. Überrascht warf ich einen Blick auf das Display, auf dem *Gis Mobil* stand. Ich fuhr mit dem Daumen über den Bildschirm und nahm den Anruf misstrauisch entgegen. »Giselle, wo bist …«

»Hallo, Bathsheba.« Die Stimme klang übertrieben süßlich, selbstgefällig – und es war nicht Giselles. Etwas an dem Tonfall weckte eine Erinnerung in mir. »Du wirst jetzt ganz ruhig bleiben und zuhören, was ich zu sagen habe, oder deine Schwester Sara wird sterben.«

Mir wurde eiskalt, die Sicht verschwamm mir, und ich hatte das Gefühl, keine Luft mehr zu bekommen. Wie waren sie an Sara herangekommen? Ramsey passte doch auf sie … Ich warf einen Blick in den Flur, wo sich die beiden Männer noch immer unterhielten. Ich schluckte. »Wer ist da?«

»Arabella. Erinnerst du dich an mich?«

»Ich erinnere mich.« Hastig ging ich ins Bad und schloss die Tür hinter mir. »Du hast Sara entführt?«

»In der Tat«, sagte sie triumphierend. »Und deine Chefin

auch. Die windet sich übrigens gerade vor Schmerzen. Willst du mit ihr reden?«

Oh nein, auf keinen Fall. Aber das wäre vermutlich keine sonderlich hilfreiche Antwort gewesen. »Ja.«

Ein Rauschen war zu hören, das kurz darauf von einem Schmerzensschrei durchbrochen wurde, auf den ein Schluchzen folgte.

Arabella lachte leise. »Ups. Sieht so aus, als könnte sie gerade nicht ans Telefon kommen. Wie schade.«

»Lass mich mit Sara reden.«

»Sie ist bewusstlos.«

Mein Herz setzte einen Schlag aus. »Wenn du ihr wehgetan hast …«

»Habe ich nicht. *Noch* nicht«, unterbrach sie mich. »Oder zumindest noch nicht sehr. Das überlasse ich dem Wolfsrudel. Immerhin scheinen sie ja unglaublich heiß darauf zu sein, sie endlich in die Finger zu kriegen. Wenn du willst, können du und ich stattdessen aber auch einen anderen Deal aushandeln.«

Ich umklammerte das Handy fester. »Okay«, zischte ich zwischen zusammengebissenen Zähnen. »Was willst du?«

»Das klingt doch schon besser.« Sie wirkte äußerst zufrieden. »Wenn du willst, dass deine Schwester am Leben bleibt, musst du ein paar Dinge für mich tun.«

Ich zögerte. Doch als Giselle im Hintergrund einen weiteren Schmerzensschrei ausstieß, wusste ich, dass ich mich auf den Deal einlassen würde – auch wenn mir mein Bauchgefühl sagte, dass ich diese Entscheidung bestimmt noch bereuen würde. »Ich höre.«

»Ich will, dass du dich mit mir triffst«, sagte sie so ruhig und freundlich, als würde es um eine Verabredung zum Abendessen gehen. »Allein. Ich schicke dir eine SMS mit der Adresse. Wir treffen uns dort in einer halben Stunde. Wenn ich auch nur den Hauch eines Begleiters rieche, schneide ich Sara die Kehle durch. Verstanden?«

Ich schluckte hart. »Ich werde allein kommen.« Noch hatte ich keine Ahnung, wie ich Beau austricksen sollte, aber irgendetwas würde mir schon einfallen. Auf keinen Fall würde ich Saras Leben aufs Spiel setzen.

»Gut.« Sie kicherte. »Wenn du nicht in einer halben Stunde hier bist, fange ich an, ihre Finger abzuschneiden. Und Klauen. Deine kleine Schwester kann sich nicht leisten, noch mehr davon zu verlieren.«

Damit legte sie auf.

Mit zu Fäusten geballten Händen versuchte ich nachzudenken. Ich durfte jetzt nicht zusammenbrechen. Nicht jetzt, wo ich unbedingt funktionieren und irgendetwas tun musste – und zwar schnell. Wenn ich Beau von Arabellas Anruf erzählte, würde er mich daran hindern, mich mit ihr zu treffen, und Sara wäre tot. Ich brauchte einen Plan. Dringend.

Ich hörte, wie die Zimmertür geschlossen wurde, und vernahm dann Beaus Stimme. »Bathsheba?«

Ich rieb meine vor Aufregung schweißnassen Hände an der Jeans ab. »Gib mir eine Minute.« Ich nutzte die Zeit, um mich zu sammeln, dann verließ ich das Badezimmer mit einem, wie ich hoffte, neutralen Gesichtsausdruck. Wenn ich auch nur einmal mit der Wimper zuckte, würde Beau sofort misstrauisch werden.

Wenn ich auch nur den Hauch eines Begleiters rieche, schneide ich Sara die Kehle durch, drängten sich mir Arabellas Worte auf.

Ich musste Beau irgendwie loswerden.

Statt sein liebevolles Lächeln zu erwidern, ließ ich mich mit ernstem Gesicht auf der Kante des Bettes nieder. »Wie sieht unser Plan aus?«

Er kam zu mir herüber und setzte sich so dicht neben mich,

dass ich seine warme Haut spüren konnte. Beruhigend schlang er einen Arm um meine Taille und zog mich an sich. »Wie meinst du das?«

Ich befreite mich von ihm und sprang auf. Zeit, die Unschuldige zu spielen, um ihn abzulenken. »Ich meinte, wie wir herausfinden wollen, was mit Giselle passiert ist. Was, wenn die Leute sie in die Finger gekriegt haben, die auch hinter mir her sind?«

Auf einmal wirkte er verärgert. »Giselle kann, glaube ich, sehr gut auf sich selbst aufpassen. Es interessiert mich, ehrlich gesagt, einen Dreck, wo sie gerade ist. Mir ist allein wichtig, dass du in Sicherheit bist.«

Bei seinen Worten wäre ich beinahe weich geworden. Wie gern hätte ich ihm alles erzählt. Aber ich entschied mich stattdessen, es gegen ihn zu verwenden. »Du willst sie also einfach im Stich lassen? Vollkommen hilflos? Was, wenn die Wölfe sie haben und foltern, um herauszufinden, wo Sara ist?«

Er schüttelte den Kopf. »Das Rudel würde kein Weibchen quälen, um an ein anderes heranzukommen. Und Giselle ist alles andere als hilflos.«

Natürlich hatte er recht damit. Wenn es überhaupt jemanden gab, der eine Entführung zu seinem persönlichen Vergnügen machen konnte, dann war es Giselle. Aber das Blut in ihrem Büro erzählte eine andere Geschichte. »Wir können sie nicht im Stich lassen – egal, wer sie gekidnappt hat, Beau. Sie ist meine Chefin.« Meine Stimme war immer schriller geworden.

»Lass es gut sein, Bathsheba.«

»Nein. Wir müssen sie finden.«

Er sah mich an. »Du wirst nicht locker lassen, oder?«

»Nein.« Ich kann nicht.

»Woher kommt deine plötzliche Loyalität? Sie hat dich immer und immer wieder ausgenutzt.«

»Aber sie hat mir auch einen Job gegeben. Einen ziemlich

gut bezahlten sogar«, erwiderte ich, beinahe schon trotzig. »Sie hat sich für mich eingesetzt. Das Mindeste, was ich für sie tun kann, ist, sie nicht den Wölfen zu überlassen.«

»Keine Wölfe«, stieß er verächtlich aus. »Was auch immer hinter dieser ganzen Geschichte steckt, hat auch die Wölfe angegriffen.«

»Das ist doch egal«, konterte ich. »Wir müssen Giselle retten. Sonst werde ich nicht mehr in den Spiegel sehen können. Erinnerst du dich an den Finger auf deinem Grundstück? Welche Kreatur auch immer Giselle entführt hat, sie frisst Menschenfleisch.«

»Das ist mir klar«, sagte er, inzwischen wieder ruhig und geduldig. »Aber deine Sicherheit steht für mich an allererster Stelle. Jemand da draußen ist auf der Jagd nach blonden Frauen. Und gleichzeitig sind die Wölfe noch immer hinter deiner Schwester her und halten meine Cousine gefangen. Wir haben auch schon genug Probleme, ohne dass wir den Ritter auf dem weißen Pferd für eine Frau spielen, die versucht hat, dich an den höchstbietenden Klienten zu verscherbeln!« Er stand auf und trat neben mich, um beruhigend über meine Arme zu streicheln. »Bath, nach allem, was passiert ist, solltest du dich in den nächsten Tagen ein wenig entspannen, während ich mich um alles Weitere kümmere. Vertrau mir.«

Ich wusste sein Angebot zu schätzen. Es war aufmerksam von ihm und irgendwie süß, aber glaubte er ernsthaft, ich würde hier auf meinem Hintern sitzen und darauf warten, dass er Wunder vollbrachte? So funktionierte ich nun mal nicht.

Als Beaus Handy zu vibrieren begann, warf er einen schnellen Blick darauf und sah dann wieder mich an. »Ramsey hat Neuigkeiten zu Savannah. Ich bin gleich zurück. Wartest du hier so lange auf mich?«

Ich nickte. »Klar.«

Sobald er aus der Tür war, schnappte ich mir den Autoschlüssel vom Nachttisch, kletterte aus dem Fenster – Gott sei Dank hatten wir ein Zimmer im Erdgeschoss – und zog es hinter mir zu. Dann rannte ich über den Parkplatz zu unserem Mietwagen. Selbst wenn ich geradewegs in eine Falle lief – was hatte ich für eine Wahl? Sara brauchte mich, und ich würde sie retten. Egal, was es mich kostete.

Kaum war ich vom Parkplatz gefahren, vibrierte mein Handy in der Hosentasche. Auf dem Display leuchtete eine neue Nachricht mit einer Adresse auf. Ohne lange darüber nachzudenken, prägte ich sie mir ein. Dann gab ich Gas und bog mit quietschenden Reifen auf den Highway ab.

Beau würde sich fragen, wo ich steckte. Er hatte mich gebeten, ihm zu vertrauen, und ich hatte es nicht getan. Bei der erstbesten Gelegenheit war ich davongelaufen. Schon wieder. Ich konnte nur hoffen, dass er verstehen würde, warum ich das hier hatte tun müssen – sollte ich ihn jemals wiedersehen.

Kapitel zwanzig

Eine Viertelstunde später verließ ich den Highway und bog auf eine Zufahrtstraße ab, die mich laut des GPS des Mietwagens zu der Adresse führen würde, die mir Arabella geschickt hatte.

Ich hatte keinen Plan. Meine Gedanken überschlugen sich, und das Beste, was mir einfiel, war *Sara und Giselle befreien und entkommen. Koste es, was es wolle.* Mit anderen Worten: Ich war aufgeschmissen.

Als ich das nächste Mal abbog und das eiserne Tor mit den Initialen JTC erblickte, riss ich vor Erstaunen die Augen auf. Das konnte doch nicht wahr sein. Warum war Arabella in Jasons Haus? Als mir wieder einfiel, wie ängstlich die Hausmädchen gewesen waren und wie Jason an meinem Blut gerochen hatte, nachdem ich ihm das Taschentuch gegeben hatte, schluckte ich schwer.

Langsam lenkte ich den Wagen bis kurz vor das Tor und betätigte die Gegensprechanlage.

»Wer ist da bitte?«, erklang Arabellas süßliche Stimme.

Wer zum Teufel glaubte sie denn? »Ich bin's. Allein.«

Ein Surren ertönte, und die Flügel des Tors schwangen langsam auf.

»Wenn jemand bei dir sein sollte, werde ich Sara die Eingeweide herausschneiden«, warnte sie mich.

Panisch presste ich den Finger auf den Knopf der Gegensprechanlage. Speichel sammelte sich in meinem Mund, als müsste ich mich jeden Augenblick übergeben. »Tu ihr nicht weh«, schrie ich verzweifelt. »Ich bin allein. Ich schwöre es dir.«

Keine Antwort.

Ich gab Gas und raste die gewundene Auffahrt hinauf.

Niemand kam aus dem Haus, um mich in Empfang zu nehmen. Nachdem ich aus dem Wagen gestiegen und zur Haustür gestürmt war, blieb ich einen Moment unschlüssig davor stehen. Nach kurzem Zögern schlich ich an der Hauswand entlang, um einen Blick ins Innere des Anwesens zu werfen. Ich musste zuerst versuchen, mir ein Bild davon zu machen, was mich erwartete.

Die meisten Fenster waren geschlossen, schwere Vorhänge verbargen das, was dort drinnen geschah, vor neugierigen Blicken. Doch an der Rückseite des Hauses wurde ich fündig. Das Fenster gehörte zu einer weiß gekachelten Küche, die größer war als mein erstes Apartment. Niemand hielt sich darin auf. Neben dem Fenster befand sich eine in fröhlichem Sonnengelb gestrichene Tür. Ich legte meine Hand auf den Knauf. Was, wenn es eine Alarmanlage gab? Andererseits war es ja nicht so, als würde mich Arabella nicht sowieso erwarten.

Ich drehte den Knauf.

Kein Alarm. Sehr gut.

Mein Herz hämmerte wie wild in meiner Brust, als ich auf Zehenspitzen ins Haus schlich. Drinnen herrschte Grabesstille, die meine Schritte ohrenbetäubend klingen ließ, obwohl ich mich nach wie vor so leise wie nur möglich vorwärtsbewegte.

So schnell ich konnte, durchquerte ich die Küche und schnappte mir im Vorbeilaufen ein großes Messer, das in einem hölzernen Messerblock steckte. Ohne Waffe wäre ich noch aufgeschmissener, als ich es vermutlich ohnehin schon war. Den Griff fest umklammert, trat ich in den Flur.

Irgendwo in diesem Labyrinth von Haus wartete Arabella auf mich – entweder, um mich fertigzumachen, oder, um mich aufzufressen – weder das eine noch das andere war eine besonders verlockende Option. Als ich mit dem Rücken an der Wand den Flur hinunterschlich, wurde mir plötzlich klar, warum man das so häufig in irgendwelchen Filmen sah. Mit einem ungedeckten Rücken fühlte man sich unglaublich verletzlich. Allerdings auch mit einer ungedeckten Vorderseite. Wenn ich gekonnt hätte, hätte ich in diesem Augenblick beides gegen eine Wand gepresst.

Vor mir wand sich eine Treppe in den ersten Stock hinauf, und ich ging darauf zu, bemüht, keinen Laut von mir zu geben. Ein Hauch von Arabellas schwerem Parfüm, gepaart mit einer ranzigen Duftnote, stieg mir in die Nase. Und in diesem Moment fügten sich ein paar der losen Puzzleteile in meinem Kopf endlich ineinander. Jedes Mal, wenn wir an einen Ort gekommen waren, an dem sich zuvor ein Wendigo aufgehalten hatte, hatte dieser Geruch nach Tod und Verwesung in der Luft gelegen. In meinem Haus war der Fäulnisgestank sogar so stark gewesen, dass ich geglaubt hatte, daran ersticken zu müssen. Nur mithilfe ihres schweren, süßlichen Parfüms war es Arabella so lange gelungen, ihre wahre Natur zu verbergen – den Todesgeruch, der ihr von all den Seelen anhaftete, deren Körper sie gefressen und deren Kräfte sie dadurch in sich aufgenommen hatte. Und Jason war ebenso immer von einer Wolke schweren Rasierwassers umgeben gewesen. Dass sich Arabella in Jasons Haus befand, konnte nur bedeuten, dass die beiden zusammenarbeiteten.

Meine Augen begannen zu tränen, und ich kauerte mich zusammen, um meine Umgebung zu scannen. Nirgendwo ein Zeichen von Leben. Wahrscheinlich hatte sich der Gestank inzwischen schon im ganzen Haus ausgebreitet.

Die Villa wirkte verlassen. Ich warf einen Blick auf eine Uhr, die in meiner Nähe an der Wand hing – mir blieben noch ein paar Minuten, bevor meine Deadline ablief. Mit einem letzten Blick über die Schulter eilte ich weiter die Treppe hinauf. Wenn ich ein grausamer Wendigo gewesen wäre, der sich an seinem Exfreund rächen wollte, hätte ich meine Opfer irgendwo im obersten Stockwerk im abgelegensten Raum des Hauses gefangen gehalten.

Der erste Stock war offener gestaltet als das Erdgeschoss, was mich nervös machte. Ich bewegte mich dicht an einer Wand entlang und hielt nur einmal inne, um kurz in ein rot gekacheltes Badezimmer zu spähen, bevor ich schnell daran vorbeiflitzte.

Abrupt blieb ich ein zweites Mal stehen. Und sah mich um.

Das Bad war nicht etwa rot gekachelt oder dekoriert. Blut bedeckte den Boden. Rote Spritzer zogen sich über das weiße Porzellan des Klodeckels und des Waschbeckens. Der Duschvorhang aus hellem Stoff war bis zur Hälfte mit der dunkelroten Flüssigkeit getränkt. Eine Hand baumelte über den Badewannenrand, mit langen, perfekt manikürten roten Fingernägeln.

Ich wusste, wessen Hand das war. Giselles.

Wo war Sara? War sie noch am Leben?

»Sheba, wie ich sehe, hast du uns gefunden.«

Ich umfasste den Griff des Messers noch einmal fester und folgte Jasons Stimme den Flur entlang. Ich fand ihn zwei Zimmer weiter. Er lag ausgestreckt auf einem Billardtisch. Seine Haare standen in wirren Büscheln vom Kopf ab, und seine sonst immer so tadellos gepflegte Kleidung war an den Schultern zerrissen.

»Du bist da. Willkommen!«

Als ich in der Tür stehen blieb, hörte ich das Blut in meinen Ohren rauschen. »Wo ist Sara?«

»Ich habe sie nicht gesehen«, sagte er mit einem breiten Grinsen.

Sein schweres Aftershave stieg mir in die Nase. Ein sehr, sehr ungutes Gefühl kroch mir den Nacken hinauf, und ich drehte mich langsam herum.

Vor mir stand Arabella und strömte ihren ekelerregenden Gestank nach blumigem, süßem Parfüm und Verwesung aus. Ihre Lippen waren rot verfärbt, und ich bemerkte, wie sie mit der Zunge in ihre Mundwinkel fuhr und für eine Sekunde genießerisch die Augen schloss. »Oh, dann ist Sara gar nicht hier?«, fragte sie in unschuldigem Tonfall. »Verdammt. Ich befürchte, wir haben gelogen. Ich bin ein ziemlich böses Mädchen, meinst du nicht auch?«

Ich trat einen Schritt zur Seite und drückte mich gegen die Wand. *Kehr ihr nicht den Rücken zu. Kehr ihr auf keinen Fall den Rücken zu!* Mit schweißnassen Fingern umklammerte ich den Griff des Messers. »Sara ist nicht hier?«

Arabella grinste zu Jason hinüber. »Was für eine Idiotin.«

Sara war tatsächlich nicht hier? Eine Welle der Erleichterung packte mich. Meine Schwester war in Sicherheit.

Arabella ging zu Jason hinüber und streichelte ihm über den fein geschwungenen Kiefer. »JTs Plan war brillant.«

Und plötzlich fügten sich noch ein paar weitere Teile des Puzzles ineinander. Beaus Geschichte über seinen Freund aus Kindheitstagen, der später zu seinem Feind geworden war. Die furchtbare Angst der Angestellten. Das riesige JTC, das auf dem eisernen Eingangstor prangte. Ich war tatsächlich eine Idiotin. »Jason … Du bist JT?«

Sein Lächeln offenbarte für meinen Geschmack eindeutig zu viele Zähne. »Ich habe mich schon gefragt, wie lange es noch dauern würde, bis du darauf kommst. Ich hatte dich wirklich in der Hand.«

»Das hattest du«, stimmte ich ihm zu, um ihm zu schmeicheln, während ich mich langsam mit dem Rücken an der Wand entlangschob, bis ich auf eine Ecke stieß, in der ich mich zusammenkauerte. Der Gestank, der von den beiden ausging, war so überwältigend, dass ich befürchtete, jeden Moment in Ohnmacht zu fallen.

Mit besitzergreifendem Blick beobachtete Arabella JT dabei, wie er vom Billardtisch glitt. »Also …« Langsam kam er auf mich zu.

In die Enge getrieben, stach ich drohend mit dem Messer in seine Richtung und starrte ihn an. »Ich denke, das ist der Augenblick, in dem ich euch fragen sollte, was ihr mit mir vorhabt.«

Er trat einen weiteren Schritt vor, und ich schwang meine Waffe, aber Jason war übernatürlich schnell und stark. Er schlug mir das Messer so hart aus der Hand, dass ich das Gefühl hatte, mein Arm würde brechen. Dann packte er mich bei den Schultern und knallte mich mit aller Macht gegen die Wand, sodass der Putz bröckelte und mir sämtliche Luft aus den Lungen gepresst wurde.

Verzweifelt um Atem ringend, wand ich mich in seinem Griff. Doch als endlich frischer Sauerstoff in meine Brust strömte, musste ich bei Jasons Gestank, der mir in einem riesigen Schwall in die Nase stieg, schon wieder würgen.

Mit Gewalt presste er seinen Mund auf meinen und schob seine Zunge hinein. Der überwältigende Geschmack nach Aas raubte mir beinahe die Sinne, und ich bemühte mich mit aller Kraft, ihn wegzudrücken. Doch genauso gut hätte ich versuchen können, mit bloßen Händen eine Mauer umzustoßen. Also trommelte ich wie wild auf seine Schultern ein, in der Hoffnung, dass er bald von mir ablassen würde.

Arabella räusperte sich verärgert. »Jason.«

Er wich zurück und umfasste mit zwei Fingern kichernd mein Kinn. »Du *schmeckst* sogar immun, meine Liebe.«

»Immun?« Ich starrte zu ihm hoch.

Er grinste. »Ja. Meine süße Arabella ist nicht gerade ein Fan der physischen Veränderungen, die das Wendigo-Dasein mit sich bringt. Die Legende besagt, dass man das Blut eines immunen Menschen trinken muss, um sich zurückzuverwandeln. Und ich habe angefangen, mich zu fragen, wo ich so eine Kreatur wohl finden könnte.«

Ich schluckte schwer.

»Dann begann ich, einem kleinen Weibchen zu folgen, das zufällig seit Kurzem mit meinem größten Feind ausging. Sie ist süß und hübsch, aber menschlich. Und weil Beau die Finger nicht von ihr lassen kann, wird sie leider sterben müssen.« Ein hungriges Glitzern war in seine Augen getreten. »Immerhin werde ich hinterher sagen können, dass ich meinen Spaß hatte. Menschen sind so unglaublich leicht zu beeinflussen. Zu verfolgen. Zu ängstigen.«

Die ganze Zeit über hatte ich gewusst, dass etwas nicht stimmte. Dass etwas mit meinem Haus nicht in Ordnung war. All die Gelegenheiten, zu denen Jason wie aus dem Nichts plötzlich vor mir gestanden hatte. Wie lange hatte er mit mir gespielt wie eine Katze mit ihrer Beute?

»Und dann hat mir Giselle auch noch gesteckt, dass die kleine Schwester meines süßen Menschleins ein Werwolf ist. Und ich dachte mir, wie seltsam, dass die Ältere der beiden gar nicht nach Wolf riecht. Faszinierend, nicht wahr?«

Ich sah zu Arabella hinüber, die mich mit ihrem glühenden Blick geradezu aufzuspießen schien.

»Arabella hat mir erzählt, dass dein Blut vollkommen rein riecht, also habe ich es überprüft. Und das tut es tatsächlich«, flüsterte er und grub eine Klaue in mein Kinn, bis Blut heraustropfte. Gierig blähte er die Nasenflügel und grinste anzüglich. »Du riechst gut. Und außerdem vollkommen rein.«

Abrupt zog ich ein Knie an, um es ihm in die Eier zu rammen.

Doch er war schneller als ich. Bevor ich auch nur die geringste Chance hatte, ihn zu treffen, hatte er mein Bein gepackt und hielt es mit eisernem Griff umklammert. »Netter Versuch.«

»Dann habt ihr mich hierhergelockt, um mich aufzufressen? Geht es darum?«, fragte ich mit mehr Mut in der Stimme, als ich tatsächlich verspürte.

»Eigentlich«, sagte Jason, »bist du hier, weil du Beaus Partnerin bist. Du bist unser Köder. Wenn er kommt, um dich zu retten, werden wir zuerst ihn töten. Meine Rache. Und anschließend darf meine süße Arabella dich fressen. So haben wir beide etwas davon.«

Kapitel einundzwanzig

Anscheinend hatten die beiden vor, sich an den Plan zu halten, den Jason mir erläutert hatte, denn anstatt mich sofort aufzufressen, fesselten sie mich an einen Stuhl. Zuerst hatten sie mich mit gespreizten Armen und Beinen auf dem Billardtisch festgebunden, aber nachdem Jason mit ein wenig zu viel Interesse auf meinen ausgelieferten Körper gestarrt hatte, hatte Arabella auf den Stuhl bestanden. Dann warteten wir.

Mir kam es so vor, als handelte es sich bei Arabella um eine andere Art Wendigo als bei Jason – er schien mir weniger mächtig und mehr zum Blut hingezogen als zum Fleisch –, auch wenn von beiden der gleiche ekelhafte Gestank ausging. Immer wieder lief ein Schauder durch Arabellas Körper, und sie krümmte sich, bevor sie einen weiteren Ausflug ins Bad unternahm, um etwas von Giselle zu fressen. Anscheinend brauchte sie sehr viel mehr Fleisch als Jason. Kein Wunder, dass sie sich unbedingt zurückverwandeln wollte.

Als sie das nächste Mal das Zimmer verließ, entschied ich mich zu versuchen, Einfluss auf Jason zu nehmen. Verzweifelt rang ich die Hände hinter dem Rücken, um meine Fesseln zu lockern. Sie hatten meine Handgelenke nicht allzu fest zusammengebunden, vermutlich, weil es ohnehin keine große Rolle spielte. Sie hätten mich bereits eingeholt, bevor ich den Gedanken an Flucht hätte zu Ende denken können. Aber es gab mir ein gutes Gefühl, mich gegen die Fesseln zu wehren.

»Warum tust du all das?«, begann ich.

Überrascht sah Jason von seinem Blackberry auf. »Das ist eine ziemlich dumme Frage.«

»Ich bin ja auch nur ein dummer Mensch«, antwortete ich. »Hilf mir auf die Sprünge. Ich dachte, Wendigos wären besonders stark und unbezwingbar.«

Er ließ das Handy in seine Tasche gleiten und kam auf mich zu. »Kein Wesen auf der Welt verfügt über mehr Macht und Stärke als ein Wendigo. In mir steckt die Kraft all derjenigen, die ich verschlungen habe.«

»Warum wollt ihr mich dann fressen, um euch zurückzuverwandeln?«

»Meine Partnerin ist mit ihrem Zustand nicht glücklich.«

Beim Gedanken daran, was Arabella mit mir vorhatte, musste ich ein Schaudern unterdrücken. »Okay, verstehe. Aber warum zieht ihr Beau mit da rein? Was hat er dir angetan?«

Jason ging vor mir in die Knie. »Du willst wissen, warum ich hinter Beau her bin?« Meine Frage schien ihn zu amüsieren. »Machst du dir wirklich so viele Gedanken um ihn?«

Ich zuckte betont lässig mit den Schultern. »Ich bin nur neugierig. Immerhin hat er mich auch nur ausgenutzt, solange er läufig war.«

»Da bin ich mir nicht so sicher.« Langsam begann Jason, den Saum meines T-Shirts aus dem Bund meiner Jeans zu ziehen. »Aber wie dem auch sei, wir werden es bald herausfinden.«

Als er mit den Fingern die nackte Haut an meinem Bauch berührte, zuckte ich zusammen. »Was machst du da?«

Mit einem einzigen Hieb seiner Klauen riss er mein T-Shirt an der Vorderseite auseinander und zog mir den Stoff über die Schultern, sodass mein blasser Oberkörper und mein BH zu sehen waren. »Ich will nur sichergehen, dass unser Schmusekater auch anbeißt, meine Süße.« Er nahm eine Rolle Klebeband von einem Tisch und riss ein Stück ab. Dann stopfte er mir eine Socke in den Mund und klebte sie mit dem Stück Tape fest, sodass ich kaum noch Luft bekam.

Würgend rang ich um Atem. Mein Herz hämmerte wie wild

in meiner Brust, und ich riss vor Schreck die Augen auf. Was hatte er vor?

Jason stellte sich hinter mich und schlang einen Arm um meine Brust. Ich schrie gegen die Socke an und stieß immer wieder mit der Zunge dagegen, um sie aus meinem Mund zu schieben. Vergeblich.

Jason hielt sein Handy vor uns, schmiegte sich an meinen Rücken und grinste über meine Schulter hinweg in die Handykamera. »Ein Lächeln für deinen Freund, bitte«, sagte er und kniff mich im selben Augenblick in den Nippel, indem er den Auslöser berührte.

Ein Knurren löste sich aus meiner Kehle, als das Klicken der Kamera ertönte. Doch zu meiner Erleichterung ließ Jason danach von mir ab und begann, im Zimmer auf und ab zu laufen. Sein Daumen flog über das Display, während er leise vor sich hin murmelnd eine Nachricht eingab. Anschließend schob er das Handy in die Hosentasche zurück und sah mich mit einem zufriedenen Grinsen an. »Fertig. Jetzt müssen wir nur noch abwarten, ob dein Freund vorbeikommt, um mit uns zu spielen.«

Ich starrte ihn mit herausforderndem Blick an.

Mit einem arroganten Grinsen auf den Lippen kam Jason auf mich zu. Als ich zusammenzuckte, stieß er ein amüsiertes kleines Lachen aus. Dann löste er meinen Pferdeschwanz und ließ meine Haare über eine Schulter nach vorn fallen, während er mich nachdenklich ansah. »Es ist wirklich eine Schande, dass du nur ein Mensch bist«, sagte er und fuhr mit einem Finger den Saum meines BHs entlang. »Andererseits …, wenn Beau darüber hinwegsehen kann, dann …«

Ich erstarrte vor Angst und hielt die Luft an. Doch Jason lächelte nur, drehte sich um und verließ den Raum.

Heiße Tränen der Angst stiegen mir in die Augen, und ich gab dem Bedürfnis, ihnen freien Lauf zu lassen, für ein paar Sekunden nach, bis ich das Gefühl hatte, an meinem Knebel zu ersticken. Ich holte so tief wie möglich Luft. Wenn ich das hier überleben wollte, musste ich mich zusammenreißen. Verzweifelt versuchte ich, trotz meiner Panik einen klaren Gedanken zu fassen.

Wie sollte Beau es mit zwei superschnellen und superstarken Gestaltwandlern gleichzeitig aufnehmen? Und wie standen die Chancen erst für mich?

»Sieh an, sieh an«, gurrte eine Stimme dicht neben meinem Ohr. »Wie es scheint, ist die Kavallerie eingetroffen.«

Benommen blickte ich auf. Ich war noch immer gefesselt und saß zusammengesackt auf dem Stuhl.

Arabella hatte sich über mich gebeugt und starrte mir direkt in die Augen. In der nächsten Sekunde schlug sie mir so hart ins Gesicht, dass ich Sterne sah. »Aufwachen!«

Verdammt! Ich knurrte ein kaum verständliches »Du kannst mich mal!« durch die Socke in meinem Mund.

Sie stützte die Hände auf meine Knie und starrte mich mit viel zu viel hungrigem Interesse in den Augen an. Ihr fauliger Atem strich über mein Gesicht, als sie sagte: »Du bist immer wieder für eine Überraschung gut, was?« Mit zwei Fingern kniff sie mir in die Nase.

Alarmiert von ihrer plumpen Vertrautheit, sah ich mich nach Jason um, aber da waren nur ich und Beaus vollkommen durchgedrehte Exfreundin. Dieser Tag wurde wirklich immer besser.

Arabella schnitt meine Fesseln durch, packte mich und zerrte mich hoch.

Ihr Griff war so fest, dass ich befürchtete, sie würde mir jeden Moment die Arme brechen. Vor Schmerz traten mir Tränen in die Augen. Panisch schnappte ich nach Luft und versuchte, mich aus ihrer Umklammerung zu befreien, aber es war zwecklos. Als würde sie meine Gegenwehr überhaupt nicht bemerken, schleifte sie mich hinter sich her zu den großen Terrassenfenstern.

Wollte sie mich etwa da rauswerfen?

Sie zerrte die Vorhänge beiseite und presste mein Gesicht gegen die Scheibe. »Sieh hin, Püppchen. Sieh ganz genau hin.«

Mit dem Gesicht an die Scheibe gedrückt, war es nicht gerade einfach, überhaupt irgendetwas zu erkennen. Blinzelnd starrte ich auf den von Frost überzogenen Rasen im Vorgarten und hielt Ausschau nach etwas Ungewöhnlichem. Kahle Bäume. Große Matschpfützen, und … Ich keuchte so erschrocken auf, dass ich beinahe an der Socke erstickt wäre. Ich brauchte einen Moment, um mich von dem Anblick zu erholen, bevor ich noch einmal hinsehen konnte, um mich zu vergewissern, dass ich nicht verrückt geworden war.

Auf dem Rasen nahe dem umgebenden Gebüsch stand Beau. In Raubkatzengestalt. Mit seinem langen, kräftigen Schwanz und seiner goldbraunen Zeichnung war er wunderschön. Es gab keine besonderen Merkmale, die ihn von einem anderen Puma unterschieden hätten, aber mein Gefühl sagte mir, dass es Beau war. Und er war wegen mir hier.

Oh mein Gott, sie würden ihn umbringen.

In diesem Moment sah ich, wie sich weitere Schatten aus den Bäumen lösten und immer mehr Tiere auf den Rasen traten. Ein riesiger Braunbär erschien an Beaus Seite. Ramsey. Und dann noch mehr Schatten, weitere Pumas, die sich hinter Beau hielten, um deutlich zu machen, dass er ihr Anführer war.

Beau trat einige Schritte vor, und dann war es, als ob sich die gesamte Schar der Arche Noah auf Jasons Anwesen zubewegen würde. Tiere jeder Art und Größe betraten die Wiese. Ein gigantischer Sibirischer Tiger setzte sich von den anderen ab, um neben Beau herzulaufen, an dessen andere Seite sich inzwischen ein großer Löwe gesellt hatte. Selbst Saras schmale Wolfsgestalt konnte ich in der Masse der Kreaturen ausmachen. Sie alle waren hier, um Beau ihre Loyalität und Ergebenheit zu beweisen, und jeder Einzelne von ihnen wollte ihm helfen, mich zu befreien. Es war wunderschön mit anzusehen – und gleichzeitig schrecklich, dass sie sich in solche Gefahr begaben.

Arabella krallte die Finger in meine Haare und riss brutal meinen Kopf zurück. »Du musst ihn ja regelrecht verhext haben, dass er wegen dir gleich mit einer ganzen Armee anrückt.« Blitzschnell griff sie mir zwischen die Beine.

Mit schmerzverzerrtem Gesicht presste ich die Schenkel zusammen und versuchte, sie wegzustoßen. Sie lachte, aber der Laut hatte etwas Verzweifeltes. Wieder versuchte ich, mich zu befreien, doch sie schloss die Finger nur noch fester um meine Haare und stieß mich zu Boden. »Dummes kleines Menschenpüppchen.«

Ich ballte die Hände zu Fäusten und rang keuchend nach Atem. Dann nahm ich meine letzte Kraft zusammen, kroch unter den Billardtisch und zog mir das Klebeband vom Mund, um den Knebel auszuspucken.

Ein Paar Schuhe erschienen auf der anderen Seite des Billardtischs. »Arabella«, sagte Jason mit alarmiertem Unterton in der Stimme. »Hast du gesehen, was da draußen los ist?«

»Klar habe ich das.« Sie klang fast ein wenig defensiv. Hatte sie etwa auch Angst vor Jason?

»Habe ich dir nicht ausführlich erklärt, dass du ihm sagen sollst, dass er allein kommen muss, wenn er seine kleine Freundin lebend wiedersehen will?«

»Genau das habe ich ihm geschrieben.« Ihr Tonfall war schrill. »Anscheinend ist es ihm egal, ob sie lebt oder tot ist.« Dann fügte sie beschwörend hinzu: »Lass sie uns endlich fressen.«

Ich erstarrte und hielt die Luft an.

»Noch nicht. Er will sie. Ich weiß es«, schrie Jason wütend.

Ich konnte sehen, wie er zum Fenster hinüberging. »Er hat gestern ein Partnervisum beantragt. Er versucht, ihr einen permanenten Status in der Allianz zu verschaffen.«

Ein Partnervisum? Beau wollte mich heiraten?

»Er hat *was?*« Arabellas Stimme überschlug sich vor Wut. »Er kann nicht ernsthaft in Erwägung ziehen, sich mit einem Menschen zu paaren. Damit würde er sich vor der ganzen Allianz lächerlich machen.«

»Und warum marschiert er dann bitte gerade mit einer ganzen Armee in meinen Vorgarten?« Seine Stimme klang heiser vor Wut. Es war beängstigend mit anzuhören. »Er muss allein hier hochkommen.«

Allein? Nein! Sie würden ihn umbringen.

Jason bückte sich, um einen Blick unter den Billardtisch zu werfen, und grinste, als er meine zusammengekauerte Gestalt sah.

Ich starrte trotzig zurück, in der Hoffnung, dass ihn mein herausfordernder Blick von meinem knebelfreien Mund ablenken würde.

Blitzschnell griff er nach meinem Knöchel, zog mich unter dem Tisch hervor und schleifte mich über den Teppich, als wäre ich eine Stoffpuppe. Dann beugte er sich zu mir herunter und streichelte mir bewundernd über die Haare, wie es jemand bei einem edlen Haustier tun würde. »Arabella hat dich nicht verletzt, oder?«

Ich sah zu Arabella hinüber, die mich mit einem hasserfüllten Blick anstarrte.

»Gut so.« Offensichtlich fasste er mein Schweigen als Zustimmung auf. Immer noch strich er mir mit langsamen, liebevollen Bewegungen über den Kopf, als handelte es sich bei mir um seinen wertvollsten Besitz. »Wenn sich dein Freund da draußen eine Belagerung wünscht, dann soll er sie auch bekommen.« Jason lächelte kalt. »Ich frage mich nur, wie lange die anhalten wird, wenn er deine Schreie hört, während ich dich ficke.« Er blickte auf mich herab. Der Ausdruck in seinen Augen war beinahe zärtlich. »Glaubst du, das würde ihm etwas ausmachen?«

Ja, schrie ich in Gedanken und versuchte, ihn wegzustoßen, doch Jason schlug meine Hände beiseite, als würde er eine lästige Fliege verscheuchen wollen.

»Es würde *mir* etwas ausmachen«, knurrte Arabella und drängte sich mit solcher Gewalt zwischen uns, dass ich gegen die nächstgelegene Wand geschleudert wurde und mit dem Kopf gegen ein Gemälde knallte. »Du hast gesagt, dass ich sie fressen darf, und nicht, dass du sie ficken würdest.«

Jason musterte sie amüsiert. »Meine Liebste, ich habe absolut kein Interesse an einem Menschen.« Er nahm ihre Hand in seine und begann, Küsse auf ihrem Handgelenk zu verteilen, bevor er seine Lippen ihren Arm hinaufwandern ließ. Der intensive Ausdruck in ihren Augen, während sie ihn dabei beobachtete, hatte etwas Besitzergreifendes und vollkommen Irres. »Aber denk doch mal daran, wie wild es ihn machen würde. Erst nehme ich dich ihm weg, und dann muss er mit anhören, wie ich sein liebstes kleines Menschlein ficke.«

»Aber ich will nicht, dass du sie anfasst«, widersprach sie trotzig.

Jason verzog die Lippen zu einem schmalen Strich, als würde ihn ihre bedürftige, jammernde Art verärgern. Er schwieg einen Augenblick, dann seufzte er. »Na gut, meine Süße. Ich werde sie nicht anfassen. Sie ist ganz dein …«

Arabella lächelte strahlend.

Ich schluckte schwer.

»Sobald wir Beau getötet haben«, beendete Jason seinen Satz.

»Aber …«, begann Arabella zu protestieren.

»Ich muss aufs Klo«, stieß ich hervor. Die beiden drehten

sich abrupt zu mir um und starrten mich wütend an. »Sorry«, murmelte ich leise, in dem Versuch, möglichst kläglich zu klingen. »Aber ich kann's nicht länger halten.«

Es war der älteste Trick der Welt. Bitte lass sie darauf reinfallen.

Und tatsächlich, zu meiner großen Überraschung hatte Jason keine Einwände. »Geh mit ihr ins Badezimmer, danach kümmern wir uns um alles Weitere.«

Oh Mann.

Arabella warf mir einen ungeduldigen Blick zu und griff nach meinem Arm. »Komm schon!« Sie zerrte mich hinter sich her über den Flur zum Badezimmer. Das Badezimmer, in dem Giselle lag.

Bittere Galle stieg mir die Kehle hinauf, und ich schlug eine Hand vor den Mund, um mich nicht auf der Stelle zu übergeben. »Nicht in das«, quetschte ich zwischen zwei Fingern hervor. *»Bitte.«*

Einen Moment lang starrte sie mich voller Abscheu und ein wenig unschlüssig an. Ich ahnte, worüber sie nachdachte. Sollte sie sich meiner lächerlichen Bitte beugen oder riskieren, Jasons unbändigen Zorn auf sich zu ziehen, indem sie mich in genau dieses Bad zwang und ich bei Giselles Anblick ausflippte?

»Komm mit«, befahl sie mir schließlich barsch und zerrte mich weiter den Flur hinab und die Treppe ins Erdgeschoss hinunter.

Stumm sandte ich ein Stoßgebet zum Himmel, in dem ich mich für das kleine Wunder, das gerade geschehen war, bedankte. Ohne einen weiteren Laut des Protests ließ ich mich von ihr durchs Haus schleifen. Und als sie mich schließlich derartig kräftig in ein anderes Badezimmer stieß, dass ich mit voller Wucht gegen die Wand knallte, blieb ich ebenfalls stumm. Nicht mal das leiseste Fiepen kam mir über die Lippen.

»Fünf Minuten, sonst breche ich dir die Beine«, fuhr sie

mich an. »Das tut dem Geschmack keinen Abbruch, wenn ich dich später auffresse.«

Ich nickte, und sie knallte die Badezimmertür zu. Dann hörte ich, wie sich ihre Schritte auf dem Flur entfernten.

Ich hatte fünf Minuten, um mir einen Plan zu überlegen. Aus dem Fenster zu klettern kam nicht infrage. Es bestand aus mehreren dicken Glasblöcken, die sich nicht öffnen ließen.

Denk nach, Bathsheba. Denk nach!

Ich befand mich mit zwei unfassbar starken und mächtigen Gestaltwandlern in diesem Haus. Beau wartete mit seiner kleinen Armee draußen auf dem Rasen. Und keine der beiden Parteien würde etwas unternehmen, solange es die andere nicht tat. Beau würde auf keinen Fall das Risiko eingehen, in die Villa einzudringen, solange er nicht sicher sein konnte, dass es uns beide nicht das Leben kosten würde. Und Arabella und Jason würden nicht aufgeben, solange sie im Vorteil waren. Ich musste irgendwie dafür sorgen, dass die beiden das Haus verließen.

Mein Blick fiel auf ein dekoratives Kerzenarrangement, das auf einer niedrigen Ablage stand. Ein Feuer! Aber um die Kerzen anzuzünden, brauchte ich Streichhölzer. So leise wie möglich zog ich die Schublade auf, die sich unter dem Waschbecken befand, und durchwühlte den Inhalt. Keine Streichhölzer, kein Feuerzeug. Nur Nagellack, Haarspray, ein Lockenstab und ein Föhn. Eindeutig Zeug, das Arabella gehörte. Nachdenklich drehte ich das kleine Fläschchen mit Nagellack zwischen den Fingern, bevor mein Blick wieder auf den Lockenstab fiel. Es könnte funktionieren. Eventuell würde das Eisen heiß genug laufen, dass sich damit ein Feuer entzünden ließ.

Hektisch sah ich mich nach einer Steckdose um. Da. Auf der anderen Seite der Wand. Gut. Ich steckte den Lockenstab ein, stellte ihn auf die höchste Stufe und überlegte, wo ich ihn am besten verstecken konnte.

Neben der Toilette befand sich ein halb voller Mülleimer. Etwas Besseres konnte mir gar nicht passieren. Ich schob den Lockenstab hinein und füllte den Mülleimer mit einigen Lagen Klopapier auf, die ich mit Nagellack übergoss. Als Letztes platzierte ich die Dose mit Haarspray neben dem Mülleimer. Das Gemisch musste einfach in die Luft gehen – hoffte ich zumindest. Mit etwas Glück würde hier bald ein Feuer ausbrechen.

»Beeil dich!«, rief Arabella von draußen, und ich betätigte schnell die Toilettenspülung.

Ich wollte gerade die Tür öffnen, als mein Blick auf den Duschvorhang aus Stoff fiel. Ich zog den Mülleimer so nah an die Dusche, wie es das Kabel des Lockenstabs zuließ, und stopfte das untere Ende des Vorhangs in den Eimer. Perfekt. Wenn man nicht zu genau hinsah, fiel mein Arrangement hinter dem dicken Duschvorhang kaum auf, und das beigefarbene Kabel des Lockenstabs war vor der eierschalenfarben gestrichenen Wand kaum zu erkennen.

Der schwache Geruch von heißem Eisen breitete sich bereits im Bad aus und vermischte sich mit den beißenden Dämpfen des Nagellacks. Ich geriet in Panik. Bevor ich die Tür öffnete, musste ich unbedingt mit irgendetwas den Gestank kaschieren. Hektisch sah ich mich um. Auf einem Regal neben dem Waschbecken stand eine gläserne Parfümflasche. Ich griff danach und schleuderte sie mit voller Wucht auf den Boden.

Eine Zehntelsekunde später hatte Arabella die Tür aufgerissen und war ins Bad gestürmt. »Was machst du da, du bescheuertes Weibsbild?«

Doch ich war bereits an ihr vorbeigeschlüpft und rannte in Richtung Küche.

Mit zwei Schritten hatte sie mich eingeholt und riss mich so heftig am Arm zurück, dass ich mir sicher war, sie würde ihn mir abreißen. Dann brach ich zu ihren Füßen zusammen.

Arabella grub ihre Nägel in meine zerrissene Kleidung und schleifte mich den Flur hinunter in Richtung Eingangshalle.

Vollkommen erschöpft und verletzt, umklammerte ich meinen Arm und ließ mich von ihr die Treppe hinauf zurück ins Billardzimmer zerren, während ich stumm um ein Wunder betete.

Kapitel zweiundzwanzig

Die Minuten zogen sich unerträglich hin. Meine Nerven waren so angespannt, dass ich glaubte, mein Körper müsste implodieren. Nichts passierte. Es war eine Pattsituation mit bizarren Verhältnissen. Die Armee aus Gestaltwandlern der Allianz streifte noch immer um das Haus und behielt vom Rasen aus die Villa im Auge. Die einzigen Neuigkeiten stammten von den kurzen, angespannten Wortwechseln zwischen Arabella und Jason. Sie hatten mich wieder an den Stuhl gefesselt und starrten abwechselnd auf mich oder beunruhigt aus dem Fenster. Offensichtlich hatten sie nicht damit gerechnet, dass Beau mit so viel Unterstützung kommen würde.

»Wir müssen uns etwas überlegen, um ihn ins Haus zu locken«, sagte Jason irgendwann. »Da draußen, mit den anderen im Rücken, ist er mir viel zu selbstbewusst. Wir können ihn zerstören und ihm seine Kraft rauben – aber nur, wenn er reinkommt. Sobald wir ihn haben, werden die anderen aufgeben.«

Ich schauderte. Komm schon, Feuer. Breite dich endlich aus!

Arabella zuckte mit den Schultern. »Warum tun wir ihr nicht einfach weh? Wir könnten sie auf den Balkon schleppen und ihr ein paar Finger abschneiden, damit er endlich seinen Arsch hochkriegt.« Ein boshaftes Leuchten trat in ihre Augen.

Jason musterte mich, als würde er tatsächlich darüber nachdenken, ihren grausamen Plan in die Tat umzusetzen. »Wir ziehen sie aus.«

Was? »Nein!« Ich warf einen Blick zu Arabella hinüber, die die Lippen zu einem wütenden Strich zusammengepresst hatte. Es gefiel ihr ganz offensichtlich nicht, was Jason vorhatte.

»Wir ziehen sie aus«, wiederholte Jason. »Wir müssen dafür sorgen, dass er vom Schlimmsten ausgeht.«

Nein, nein, nein! Außer mir vor Angst wand ich mich auf dem Stuhl hin und her, sodass ich damit rückwärts in Richtung Wand rutschte.

Mit einem verrückten Glitzern in den Augen kam Jason auf mich zu und streckte eine Hand nach mir aus. Während ich daraufstarrte, fing sie an zu zittern und Blasen zu werfen. Das deformierte Fleisch verwandelte sich langsam in eine grauenerregende Klaue. Muskeln traten hervor, Knochen brachen.

Panisch versuchte ich, mit dem Stuhl weiter zurückzuweichen. Als ich einen Blick auf Arabella warf, konnte ich das Leuchten in ihren Augen sehen – als würde sie der Gedanke an die Gewalt, die folgen würde, erregen.

Oh mein Gott. Die abstoßende Klaue berührte meine Schulter, und ein unkontrolliertes Zittern erfasste meinen Körper. Verzweifelt wand ich mich auf meinem Stuhl. »Nein! Fass mich nicht an!«

Er verzog die Lippen zu einer hämischen Fratze, als würde ihn meine Angst amüsieren, bevor er mir mit den Spitzen seiner Klauen die letzten Stoffreste meines T-Shirts vom Körper riss. Dann durchtrennte er meinen BH.

Schmerzhafte rote Striemen zogen sich über meinen Oberkörper.

Jason riss und zerrte so lange an meinen Sachen, bis sie mir nur noch in Fetzen am Körper hingen und meine blasse Haut entblößten. Dann trat er einen Schritt zurück, und seine deformierten Klauen verwandelten sich in normale Hände zurück. »Warum kümmerst du dich nicht um den Rest, meine Liebste?«

Arabella ließ sich nicht zweimal bitten. Mit zwei Schritten war sie bei mir und hatte ihre Faust in mein Gesicht gerammt.

Meine Sicht verschwamm in einer Explosion aus roten und

schwarzen Flecken, und ich schmeckte Blut, das mir aus der Nase lief. Mein Kopf dröhnte schmerzhaft.

»Übertreib es nicht. Wir wollen nur, dass sie ein wenig mitgenommen aussieht«, pfiff Jason sie zurück. »Sie soll sich noch bewegen können, damit er sich sicher sein kann, dass sie noch lebt. Sorg einfach nur dafür, dass sie schreit.«

Er wusste nur allzu gut, dass Beau mit seinem empfindlichen Gehör jeden Mucks, den ich von mir gab, aufschnappen würde. Aber die Genugtuung würde ich Jason nicht gönnen. Ich schloss die Augen, biss mir auf die Lippe und bereitete mich innerlich auf den Schmerz vor.

Arabellas nächster Faustschlag traf mich in den Magen. Als ich keinen Laut von mir gab, schlug sie noch ein paar weitere Male auf mich ein, aber ich hielt still, während ich innerlich vor Schmerzen aufschrie.

Jason stieß Arabella beiseite. Mit einem blitzschnellen Hieb rammte er seine Klaue in meine Schulter und zog sie meinen Oberkörper hinab über meine Brüste. Blut rann aus den Wunden, die trotz ihrer geringen Tiefe wie Feuer brannten.

Ich konnte mich nicht länger zurückhalten. Ein lang gezogener, verzweifelter Schmerzensschrei drang aus meiner Kehle.

»Schon besser«, sagte Jason mit einem boshaften Grinsen. Er fasste sich in den Schritt, als würde es ihn erregen, mich leiden zu sehen. Dann durchtrennte er meine Fesseln, riss mich an den Handgelenken hoch und zog mich eng an seinen Körper.

Augenblicklich begann ich, um mich zu schlagen. Ich musste mich aus seinem eisernen Griff befreien.

»Es gefällt mir, wenn du dich wehrst«, raunte mir Jason ins Ohr. Als ich angewidert zu ihm aufsah, konnte ich den Wahnsinn in seinen Augen aufleuchten sehen. Seine Lippen waren zu einem wilden Grinsen verzogen, und er fletschte seine viel zu weißen Zähne. »Wie wär's, wenn wir dich jetzt deinem Freund vorführen?«

Die großen Terrassenfenster führten auf einen Balkon hinaus. Jason zerrte mich vor sich wie einen Schild, womit er weitere Schmerzenswellen durch meinen Körper schickte, und warf einen Blick zu Arabella hinüber. »Halt dich im Hintergrund!«

Sie knurrte.

Ein Laut, der mehr nach Wendigo klang, als mir lieb war.

»Warum?«

»Weil sie glauben, dass ich allein mit ihr hier bin. Wir müssen das Überraschungsmoment ausnutzen.« Er starrte sie aus eiskalten Augen an. »Und weil ich es sage.«

Arabella funkelte ihn wütend an, hielt aber die Klappe und ging auf die andere Seite des Zimmers.

Jason öffnete eines der großen Fenster und trat auf den Balkon hinaus, wobei er mich vor sich her stieß.

Ich stolperte erschöpft vorwärts. Mein Kopf dröhnte noch immer von Arabellas Schlägen, und eine Seite meines Gesichts war klebrig von meinem Blut. Viel schlimmer war allerdings, dass ich Schwierigkeiten hatte, mich auf etwas zu fokussieren. Die Schmerzen in meinem Körper raubten mir jeden klaren Gedanken.

»Beauregard«, bellte Jason vom Balkon hinunter. »Zeig dich!«

Der riesige Puma trat ein paar Schritte vor und begann, sich zu verwandeln.

Als ich bemerkte, was vor sich ging, zuckte ich zusammen, in der Erwartung, dass sich sein Körper in einer ähnlich grausamen Weise verformen würde, wie es Jasons zuvor getan hatte. Doch zu meiner Erleichterung verlief Beaus Transformation geschmeidig, nahezu fließend. Sein Fell kräuselte sich leicht, bevor es zu menschlicher Haut wurde, und seine Knochen verlängerten sich auf eine beinahe anmutige Weise. Innerhalb von Sekunden hatte er seine menschliche Gestalt angenommen. Komplett nackt stand er auf dem Rasen. Sein Gesichtsausdruck war so hart und unerbittlich, dass ich einen Augenblick der festen Überzeugung war, er könnte Jason allein durch einen Blick töten.

»Ich bin hier«, rief er. Er klang stolz. Stark.

Jason schlang eine Hand um meine Kehle und hob mich hoch, bis meine Füße ein paar Zentimeter über dem Boden baumelten.

Verzweifelt versuchte ich, seine Finger von meinem Hals zu lösen, bevor auch noch der letzte Rest Sauerstoff aus meinen Lungen weichen konnte. Als ich in dem dunklen Zimmer hinter mir Arabella amüsiert kichern hörte, begann ein Plan in meinem Kopf Gestalt anzunehmen. Ich ließ die Hände sinken und ballte sie zu Fäusten, wobei ich zwei Finger herausstreckte, um zu signalisieren, dass es zwei Feinde hier oben gab. Wenn nur jemand auf meine Hand achtete …

»Ich hatte viel Spaß dabei, mit deinem süßen Menschenpüppchen zu spielen«, rief Jason laut, stellte mich wieder auf die Füße und griff mir hart zwischen die Beine, sodass ich aufkeuchte und mich vor Schmerzen wand. »Es ist wirklich zu schade, dass sie so schnell kaputtgehen.«

Beau biss vor kaum zu zähmender Wut die Zähne aufeinander, und ich hätte schwören können, dass ich die Muskeln an seinem Hals zucken sah.

»Allerdings scheint sie nicht besonders auf meine Spiele zu stehen«, provozierte Jason ihn weiter. »Ich glaube nicht, dass sie noch lange durchhält, wenn diese Belagerung weiter andauert.«

»Was willst du?« Beaus Stimme vibrierte vor Zorn.

»Du kommst ins Haus. Allein.«

Ich wackelte mit den zwei ausgestreckten Fingern und blickte mich hektisch unter den Tieren, die vom Rasen zu uns hochsahen, um. Hatte einer von ihnen mein Zeichen bemerkt?

»Wir treffen uns hier drin – nur du und ich – und legen unseren Rivalitätskampf ein für alle Mal bei.« Jasons Lügen waren über den gesamten Vorgarten hinweg zu hören, der inzwischen in Zwielicht getaucht war.

Beau würde niemals auf so einen absurden Vorschlag eingehen.

»Und du wirst ihr nicht wehtun?« Beau schien zu allem entschlossen.

Hinter mir vernahm ich ein zufriedenes Kichern. Sie würden ihn gemeinsam umbringen.

Als Jason eine Hand auf meine Brust legte und sie zwischen seinen Fingern quetschte, sah Beau aus, als täte er nichts lieber, als seinen alten Freund und Feind auf der Stelle zu töten.

»Sie sind zu zweit!«, schrie ich verzweifelt. »Zwei Wen…«

Jason schlug mir so heftig ins Gesicht, dass ich mir beinahe die Zunge abgebissen hätte. Mir wurde schwarz vor Augen, und nur wie aus weiter Ferne hörte ich Beaus wütendes Knurren und Jasons Flüche, als er mich vom Balkon und zurück ins Zimmer zerrte. Das Terrassenfenster fiel mit einem Knall hinter uns zu, und Jason schleuderte mich so heftig von sich, dass ich über die glatten Fliesen schlitterte und mit voller Wucht gegen die gegenüberliegende Wand donnerte.

»Diese Bitch versucht, uns die Tour zu vermasseln«, spie Jason schäumend vor Wut aus, sodass Arabella zu ihm hinüberging und ihm beruhigend über den Arm streichelte. Mit hasserfülltem Blick starrten mich die beiden quer durch den Raum hinweg an.

»Lass sie uns töten«, zischte Arabella, deren Augen jetzt in einem grünlichen Gold schimmerten. »Sie hat keinen Wert mehr für uns. Lass mich direkt aus ihrer Kehle trinken.« Ihre Hände begannen, sich zu verformen, Blasen stiegen vom Handrücken auf. Es sah beinahe so aus, als würden sie schmelzen.

»Du darfst sie nicht töten, solange die anderen noch hier sind«, knurrte Jason. »Du brauchst all deine Kräfte, um gegen sie zu kämpfen.«

»Aber was, wenn ich keine andere Chance bekomme?«, jammerte Arabella.

Als im Erdgeschoss ein Fenster zerbrach, warfen sich die beiden einen triumphierenden Blick zu. »Er kommt«, wisperte Arabella mit einem wahnsinnigen Glitzern in den Augen.

Als Nächstes erschütterte eine ohrenbetäubende Explosion das Haus, die den Boden unter unseren Füßen erzittern ließ. Die Gemälde, die eben noch an den Wänden gehangen hatten, krachten zu Boden, und dann ging der Feueralarm los und füllte das Haus mit einer Kakofonie schriller Pieps- und Sirenengeräusche.

»Was, verdammt noch mal, machen die da unten?« Jason stürzte hinaus auf den Flur. An der Tür drehte er sich noch einmal zu Arabella um. »Bleib bei der dummen Menschenpuppe«, befahl er, dann war er verschwunden.

Doch Arabella hielt es nur ein paar Sekunden länger im Billardzimmer, dann folgte sie ihm.

Mühsam rappelte ich mich auf. Mein erster Impuls war, mich zu verstecken, doch ich kämpfte gegen das Verlangen an, mich einfach irgendwo zusammenzukauern. Wenn es tatsächlich brannte, wäre es extrem dumm, länger im Haus zu bleiben als unbedingt nötig. Stattdessen brauchte ich eine Waffe.

Panisch sah ich mich um, bis mein Blick an den Billardqueues hängen blieb. Ich stürzte hinüber und griff mir eine der langen, spitz zulaufenden Holzstangen. Der Queue war nicht besonders schwer, aber er würde zur Verteidigung ausreichen müssen.

Wütendes Geschrei drang aus dem Flur, als Jason die Treppe hinaufgestürmt kam. »Ich werde diese Bitch dafür umbringen, dass sie mein Haus angezündet hat!«

Ich verzog die Lippen zu einem höhnischen Grinsen. Als hätten die beiden nicht sowieso vorgehabt, mich zu töten. Mit grimmiger Entschlossenheit umklammerte ich den Queue mit beiden Händen und hielt ihn wie ein Schwert vor mir in die Höhe. Dann bewegte ich mich ein paar Schritte rückwärts, sodass sich der Billardtisch zwischen mir und der Tür befand.

Als Jason mit Arabella an seiner Seite ins Billardzimmer gerannt kam und mich sah, glich sein Gesichtsausdruck einer grausamen, zornigen Fratze.

»Bathsheba!«

Die beiden Wendigos erstarrten in der Bewegung, als sie Beaus heiseren Ruf hörten. Rauchschwaden krochen die Treppe hinauf, und ich konnte das Knistern und Knacken des Feuers hören. Es musste sich inzwischen im gesamten Erdgeschoss ausgebreitet haben.

Jason starrte mich aus schwarzen Augen an, doch es war nicht sein wütender Gesichtsausdruck, der meine Aufmerksamkeit fesselte, sondern das Zelt, zu dem sich seine Hose im Schritt aufgestellt hatte. Bei dem Anblick trat ich unbewusst einen weiteren Schritt zurück. Feuer und Gewalt schienen ihn zu erregen. Keine guten Nachrichten für mich.

»Wir müssen hier raus«, keuchte Arabella hustend. Sie griff nach seinem Arm, um ihn hinter sich herzuzerren.

Doch Jason stieß sie ungeduldig beiseite, sodass sie mit einem Krachen gegen die an der Wand in einer Halterung hängenden Queues krachte, die unter der Wucht des Aufpralls zersplitterten. »Du bescheuerte Aasfresserin! Wenn wir versuchen, hier rauszukommen, werden sie uns in Stücke reißen.« Er starrte mich aus zornig glühenden Augen an. »Du hast uns eine Falle gestellt, nicht wahr, Püppchen?« Langsam und mit beinahe anmutigen Bewegungen glitt er auf mich zu. Eine Raubkatze, die ihre Beute fest im Blick hat. Ein Stöhnen drang tief aus seiner Kehle, als er mit einer Hand über die Beule in seiner Hose rieb. »Du hast uns mit dem Feuer eine Falle gestellt.«

Ich umklammerte den Queue fester und trat einen weiteren Schritt zurück. »Und ich würde es jederzeit wieder tun.« Das hatte sehr viel mutiger geklungen, als ich mich fühlte. Wenn Jason nur ein paar Zentimeter näher herankam, würde er meine Knie vor Angst schlottern hören.

Er stieß ein erregtes Knurren aus, bevor er mit unmenschlicher Kraft aus dem Stand auf den Billardtisch sprang und sich von dort aus auf mich stürzte.

Es passierte so schnell, dass ich kaum Zeit hatte, den Queue über meinem Kopf zu schwingen, bevor er mich packte. Der Holzstab zersplitterte wie ein Zahnstocher, als er mich gegen die rückwärtige Wand presste und seine Erektion gegen meinen Bauch drückte. Er verzog den Mund zu einem grausamen Grinsen und griff in meine Haare, um daran zu schnüffeln.

Ich wand mich in seiner Umklammerung, in dem verzweifelten Versuch, von ihm wegzukommen. Als ich jedoch eine Hand in sein Gesicht drückte, lachte er nur.

»Vergiss sie!« Arabella zog ungeduldig an Jasons Arm, während sie mich mit hasserfülltem Blick anstarrte. »Wir müssen hier weg. *Sofort.* Wir suchen uns einfach eine andere Immune.« Als er sich keinen Zentimeter von der Stelle rührte, änderte sie ihre Strategie. Mit schmeichlerischer Stimme wisperte sie nah an seinem Ohr: »Diese erbärmlichen Kreaturen sind keine ebenbürtigen Gegner für uns. In einem Kampf würden wir sie wie Käfer unter den Füßen zerquetschen. Das einzig Nützliche an ihnen ist die Kraft, die wir aus ihnen herauspressen, wenn wir sie töten.«

»Kraft«, wiederholte Jason und sah mich mit neu erwachtem Interesse an. Er beugte sich so dicht zu mir vor, dass seine Nase meine berührte, dann stieß er seine Hüften gegen meine.

Ich würgte.

»Ich brauche mehr Kraft«, murmelte er.

»Ja«, schrie Arabella und zerrte heftig an seinem Arm.

Zu meiner Überraschung wandte er sich ihr zu. Noch immer umspielte das makabre Lächeln seine Lippen.

»Kraft«, wiederholte er noch einmal, während er mit den Fingern an ihrem Kiefer entlangfuhr.

Arabella genoss seine Aufmerksamkeit sichtlich. Genüsslich bog sie den Kopf nach hinten und sah ihn unter halb geschlossenen Lidern hingebungsvoll und geradezu besessen an.

Er beugte sich zu ihr hinab, als wollte er sie küssen – und riss ihr mit einem einzigen Hieb seiner Krallen die Kehle heraus.

Ich schrie vor Entsetzen auf, als sie blutüberströmt die Arme um ihn schlang, als wollte sie seinen Körper für alle Ewigkeit festhalten. Dann sackte ihr Kopf zur Seite, und ein Potpourri grausamer Laute erklang, als sich Jason auf sie stürzte. Tiefes, gieriges Knurren mischte sich unter das Geräusch von brechenden Knochen und rohem Fleisch, das in Stücke gerissen wurde. Er fraß sie auf. Um ihre Macht und ihre Kraft in sich aufzunehmen.

Würgend stieß ich mich von der Wand ab. *Lauf weg! Los, renn!* Ich stolperte in Richtung Tür.

»Bathsheba!«

Ich hielt inne. Wieder und wieder hörte ich Beau meinen Namen schreien, obwohl er über das laute Brüllen des wütenden Feuers und das schrille Piepen des Alarms hinweg kaum zu hören war.

In diesem Moment sah Jason auf und trat mich mit voller Wucht in die Rippen, um mich an meiner Flucht zu hindern, nur um sich gleich wieder gierig Arabella zu widmen.

Ich brach zusammen und krümmte mich vor Schmerzen auf dem Boden. Hustend atmete ich den beißenden Rauch ein, und augenblicklich fühlten sich meine Lungen an, als ständen sie in Flammen. Blind vor Schmerz presste ich eine Hand auf meine Seite und kroch keuchend auf allen vieren auf die Tür zum Flur zu. Ich wollte einfach nur hier raus. Einfach nur mit Beau zusammen sein. In seinen Armen liegen. Wieder in der Lodge sein, mit ihm an meiner Seite. Glücklich.

Die Tür schien unendlich weit weg. Und selbst wenn ich die Treppe erreichte, ohne dass Jason mich vorher wieder einfing – wie sollte ich es bis nach draußen schaffen? Erschöpfung und Verzweiflung stürmten so heftig auf mich ein, dass ich zusammensackte und mich so klein wie möglich auf dem Boden zusammenrollte. Ich brauchte nur eine Sekunde, um wieder zu Atem zu kommen, dann würde ich es wieder versuchen.

Ein Schrei wie von einem wilden Tier ließ mich aus meiner zusammengekauerten Position hochfahren. Eine Gestalt kam durch die Tür gestürzt und beugte sich über mich. Benommen vom Rauch und den Schmerzen sah ich zu meinem Retter auf.

Beau.

»Oh Gott.« Er kniete sich neben mich und zog mich in seine Arme. Vorsichtig tastete er mich am ganzen Körper ab. »Oh, bitte, bitte! Sei nicht tot. Bitte sei am Leben.«

Sah ich tot aus? Ich versuchte, einen Finger zu heben, um ihn auf seine Lippen zu legen, doch meine Muskeln schienen mir nicht mehr richtig zu gehorchen. Mit zitternder Hand deutete ich in die Ecke, in der Jason noch immer dabei war, Arabella in Stücke zu reißen. Sein Körper schien zu zucken und sich dabei vollkommen unkontrolliert zu verdrehen, so, als könnte er die Kräfte, die in diesem Moment durch seine Venen pulsierten, nicht steuern.

Beau zog mich enger an sich und drückte mir einen zärtlichen Kuss auf die Stirn. Seine Augen tränten vom Rauch und der Hitze. »Du cleveres, süßes Ding«, sagte er. Vermutlich bezog er sich damit auf meinen Feuerplan. Jede andere meiner heutigen Taten hätte ich in diesem Moment als weniger clever bezeichnet. Als würde ich nicht mehr wiegen als eine Feder, stand er mit mir in den Armen auf.

»Beau.« Sein Name war nicht mehr als ein Flüstern auf meinen Lippen. »Jason …«

Eine unglaubliche Macht entriss mich Beaus Armen, und

im nächsten Augenblick krachte ich gegen die nächstgelegene Wand. Sterne tanzten vor meinen Augen.

Jason war mit Arabella fertig.

Beau stieß ein tiefes Fauchen aus, der wütende Schrei einer Raubkatze.

Als ich mit flatternden Lidern die Augen öffnete, sah ich, wie sich die beiden langsam und bedrohlich umkreisten, während sie ihre Gestalt wechselten. Der Anblick von Beaus schlankem goldenen Katzenkörper raubte mir jedes Mal aufs Neue den Atem.

»Renn, Bathsheba! Renn!«, schrie er mir zu, bevor sich als Letztes sein Kopf in den eines Pumas verwandelte.

Jason war das reinste Monster. Unter seinem dichten, filzigen Fell standen die Knochen und Muskeln unnatürlich hervor. Sein deformierter Körper, der nur aus Klauen und Fängen zu bestehen schien, bildete einen grässlichen Anblick. Und er war mindestens doppelt so groß wie Beau.

Das Feuer hatte inzwischen das obere Stockwerk erreicht, und die Decke begann sich schwarz zu färben, während orangerote Flammen an den Vorhängen leckten. Doch die beiden Feinde schienen kaum zu bemerken, was um sie herum geschah. In diesem Moment stürzten sie sich aufeinander – in einen Kampf auf Leben und Tod.

Dafür hatten wir keine Zeit. Es würde nicht mehr lange dauern, bis der brennende Dachstuhl über uns zusammenbrechen und uns alle töten würde.

Die beiden Raubkatzen kämpften mit tödlicher Verbissenheit. Fellfetzen flogen durch die Luft, während sie die Klauen in das Fleisch des anderen hieben und die Zähne bleckten. Jasons deformierte graue Gestalt überragte Beaus schlanken goldenen Körper. Ich wusste, dass mein Freund keine Chance gegen den Wendigo hatte.

Panisch sah ich mich in dem zerstörten Billardzimmer auf

der Suche nach etwas um, dass ich benutzen konnte, um Jason abzulenken. Mein Blick fiel auf die zersplitterten Queues, und ich kroch hinüber, um einen von ihnen aufzuheben und als Knüppel zu verwenden. Das Holzstück war nicht länger als fünfzig Zentimeter, aber sein spitzes Ende brachte mich auf eine andere Idee. Schwankend kam ich auf die Beine und umklammerte den kaputten Queue fest mit beiden Händen.

Mir war klar, dass ein einziger Hieb von einem der beiden meinen Tod bedeuten konnte, doch mir blieb keine andere Wahl. Nur weil ich mich geweigert hatte, Beau zu vertrauen, befanden wir uns jetzt in dieser ausweglosen Situation. Doch inzwischen vertraute ich ihm. Und ich würde ihn retten.

In einem undurchschaubaren Gewirr aus aufblitzenden Klauen und gefletschten Zähnen rollten die beiden Raubkatzen ineinander verbissen durch den Raum. Ihre schmerz- und zornerfüllten Schreie mischten sich unter das Brüllen des Feuers, das um uns herum tobte. Beau schlug die Fänge in Jasons Schulter und riss ein großes Stück heraus. Als sie sich das nächste Mal in meine Richtung bewegten, konnte ich nichts sehen außer Jasons gigantisch breitem Rücken. Und ich hörte, wie Beau einen wütenden Schrei ausstieß, als er sich auf ihn stürzte.

Anstatt den beiden auf mich zurollenden Raubkatzen auszuweichen, stemmte ich beide Füße fest in den Boden und hielt das spitze Ende des kurzen Holzstabs auf Jasons Rücken gerichtet. Dann trat ich einen Schritt vor und nutzte die Wucht, mit der sein Körper von Beau in meine Richtung geschleudert wurde, um ihm den Pflock auf Höhe seiner Lunge in den Rücken zu rammen.

Der Holzstab drang so mühelos in sein Fleisch wie ein Messer, das durch weiche Butter schnitt. Mit einem schmerzerfüllten Fauchen bog Jason den Rücken durch und versuchte, mit einer klauenbesetzten Pfote an den Pflock zu gelangen, doch was ihm mit menschlichen Händen gelungen wäre, war ihm in Katzengestalt unmöglich. Verzweifelt wand und verrenkte er sich, um sich zu verwandeln. Dann drehte er sich mit einem mörderischen Ausdruck in den Augen zu mir um.

Im selben Moment stürzte sich Beau von hinten auf ihn und riss ihm die Kehle heraus.

Würgend sackte ich in mich zusammen. Der Schmerz und der Rauch übermannten mich, und noch während ich zu Boden fiel, wurde mir schwarz vor Augen.

»Bathsheba.« Beau klopfte mir sanft auf die Wange. Ich lag in seinen Armen.

Blut bedeckte sein Gesicht – sein menschliches Gesicht –, aber er war am Leben. »Bathsheba, sag mir, wo Giselle ist.«

Wir befanden uns noch immer in der brennenden Villa. Anscheinend war ich nur wenige Sekunden ohnmächtig gewesen.

»Sie ist tot. Beau, wir müssen sofort hier raus.« Meine Stimme war vom Einatmen des Rauchs so rau, dass ich sie selbst kaum wiedererkannte.

»Was du nicht sagst.« Beau lächelte mich liebevoll an und stand mit mir in den Armen auf. Mit wenigen großen Schritten trat er auf den Balkon hinaus.

Ein Blick über die Brüstung verriet uns, dass die anderen Tiere noch immer unten auf uns warteten. Viel zu *tief* unten.

Ich klammerte mich an Beaus Nacken. Plötzlich hatte ich schreckliche Angst vor dem, was er als Nächstes tun würde.

Beau drückte mir einen zärtlichen Kuss auf die Stirn. »Ramsey wird dich auffangen. Vertraust du mir?«

Mein fehlendes Vertrauen in ihn hatte uns beide heute schon einmal beinahe das Leben gekostet. Ich durfte nicht zulassen, dass das ein zweites Mal geschah. Mit einem unterdrückten Schluchzen presste ich meine Lippen auf seine, bevor ich flüsterte: »Ich vertraue dir.«

»Gut.« Und dann ließ er mich über die Brüstung fallen.

Hinterher hatte ich nur eine vage Erinnerung daran, wie ich von den weichen Tatzen eines gigantischen Braunbärs aufgefangen wurde, bevor ich abermals das Bewusstsein verlor. Diesmal allerdings für eine ganze Zeit.

Kapitel dreiundzwanzig

Ich hatte keine Ahnung, wie viel Zeit vergangen war, als ich das nächste Mal mit flatternden Lidern die Augen öffnete. Ein kühles Laken bedeckte meinen Körper, und irgendetwas Heißes hing an meiner Hand.

Als ich mich vorsichtig in dem tadellos sauberen und weißen Raum umsah, wurde mir klar, dass ich mich in einem Krankenhauszimmer befand. Ein Tablett mit einem unangetasteten Mittagessen stand am Fußende meines Bettes. Beau saß neben mir und umklammerte meine Hand, als hätte er Angst, dass er mich verlieren könnte, wenn er mich auch nur eine Sekunde losließ. Er steckte in einem Flanellhemd, das ihm ein paar Nummern zu groß war (eine Leihgabe von Ramsey, vermutete ich), und starrte mit besorgtem Blick auf einen Punkt an der Wand. Er wirkte erschöpft. Und ich fühlte mich, als wäre ich von einem Laster überrollt worden. Zweimal.

Als ich ein leises Stöhnen von mir gab, scannte Beau alarmiert von oben bis unten meinen Körper, bevor er mir erleichtert in die Augen sah. »Du bist wach.«

»Das bin ich«, sagte ich und versuchte, mich aufzusetzen. »Wo sind wir?«

Sanft, aber energisch drückte er mich zurück in die Kissen. »Der Arzt will, dass du für ein paar Tage zur Beobachtung hierbleibst, um sicherzugehen, dass der viele Rauch, den du eingeatmet hast, keine bleibenden Schäden hinterlassen hat.«

»Du scheinst auf jeden Fall schon wieder komplett hergestellt zu sein.« Der Anblick seines kräftigen, unverletzten Körpers ließ mich vor Erleichterung aufatmen.

Er grinste. »Es gibt durchaus ein paar Vorteile, die das Gestaltwandler-Dasein mit sich bringt.« Dann wurde sein Gesichtsausdruck wieder ernst, und ich spürte, wie sich sein Gewicht auf der Matratze verlagerte, als er sich über mich beugte. Sanft strich er mir eine Haarsträhne aus dem Gesicht. »Bathsheba?«

Die Zärtlichkeit, mit der er meinen Namen aussprach, ließ mein Herz einen Satz machen. »Ja?«

»Wage es *nie* wieder, so einen Stunt abzuziehen.«

Ich verzog das Gesicht zu einer Grimasse. »Welchen genau meinst du denn? Den, bei dem ich aus dem Fenster klettere und ein Auto stehle, oder den, bei dem ich eine Warnung übermittle, die einen Wendigo beinahe dazu bringt, mich aufzufressen? Oder vielleicht den, bei dem ich beinahe eine ganze Villa in die Luft jage?«

»Alle. Wenn du es mit Gestaltwandlern, Wendigos und anderen Übernatürlichen zu tun hast, kannst du nicht erwarten, es mit ihnen aufnehmen zu können.« Er drückte meine Hand, um seine Worte zu unterstreichen.

Es ärgerte mich, dass er mich für so zerbrechlich hielt. »Die beiden waren mindestens doppelt so groß wie du. Ich musste etwas tun, sonst hätten sie dich umgebracht«, versuchte ich, mich zu rechtfertigen.

»Nein, das musstest du nicht. Nicht, wenn du dich selbst dafür opferst«, widersprach er mir und schob mit einer fahrigen Geste eine Haarsträhne hinter mein Ohr.

Mir wurde klar, dass er sich ernsthafte Sorgen um mich gemacht hatte. Und dass er wütend auf mich war, weil ich mich in Gefahr gebracht hatte.

»Und nicht, wenn es bedeutet, dass ich dich dabei verlieren könnte.«

Wenn er weiter in diesem Tempo Haare aus meinem Gesicht strich, würde ich bald keine mehr auf dem Kopf haben.

»Er … er hat dir wehgetan.« Der Hass, der aus seiner Stimme sprach, war überwältigend.

Besänftigend berührte ich seinen Kiefer. »Das sind nur ein paar Kratzer. Er hat mich nicht ernsthaft verletzt.«

»Zwei gebrochene Rippen, eine Gehirnerschütterung und Schnittwunden an mehr als sechzig Prozent deiner Haut«, schoss er zurück.

»Er hat mich nicht vergewaltigt.« Ich konnte sehen, wie ein wenig von der Anspannung, die seinen Körper gefangen hielt, von ihm abfiel. »Und ich würde nicht zögern, all das noch einmal durchzustehen, wenn es der einzige Weg wäre, um dich zu retten«, fügte ich sanft hinzu.

Abrupt erhob er sich vom Bett und lief ruhelos im Zimmer auf und ab.

Eine Welle der Enttäuschung schlug über mir zusammen. Was hatte ich mir nur dabei gedacht, mich ausgerechnet in einen Gestaltwandler zu verlieben? Ich hatte mich viel zu leichtgläubig auf ihn eingelassen, und er überlegte inzwischen vermutlich schon, wie er mich – die menschliche Last – wieder loswerden konnte.

»Ich kann das nicht mehr tun, Bathsheba.« Beau war wieder neben meinem Bett stehen geblieben. Sein Gesichtsausdruck wirkte gequält.

Plötzlich hatte ich das Gefühl, keine Luft mehr zu bekommen. »Was tun?«

Er wirkte gehetzt. »Zwölf Jahre lang habe ich den Russell-Clan angeführt. Und seit acht Jahren stehe ich an der Spitze der Allianz. Jeder hört auf das, was ich sage. Ich muss nur mit den Fingern schnipsen, und jeder tanzt nach meiner Pfeife.« Er nahm meine Hand in seine und starrte darauf, als würde es ihn faszinieren, wie viel kleiner sie war als seine eigene. »Aber seit wir beide uns kennen, hast du kein einziges Mal auf das gehört, was ich dir gesagt habe. Ich weiß einfach nicht, was ich mit dir machen soll. Dein Bedürfnis nach Unabhängigkeit grenzt an pure Sturheit, und selbst wenn du einem Gegner gegenüberstehst, der hundertmal stärker und bösartiger ist als du, gibst du nicht auf. Du tust alles, um Sara zu beschützen, obwohl sie fähig ist, selbst auf sich aufzupassen. Sehr viel fähiger als du, um ehrlich zu sein. Immerhin ist sie eine Gestaltwandlerin.«

Ich öffnete den Mund, um zu protestieren, doch er ließ mich nicht zu Wort kommen.

Mit tiefer, leiser Stimme fuhr er fort: »Du hast sogar dein Leben riskiert, um meines zu retten.«

Tränen stiegen mir in die Augen. Und ich würde es wieder tun. Immer und immer und immer wieder. Ich liebte Beau von ganzem Herzen, das wurde mir in diesem Moment klar. Ich wollte immer an seiner Seite sein, ihn beschützen, wenn ich es konnte. »Es tut mir leid«, flüsterte ich.

Doch er schien mich gar nicht gehört zu haben. »Du bist die einzige Person in meinem Leben, die sich weigert, sich meinem Willen zu beugen«, sagte er langsam. »Und das ist der Grund, aus dem ich dich nicht loslassen kann. Ich weigere mich zu akzeptieren, dass du mit mir Schluss machen willst.«

Überrascht starrte ich ihn an.

»Die Allianz ist gefährlich für Menschen. Ihre Mitglieder spielen nach anderen, nach härteren Regeln, die du noch nicht einmal im Ansatz zu begreifen gelernt hast. Es ist zu gefährlich für dich, dich weiterhin in ihrem Umfeld zu bewegen. Die letzten Wochen haben mir das mehr als deutlich gezeigt.« Ein Schatten huschte über sein Gesicht. »Und das ist etwas, das ich nicht ändern kann, selbst wenn du mich darum bitten würdest.«

Ich nickte. »Weil ich immun bin«, sagte ich sanft.

Er streichelte meine Hand. »Jeder warnt mich davor, dich noch weiter in mein Leben, weiter in den Russell-Clan hineinzulassen. Aber alles, woran ich denken kann, ist, dass ich dich unbedingt heiraten muss, um dich beschützen zu können …«

Ich war mir sicher, dass mein Herz mehrere Schläge lang aussetzte. Vermutlich würde gleich der Überwachungsmonitor neben meinem Bett Alarm schlagen. »Du willst mich heiraten, nur, um mich zu beschützen?«

Sein ernster Gesichtsausdruck hellte sich ein klein wenig auf. »Eigentlich will ich dich einfach nur packen, zurück in meine Hütte schleppen, dich dort einschließen und nie wieder in diese Welt zurücklassen. Ich will, dass du nicht mehr von meiner Seite weichst, damit ich immer über dich wachen und dich jederzeit küssen kann, wenn mir der Sinn danach steht.« Er wirkte jetzt deutlich entspannter und senkte die Stimme zu einem heiseren Wispern. »Ich will es riechen, wenn du an mich denkst. Und ich will, dass du das mehrmals am Tag tust.«

Mein Mund wurde trocken. »Können wir wieder Sex in der Badewanne haben?«

Er lachte und drückte einen Kuss auf meine Handknöchel. »Ich wüsste nicht, was dagegen sprechen sollte.«

»Ich denke, in dem Fall klingt dein Plan gar nicht mal so schlecht«, murmelte ich nachdenklich und wurde dafür mit einem strahlenden Lächeln belohnt. »Aber der Grund, aus dem du mich heiratest, sollte ein anderer sein. Ich will nicht nur deshalb deine Frau sein, damit du mich beschützen kannst, Beau. Und ich kann auch auf keinen Fall auf Dauer mit dir in einer Holzhütte leben.«

Sein Lächeln verschwand. Er wirkte am Boden zerstört. Widerstrebend gab er meine Hand frei. »Ich verstehe.«

»Warte!«, sagte ich eindringlich, als er Anstalten machte, sich umzudrehen, um das Zimmer zu verlassen. »Du verstehst überhaupt nichts. Ich *will* dich ja heiraten, du dämlicher Riesenkater. Ich liebe dich.«

Innerhalb einer Zehntelsekunde hatte Beau den Abstand zwischen uns überwunden und mich in seine Arme gezogen. »Ich liebe dich, Bathsheba. Möchtest du mich heiraten? Möchtest du dem Russell-Clan beitreten und meine Partnerin werden?«

Gerührt versuchte ich, den Kloß in meiner Kehle herunterzuschlucken. »Aber ich kann auf keinen Fall in irgendwelchen Wäldern leben und mich vor der Welt verstecken«, warnte ich ihn. Als er mich irritiert ansah, fügte ich erklärend hinzu: »Ich muss mich um Giselles Agentur kümmern.«

Der besorgte Ausdruck war in seine Augen zurückgekehrt, aber er war anscheinend bereit, mir zuzuhören. »Ich bin ganz Ohr.«

Ermutigt fuhr ich fort. »Ich fühle mich für Giselles Tod verantwortlich. Wenn die Sache zwischen dir, mir und Jason nicht passiert wäre, würde sie jetzt noch leben.« Er hob skeptisch eine Augenbraue. »Und denk doch mal an die Datenbank«, sagte ich mit schmeichelndem Unterton. »Fast jeder Übernatürliche im Umkreis von sechs Staaten hat ein Profil bei uns. Nicht nur Mitglieder der Allianz, auch Vampire, Werwölfe und einige Feen. Midnight Liaisons könnte zu so etwas wie einer Kommunikationsplattform für alle übernatürlichen Wesen in der Gegend werden. Wir könnten Paare oder ganze Familien wieder zusammenführen. Und Bodyguards rekrutieren. Oder Geschäfte darüber abwickeln. Es gibt so viele Möglichkeiten, diese Datenbank zu nutzen. Wenn die Allianz über ein soziales Netzwerk wie dieses verfügen würde, wäre es viel einfacher, miteinander in Kontakt zu bleiben. Und die Agentur kann dabei helfen, neue Profile zu erstellen und den Datenverkehr zu regeln«, erklärte ich begeistert. Es war ein nahezu brillantes Konzept.

»Aber bevor du in dieses Büro zurückkehrst, werden wir heiraten«, beharrte er. »Du bist mein, und kein anderer wird dich anfassen. Niemals wieder.«

»In Ordnung«, stimmte ich aufgeregt zu. Wahrscheinlich schlug der Monitor neben meinem Bett in diesem Moment wieder aus.

»Wir heiraten gleich morgen«, sagte Beau in seinem gewohnten Befehlston.

Ich schüttelte den Kopf. »Lass uns noch eine Woche warten. Ich wäre gern in der Lage, ohne Hilfe aufrecht stehen zu können, wenn ich vor den Altar trete.«

»Eine Woche«, stimmte er zu und verzog den Mund zu einem so selbstgefälligen Grinsen, als hätte man ihm gerade eine Krone aufs Haupt und ein Zepter in die Hand gedrückt.

Und dann stellte ich ihm die letzte Frage, die mir noch auf der Seele brannte. »Und du bist dir sicher, dass meine menschliche Natur keine negativen Auswirkungen auf deine Position in der Allianz haben wird? Werden die dich nicht entthronen oder so was?«

Er schüttelte den Kopf. »Vermutlich begründen wir eher den nächsten Trend. Alle meine Brüder streunen in diesem Moment auf der Suche nach Blondinen durch die Gegend, die nackt von Balkonen springen, um den nächsten Braunbär plattzumachen.«

Ich boxte ihn erbost gegen die Schulter und heulte bei dem Schmerz, der mir dabei durch den Arm schoss, auf. »Du bist unmöglich. Ich hätte ihn niemals plattmachen können.«

Beau grinste. »Doch, vielleicht ein bisschen. Sara nennt dich schon nur noch Bathsheba Bären-Schlächterin.«

Ich lachte, auch wenn es in der Brust schmerzte. Dann griff ich nach seiner Hand und blickte in seine strahlenden grauen Augen. »Ich wäre aber viel lieber Bathsheba Russell.«

»Das freut mich zu hören. Vor allem, weil du mich vermutlich umbringen willst, wenn du hörst, was ich dir als Nächstes vorschlagen werde«, sagte er, plötzlich wieder ernst. »Es hat etwas mit Sara zu tun.«

Kurz nachdem ich aus dem Krankenhaus entlassen worden war, wurde ein Treffen zwischen dem Russell-Clan und den Anderson-Wölfen vereinbart, das auf einem neutralen Stück Land abgehalten werden sollte. Der Grund für das Treffen war der Austausch zweier Frauen: Sara gegen Savannah.

Ich befand mich in einem der Wagen des Russell-Clans, der mit einem Dutzend Trucks und SUVs unterwegs war. Sara saß neben mir. Die ganze Fahrt über war sie ungewöhnlich einsilbig gewesen. Seit ich sie das letzte Mal gesehen hatte, hatte sie ihren kurzen Bob in einem leuchtenden Blau gefärbt, und sie trug ein altes, ausgefranstes Band-Shirt, das ich nicht kannte. Es ließ sie jünger wirken, aber gleichzeitig auch ein wenig tougher. Vielleicht lag es aber auch an den Ereignissen der vergangenen Woche, die sie härter gemacht hatten.

Ich verspürte den Drang, sie in meine Arme zu ziehen, doch ich ließ es sein, weil ich wusste, dass sie es in diesem Moment nicht gewollt hätte. Dies hier war ihr Kampf, und ich konnte ihn nicht für sie austragen. Das Treffen war die einzige Möglichkeit für die beiden Parteien, sich aus der Sackgasse herauszumanövrieren, in der sie sich befanden, ohne dass die beiden Gruppen dadurch zerstört wurden. Die Wahl lautete Austausch oder Krieg.

Als wir uns am Rand des öden Feldes aufstellten, griff ich nach der Hand meiner Schwester. Beau stand an vorderster Front, sein Clan hinter ihm. Ramsey war an seiner Seite. Der riesige Schatten, den er über uns warf, ließ uns wie Zwerge wirken. Sara und ich waren die einzigen beiden Frauen unter dem Dutzend Männer.

Dann sah ich die Wölfe in geschlossenem Rudel aus dem Wald treten. Nachdem sie uns einmal umrundet hatten, lösten sie ihre Formation auf und nahmen ihre Menschengestalt an. Ihre *nackte* Menschengestalt.

Es war keiner unter ihnen, der nicht gut ausgesehen hätte. Aber, um ehrlich zu sein, war mir bisher noch kein einziger hässlicher Gestaltwandler untergekommen (von Garth einmal abgesehen). Doch ihr attraktives Äußeres konnte ihre Härte nicht verbergen. Und sie musterten Sara mit viel zu viel abschätzendem Interesse.

Einer der Männer trat vor. Sein Gesicht war von tiefen Furchen durchzogen, wo es nicht von dem dichten Bart bedeckt war, der sich um seinen Mund zog. »Ihr habt uns das Wolfsmädchen gebracht?«

Ich spürte, wie sich Sara neben mir verkrampfte.

»Wir haben *Sara* mitgebracht, ja«, sagte Beau mit ruhiger Stimme. »Wo ist Savannah?«

Der Anführer warf einen Blick zu mir und Sara hinüber – wir waren umgeben von Mitgliedern des Russell-Clans –, dann hob er eine Hand. Einen Moment später trat ein weiterer Mann aus dem Wald, der den Arm um die Schultern einer jungen dunkelhaarigen Frau geschlungen hatte.

»Es ist Savannah«, murmelte einer der Russell-Männer, und ich atmete erleichtert auf.

Ihre Kleidung war matschverkrustet, und sie blinzelte gegen das helle Sonnenlicht an, als hätte sie sich tagelang nur im Dunkeln aufgehalten. Aber sie sah unverletzt und gesund aus. Außerdem schien sie weder aufgebracht noch verzweifelt zu sein, was ich als weiteres gutes Zeichen wertete.

Als die beiden näher herangekommen waren, machte sich Savannah von dem Mann los und taumelte ein paar Schritte vorwärts, als hätte sie Mühe, sich allein auf den Beinen zu halten. Dann warf sie ihm einen fragenden Blick über die Schulter zu, als wollte sie ihn um Erlaubnis bitten, sich zu entfernen.

Merkwürdig. Doch ich hatte keine Zeit, länger über ihr Verhalten nachzudenken, denn im nächsten Moment rannte sie los und stürzte sich in die Arme ihrer Cousins.

»Damit gehört sie wieder ganz euch«, sagte der Rudelführer gedehnt. »Und jetzt gebt uns Sara.«

Meine Schwester sah mir in die Augen und drückte meine Hand, um mir zu signalisieren, dass alles gut werden würde. Ich erwiderte die Geste, obwohl ich beinahe außer mir vor Angst war, dass etwas Schreckliches geschehen und dies das letzte Mal sein würde, dass ich sie sah.

Dann trat Sara vor. Eine zarte blauhaarige Gestalt zwischen einer Horde riesiger Männer. Ich folgte ihr, entschlossen, sie keine Sekunde aus den Augen zu lassen.

Der Rudelführer musterte sie von oben bis unten und blähte die Nasenflügel, als er ihren Duft witterte. Dann verzog er die Lippen zu einem breiten Grinsen. »Hey, Püppchen. Keine Sorge, wir werden uns gut um dich kümmern.«

»Es war meine eigene freie Entscheidung, mit euch zu gehen«, sagte Sara bestimmt. »Deal ist Deal.« Der Werwolf nickte. »Also dann«, sagte Sara. Ich hörte das leichte Zittern in ihrer Stimme, das sie mit einem umso entschlosseneren Gesichtsausdruck zu verbergen versuchte. »Ab sofort bin ich Mitglied dieses Wolfsrudels.«

Eine beinahe unheimliche Stille folgte.

Dann trat Ramsey vor und legte eine riesige Hand auf ihre zierliche Schulter. »Nach dem Gesetz des Bjorn-Clans und dem der Werbären erhebe ich Anspruch auf diese Frau als meine Partnerin.«

Danksagung

Ich möchte mich mit einem riesigen, glücklichen »Danke« an das Team von Pocket wenden, das meinen Kohleklumpen von einem Buch genommen und in einen Diamanten verwandelt hat. Ein großes Dankeschön an meine Lektorin, Micki Nuding, die mir geholfen hat, die Schwachstellen in der ersten Version meines Textes zu erkennen, und mir erklärt hat, wie ich sie in der nächsten ausmerzen kann, damit ein großartiges Buch daraus wird. Und vielen Dank dem Produktionsteam und meiner Redakteurin, die mich immer wieder mit ihrer sorgfältigen und tollen Arbeit beeindrucken.

Ich möchte außerdem meinen täglichen E-Mail-Peeps danken – ihr wisst, dass ihr gemeint seid. Ihr gebt mir jeden Tag das Gefühl, den Kontakt zur Außenwelt nicht zu verlieren, auch wenn ihr Tausende Meilen entfernt seid. Ihr sorgt dafür, dass ich nicht durchdrehe, und ihr könnt mich so zum Lachen bringen wie sonst niemand. Ihr bereichert meinen Posteingang und mein Leben!

Meinem Mann danke ich für seine unendliche Geduld, wenn ich mal wieder jammere, für sein Verständnis, wenn ich faul und unordentlich bin, und dafür, dass er immer, immer bereitsteht, um mir eine helfende Hand zu reichen, wenn ich sie brauche. Ich weiß, dass ich nicht so oft um Hilfe bitte, wie ich es tun sollte, und dieses Buch wäre nicht mal ansatzweise so cool geworden, wenn du mir nicht die zündende Idee dafür geliefert hättest. Du gehst mit deiner Genialität ganz sicher nicht hausieren, aber du kannst dir sicher sein, dass ich sie über alle Maßen zu schätzen weiß. Ich liebe dich.

Leseprobe

JESSICA CLARE

schreibt als JESSICA SIMS

MIDNIGHT LIAISONS

Zum Biss verführt

BASTEI LÜBBE TASCHENBUCH

Inhalt

Bärenstarker Single sucht heiße Wölfin für seine entlegene Höhle

Sara, die mit ihrer Schwester Bathsheba in der Datingagentur Midnight Liaisons arbeitet, hat keine guten Erfahrungen mit Gestaltwandlern gemacht. Ihr letzter Kontakt mit einem Werwolf war ihr Exfreund Roy, der sie in einem seiner gewalttätigen Ausraster verwandelt hat. Entsprechend panisch ist sie, als das Anderson-Wolfsrudel dringend ein Weibchen sucht und sie in den Fokus gerät. Die Übernatürliche Allianz will ihr helfen und überredet den wortkargen Gestaltwandler Ramsey, sich als ihr Gefährte auszugeben. Doch zur Tarnung muss Sara bei ihm einziehen – und sogar mit dem furchteinflößenden Mann in einem Bett schlafen! Schnell merkt sie, dass sie wahrscheinlich einen Albtraum gegen den nächsten getauscht hat – oder etwa doch nicht?

Kapitel 3

Die ganze Fahrt zum Treffpunkt warf mir Bath besorgte Blicke zu, während sie meine Hand fest in ihrer hielt. Ich versuchte, möglichst gelassen zu wirken, da ich wusste, dass sie nach irgendwelchen Anzeichen von Angst in meinem Gesicht suchte, um darauf bestehen zu können, dass wir die ganze Sache abbliesen.

Doch das hätte bedeutet, dass Savannah weiterhin eine Gefangene bleiben und ich die Verantwortung dafür tragen würde. Und die Wölfe würden mich trotzdem bis zum Ende meines Lebens jagen. Außerdem würde ich weiterhin das Monster verbergen, das in mir schlummerte, und mich in Parfüm baden müssen, damit andere Gestaltwandler nicht meine Fährte aufnahmen. Nach sechs Jahren auf der Flucht ermüdete es mich, in Angst leben zu müssen; immer damit zu rechnen, dass die Welt um mich herum zusammenbrechen würde. Wenn ich um die nächste Ecke bog; eine falsche Bewegung oder Geste zu machen, die alles ruinieren konnte, wofür wir gekämpft hatten.

Wir fuhren eine Weile über Land, bis wir auf ein verlassenes Feld abbogen, auf dem hohe Gräser und Gestrüpp wucherten. Der Stacheldrahtzaun, der das Grundstück einmal ganz umgeben haben musste, war an mehreren Stellen eingerissen.

Als ich die Autotür öffnete, stieg mir der Geruch nach Totem in die Nase; vermutlich ein Tier, das auf der Straße angefahren und dort verendet war. Dann drehte sich der Wind, und ich roch noch etwas anderes – die schwache Fährte mehrerer Wölfe. Die Haut an meinem Nacken begann zu kribbeln, und mein Mund produzierte auf einmal viel zu viel Speichel. Zwei

Anzeichen dafür, dass ich kurz davorstand, mich in einen Wolf zu verwandeln. Ich versuchte, den Gedanken daran niederzuringen, und biss mir fest von innen in die Wange, um die Kontrolle über meinen Körper zurückzugewinnen. Das hier war der denkbar schlechteste Zeitpunkt.

Als ich sah, wie sich meine Schwester mit gerunzelter Stirn umsah, wusste ich, dass sie nicht ahnte, dass sie bereits ganz in der Nähe waren. Jeder Gestaltwandler in unserer Gruppe dagegen war sich ihrer Gegenwart nur allzu bewusst. Beau wirkte auf einmal angespannt. Joshua und Austin Russell stellten sich neben mich, und über meine Schulter fiel ein mächtiger Schatten. Ich musste mich nicht umdrehen, um zu wissen, dass es Ramsey war, der mich mit seinem starken Körper schützte.

Fort Sara. Als hätte es irgendetwas genützt.

Dann trat Beau einen Schritt vor, und mein Schatten wurde von seinem muskulösen Körper geschluckt. An der Spitze unserer Gruppe wartete er darauf, dass die Wölfe sich zeigten.

Ich biss mir noch fester in die Wange.

Ein paar Minuten verstrichen, dann erschienen sie. Das struppige Gras ging in einiger Entfernung in größere Büsche über, hinter denen mehrere Bäume mit breiten Stämmen standen. Ich hatte bereits vermutet, dass sie sich dort versteckt hielten, und ich hatte recht gehabt. Was ich allerdings nicht erwartet hatte, war, dass sie in Wolfsgestalt erscheinen würden. Der Geruch, der mir im nächsten Augenblick in die Nase stieg, war durchdringend, geradezu überwältigend, und er brachte eine Flut an Erinnerungen mit sich:

Ich kauerte auf dem Boden in der Küche, die Arme schützend über den Kopf erhoben. »Nein, bitte, Roy. Ich bin auch ganz brav.«

»Du weißt, dass ich dir nur deswegen eine Lehre erteilen muss, weil ich dich liebe«, sagte Roy und ließ den Gürtel auf meine Arme peitschen.

Nur ein leises Wimmern kam mir über die Lippen, da ich wusste, dass er mich härter schlagen würde, wenn ich schrie und damit die Nachbarn alarmierte. Schreien bedeutete, Schwäche zu zeigen, und er wollte, dass ich stark war. Die Schläge seien dazu da, mich gegen den Schmerz abzuhärten, sagte er immer.

Ich machte mich noch kleiner und wartete darauf, dass es vorbei war. Doch dann traf mich der Gürtel im Gesicht, und mein Mund füllte sich mit Blut. Als ich den Kopf hob, um es auszuspucken, sah ich, dass Roy sich verwandelte. Seine Nase verlängerte sich zu einer Hundeschnauze, Fell bedeckte seine Arme …

Ein Schaudern ging durch meinen Körper, der bittere Geschmack von Galle füllte meinen Mund. Mit aller Macht schob ich die schrecklichen Erinnerungen von mir; jeder Muskel in meinem Körper zum Zerreißen gespannt.

Ein Wolf nach dem anderen trat aus dem Wald hinter dem Grundstück. Zwei … drei … sechs … sieben. Beau hatte mir erklärt, dass dem Anderson-Rudel acht Männchen und ein Weibchen angehörten, das hieß, es fehlten noch zwei. Ich stellte mich auf die Zehenspitzen, um mich nach den beiden umzusehen, als meine Schwester entsetzt aufkeuchte.

Ich folgte ihrem Blick. Die Wölfe waren stehen geblieben und hatten sich auf den Boden geduckt, um ihre menschliche Gestalt anzunehmen. Einer der Männer war bereits aufgestanden und streckte sich, als wäre er sich seiner Nacktheit überhaupt nicht bewusst. Er sah zu mir herüber und zwinkerte.

Meine Schwester senkte den Blick, aber ich sah ihn an. Neugierig suchte ich seinen Körper nach Anzeichen der Verwandlung ab. Doch seine Stirn wies keine einzige Falte mehr auf, das struppige Wolfshaar war verschwunden und hatte nur glatte Haut hinterlassen. Wie zum Teufel hatte er es geschafft, sich so schnell zu verwandeln? Der Prozess war bei mir schrecklich schmerzhaft und dauerte ewig, sodass ich danach vollkommen erschöpft und keuchend auf dem Boden lag. Dieser Mann dagegen wirkte, als wäre er gerade von einem erholsamen Mittagsschläfchen aufgewacht.

Nachdem die anderen sich ebenso schnell verwandelt hatten, stellten sie sich in einer Reihe hinter dem ersten Mann auf. Er war der Anführer des Rudels – Levi Anderson.

Levi trat einen Schritt vor und wandte sich an Beau, ließ mich dabei aber keine Sekunde aus den Augen. »Ihr habt uns das Wolfsmädchen gebracht?«

Sie konnten mich sehen, warum also die Frage? Ich verkrampfte mich. Würde ich in diesem Rudel wieder nichts anderes sein als eine namenlose Kreatur, die man benutzen konnte, wie man wollte? Roy hatte mich immer nur »Mädchen« genannt – auch kurz bevor er mich gebissen hatte. Ich spürte, wie sich die Haut an meinem Nacken in Falten legte, und biss mir erneut in die Wange, um die Kontrolle über meinen Körper zurückzugewinnen.

»Wir haben *Sara* mitgebracht, ja«, sagte Beau mit ruhiger Stimme. »Wo ist Savannah?«

Der Anführer der Werwölfe musterte mich erneut.

Ich bewegte mich keinen Zentimeter von der Stelle. Solange mir Beau oder Ramsey nicht mit einem Nicken bedeuteten vorzutreten, würde ich bleiben, wo ich war. Mir wurde schlecht, und ich musste mich geradezu zwingen, meine schweißnassen Hände zu entspannen, um Bath nicht die Finger zu zerquetschen.

Der Anführer hob eine Hand und bedeutete jemandem mit einem Winken vorzutreten. Ich hörte das Rascheln im Unterholz, noch bevor ich die zwei Gestalten sah: ein Mann, etwa in meinem Alter, und eine junge dunkelhaarige Frau. Die Sachen, die sie anhatte, sahen aus, als wären sie geliehen, und sofort stieg mir der schwache Duft nach Puma in die Nase.

»Es ist Savannah«, murmelte jemand, sodass auch meine

Schwester sofort Bescheid wusste. Als einziger Mensch entgingen ihr all die subtilen Anzeichen, die für die Gestaltwandler um sie herum nur allzu offensichtlich waren.

Als Savannah zögerlich vortrat, stieß eines der Mitglieder des Russell-Clans ein ärgerliches Schnauben aus, das ich nicht recht einordnen konnte. Savannah warf dem Werwolf an ihrer Seite einen langen Blick zu, dann stürmte sie auf unsere Gruppe zu.

Die Mitglieder des Russell-Clans empfingen sie mit Umarmungen, klopften ihr auf den Rücken und die Schultern, doch auf ihren Gesichtern trugen sie nach wie vor denselben grimmigen Ausdruck. Beau schien an sich halten zu müssen, um sich nicht voller Wut auf die Wölfe zu stürzen. Savannah dagegen lächelte breit und wischte sich Tränen der Erleichterung aus den Augenwinkeln. Als ich den starken Wolfsgeruch an ihr wahrnahm – gepaart mit ihrem ruhigen Verhalten –, verstand ich plötzlich, warum die Russells so wütend waren. Savannah war nicht länger läufig. Was wiederum bedeutete …

»Damit gehört sie wieder ganz euch«, sagte der Rudelführer gedehnt. »Und jetzt gebt uns Sara.«

Bath sog scharf die Luft ein.

Ich kämpfte gegen das aufsteigende Gefühl der Übelkeit in meinem Magen an, drückte noch einmal sanft die Hand meiner Schwester und ließ sie dann los. Bevor ich es mir anders überlegen konnte, ging ich auf die Wölfe zu, vorbei an Beau und Ramsey, bis ich vor der Reihe nackter Männer stand. Sie alle waren groß und muskelbepackt. Der Anführer trug einen Bart, seine Miene war unnachgiebig hart. Er war älter als die anderen, trotzdem war ich die Jüngste – und Kleinste – unter ihnen. Keiner von ihnen sah aus wie Roy, wofür ich dankbar war.

Mit abschätzigem Blick studierte der Anführer der Werwölfe meinen Körper, mein Gesicht; dann blähte er die Nasenflügel, um meinen Duft einzusaugen. Ich wusste, wonach er suchte. Er beurteilte, ob ich als potenzielle Partnerin infrage kam.

Die Haut an meinem Rücken zog sich zusammen, warf Falten, und ich sog scharf die Luft ein. Der Geruch nach Wolf war überwältigend. Meine Beine begannen sich zu strecken, krümmten sich. Verdammt. Ich biss mir wieder in die Wange, diesmal so hart, dass ich Blut schmeckte, und zwang mich zu einem möglichst gelassenen Gesichtsausdruck. Niemals würde ich einen anderen Werwolf als Partner wählen. Eher würde ich sterben.

»Hey, Püppchen. Keine Sorge, wir werden uns gut um dich kümmern«, sagte er gedehnt. Es war eindeutig, dass er spürte, wie nervös ich war. Sein Blick war merkwürdig hypnotisierend, und ich versuchte, ihm nicht in die Augen zu sehen. Ein Alpha hatte Kontrolle über die Wölfe in seinem Rudel. Ich konnte bereits den merkwürdigen inneren Zwang spüren, ihm zu folgen, obwohl ich noch nicht einmal offiziell zu ihm gehörte. Das Gefühl machte mir Angst.

Ohne es zu wagen, einen Blick zurück auf den Russell-Clan zu werfen, trat ich einen weiteren Schritt auf meine neue »Familie« zu. Mit purer Willenskraft unterdrückte ich ein Schaudern. »Es ist meine eigene freie Entscheidung, mit euch zu gehen«, sagte ich bestimmt. »Deal ist Deal.«

Der Werwolf-Alpha nickte mir zu.

Ich wandte mich zu Beau um. »Deal ist Deal, nicht wahr?«

Er nickte ebenfalls. Jeder Muskel in seinem Körper war zum Zerreißen gespannt. Hinter ihm konnte ich meine Schwester erkennen, die eine Hand vor den Mund gepresst und die Augen vor Angst weit aufgerissen hatte. Beau ließ mich nicht aus den Augen. »Ich stimme zu.«

»In Ordnung«, sagte ich. Ich hasste es, wie unsicher meine Stimme klang. »Ab sofort bin ich Mitglied dieses Wolfsrudels.«

Der Alpha sah mich an. Ein besitzergreifendes, selbstgefälliges Grinsen umspielte seine Lippen.

Wie erstarrt stand ich da und wartete darauf, dass der Plan

in die Tat umgesetzt wurde. Wartete auf Rettung. Wartete auf Ramsey, auf Beau …

Eine riesige Hand landete auf meiner Schulter und zog mich zurück, gegen einen starken, festen Körper. Und dann sagte Ramsey den längsten Satz, den ich je von ihm gehört hatte: »Nach dem Gesetz des Bjorn-Clans und dem der Werbären erhebe ich Anspruch auf diese Frau als meine Partnerin.«

Ein irritierter Ausdruck huschte über das Gesicht des Rudelführers, bevor es vor Zorn wie verzerrt wirkte. »Was zum Teufel soll das?«

Der Wolf in mir zuckte vor Furcht zurück. Normale Wut ängstigte mich, aber der Ausbruch des Alphas ließ mich um mein Leben fürchten. Ich konnte sehen, wie auch die anderen Wölfe nicht unberührt davon blieben; unruhig verlagerten sie das Gewicht von einem Fuß auf den anderen.

Ein starker Arm wurde um meine Brust geschlungen, und Ramsey zog mich noch enger an seinen massigen Körper. Er beschützte mich.

Die Wölfe runzelten die Stirn und sprachen leise miteinander, bis der Alpha die Zähne bleckte und mich und Ramsey anstarrte. Ein tiefes Knurren drang aus seiner Kehle. »Das ist ein Trick.«

Ramsey verstärkte den Griff um meine Brust, und ich quietschte auf, als er aus Versehen eine meiner kleinen Brüste mit einer Hand quetschte. Bis dahin hatte er es anscheinend selbst nicht bemerkt und schob die Hand schnell ein Stück tiefer.

»Kein Trick«, knurrte er zurück. Das Grollen, das aus seiner Kehle drang, klang noch tiefer als das des Wolfes.

Wieder schmeckte ich Galle in meinem Mund und biss mir fester in die Wange. *Oh Gott, bitte nicht jetzt.* Ich durfte mich jetzt nicht verwandeln.

Zorn blitzte in den Augen des Alphas auf, als er mich anstarrte. »Sie wirkt nicht gerade sonderlich begeistert, deine Partnerin zu sein, Bjorn. Eher ziemlich ängstlich.«

Oh-oh. Ich verzog die Lippen zu einem Lächeln und klopfte Ramsey liebevoll auf die Hand. »Ich bin nur etwas überrascht, dass mein knuddeliger Bär hier unsere Liebe auf diese Weise öffentlich macht. Er ist sonst eher der zurückhaltende Typ.«

Jemand kicherte.

Ramsey beugte sich zu mir hinab und drückte mir einen Kuss auf die Schläfe. Die Sanftheit der Berührung machte mich vollkommen fertig.

Der Rudelführer wirkte trotz allem nicht überzeugt. »Ihr zwei seid kein Paar«, verkündete er. »Das ist alles nur Bullshit.«

»Doch, das sind wir«, stieß ich verzweifelt aus. Dann drehte ich mich in Ramseys Armen herum, auch wenn sich mir bei der Vorstellung, den Wölfen den Rücken zuzukehren, die Nackenhaare sträubten. Ich sah zu Ramsey auf, der bestimmt anderthalb Köpfe größer war als ich und mindestens doppelt so viel wog. Dann umklammerte ich den Kragen seines Hemdes und zog ihn zu mir herunter. Überrascht, dass er meiner Aufforderung so bereitwillig nachkam, drückte ich meine Lippen auf seine.

Ein Zittern ging durch meinen Körper, doch ich ignorierte es und presste meinen Mund nur noch fester auf seinen. Ich musste dafür sorgen, dass dies hier so echt wie möglich wirkte, also stupste ich mit der Zunge gegen seine zusammengepressten Lippen, bis sie sich teilten, und saugte an seiner Unterlippe.

Ramsey zögerte nur einen winzigen Augenblick, dann spürte ich seine riesigen Hände auf meinem Hintern. Und während er mich enger an sich zog, begegnete er meiner Zunge mit seiner.

Ich vertiefte den Kuss, schlang die Beine um seinen Körper, als wollte ich ihn reiten, und stieß eine Reihe zarter, leidenschaftlicher Laute aus, um unseren Zuschauern die beste Vorstellung zu bieten, die sie jemals gesehen hatten.

Ramsey sog scharf die Luft ein, bevor er seine Zunge tief in meinen Mund schob und damit an meiner entlangfuhr.

Überrascht unterbrach ich den Kuss und sah ihm in die Augen. Er begegnete meinem Blick, dann beugte er sich vor und hauchte einen weiteren sanften Kuss auf meine feuchten Lippen, als würde er sich nur widerwillig zurückziehen. Die Art, auf die er meinen Mund betrachtete, jagte mir einen kleinen Schauder nach dem anderen das Rückgrat hinab.

Ich hörte meine Schwester aufkeuchen. Damit hatte sie ganz sicher nicht gerechnet.

Nicht gewillt, meine Beine von Ramsey zu lösen, drehte ich den Oberkörper so, dass ich das Wolfsrudel ansehen konnte. Die nackten Männer starrten mich an. Einige von ihnen hatten eine Erektion. Oh mein Gott, hatte ich die ganze Situation gerade etwa nur noch schlimmer gemacht? Was, wenn sie uns nicht glaubten und ich doch mit ihnen gehen musste? Was, wenn sie mich mitnahmen und der Reihe nach vergewaltigten? Müssten sie mich überhaupt festhalten, oder würde ich nach einem Kläffen im Befehlston des Alphas bereitwillig auf alle viere sinken? Vor Angst beschleunigte sich mein Puls, und ich spürte, wie der bekannte Kopfschmerz aufstieg. Oh nein, noch ein Anzeichen dafür, dass eine Verwandlung kurz bevorstand.

Der Rudelführer stemmte die Hände in die Hüften und starrte zuerst Ramsey, dann mich und dann den Rest des Russell-Clans einen nach dem anderen an. Er war deutlich angespannt, seine Haltung drückte äußerste Wachsamkeit aus. »Wenn sie deine Partnerin ist«, sagte er, das Knurren in seiner Stimme noch immer deutlich zu hören, »warum hat sie dann so verdammt große Angst?«

Ramsey spannte die Finger um meinen Hintern an. »Du«, knurrte er.

Der Alpha sah ihn überrascht an. »Ich?«

»Sie mag keine Wölfe.« Ramseys rumpelnder Bass hallte durch die kalte Luft.

Ich warf einen Blick zu den anderen Russells hinüber, die sich vor Savannah und meine Schwester gestellt hatten. Eine Phalanx aus großen, schlanken Werpumas, die eine geschlossene Schutzmauer um die beiden Frauen bildeten. Niemand sagte ein Wort – alles hing von mir und Ramsey ab.

»Das scheint nicht immer der Fall gewesen zu sein«, sagte der Anführer der Andersons mit einem anzüglichen Grinsen. »Immerhin hat sie für einen von uns die Beine breitgemacht.«

»Ich wusste nicht, was er war …«

»Nette Geschichte. Wahrscheinlich hast du sogar darum gebettelt.« Als er mich mit hungrigem Blick von oben bis unten musterte, gefror mir das Blut in den Adern.

»Das habe ich nicht!«

»Bullshit«, wiederholte Levi. »Das ist alles eine beschissene Geschichte, die du dir ausgedacht hast – genau wie all das hier.« Er gestikulierte wild um sich. »Ihr benehmt euch wie die reinsten Idioten; versucht uns zu überzeugen, dass das alles nicht nur irgendein verdammtes Spiel ist, mit dem ihr eine Horde Hinterwäldler-Wölfe verarschen wollt.«

Stille. Es war genau das, was wir taten. So viel zu meinem grandiosen Plan.

Levi schnaubte. »Hab ich mir gedacht. Aber wisst ihr was? Scheiß drauf – und scheiß auf euch alle. Wir nehmen sie mit.«

Ramseys Reaktion war ein tiefes Knurren, das die Gruppe der Wölfe erwiderte. Das hier wurde immer schlimmer, nicht besser. Ich musste etwas tun.

Entschlossen löste ich die Beine von Ramseys Körper und ließ mich an ihm hinabgleiten. Er schien nicht bereit zu sein, mich gehen zu lassen, ließ aber zu, dass ich die Füße auf den Boden stellte und mich zu den Wölfen umdrehte.

»Lasst uns überlegt an die Sache rangehen«, sagte ich in einem hoffentlich halbwegs vernünftigen Tonfall. »Es gibt keinen Grund, sich zu streiten …«

Der Wolf-Alpha sah auf mich herab. »Komm hier rüber, Mädchen.«

Gefangen von seinem zwingenden Blick, ließ ich die Schultern nach vorne sinken, entfernte mich ein paar Schritte von Ramsey und fiel auf die Knie. Ich konnte vor dem Rudelführer nicht stehen, ich musste ihm Unterwürfigkeit zeigen …

Ramsey stieß ein Brüllen aus, ein lauter, ungezähmter Laut, und ich hörte, wie der Russell-Clan geschlossen vortrat – allerdings war ich mir nicht sicher, ob sie Ramsey oder die Wölfe aufhalten wollten. Die Andersons preschten ebenfalls vor, und plötzlich war ich umgeben von einem Rudel nackter Männer, die mir den Rücken zugekehrt hatten, während mich der Rudelführer von Ramsey wegzuziehen versuchte.

»Eine Wölfin gehört zu ihrem Alpha«, knurrte Levi.

»Nein«, keuchte ich, war jedoch unfähig, mich vom Boden zu erheben. Meine Beine spannten und verbogen sich.

Einer der Andersons umklammerte mit einer Hand meinen Arm. Zu meinem Entsetzen begann sich die Haut unter seinem Griff aufzuwerfen. Überrascht ließ der Wolf mich los. Im selben Augenblick wurde ich von einem Krampf geschüttelt.

Oh Gott. Nicht hier. Nicht jetzt. Mein Rücken bog sich durch, und ein unbändiger Schmerz pulsierte durch meinen Körper. Mit einem Schrei fiel ich auf die Seite, während sich die Verwandlung vollzog.

Voller Scham ertrug ich den nicht enden wollenden Schmerz, als mein Kiefer knackte, meine Nase sich verlängerte, jeder Muskel in meinem Körper sich wand und streckte wie bei einem Gummiband, das bis zum Zerreißen gespannt wurde. Ich versuchte, nicht laut zu schreien, aber diese Verwandlung war so schnell gekommen und so schwer, dass ich vor Schmerz beinahe in Ohnmacht fiel.

Um mich herum herrschte Totenstille. Nur mein keuchender Atem, mein Winseln und das Blut, das in meinen Ohren rauschte, waren zu hören. Ich kämpfte darum, ein Mensch zu bleiben, was es noch härter machte. Als sich meine Hände in Pfoten verwandelten, spürte ich, wie jede einzelne Sehne und jeder einzelne Knochen sich qualvoll dehnten. Nach einer Minute, die ewig zu dauern schien, fielen meine zerrissenen Kleider auf den Boden. Ein langes, gedemütigtes Zittern lief durch meinen Körper, dann kam ich schwankend auf die Beine. Meine Wolfsbeine.

Beide Parteien starrten mich an – die Russells mit einer gewissen Verlegenheit im Blick, die Andersons überrascht. Ramseys Miene spiegelte Enttäuschung, und aus irgendeinem Grund machte mir das mehr zu schaffen als alles andere.

Mir wurde schlecht. Mit einem Würgen spuckte ich Blut ins Gras, nicht in der Lage, gegen die Übelkeit anzukämpfen. Ich hatte schon bei einigen der besonders schlimmen Verwandlungen Blut gespuckt – anscheinend war heute einer dieser Tage.

Der Anführer der Andersons deutete auf mich. Ein beißender Geruch nach Wolf stieg mir in die Nase. »Das«, sagte er, und seine Stimme hallte tief in meinen sensiblen Wolfsohren wider, »war eine verdammt abartige Show.«

Ein leises Wimmern löste sich aus meiner Wolfskehle.

»Ihr lasst zu, dass sie sich umbringt«, fuhr der Alpha fort. »Wenn sie sich weiter auf diese Art verwandelt, wird es sie zerstören. Und ihr Arschlöcher helft ihr nicht?« Er spuckte Ramsey vor die Füße. »Ich dachte, du hättest gesagt, dass du ihr Partner sein willst.«

Ich hörte das Knacken von Ramseys Fingerknochen, als er die Hände zu Fäusten ballte, und sah zu ihm auf. Doch er erwiderte meinen Blick nicht.

Der Rudelführer machte einen Schritt auf mich zu. Ich zuckte zurück, aber er hielt mir nur eine Hand hin, die Finger lang ausgestreckt, und der Wolf in mir ließ nichts anderes zu, als daran zu schnuppern. Anschließend berührte er meine Ohren und strich mit einer Hand über das Fell an meinem Nacken. Ich ertrug seine Berührungen wie erstarrt – der Zwang des Wolfes, einem Alpha zu gehorchen, ließ mir keine andere Wahl.

»Es wird sie umbringen, wenn sie sich weiter auf diese Art verwandelt«, wiederholte der Anführer der Andersons. »Es sollte nicht so langsam und schmerzhaft passieren wie gerade. Sie sollte kein Blut spucken. Wenn das noch ein Jahr so weitergeht, ist sie tot.«

Meine Schwester stieß ein ersticktes Schluchzen aus. »Nein!«

Der Wolf in mir war nicht in der Lage, die Ereignisse so schnell zu begreifen. Der Schmerz pulsierte noch immer durch meinen Körper, auch wenn er langsam abebbte. Jaulend lief ich ein paar Schritte auf und ab. Hatte er recht damit, dass ich bald sterben würde? Was konnte ich tun? Ich wollte nicht mit den Wölfen mitgehen, sondern mit meiner Schwester. Ich wollte davonlaufen. Nervös zuckte ich mit dem Schwanz.

Als ob er meine Gedanken gelesen hätte, versuchte der Alpha wieder eine Hand auf meinen Nacken zu legen, aber ich entzog mich ihm, ging einige Schritte rückwärts, als meine menschliche Angst die Wolfsinstinkte aussetzen ließ.

»Wir können ihr dabei helfen zu lernen, sich richtig zu verwandeln«, sagte er mit ruhiger, tiefer Stimme. »Wenn ihr sie uns überlasst, können wir sie retten. Selbst Wolfsbabys sind besser darin, sich zu verwandeln, als sie. Sie bringt sich damit nicht nur selbst in Gefahr, sondern auch andere. Was, wenn sie diese Prozedur in der Öffentlichkeit durchmacht?«

Ramsey trat einen Schritt vor und blickte auf mich herab, direkt in meine Wolfsaugen. Ich war mir sicher, dass er die Angst darin lesen konnte. Dann sah er wieder den Anderson-Alpha an und baute sich drohend vor ihm auf.

Immerhin musste ich dem Rudelführer lassen, dass er nicht

mal mit einer Wimper zuckte, geschweige denn vor Ramsey zurückwich.

»Sie ist meine Partnerin«, sagte Ramsey in warnendem Tonfall. »Sie bleibt bei mir. So will es das Gesetz.«

»Du hältst dich also weiter an euren tollen Plan?« Der Alpha sah erst mich an, dann wieder Ramsey. »Wenn du sie nicht mit uns gehen lässt, dann wird euch einer von uns begleiten. Ich werde nicht zulassen, dass ihr sie umbringt. Sie ist eine von uns.«

»Eigentlich«, sagte Beau und trat einen Schritt vor, »wäre das ein Arrangement, an dem wir durchaus interessiert wären. Unserer Ansicht nach ist es schon lange überfällig, dass das Wolfsrudel der Allianz beitritt.«

Eine halbe Stunde später begann sich mein Fleisch erneut aufzuwerfen. Der Schmerz war zurück, und ich rannte auf den schützenden Wald zu, während meine Schwester mit meinen Anziehsachen in der Hand hinter mir her stürzte. Einige lange, qualvolle Minuten später lag ich im Gras, nackt und keuchend, und wartete darauf, dass der Schmerz und die Taubheit in meinen Gliedern nachließen.

Meine Schwester kniete sich neben mich und reichte mir meine Sachen. »Oh Sara«, sagte sie sanft. »Warum hast du mir nichts davon erzählt?«

Ich zuckte mit den Schultern. Schnell zog ich mir das Shirt über den Kopf und zerrte mir die Jeans über die Beine. BH und Slip waren während der Verwandlung komplett zerrissen worden, das T-Shirt hing mir zerfetzt am Körper. »Ich hatte keine Ahnung, dass es nicht wehtun sollte. Woher hätte ich das wissen sollen?«

Der Mann, der mich zum Werwolf gemacht hatte, war ein Schläger gewesen, der mich misshandelt und beleidigt hatte. Ich hatte immer geglaubt, dass sein »Geschenk«, mich zu verwandeln, nur eine weitere Erinnerung daran gewesen sein sollte, dass ich schwach war. Eine weitere Möglichkeit, mich seinem Willen zu unterwerfen.

»Wenn Beau sich verwandelt, hat er keine Schmerzen. Es ist ganz anders als bei dir. Die Geräusche, die du machst … Tut es jedes Mal so weh?«

Ich schloss die Augen. Gott, am liebsten wäre ich vor Verlegenheit stumm geworden. Ich hatte mich vor allen anderen auf abstoßende Art und Weise verwandelt. Jeder ging davon aus, dass man ganz einfach wusste, wie es funktionierte. Niemand hatte je ein Wort über bestimmte Methoden verloren – als wäre es so einfach, wie pinkeln zu gehen. »Lass uns einfach gehen, Bath«, sagte ich gereizt. »Ich will wissen, was sie zu sagen haben.«

Doch als wir zum Treffpunkt zurückkehrten, waren bereits alle Entscheidungen gefallen. Beau lächelte mit zusammengebissenen Zähnen, und der Anführer der Andersons wirkte besänftigt, wenn nicht sogar ziemlich zufrieden. Nur Ramsey sah nach wie vor mürrisch aus.

Vorsichtig näherte ich mich, das zerrissene T-Shirt mit einer Hand umklammert, damit es mir nicht vom Körper fiel.

»Levi und ich haben eine Lösung gefunden, die für alle Beteiligten zufriedenstellend ist«, sagte Beau. »Er sagt, dass dir die Andersons beibringen können, wie du dich richtig verwandelst, Sara. Und im Gegenzug werden die Wölfe deine Wahl, Ramsey als deinen Partner auszuwählen, akzeptieren.« Er legte mir brüderlich die Hand auf die Schulter. »Da die Wölfe sichergehen wollen, dass du dich für einen Partner entscheiden kannst, wird Connor Anderson mit uns kommen. Er wird einen Monat bei dir bleiben, um dir beizubringen, wie du dich in einen Wolf verwandelst – und verschiedene andere Dinge.«

Oh, großartig. Ein Anstandswauwau, Hauslehrer und Freier in einem. Genau das, was ich brauchte.

Levi nickte zustimmend, dann bedeutete er einem seiner Wölfe vorzutreten.

Connor stellte sich als der junge, attraktive Werwolf heraus, der Savannah hergebracht hatte. Ich fragte mich unwillkürlich, was zwischen den beiden vor sich ging. Obwohl er inzwischen neben mir stand, ließ er Savannah, die stur auf ihre Füße starrte, nicht aus den Augen.

»Und was verlangt Levis Rudel im Gegenzug?«, fragte Bath. »Meine Schwester will nicht bei dem Rudel leben, sondern bei ihrem Partner.«

»Nichts, außer dass es allen meinen Wölfen gut geht«, entgegnete Levi mit ruhiger Stimme, doch ich hörte den gefährlichen Unterton, der darin mitschwang. Er hatte die Arme vor der Brust verschränkt, die Beine geöffnet und die Füße fest in den Boden gerammt, als wollte er Beau zu einem Kampf herausfordern. »Sie hat schlechte Erfahrungen gemacht und muss lernen, dass nicht alle Wölfe so sind. Wir verwandeln Menschen nicht, um Kontrolle über sie zu gewinnen. Es ist mein Job, dafür zu sorgen, dass meinen Wölfen nichts passiert. Wenn man dem Rudel angehört, dann gehört man zu mir. Und sie *ist* eine der meinen.«

Nein, das bin ich nicht! Doch diese Worte wollten mir nicht über die Lippen kommen.

Als ob er meine Besorgnis gespürt hätte, wandte sich Levi mir zu. Als er mir in die Augen sah, fühlte ich einmal mehr das zwingende Bedürfnis, ihm zu gehorchen. Es machte mir Angst. Wie konnte es sein, dass er eine so große Kontrolle darüber besaß zu bestimmen, wer ich war?

»Und in der Zwischenzeit«, mischte sich Beau wieder ein, »werden wir die Möglichkeiten für das Anderson-Rudel diskutieren, der Allianz beizutreten. Ein paar der Wölfe haben Interesse am Service von Midnight Liaisons geäußert, da das Rudel auf der Suche nach neuen Partnerinnen ist, die ihrer Familie beitreten wollen.«

»Oh«, sagte meine Schwester überrascht. »Das wäre natürlich sehr gut.«

Midnight Liaisons war die Datingagentur, die Bath und mir gehörte und ausschließlich übernatürliche Klienten bediente. Das Wolfsrudel vermied traditionell die Nutzung unseres Services. Die Aussicht darauf, neue Kunden zu gewinnen, freute meine Schwester ganz offensichtlich. Es sah tatsächlich so aus, als würde jeder von diesem Deal profitieren außer mir selbst. Ich warf einen verstohlenen Blick zu Ramsey hinüber, der die Lippen noch immer zu einem grimmigen Strich zusammengepresst hatte.

»Also gut«, stimmte ich unterwürfig den bereits beschlossenen Plänen zu.

Levi schlug mir so heftig auf die Schulter, dass ich befürchtete, er hätte mir den Arm ausgekugelt, und ich zuckte erschrocken zurück. »Gutes Mädchen! Sieht so aus, als könntest du doch mit deinem Knuddelbär zusammenbleiben. Außer natürlich, du entscheidest dich anders.« Der letzte Satz klang wie eine Drohung. Sein Tonfall implizierte, dass ich mir sehr gut überlegen sollte, ob ich mich nicht tatsächlich besser »anders« entscheiden sollte. Doch dann lächelte er mich strahlend an. »Warum gibst du deinem Mann nicht einen Kuss und versuchst ihm damit den mürrischen Ausdruck aus dem Gesicht zu zaubern?«, forderte er mich auf.

Es sah nicht so aus, als wäre Ramsey gerade sehr scharf darauf, mich zu küssen, aber ich hatte zu viel Angst, den noch sehr zerbrechlichen Frieden zu zerstören, also ging ich zu Ramsey hinüber.

Als er mich in seine Arme zog, gab ich ihm einen leichten Kuss auf den Mund, aber diesmal teilten sich seine Lippen nicht unter meinen.

Manchmal genügt ein Kuss

Jessica Clare
WILD GAMES - IN EINER HEISSEN NACHT
Roman
Aus dem amerikanischen Englisch von Angela Koonen
240 Seiten
ISBN 978-3-404-17700-4

Undercover bei einer Reality-Show mitmachen oder den Job verlieren - Journalistin Abby hat die Qual der Wahl. Zähneknirschend erklärt sie sich bereit, beim Fernsehen hinter den Kulissen zu recherchieren. Kurz darauf findet sie sich in einem knappen Bikini auf einer einsamen Insel wieder, umgeben von lauter durchgeknallten Kandidaten. Einer davon ist besonders nervig: Der arrogante Dean droht Abby in den Wahnsinn zu treiben - spätestens, als er sie vor laufender Kamera heiß küsst ...

Bastei Lübbe